财 政 部 规 划 教 材
全国高职高专院校财经类教材

管理学基础

张阿芬　主编

经 济 科 学 出 版 社

图书在版编目（CIP）数据

管理学基础／张阿芬主编 . —北京：经济科学出版社，2010.6

财政部规划教材 . 全国高职高专院校财经类教材

ISBN 978 - 7 - 5058 - 9451 - 8

Ⅰ.①管…　Ⅱ.①张…　Ⅲ.①管理学—高等学校：技术学校—教材　Ⅳ.①C93

中国版本图书馆 CIP 数据核字（2010）第 096989 号

责任编辑：王东萍　赵怡虹
责任校对：刘　昕
版式设计：代小卫
技术编辑：李长建

管理学基础

张阿芬　主编

经济科学出版社出版、发行　新华书店经销

社址：北京市海淀区阜成路甲 28 号　邮编：100142

教材编辑中心电话：88191344　发行部电话：88191540

网址：www. esp. com. cn

电子邮件：espbj3@ esp. com. cn

北京密兴印刷厂印装

787×1092　16 开　14 印张　300000 字

2010 年 7 月第 1 版　2010 年 7 月第 1 次印刷

ISBN 978 - 7 - 5058 - 9451 - 8　定价：24.50 元

编 审 说 明

　　本书由财政部教材编审委员会组织编写并审定，同意作为全国高职高专院校财经类通用教材出版。书中不足之处，请读者批评指正。

财政部教材编审委员会

编写说明

本书是财政部规划教材，由财政部教材编审委员会组织编写、修订并审定，作为全国高职高专院校财经类教材。也可满足自学考试和广大企业工作人员以及后续教育学习需要。

管理自古有之，它是伴随着人类共同劳动而出现的人类活动，在现代社会中，只要有组织就存在着管理。而每个人从出生开始就生活在家庭、学校、公司、政府机关、医院、协会、运动队等各种组织中，每个人也都将成为管理者或被管理者。可见，管理具有普遍性，每个人都需要学习和了解管理的基本知识。本着为广大的学习者提供"理论与实践结合、内容实用、通俗易懂、形式新颖、特色突出"的管理学教材的目的出发，我们汲取国内外同类教材的精华及最新管理理论和实践成果，结合多年专业教学实践，撰写了这本《管理学基础》教材。

该书服务于高职高专人才培养目标，将管理的基本理论、基本知识、基本技能融合一体，坚持理论与实务结合，以管理技能培养为主线。其内容大体分为两大部分，第一部分主要介绍管理的基础知识，分析管理理论与实践发展过程中的一些重要事件、关键人物，目的是引导学生认识管理活动的内在规律性，掌握管理基础知识，树立现代管理思想和理念。第二部分则以管理的基本职能为主线，全面系统地阐述决策、计划、组织、领导和控制工作的基本理论和实务，目的是培养学生运用管理的基本原理进行有效管理的基本技能，重点培养学生的四大关键能力，即计划与决策的能力、组织与人事的能力、领导与沟通的能力和控制与合作的能力。教材中各章之前附有本章知识目标和能力目标，各章之后附有能力训练、思考题、练习题和案例分析题。全书具有体系完整、内容实用、贴近生活、通俗易懂、详简有度等特点，可以作为高等财经院校相关专业教材和经济管理者的业务指导书。

本书由泉州经贸职业技术学院张阿芬教授根据《财政部 2009～2011 年学历教材建设计划》总体要求提出编写大纲、明确编写指导思想和具体的编写要求，并担任主编和总纂定稿。参加本书编写的有：四川财经职业学院陈移山副教授，江苏财经职业技术学院田青副教授，河南财政税务高等专科学校肖培耻高级经济师，泉州经贸职业技术学院陈雪丽讲师、李雪红讲师。全书共十章，具体编写分工如下：

张阿芬：第一、五、九章；陈移山：第二、六章；李雪红：第三章；田青：第四章；肖培耻：第七、十章；陈雪丽：第八章。

由于作者水平有限，书中不完善之处在所难免，敬请读者和专家批评指正。

编者

目 录

管理学概论

本章介绍管理学最基本的理论知识。通过本章学习，应明白什么是管理，了解管理的基本特征和职能；理解管理的性质及管理的内容和方法；掌握管理者的分类和技能。

能力目标

通过本章学习应具备能够利用管理学原理思考、分析日常生活中遇到的简单管理问题的能力。如能够思考个人的学习管理，个人的生活管理，班级的管理，分析班干部与一般同学的区别等。

管理定律之一

二八定律

80%的利润来自20%的客户；80%的销售来自20%的销售人员；80%的时间用在20%的日常事情上；80%的事情在20%的高效率的时间内被完成；80%的效率提升可以来自20%的环节改进。

启　示

管理要密切关注那重要的20%。

第一节 管　理

一、管理的含义

管理活动自古有之，古代中国人建长城，古埃及人建金字塔，是规模巨大的建筑工程，也是纷繁复杂的管理工程：几十万人共同劳动，谁来安排每一个人该做什么工作？谁来保证在工地上有足够的物料和工具？谁来协调几十万人的劳动？显然，只要有共同活动的地方，就需要有管理，管理活动无处不在，大到国家，小到企业、家庭，都有一个管理的问题。那么，什么是"管理"？从不同的角度出发，可以有不同的理解。从字面上看，管理有"管辖"、"处理"、"管人"、"理事"等意，即对一定范围的人员及事务进行安排和处理。但是这种字面的解释是不可能严格地表达出管理本身所具有的完整含义的。事实上，许多管理学者都对管理下过定义。关于管理的定义，至今仍未得到公认和统一。

"科学管理之父"泰罗（1911）说：管理就是要"确切地知道要别人干什么，并设法使他们用最好的办法去干"。

西蒙（1960）在其《管理决策新科学》著作中，特别强调："决策几乎与管理是同义的"，他认为："管理就是决策。"

法约尔（1961年）认为："管理就是实行计划、组织、指挥、协调和控制。"

弗里蒙特·E·卡斯特（1970）认为："管理就是计划、组织、控制等活动的过程。"

小詹姆斯·H·唐纳利（1978）等人认为："管理就是由一个或者更多的人来协调他人活动，以便收到个人活动所不能收到的效果而进行的各种活动。"

霍德盖茨（1989）说："管理就是经由他人去完成一定的工作。"

哈罗德·孔茨（1993）给管理下的定义是："管理就是设计并保持一种良好的环境，使人在群体里高效地完成既定目标的过程。"

斯蒂芬·P·罗宾斯、玛丽·库尔塔（1996）认为："管理这一术语指的是和其他人一起并通过其他人来切实有效完成活动的过程。"

沃伦·R·普伦基特、雷蒙·F·阿特纳（1997）把管理定义为："一个或多个管理者单独和集体通过行使相关职能（计划、组织、人员配备、领导和控制）和利用各种资源（信息、原材料、货币和人员）来制定并达到目标的活动。"

帕梅拉·S·路易斯、斯蒂芬·H·古德曼、帕特丽夏·M·范特（1998）认为："管理被定义为切实有效支配和协调资源，并努力达到组织目标的过程"。

《世界百科全书》也对管理做了解释："管理就是对工商企业、政府机关、人民团体以及其他各种组织的一切活动的指导。它的目的是要使每一行为或决策有助于实现既定的目标。"

本教材对管理下的定义：管理是社会组织中，为了实现预期的目标，以人为中心进行的协调活动（周三多）。这种表述与《世界百科全书》对管理做的解释基本一致，它清楚地表明了管理的本质特征，把管理同人类的其他活动区别开来。这一定义包含五层意思：

（一）管理的目的是为了实现预期的目标

世界上既不存在无目标的管理，也不可能实现无管理的目标。

（二）管理的本质就是协调

协调就是使个人的努力与集体的预期目标相一致。每一项管理职能、每一次管理决策都要进行协调，都是为了协调。

（三）协调必定产生在社会组织当中

当个人无法实现预期目标时，就要寻求别人的合作，形成各种社会组织，原来个人的目标也就必须改变为社会组织全体成员的共同目标。个人与集体之间，以及各成员之间必然会出现意见和行动的不一致，这就使协调成为社会组织必不可少的活动。

（四）协调的中心是人

在任何的社会组织中都同时存在人与人、人与物的关系。但人与物的关系最终仍表现为人与人关系，任何资源的分配也都是以人为中心的。由于人不仅有物质的需要还有精神的需要。因此，社会文化背景、历史传统、社会制度、人的价值观、人的物质利益、人的精神状态、人的素质、人的信仰，都会对协调活动产生重大的影响。

（五）协调的方法是多样的

协调的方法是多样的。需要定性的理论和经验，也需要定量的专门技术。计算机的应用与管理信息系统的发展，将促进协调活动发生质的飞跃。

二、管理的基本特征

（一）管理的载体是组织

管理活动存在于组织活动中，即管理的载体是组织。组织的类型、形式和规模各异，但其内部都含有五个基本要素：人（管理的主体和客体）、物（管理的客体、手段和条件）、信息（管理的客体、媒介和依据）、机构（反映了管理的上下左右分工关系和管理方式）、目的（表明为什么要有这个组织，为什么要进行管理）。组织内部的要素是可控制的。组织应是一个开放的系统，组织的外部环境对组织的效果与效率有很大影响。一般地，组织的外部环境含有九个要素：行业、原材料供应、财政资源、产品市场、技术、经济形势、政治状况、国家法律和规章及条例、社会文化。组织的外部要素中，部分是可控的，部分是不可控的。

（二）管理的主体是管理者

管理者对管理的效果和组织的效果将承担重大责任。管理者的责任有三个层次：一是管理一个组织；二是管理管理者；三是管理工作和工人。

（三）管理有其特定的任务、职能和层次

管理的任务，也是管理者的任务，就是设计和维持一种环境，使在这一环境中工作的人们能够用尽可能少的支出，实现既定的目标。

管理的基本职能是计划、组织、领导和控制。任何一个组织，都有一定的层次，通常分成三个层次：上层、中层和基层。

（四）管理的核心是处理好人际关系

管理是让别人与自己一道去实现既定的目标，管理者的工作或责任的很大一部分是与人打交道，这在指导与领导的职能中表现得尤为充分。

（五）管理是科学性和艺术性的统一

管理的科学性是管理作为一个活动过程，其间存在着一系列基本客观规律。人们从实践中升华和抽象出管理理论和一般方法，然后利用这些理论来指导自己的实践，并在实际中验证和丰富。因此，管理是一门科学。艺术性是指在掌握一定理论和方法的基础上，灵活运用这些知识和技能的技巧和诀窍。要因地制宜地将管理知识与管理实践相结合。管理的艺术性与管理的科学性并不矛盾。管理需要科学的理论指导，没有理论指导的实践是盲目的实践，盲目的实践是要失败的。但是管理理论是关于实践的概括与抽象，具有较高的原则性，而每一项具体的管理活动又都是在特定条件下展开的，因此，要结合实际进行创造性的管理。可见，管理是科学性和艺术性的统一。

三、管理的重要性

（一）人依赖组织，有组织就有管理，管理具有普遍性

人从出生开始就生活在各种不同组织之中。在家庭与亲人一起生活，在学校与同学一起学习，在工厂、学校、医院、军队、公司、政府机关、协会、运动队等与同事们一起工作。人们依赖组织，组织是人类存在和活动的基本形式。没有组织，仅凭人们个体的力量，无法征服自然，也不可能有所成就；没有组织，也就没有人类社会今天的发展与繁荣。组织是人类征服自然的力量的源泉，是人类获得一切成就的主要因素。然而，仅仅有了组织也还是不够的，因为人类社会中存在组织就必然有人群的活动，有人群的活动就有管理，有了管理，组织才能进行正常有效的活动，简而言之，管理是保证组织有效地运行所必不可少的条件。组织的作用依赖于管理，管理是组织中协调各部分的活动，并使之与环境相适应的主要力量。所有的管理活动都是在组织中进行，有组织，就有管理，即使一个小的家庭也需要管理；从另一个方面来说，有了管理，组织才能进行正常的活动，组织与管理都是现实世界普遍存在的现象（见图1-1）。

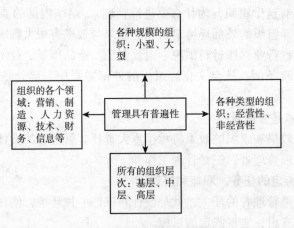

图1-1 人类对管理的普遍需要

（二）管理使组织发挥正常功能

管理，是一切组织正常发挥作用的前提，任何一个有组织的集体活动，不论其性质如何，都只有在管理者对它加以管理的条件下，才能按照所要求的方向进行，也才能完成组织

预期的目标。

组织是由组织的要素（组织的目标、组织的环境、管理主体和管理客体）组成的，组织的要素互相作用产生组织的整体功能。然而，仅仅有了组织要素还是不够的，这是因为各自独立的组织要素不会完成组织的目标，只有通过管理，使之有机地结合在一起，组织才能正常地运行与活动。组织要素的作用依赖于管理。管理在组织中协调各部分的活动，并使组织与环境相适应。一个单独的提琴手是自己指挥自己，一个乐队就需要一个乐队指挥，没有指挥，就没有乐队。在乐队里，一个不准确的音调会破坏整个乐队的和谐，影响整个演奏的效果。同样，在一个组织中，没有管理，就无法彼此协作地进行工作，就无法达到既定的目的，甚至连这个组织的存在都是不可能的。集体活动发挥作用的效果大多取决于组织的管理水平。

组织对管理的要求和对管理的依赖性与组织的规模是密切相关的，共同劳动的规模越大，劳动分工和协作越精细、复杂，管理工作也就越重要。一般地说，在手工业企业里，要进行共同劳动，有一定的分工协作，管理就成为进行生产所不可缺少的条件。但是，如果手工业企业的生产规模较小，生产技术和劳动分工也比较简单，管理工作也比较简单。现代化大工业生产，不仅生产技术复杂，而且分工协作严密，专业化水平和社会化程度都高，社会联系更加广泛，需要的管理水平就更高。工业如此，农业亦同样如此，一个规模大、部门多、分工复杂、物质技术装备先进、社会化专业化商品化水平高的农场，较之规模小、部门单一、分工简单、以手工畜力劳动为主、自给或半自给的农业生产单位，就要求有高水平、高效率的管理。

总而言之，生产社会化程度越高，劳动分工和协作越细，就越要有严密的科学的管理。组织系统越庞大，管理问题也就越复杂，庞大的现代化生产系统要求有相当高度的管理水平，否则就无法正常运转。

（三）管理有利于组织目标的实现

组织是有目标的，组织只有通过管理，才能有效地实现组织的目标。在现实生活中，我们常常可以看到这种情况，有的亏损企业仅仅由于换了一个精明强干、善于管理的厂长，很快扭亏为盈；有些企业尽管拥有较为先进的设备和技术，却没有发挥其应有的作用；而有些企业尽管物质技术条件较差，却能够凭借科学的管理，充分发挥其潜力，反而能更胜一筹，从而在激烈的社会竞争中取得优势。

通过有效地管理，可以放大组织系统的整体功能。因为有效的管理，会使组织系统的整体功能大于组织因素各自功能的简单相加之和，起到放大组织系统的整体功能的作用。在相同的物质条件和技术条件下，由于管理水平的不同而产生的效益、效率或速度的差别，这就是管理所产生的作用。

在组织活动中，需要考虑到多种要素，如管理者、被管理者、组织资源（资金、物资、技术、信息等）、组织环境等，它们都是组织活动不可缺少的要素，每一要素能否发挥其潜能，发挥到什么程度，对管理活动产生不同的影响。有效的管理，正在于寻求各组织要素、各环节、各项管理措施、各项政策以及各种手段的最佳组合。通过这种合理组合，就会产生一种新的效能，可以充分发挥这些要素的最大潜能，使之人尽其才，物尽其用。例如，对于人员来说，每个人都具有一定的能力，但是却有很大的弹性。如能积极开发人力资源，采取有效管理措施，使每个人聪明才智得到充分的发挥，就会产生一种巨大的力量，从而有助于实现组织的目标。

（四） 管理的重要性源于资源的有限性

资源（人力、资金、物资、技术、信息等）是组织生存和发展的基础。由于任何组织能投入生产过程的资源是有限的，整个社会能用于社会生产的资源也是有限的，所以就需要通过有效的管理来提高资源的使用效率，使有限的资源得到有效的运用，以可用的资源尽可能对地实现某种想要完成的任务或目标。

四、管理的性质

管理具有自然的和社会的二重属性，这是马克思主义关于管理的基本观点。首先，管理是通过组织生产力、协作劳动，即"指挥劳动"，使生产过程联系为一个统一整体所必需的活动，是生产过程的自然需要，这就是管理的自然属性。其次，管理又是与生产关系相联系的一种"监督劳动"，是管理执行者维护和巩固生产关系，实现特定生产或业务活动目的的一种职能，这就是管理的社会属性。

管理的二重性是相互联系、相互制约的。一方面，管理的自然属性不可能孤立存在，它总是在一定的社会形式、社会生产关系条件下发挥作用；同时，管理的社会属性也不可能脱离管理的自然属性而存在，否则，管理的社会属性就会成为没有内容的形式。另一方面，管理的二重性又是相互制约的。管理的自然属性要求具有一定的"社会属性"的组织形式和生产关系与其相适应；同样，管理的社会属性也必然对管理的科学技术等方面发生影响或制约作用。管理的二重性是统一的（见图1-2）。

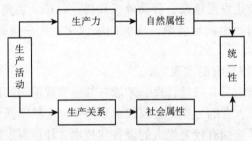

图1-2　管理的二重性

马克思关于管理二重性的理论，是指导人们认识和掌握管理的特点和规律，实现管理任务的有力武器。认识和掌握管理二重性的原理，才能分清资本主义管理和社会主义管理的共性和个性，正确地处理批判与继承、学习与独创、吸收外国管理经验与结合中国实际之间的关系，实事求是地研究和吸收外国管理中有益的东西，做到兼收并蓄，洋为中用。

五、管理的职能

管理职能是管理所具有的功能。法国的法约尔最早系统提出管理的职能。20世纪初期，法国工业学家亨利·法约尔首先提出管理包括计划、组织、指挥、协调、控制五个职能。在法约尔之后，许多学者根据社会环境的新变化，对管理的职能进行了进一步的探究，有了许多新的认识。

古利克和厄威克就管理职能的划分，提出了著名的管理七职能。他们认为，管理的职能是：计划、组织、人事、指挥、协调、报告、预算。

哈罗德·孔茨和西里尔·奥唐奈里奇把管理的职能划分为：计划、组织、人事、领导和控制。人事职能的包含意味着管理者应当重视利用人才，注重人才的发展以及协调人们活动，这说明当时管理学家已经注意到了人的管理在管理行为中的重要性。

20 世纪 60 年代以来，随着系统论、控制论和信息论的产生以及现代技术手段的发展，管理决策学派的形成，使得决策问题在管理中的作用日益突出。西蒙等人在解释管理职能时，突出了决策职能。

美国学者米和希克斯在总结前人对管理职能分析的基础上，提出了创新职能，突出了创新可以使组织的管理不断适应时代发展的论点。

管理职能的变化和社会环境的变化有密切的关系。在法约尔时期，企业的外部环境变化不大，市场竞争并不激烈，管理者的主要工作是做好计划、组织和领导工人把产品生产出来就万事大吉了。在行为科学出现之前，人们往往对管理的活动侧重于对技术因素及物的因素的管理，管理工作中强调实行严密的计划、指挥和控制。但自霍桑实验之后，一些学者在划分管理职能时，对有关人的因素的管理开始重视起来，人事、信息沟通、激励职能开始提出。这些职能的提出，体现了对管理职能的划分开始侧重于对人的行为激励方面，人事管理被提到比较重要的地位上来。20 世纪 50 年代以后，特别是 60 年代以来，由于现代科学技术的发展和诸多新兴学科的出现，管理学家又在管理职能中加进了创新和决策职能。决策理论学派的代表人物西蒙提出了决策职能，决策职能从计划职能中分化出来。他认为决策贯彻于管理的全过程，管理的核心是决策。管理的决策职能不仅各个层次的管理者都有，并且分布在各项管理活动中。创新职能源于 70 年代后的世界环境的剧变。创新职能的提出，也恰恰反映了这一时代的历史背景。我们可以预见，随着科学技术的不断发展和社会生产力水平的提高，管理职能的内容和重点也会有新的变化。

尽管不同管理理论关于管理职能的界定不尽相同，但当代管理学家们对管理职能的划分，大体上没有超出法约尔的范围。现实中，人们普遍认同管理具有合理组织生产力和维护发展生产关系两个基本职能，具体职能有四个：计划、组织、领导、控制，如图 1-3 所示。

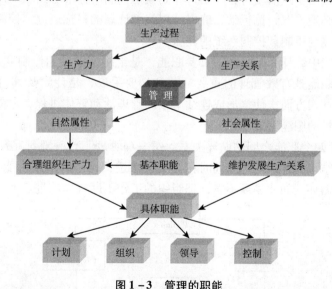

图 1-3　管理的职能

（一）计划（Planning）

计划就是对未来行为所做的安排，包括制定目标和确定为实现目标所必须采取的行动。计划是管理的首要职能。首先，计划从明确目标着手为实现组织目标提供了保障。其次，计划还通过优化资源配置保证组织目标的实现。最后，计划通过规划、政策、程序等的制定保证组织目标的实现。组织中所有层次的管理者包括高层的管理者、中层的管理者和基层的管理者，都必须从事计划活动。计划活动过程大致分为四个步骤：

1. 选择确定组织目标；
2. 确定实现这一目标的行动路线；
3. 为目标的实现配置相应的资源；
4. 评估、反馈计划的实施过程和实施结果。

（二）组织（Organizing）

组织职能是管理者根据工作的要求与人员的特点，设计岗位，通过授权和分工，将适当的人员安排在适当的岗位上，用制度规定各个岗位的职责和上下左右的相互关系，形成一个有机的组织结构，使整个组织协调运转，以实现组织目标的活动。

计划和组织职能主要是明确 5W1H。计划主要确定：做什么（What to do it）和为什么做（Why to do it），组织在计划的基础上进一步明确谁去做（Who to do it）、什么时候做（When to do it）、在哪里做（Where to do it）及怎样做（How to do it）。

组织目标决定着组织的具体形式和特点。

（三）领导（Leading）

领导职能就是管理者按照管理目标和任务，运用管理权力，主导和影响被管理者，使之为了组织目标的实现积极行动并贡献力量的活动，其基本内容包括激励、沟通、协调、奖励、处罚、示范等。

（四）控制（Controlling）

控制职能是按照组织目标和计划的要求，对组织的运行状况进行检查、监督和调节的活动。控制的实质就是使实践活动符合计划，计划就是控制的标准。当组织的实际运行状况偏离计划时，管理者必须采取纠偏行动，确保计划朝着计划的目标迈进。控制的基本内容包括控制方式的选择、控制机制和控制系统的建立。

在以上四个职能中，计划是管理的首要职能，是组织、领导和控制职能的基础和依据；组织、领导和控制职能是有效管理的重要环节和必要手段，是计划及其目标得以实现的保障。只有统一协调这四方面，使之形成连续一致的管理活动整体过程，才能保证管理工作的顺利进行和组织目标的圆满完成。

图 1-4 反映了四个职能之间的循环关系。每一项管理工作一般都是从计划开始经过组织、领导，到控制结束。各职能之间同时相互交叉渗透，控制的结果可能又导致新的计划，开始新一轮的管理循环。如此循环不息，把组织的工作不断推向前进。

图 1-4　计划、组织、领导、控制管理过程的循环关系

第二节　管理者

一、管理者的含义

通常一个组织所从事的基本活动可以分为两类：管理活动和业务活动。与此相对应，一个组织的人员也可以分为两类：管理者和业务活动者（执行者）。管理活动是指协调他人活动的活动；业务活动是由管理活动进行协调的他人的活动。从事业务活动的人我们称之为业务活动者，或执行者，执行者的责任就是根据管理者制定的业务计划和目标，从职能领域安排自己的工作计划，细化和量化工作，并努力实现组织的目标，他们对组织目标的实现起直接贡献作用。而从事管理活动的人我们则称之为管理者。管理者的主要责任是协调执行者的活动，他们通过他人实现组织的目标，对组织目标的实现起间接贡献作用。在传统的组织中，管理者和执行者之间有明显的界限。在现代组织中，管理者和执行者的界限已不是很分明。管理者同时又是执行者的情况很普遍，特别是自我管理的团队中更是如此，团队领导既要组织团队成员自己制订计划、自己从事组织、领导和控制，自己检查和评价自己的工作和绩效，又要根据职责分工完成团队分配给他的具体任务，并通过团队成员的共同努力完成组织交给团队的目标。在现代组织中，管理者的横向协调关系多于纵向的管理关系。

管理者不同于一般业务活动人员，其工作具有复杂性、风险性、特殊性、创造性、政策性和工作成果表现的间接性等特点。

（一）复杂性

管理活动往往是一个全方位、多角度的综合动态过程，涉及政治、经济、法律、技术、人事等多方面。这些方面不是截然分开的，而是相互制约、影响的，如果哪一方面稍有不慎，就会波及整个管理的全局。

（二）风险性

一项管理工作在行动之前，必先作出决策和制订计划。管理者面对要解决的课题，往往带有预测性。预测并不是百分之百的准确、可靠，这就影响到决策和计划的正确性，进而影响到管理活动的成败。

（三）特殊性

管理人员的工作大多是通过口语和文字等形式进行的，管理者的劳动可以看做是处理信息的劳动。一个管理者如果不通过耳听、眼看来接收各方面的信息，就难以出好主意，就做不出决策，也不能制定规划。

（四）创造性

管理者要处理的问题，不仅复杂，而且多变，甚至出现随机现象，往往没有现成的公式和固定的模式可以沿用。在解决一个新问题时，必须把自己全部的知识、经验、智慧、才能及贮存的全部信息资料统统调动起来，即其具有创造性。

（五）改革性

管理工作的核心是人与人之间的关系，而人与人之间的关系错综复杂，这就必须按照国家的法规、政策正确处理上述关系。

（六）工作成果表现的间接性

管理者特别是高、中层管理者的基本任务是"生产"决策、计划、方案、制度、指示等信息产品。

二、管理者的分类

（一）管理者按层次可以划分为高层管理者、中层管理者和基层管理者

1. 高层管理者。高层管理者是指对整个组织的管理负有全面责任的人，他们的主要职责是：制定组织的总目标、总战略，掌握组织的大政方针并评价整个组织的绩效。高层管理人员在与组织外界的交往中，往往代表组织，并以"官方"的身份出现。

2. 中层管理者。中层管理者通常是指处于高层管理人员和基层管理人员之间的一个或若干个中间层次的管理人员。他们的主要职责是贯彻执行高层管理人员所制定的重大决策、监督和协调基层管理人员的工作。与高层管理人员相比，中层管理人员特别注意日常的管理工作。

3. 基层管理者。基层管理者亦称第一线管理人员，也就是组织中处于最低层次的管理者，他们所管辖的仅仅是作业人员，而不涉及其他管理者。他们的主要职责是：给下属作业人员分派具体工作任务、直接指挥和监督现场作业活动、保证各项任务的有效完成。

有人形象地用"挥手"、"叉腰"和"监工"三个词描述三个层次管理者的职责。

图1-5标示出组织的层次。

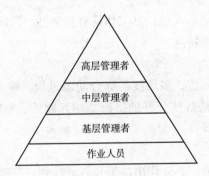

图1-5　组织的层次

高层管理者的具体任务包括：建立雄伟目标，达成群体共识；制订战略计划，调整组织分工；汇集各项资源，进行合理配置；提出核心理念，塑造企业文化。

中层管理者的具体任务包括：建立工作团队，明确人员分工；规范工作程序，建立管理标准；加强计划管理，实施日常考核；激发下属动力，培育下属能力。

基层管理者的具体任务包括：建立工作关系——明确下属任务；制定作业方法——岗位工作标准；执行工作指导——加强巡视培训；实施工作改善——不断创新发展。

而操作者的具体任务则是：接受上级指示——明确任务与要求；完成自身任务——履行岗位职责；实现自我超越——不断晋升发展。

显然，不同管理人员在行使管理基本职能时的侧重点不同。高层管理者同基层管理者在

执行管理职能上的区别：一般而言，高层管理人员花在组织和控制工作上的时间要比基层管理人员多，而基层管理人员花在领导工作上的时间要比高层管理人员多。决策按其重要程度可以划分为战略决策、管理决策和业务决策，因这三种决策对企业的重要程度不同，各级管理层应有所侧重。高层管理者应侧重于战略决策，抓影响全局的大政方针；中层管理者应侧重于管理决策，抓实现企业管理总目标的战术决策；基层管理者则应侧重于抓日常业务决策。

　　组织的结构就像一根链条，环环相扣，任何一个环节的薄弱都同样会造成整体运转的障碍。如果将组织比做一个人，最高决策管理层就好比头脑，决定前进的方向；基层员工则是脚踏实地的双足，但仅有头脑和双足还是不够的，必须要有一个承上启下的腰，也就是贯彻执行决策意图和指挥具体操作的中层管理层。这个层面的管理者，既要有胸怀全局的大局观，又要熟悉具体的业务操作，是公司非常重要的骨干力量。很多经验表明，中层管理的薄弱是很多具有良好创意的新公司在市场竞争中栽跟头的主要内因之一。不同管理人员在行使管理基本职能时的侧重点如图1-6所示。

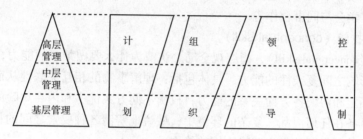

图1-6　管理者的层次分类与管理职能

（二）管理者按管理的领域可以划分为综合管理者和专业管理者

1. 综合管理者。综合管理者是负责管理整个组织或组织中某个事业部的全部活动的管理者。如总公司，分公司的总经理、经理等。

2. 专业管理者。专业管理者是仅仅负责管理组织中某一类活动的管理者。如人力资源部经理、销售部经理、技术开发部经理、生产部经理、财务部经理等。

　　管理者按领域分类如图1-7所示。

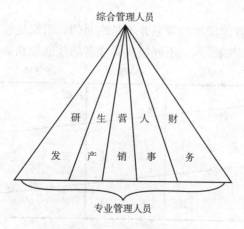

图1-7　管理者的领域分类

三、管理者的技能

管理者一般应具备三方面的技能。

(一) 技术技能 (technical skill)

技术技能 (technical skill)，指使用某一专业领域内有关的工作程序、技术和知识完成组织任务的能力。技术技能是管理者处理物 (过程或有形物体) 的能力。

管理者不必成为精通某一领域的技能专家，但需了解并初步掌握与其管理的专业相关的基本技能，否则很难与他所主管的组织内的专业技术人员进行有效的沟通，从而无法对所辖业务范围的各项工作进行具体的指导。

(二) 人际技能 (human skill)

人际技能 (human skill)，指与处理人事关系有关的技能，即理解、激励他人并与他人共事的能力。人际技能是管理者处理人的关系的能力。

管理者除了领导下属外，还要与上级领导和同级同事打交道，还得学会说服上级领导，领会领导意图，学会与同事合作等。

(三) 概念技能 (conceptual skill)

概念技能 (conceptual skill)，指综观全局、认清为什么要做某事的能力，也就是洞察企业与环境相互影响之间复杂性的能力。具体包括：理解事物的相互关联性从而找出关键影响因素的能力；确定和协调各方面关系的能力；权衡不同方案优劣和内在风险的能力；等等。

管理者应具备在任何混乱、复杂的环境中，敏锐地辨清各种要素之间的相互关系，准确地抓住问题的实质，果断地做出正确决策的能力。

要成为有效的管理者，必须具备上述三种技能，缺一不可。但是，由于不同层次管理者的管理职责不同，因此，不同层次的管理者所需要具备的管理技能也有所侧重。处于较低层次的管理人员，主要需要的是技术技能与人际技能；处于较高层次的管理人员，更多地需要人际技能和概念技能；处于最高层次的管理人员，尤其需要较强的概念技能。但是，无论哪一管理层的管理者都必须具备较强的人际技能。对于管理者处理物的技能和处理人的技能两者之间，管理更注重管理者人际关系的处理技能。有效的管理者必须有良好的沟通、协调能力，能够激励组织内部的人们成为一个上下一致的团队，并使组织与外部和社会建立融洽的合作关系和沟通渠道。

当然这种管理技能和管理层次的联系并不是绝对的，组织规模大小和管理模式的不同等一些因素也会对此产生一定的影响。不同层次管理者的技能结构如图 1-8 所示。

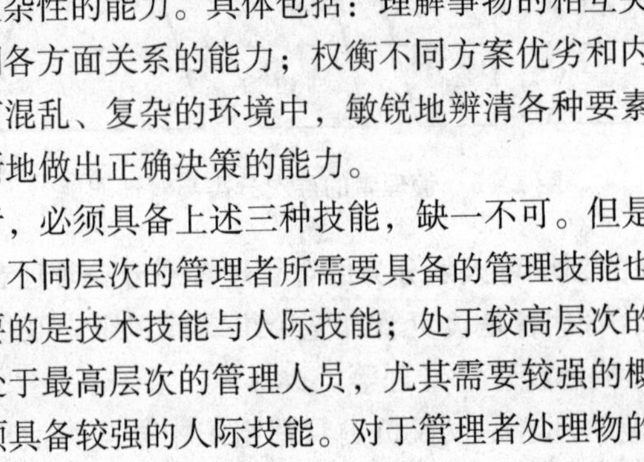

图 1-8　管理层次与管理技能要求

四、管理者的素质

管理者的素质是指管理者与管理相关的内在基本属性与质量。其素质主要表现为品德、知识、能力与身心条件。管理者的素质是形成管理水平与能力的基础，是做好管理工作、取得管理功效的极为重要的主观条件。

管理者应具备以下基本素质。

（一）较高的政治素质

政治素质是管理者的灵魂，对其他素质起着主导作用。它包括社会主义觉悟、一定的政治理论素养、较高的政策水平、良好的思想作风、较高的品德修养等。

（二）广泛的知识素质

知识是提高管理者智慧、才能的基础。知识素质包括较好的知识结构并善于把知识转化为能力。

（三）良好的心理素质

心理指人的感知、记忆、思维、情感、意志、性格、能力等心理现象的总体。管理者应具有的心理素质有：观察力、理解力、记忆力、想象力、健康的情感、坚强的意志和良好的个性心理等。

（四）灵活敏捷的思维素质

思维是人脑对客观现实的概括和间接的反映，它反映的是事物的本质与发展的规律性。在人的认识过程中，思维实现着从现象到本质，从感性到理性的转化，使人达到对客观事物的理性的认识，从而构成了人类认识的高级阶段。良好的思维品质包括思维的针对性、敏捷性、广阔性、深刻性、逻辑性和立体思维等。

（五）较强的管理能力

能力指完成某种活动所必须而且直接影响其效率的个性心理特征。管理者要成功地做好工作，往往需要多种能力的有机结合，这包括创新能力、筹划决断能力、组织指挥能力、人际交往能力、语言与文字表达能力以及专业技术能力等。

（六）健康的身体素质

这包括生理正常、精力充沛等。

第三节　管理学

一、管理学及其特点

管理学是一门系统地研究管理过程的普遍规律、基本原理和一般方法的科学，它是一门不精确的、有待于发展的科学，具有以下特点：

（一）一般性

管理学有别于其他各种专门管理学，如企业管理学、学校管理学、医院管理学、科研管理学、行政管理学、新闻管理学、军队管理学、监狱管理学、工会管理学等，它试图从各种不同的组织中概括、抽象、提炼出共同的东西，并形成系统的理论。

（二）多样性

管理学广泛运用自然科学、社会科学以及其他现代科学技术成果，属于边缘科学。管理学的领域十分广泛。"因为它是把自然科学和社会科学探索的成果加以改造而融为我们时代最高成就的唯一的科学。"①

（三）历史性

管理学是对前人的管理实践、管理思想和管理理论的总结、扬弃和发展。割断历史，不了解前人对管理经验的理论总结和管理历史，就难以很好地理解、把握和运用管理学。

（四）实践性

管理学是一门应用性科学，它的理论与方法要通过实践来检验其有效性；同时，有效的管理理论与方法只有通过实践，才能带来实效，发挥其指导实际工作的作用，并在实践中不断反复，完善管理学的理论和方法。

二、管理学的研究对象与内容

（一）管理学的研究对象

管理学作为一门独立的学科，研究的客体是人类社会的管理领域及其管理活动，研究的重点是管理领域中的特殊矛盾。因此，管理学是一门研究管理活动中基本的管理关系、管理规律及一般方法的科学。

1. 管理活动中的基本关系。包括管理主体与管理客体的关系、管理的隶属关系、管理的协作关系、管理中人与人的关系、管理中人与物的关系、管理中物与物的关系等。在管理活动中，正确处理这些关系，就能发挥各方面的积极性，从而提高管理效能。

2. 管理规律。主要有三种：管理系统整体规律、管理过程控制规律、管理的人员激励规律。在管理活动中要不断掌握这些规律，并善于运用到管理活动中去，才能提高管理效能。

3. 管理方法。管理方法是指人们在管理活动中，为达到既定的目标而采取的管理方式、程序和手段的总和。

（二）管理学的研究内容

管理学的研究内容很广泛，大体可以分三个层次或侧重点：

1. 从管理学的二重性出发，研究内容可分三个方面：一是生产力方面；二是生产关系方面；三是上层建筑方面。

生产力方面：主要研究生产力诸要素之间的关系，即合理组织生产力的问题。研究如何根据组织的目标、社会需求，合理使用各种资源，以求得最佳经济效益和社会效益的问题。

生产关系方面：主要研究如何正确处理组织中人与人之间的关系问题；研究如何完善组织机构和各种管理体制问题，从而最大限度地调动各方面的积极性和创造性，为实现组织目标服务。

上层建筑方面：主要研究如何使组织内部环境和外部环境相适应的问题；研究如何使组织的意识形态（价值观、理念等）、规章制度与社会的政治、法律、道德等上层建筑保持一致的问题，从而维持正常的生产关系，促进生产力发展。

---

① ［美］卡·海耶尔主编：《管理百科全书》，上海辞书出版社 1991 年版，第 1 页。

2. 从历史的角度研究管理实践、管理思想及管理理论的形成与演变过程。人类社会产生后，人们的社会实践活动表现为集体协作劳动的形式，而有集体协作劳动的地方就有管理活动。在漫长而重复的管理活动中，管理思想逐步形成。而随着社会生产力的发展，人们把各种管理思想加以归纳和总结，就形成了管理理论。人们反过来又运用管理理论去指导管理实践，以取得预期的效果，并且在管理实践中修正和完善管理理论。管理实践、管理思想与管理理论三者之间的关系如图 1－9 所示。

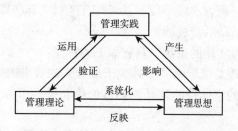

图 1－9　管理实践、管理思想与管理理论三者之间的关系

3. 从管理者出发研究管理过程。着重从管理者的工作或职能出发来系统研究管理活动中有哪些职能；执行这些职能涉及组织的哪些要素；在执行各项职能中应遵循哪些原理，采用哪些方法、程序、技术；执行职能过程中会遇到哪些障碍、阻力及如何克服这些障碍、阻力等。

三、管理学的研究方法

（一）唯物辩证法

管理学研究的唯物辩证法就是运用马克思主义的辩证法对人类管理现象进行分析。就是要坚持实事求是的态度，用全面的历史的观点，去观察和分析问题，重视管理学的历史、考察它的过去、现状及其发展趋势，不能固定不变地看待组织及组织的管理活动。运用唯物辩证法研究、分析和解决管理问题时必须坚持以下的原则：

1. 理论联系实际的原则。理论联系实际是马克思主义管理学的最基本原则。管理研究必须联系管理实践发展的实际。管理理论的生命力来源于人类社会管理的实践，社会管理实践不断发展的原则，为管理理论和管理哲学的研究提供了丰富的感性材料。由于不同国家、不同地域具有不同的价值观念，因而在引入管理理论和借鉴管理模式方法的时候，一定要根据本国、本地区生产力发展的实际，进行适度的创新和调适。否则一味地盲目引进和照搬照抄只会导致管理实践失败。

2. 坚持历史与逻辑相统一的原则。任何科学的管理学理论必须具有自身的逻辑结构，这种逻辑结构是管理活动历史发展客观过程的一种规律性的反映。因此，马克思主义的管理学对管理的历史和管理的规律进行高度的提炼概括，其内容的叙述和安排都必须尽可能反映人类管理活动发展的历史过程。这就需要"在它完全成熟而具有典范形式的发展点上加以考察"（《马克思恩格斯选集》第 2 卷，第 122 页），从而抽象出管理思想发展的内在逻辑。

3. 批判继承创新的原则。唯物辩证法基本规律要求，管理主体必须根据管理条件的变化，不断地对管理的原有原理进行反思批判。因为人类管理思想表明，一定管理模式、手段都是同一定的社会生产力发展水平相一致的，科学管理对经验管理的超越，以及当代种种管理理论林立正是为了适应现实管理变革需要的产物。作为科学形态的马克思主义管理学，必须是一个开放发展的体系，它将随着时代的变化而不断丰富创新，但它有自己独特的一般方法论原则。

（二）系统方法

系统是指由相互作用和相互依赖的若干组成部分结合而成的、具有特定功能的有机整体，系统本身又是它从属的一个更大系统的组成部分。从管理的角度看，系统有两个含义：一是指一个实体；二是指一种方法或手段。二者既有区别又有联系。系统的方法是指用系统的观点来研究和分析管理活动的全过程。

把管理过程或活动看做实体的系统，具有如下的特性：

1. 整体性。有效的管理总能带来"整体大于部分"的效果。

2. 目的性。管理系统的整体目的就是要创造价值和提供服务，达到一定的经济效益与社会效果。

3. 开放性。管理过程必须不断地与外部社会环境交换能量与信息。

4. 交换性。管理过程中各种因素都不是固定不变的，组织本身也存在变革。

5. 相互依存性。管理的各要素之间是相互依存的，而且管理活动与社会相关活动之间也是相互依存的。

6. 控制性。有效管理系统必须有畅通的信息与反馈的机制，使各项工作能够及时有效地得到控制。

系统作为一种方法，在研究、分析和解决问题时必须具备以下的观点：

1. 整体观点。整体的功效应大于各个个体的功效之和。

2. 开放性与封闭性。若系统与外部环境交换信息与能量，就可把它看成是开放的；反之，就可把它看成是一个封闭的系统。

3. 封闭则消亡的观点。凡封闭的系统，都具有消亡的倾向。

4. 模糊分界的观点。将系统与其所处的环境分开的"分界线"往往是模糊的。

5. 保持"体内动态平衡"的观点。开放的系统要生存下去，至少必须从环境中摄取足够的投入物来补偿它的产出物和其自身在运动中所消耗的能量。

6. 信息反馈观点。系统要达到体内动态平衡，就必须有信息反馈。

7. 分级观点。每个系统都有子系统，同时它又是一个更大系统的组成部分，它们之间是等级形态。

8. 不断分化和完善的观点。

9. 等效观点。在一个社会系统内，可以用不同的输入或不同的过程去实现同一个目标，不存在唯一的最好的方式。

四、学习和研究管理学的重要性

（一）管理的重要性决定了学习、研究管理学的必要性

管理是有效地组织共同劳动所必需的。随着生产力和科学技术的发展，人们逐渐认识到管理的重要性。从历史上看，经过了两次转折，管理学才逐步形成并发展起来。第一次转折是泰罗科学管理理论的出现，意在加强生产现场管理，使人们开始认识到管理在生产活动中所发挥的作用。第二次转折是第二次世界大战后，人们看到，不依照管理规律办事，就无法

使企业兴旺发达，因此要重视管理人员的培养，这促进了管理学的发展。同时也使管理日益表现出它在社会中的地位与作用。管理是促进现代社会文明发展的三大支柱之一，它与科学和技术三足鼎立。管理是促成社会经济发展的最基本的、最关键的因素。发展中国家经济落后，关键是由于管理落后。先进的科学技术与先进的管理是推动现代社会发展的"两个轮子"，二者缺一不可。管理在现代社会中占有重要地位。经济的发展，固然需要丰富的资源与先进的技术，但更重要的还是组织经济的能力，即管理能力。从这个意义上说，管理本身就是一种经济资源，作为"第三生产力"在社会中发挥作用。先进的技术，要有先进的管理与之相适应，否则，落后的管理就不能使先进的技术得到充分发挥。管理在现代社会的发展中起着极为重要的作用。

（二）学习、研究管理学是培养管理人员的重要手段之一

判定管理是否有效的标准是管理者的管理成果。通过实践可验证管理是否有效，因此，实践是培养管理者的重要一环。而学习、研究管理学也是培养管理者的一个重要环节。只有掌握扎实的管理理论与方法，才能很好地指导实践，并可缩短或加速管理者的成长过程。目前我国的管理人才，尤其是合格的管理人才是缺乏的。因此，学习、研究管理学，培养高质量的管理者成为当务之急。

（三）学习、研究管理学是未来的需要

管理是人类不可缺少的重要活动，随着未来社会共同劳动的规模日益扩大，劳动分工协作更加精细，社会化大生产日趋复杂，管理就更加重要了。在人类经历了农业革命、工业革命这样两个文明浪潮以后，以全新技术为主要特征的"第三次浪潮"不久就会冲击到我们的身边，可以预测，全新的技术，高速度的发展必将需要一套更科学的管理，才能使新的技术、新的能源、新的材料充分发挥它们的作用，比起过去和现在，未来的管理在未来的社会中将处于更加重要的地位。

思　考　题

1. 什么是管理？明确管理活动存在的必要性。
2. 管理基本职能和具体职能是什么？理解各种职能之间的关系。
3. 管理具有哪些特征？管理活动具有哪些特征？
4. 如何理解管理的二重性？
5. 管理学的研究对象和研究内容是哪些？
6. 掌握管理者的分类和技能。区分不同层次管理者对管理技能的要求。
7. 管理者应具备哪些素质？

能力训练

大学生创业

经过10多年的努力学习，你终于成为一名大学生。到大学报到的第一天，你就发现大学与中学有很大的不同，你看到一些学长们还没毕业就开始创业了，有的在推销日常用品，有的开餐馆，联想到媒体报道不少大学毕业生毕业后找不到合适的工作，就业竞争压力比较大，你也想为将来的就业提前做些准备。经过考察，你发现大学生对资料收集、打印、排版有很大的需求，于是，决定在学校附近开一间文印室。在正式开店之前，以下几个问题你必须仔细考虑：

1. 周边是否已经有类似的文印室？如果有，你如何与他们展开竞争？与他们相比，你的优势在哪里？你将如何充分发挥和保持你的优势？

2. 你还是一个学生，开店对你来说是一件全新的工作，为了使你的文印店尽快开始营业，你需要做哪些事情？这些事情的先后顺序怎样？

3. 请设想文印店开始营业后，可能会遇到哪些问题？你准备怎样解决这些问题？

4. 想一想，在开店的过程中，你充当了怎样的角色？发挥了怎样的作用？应用了管理的哪些职能？

案例分析

资料：

蔡靖是一家贸易公司的经理。他是一个办事很有条理的人，他领导的贸易公司每天工作 8 小时，各部门经理被要求在每天下班时提交一份工作报告，说明当天开展了什么工作，发生了什么问题。蔡靖每天晚上都会仔细的审查部门经理提交的报告，并在每天睡觉之前把第二天要处理的各种事务列成一份清单，然后逐一落实完成。清单上的项目通常包括两部分内容：一是总部通知他需要处理的事务；二是他自己在一天多次的现场巡视中发现的或者他的属下报告的不正常的情况。

蔡靖每天到办公室做的第一件事就是同他的几位部门经理开一个早会，会上他们决定对于报告中所反映的各种问题应采取些什么措施。蔡靖在白天也参加一些会议，会见来公司的各方面访问者。他们中有些是供应商或潜在供应商的销售代表，有些则是公司的客户。此外，有时也有一些来自地方、省、国家政府机构的人员。总部职能管理人员和蔡靖的直接上司也会来公司考察。当陪伴这些来访者和他自己的属下人员参观的时候，蔡靖常常会发现一些问题，并将它们列入他的待处理事项的清单中。蔡靖发现自己明显无暇顾及长期计划工作，而这些活动是他提高公司管理效率和促进公司可持续发展所必须做的。他似乎总是在处理某种危机，他不知道哪里出了问题。为什么他就不能以一种使自己不这么紧张的方式工作呢？

问题：

1. 蔡靖是管理者吗？为什么？

2. 如果蔡靖是管理者，那么，他属于哪一层的管理者？

3. 蔡靖的工作是否存在问题？如何改进？

提示：

运用管理的职能，管理者的分类及各层管理者应履行的职责等知识回答以上问题。

第 二 章

管理理论简介

知识目标

本章简要介绍古今中外的管理理论。通过本章学习，了解中、外古代各种管理思想；理解古典管理理论与人际关系理论的主要内容；掌握现代管理理论各主要流派的基本观点。

能力目标

通过本章学习，初步具有应用各种管理理论分析与处理实际管理问题的能力，如运用管理相关理论对本课程一些教学管理案例进行分析；以及针对某个组织发现其管理方面存在的问题，并提出加强和完善管理的建议。

管理定律之二

木桶定律

一只木桶盛水的多少，并不取决于桶壁上最长的那块木板，而恰恰取决于桶壁上最短的那块木板。

启 示

一个组织，不是单靠在某一方面的超群和突出就能立于不败之地的，而是要看整体的状况和实力，任何一个环节太薄弱都有可能导致组织在竞争中处于不利位置，最终导致失败的恶果。优秀的组织应善于发现薄弱环节并妥善处理。

第一节 传统管理思想

一、中国古代管理思想

我国古代管理思想产生的历史久远，影响力强，流传广。内容涉及国家治理；如何管人；生产经营管理；以及系统管理；战略管理等许多方面。这些管理思想在古代文献典籍中都有明确地记载和详细论述，下面简要介绍中国古代一些主要的管理思想。

（一）国家管理思想

中国古代管理思想在如何治理国家方面，强调爱民、富民、富国之道。战国末年荀子专门著有《富国篇》，历代人士论富国强兵之道也充满史册。因"民为邦本、本固邦宁"（《尚书》语），治国必须爱民、富民。如春秋初管子说："政之所兴，在顺民心；政之所废，在逆民心。"（《管子·牧民》）后来孟子说："得天下有道，得其民斯得天下矣。""民之所好好之，民之所恶恶之。"（《孟子·尽心下》）西汉贾谊说："闻之于政也，民无不为本也，国以为本，君以为本，吏以为本。"（贾谊：《新书·大政上》）唐代名相魏征说："民存则社稷存，人亡则社稷亡。"（魏征：《群众治安·申鉴》）《尧典》中记载了尧和舜治理国家的事迹和做法。《周礼》中对于国家管理所涉及的组织机构建设、层次、职责划分都有明确记载和阐述，这一典籍被历代帝王将相视为管理国家的法宝。

（二）组织管理思想

中国关于组织的实践和理论起源很早。《周礼》一书，相传周公（公元前12～前11世纪）为周朝制定一套官僚组织制度。它把国家政务划分为六个方面，分别称为治、教、礼、政、刑、事，并分别设天、地、春、夏、秋、冬六种官员来执掌其事，这六种官员以天官的等级最高，仅次于天子。天、地、春、夏、秋、冬六官分别还有一个职务称呼，依次为冢宰（太宰）、司徒、宗伯、司马、司寇、司空。天官冢宰，辅助天子，百官之总的意思，即相当于后来的宰相；地官司徒，掌管国家土地（农业）、户籍，主持每年的"籍田"（在立春举行的大礼），负责征发徒役；春官宗伯，辅助天子管宗庙之事、宗庙祭祀等礼仪；夏官司马，掌握国家军事与军赋；秋官司寇，掌管刑狱、纠察等事；冬官司空，掌管工程。

三国时期的诸葛亮（公元191～234年），在长期的治国和领兵生涯中不但悟到了授权的问题，而且还提到了什么样的人可以为"十夫长"，什么样的人可以为"百夫长"。他在《将之器》一文中写到："将之器，其用大、小不同，若能察其奸、伺其祸，为众所服，此十夫之将。夙兴夜寐，言词密察，此百夫之将。直而有虑，勇而能斗，此千夫之将。外貌桓桓，中情烈烈，知人勤劳，悉人饥寒，此万夫之将。日慎一日，诚信宽大，闲于理乱，此十万人之将。仁爱治天下，信义服邻国，上知天文，中察人情，下识地理，四海之内，视为家室，此天下之将。"

在劳动组织方面，中国古代组织工农业生产，进行重大工程建设，都组织和动用大量的人力、物力参与。如秦朝征役30万民工修建万里长城，隋朝动用近百万民工疏浚京杭大运河等。早在战国初期，墨翟（公元前468～前376年）就提出分工思想："譬如筑墙然，能筑者筑，能壤者壤，能欣者欣，然后墙成。"

（三）系统管理思想

系统思想的起源可以追溯到春秋战国时期，它重视事物的整体性，重视事物之间的区别和内在联系，重视人对客观事物的适应和促进，这种思想是最源远流长的。在系统思想指导下，我国古代早就产生了运筹思想、决策和对策思想、信息管理思想等。

我国古代许多的工程技术中都体现了系统管理的思想。战国时期秦国的太守李冰父子主持与修造的都江堰水利工程，即使用现代系统论的眼光来看，也不愧为一项伟大杰作。秦昭王（公元前306～前251年）蜀郡太守李冰父子主持修建驰名中外的都江堰水利工程，兼有防洪、灌溉、漂木、行舟等多种功能，都江堰由"鱼嘴岷"分洪工程、"飞沙堰"分洪排沙工程、"宝瓶口"引水工程等三大主体工程和120个附属渠堰工程巧妙地组合成一个有机整体，分导了汹涌澎湃的岷江，使它驯服而有节制地灌溉成都平原14个县500余万亩农田，还建立了控制和养修制度，至今仍然发挥效益。无论其构思或实际设计、施工和管理的科学水平与创见，与现代系统方法的若干原则都不谋而合。

再如北宋著名科学家沈括在《梦溪笔谈》中记载的"一举而三役济"的故事，也是中国古代系统管理思想的典范。宋真宗年间，皇宫失火，一夜之间，大片宫室楼台、殿阁亭榭变成了废墟。宋真宗让大臣丁渭主持修复皇宫工程。丁渭运筹规划，制订了高明的施工方案。他首先下令"凿通衢取土"，因为嫌远道取土麻烦，就下令在交通要道上挖土，从施工现场向外挖了若干条大深沟，挖出的土作为施工用土。这样一来，取土问题即就地解决了。第二步，再把汴河的水引入新挖的深沟中，"引诸道竹木筏排及船运杂材，尽自堑中入至宫门"。这样，又解决了大批木材、石料的运输问题。最后，等宫殿修复完毕后，再排除堑水，把废弃的垃圾和用剩的土回填到沟中，结果又恢复了大道。这一施工方案，收到了"一举而三役济，计省费以亿万计"的最佳效果。这种"一举三得"的皇宫修建工程堪称运用系统管理、统筹规划的范例。

（四）战略管理思想

伴随历史上的多次战争，历经军事管理专家的系统整理、概括，先秦时期出现了许多关于战略、战术管理思想的典籍，如《六韬》、《孙子兵法》、《孙膑兵法》、《吴子》等。这些系统军事著作中的"知己知彼，百战不殆"、"以正合，以奇胜"、"不战而屈人之兵，乃上之上策也"等思想，体现了在战争中要克敌制胜，就要讲求谋略、战术。

《孙子兵法》中提出的战略环境分析模型和动态战略战术被广泛运用于现代军事管理和企业管理。《孙子兵法》以其第一篇（计篇）和第十三篇（用间）首尾相映，以"道"为核心主线，以"不战而屈人之兵"为原则，以权谋为经线，以战争的一般进程为纬线，提出了"经五事、校七计、知己知彼、知天知地、而索其情"的战略环境分析模型。《孙子兵法》讲求灵活机动的动态战略战术。因为实际情况总处于动态变化之中，所以不能墨守成规以致陷入经验主义。"兵无常势，水无常形，能因敌变化而取胜者，谓之神。""运用之妙，存乎一心"，要根据不同的敌情、我情、天时、地利等各种条件，灵活用兵。只要有这"一心"，运用各种不同战略战术的方案都会"无穷如天地，不竭如江河"。"出其不意，攻其不备"、"避实就虚"、"速战速决"，要把"奇"和"正"、"虚"和"实"巧妙地运用，欺骗敌人，调动敌人。准确选择好主攻方向和主攻目标，以压倒敌人的优势和迅雷不及掩耳之势去展开进攻，打击敌人，赢得胜利。

《孙子兵法》的辩证战略思想不仅在军事上，而且在管理的其他方面对我们今天的工作都有重要的参考价值。今天，美国和日本的许多大学和企业都把《孙子兵法》作为企业管理的必读著作来研读。

（五）人本管理思想

在我国古代管理思想中，有关人本管理思想的论述极为丰富。早在 2 000 多年前，中国古代就有了关于人性或人本管理思想的学说，主要包括孔子的"性可塑说"、孟子的"性善说"、告子的"性无善无恶说"以及墨子的一些关于人的思想。尊重人才、知人善任是我国历代推崇的优良传统。如唐太宗李世民曾说过："为政之要，惟在得人，凡事皆须务本，国以人为本。"春秋末年墨子说："尚贤者，政之本也。"（《墨子·尚贤上》）荀子说："欲立功名，则莫若尚贤使能矣。"（《荀子·正制》）诸葛亮总结汉朝的历史经验说："亲贤臣，远小人，此先汉之所以兴隆也；亲小人，远贤臣，此后汉之所以倾颓也。"（诸葛亮：《前出师表》）在用人方面，坚持"德才兼备、以德帅才"的用人标准，用人之所以长而避其所短，正确挑选，全面考核，既用人又育人，不拘一格用人才等，都有详尽的论述。《晏子春秋》则把对人才"贤而不知"、"知而不用"、"用而不任"视为国家的"三不祥"，其害无穷。在激励人才方面，强调团结（"人和"、"和为贵"），做好思想工作，赏罚公正，讲究艺术等，许多论述都给人以启迪。

（六）领导思想

领导者的素质与组织的兴衰关系极大，中国古代先贤对此有精辟的论述。《礼记大学》中指出："古之欲明德于天下者，先治其国；欲治其国者，先齐其家；欲齐其家者，先修其身；欲修其身者，先正其心；欲正其心者，先诚其意；欲诚其意者，先致其知；致知在格物。物格而后知至，知至而后意诚，意诚而后心正，心正而后身修，身修而后家齐，家齐而后国治，国治而后天下平。自天子以至于庶人，壹是皆以修身为本。其本乱而未治者，否矣。"说明要想成为一个好的领导者，必须首先注意修身养性，提高自身的素质。

《礼记·哀公问》中说："政者，正也。君为正，则百姓从政矣。君之所为，百姓之所从也。"《论语·为政》中指出："为政以德，譬如北辰，居其所，而众星拱之。"都是从领导者示范作用的角度，论述其自身修养的重要性。

领导者的自身修养从何做起呢？"治身莫先于孝，治国莫先于公。"（苏轼《司马温公行状》）从在家庭中尊老敬老做起，关心和爱护别人，养成利他和无私的品德。成就任何宏大的事业，都靠"居之以强力，发之以果敢，而成之以无私"（宋·苏辙《新论中》）。

在领导者自身修养中，如何战胜外界的诱惑，克服自身的弱点，是一个严峻的考验。"君子谋道不谋富"（柳宗元《吏商》）。"道德当身，故不以物惑"（《管子·戒》）。安于清贫，战胜物质上的诱惑，是领导者应有的道德境界。

"俭节则昌，淫佚则亡"（《墨子·辞过》）。领导者应以节俭为荣，以奢侈、淫逸为耻。

"贪愎喜利，则灭国杀身之本也"（《韩非子·十过》）。高度概括了沉重的历史教训。

"欲胜人者必先自胜"（《吕氏·春秋季春纪·先己》）。只有首先克服自己的人性弱点，才能战胜外界的挑战。

"以铜为镜，可以正衣冠；以古为镜，可以知兴替；以人为镜，可以明得失。"历史上的这些格言警句为领导者发现自身不足、加强自身修养，提供了很好的借鉴。

孔子的《论语》主要是谈统治者治理国家和管理社会的主张。宋朝有一位宰相在总结他一生的时候说：他是半部《论语》打天下，半部《论语》治天下。可见《论语》在领导者治军和治国中的作用。

汉高祖刘邦的"夫运筹帷幄之中，决胜千里之外，吾不如子房。镇国家，扶百姓，给馈饷，吾不如萧何。连百万大军，战必胜，功必取，吾不如韩信。此三者，皆人杰也，吾能用之，此吾所以取天下也"。这些都突出体现了领导者善于用人所长的领导思想。而对于现代企业管理，最关键的问题则是领导者如何发挥团队的集体作用以达到组织的最终目标。

（七）激励思想

关于人的需要和激励，《管子·牧民》中有一句很有名的话——"仓廪实而知礼节，衣食足而知荣辱"，提出了人不仅有自然需要，而且有社会需要。同时，《管子·侈靡》中还写道："衣食之于人也，不可以一日违也，亲戚可以时大也。"这就进一步指出了人的自然需要较之社会需要是更基本的东西。《管子·禁藏》中还进一步阐述了两者的关系，"凡人之情，得所欲则乐，逢所恶则忧，此贵贱之所同有也。近之不能勿欲，远之不能勿忘。"此书一方面指出人的情感是以需求是否得到满足为转移的；另一方面指出情感反过来也会决定需求的强度。而且，人的需要能否满足或在一定程度上得到满足，也会影响到政治统治的成败。所以，《管子·牧民》中明确提出："故从其四欲，则远者自亲，行其四恶，则近者叛之，故知予之为取者，政之宝也。"

《孟子》这本书记录了孟子的言论和思想，书中提出一系列管理国家的方法，如得民心者得天下，以佚道使民，任贤使能，居安思危，未雨绸缪，重根本救治之道，轻小恩小惠之赐，等等。他的性善论的人性观、施"仁政"的管理准则以及"修其身而天下平"等思想，对我们今天的管理仍然有重要的借鉴作用。

以上仅仅是从几个方面举出的例证，远不足以概括我国古代全部的管理思想。但从这些例证已经可以证明，中国古代管理思想是人类管理思想的一个宝库。系统地研究这些管理思想，并使之同当代的我国管理实践相结合，做到"古为今用"，具有非常重要的现实意义。

二、外国古代管理思想

（一）外国古代管理思想

外国的管理实践和管理思想也有着悠久的历史，有记载的管理实践已超过五千年。

1. 古代埃及的管理思想。古埃及人首先在国家制度上，建立了以法老为首的一整套专制管理机构。埃及人很早就知道集权与分权。法老掌控行政、司法、军事大权。法老下面设有各级官吏，最高的是宰相，宰相辅助法老处理国家政务。宰相下设一批大臣，分别管理相应事务。这些机构和人员的设立，说明他们已经有了自上而下的关于管理者的责任和权力的规定，体现了国家管理机构和体制建设有关的管理思想。

古埃及人建造的金字塔，也反映了古埃及人在管理方面取得的重大成就。其中最有代表性的是建于公元前 27 世纪的胡夫大金字塔。据考证，古埃及人在修建这座金字塔上花费了10 万人次 20 年以上的劳动。这表明，他们已经有了分工和协作的管理思想、系统管理思想，体现了有较严密的组织制度。

另外，在埃及人的著作中也可以发现许多管理思想。大约成书于公元前 2 700 年左右，并在公元前 1 500 年时已成为学校教材的《普塔—霍特普教诲书》，里面就包含了丰富的管理思想。在古埃及人的其他著作中，还涉及了有关计划、参谋、管理的责任和权力等管理内容。

2. 古代巴比伦王国的管理思想。巴比伦王国于公元前 1 894 年由阿摩利人建立，地处美索不达米亚的中央，它是以两河流域为中心古代东方的奴隶制国家。古巴比伦王国的管理思想主要体现在以下管理实践中：

（1）古巴比伦的国家权力高度集中在中央，即集中在国王手中。国家的一切最高权力，包括立法、司法、行政和宗教等均由国王掌握。（2）法律在古巴比伦的国家管理中具有极为重要的意义。著名的汉谟拉比法典可以说是迄今为止所发现的古代法典中最完备的一部。整部法典较全面地反映了当时的社会情况，并以法律形式来调节社会的商业交往、个人行为、人际关系、工薪、惩罚和其他社会问题。（3）出现了许多有效管理的实例。根据记载，在当时纺织生产中，存在着生产控制和物质激励等管理内容。另外，被誉为世界七大奇观的"空中花园"和"巴比伦塔"的建设，也充分体现了当时的管理水平。

3. 古希腊的管理思想。在古希腊的历史上孕育了许多的改革家、思想家，他们中最出色的有苏格拉底、色诺芬、柏拉图、亚里士多德等。这些人的思想和观点对后来的管理实践和管理理论形成产生了重要影响。

（1）苏格拉底的管理思想。苏格拉底认为管理具有普遍性。他说："管理私人事务和管理公共事务仅仅是在量上的不同"，并认为，一个人不能管理他的私人事务，肯定也不能管理公共事务。因为公共事务管理技能和私人事务管理技能之间是相通的。另外，苏格拉底认识到了管理的特殊性。他主张由专家从事管理。认为各行各业乃至国家政权都应该让经过训练、有知识才干的人来管理。（2）色诺芬的管理思想。色诺芬撰写了一部专门论述经济问题的著作《家庭管理》（又称《经济论》），这部著作体现的管理思想主要在以下几个方面：第一，提出了经济管理的研究对象。他指出"家庭管理"研究的是优秀的主人如何管理好自己财产的问题。第二，提出了管理水平优劣的判断标准。他指出检验管理水平高低的标准是财富是否得到增加，并认为管理的中心任务是得到更多的财富。第三，意识到加强对人的管理的重要性。他提出对人的管理要严厉，同时要给予较好的待遇，并且提出了训练人的方法。第四，强调社会分工的必要性。他说"波斯王餐桌上的食品之所以无比美味，来源于手艺的精湛，而只有广泛的社会分工才能产生这样的结果"。（3）柏拉图的管理思想。柏拉图一生著作非常丰富，《理想国》被认为是他的最重要著作。在《理想国》一书中，他提出了工作专业化及劳动分工原理。柏拉图认为，劳动分工是自然和天赋的要求。他说"我们大家并不是生下来都一样的。各人性格不同，适合不同的工作。因此，不同的禀赋应该有不同的职业，每个人应该做天然适合于自己的工作"。（4）亚里士多德的管理思想。亚里士多德所著的《政治学》集中体现了他的管理思想。他揭示了管理者和被管理者的关系，他说"从来不知道服从的人不可能是一位好的指挥官"。他也认为，管理一个国家和一个家庭是可相通的艺术。另外，亚里士多德对于事务内在发展规律的揭示，对管理思想的发展极具启发意义。

4. 古罗马的管理思想。古罗马是一个横跨亚、欧、非三洲的大帝国，统治这样一个庞大的帝国，本身就需要高超的管理技能和管理方法。正如管理学者詹姆·D·穆尼所说："罗马人伟大的真正秘密是他们的组织天才。"古罗马帝国的管理实践和管理思想可以概括为以下几个方面：

（1）意识到了现代企业的某些性质。罗马人发展了一种类似工厂的体制，使商业贸易相当繁荣，丰富了罗马人的管理视野。并首创性地采取类似现代股份制公司的形式，向公众出售股票。（2）在罗马帝国的建立过程中，罗马人有了集权分权到再集权的实践经验。公元284年，戴克里先成为皇帝以后，实行了一种把集权和分权更好地结合起来的连续授权制度。他把整个帝国分为101个省，这些省归并为13个区，再进一步归并为4个大区。皇帝兼任一个大区的领导，在委派3个助手分别管辖其余3个大区，大区的首脑在授权给总督管辖各区，总督授权给省长管辖各省。这种把集权和分权很好地结合起来的政权组织形式使罗马皇帝能号令整个帝国，保持了帝国的稳定。（3）罗马人在长期的军事生涯中，具备了遵守纪律的品格，拥有了以分工和权力层次为其基础的管理职能设计能力。正如雷恩所说："罗马人具有遵守秩序的天赋，而军事独裁政府以铁腕手段统治整个帝国。"（4）古罗马的农庄管理也提供了许多管理方面的经验。古罗马的农学家一方面强调农业在人们生活中的作用；另一方面又提出了对农业进行管理的必要性。生活于公元前一二世纪的卡托和瓦罗就曾经撰写过有关农庄管理的论文。文章内容涉及制订计划、维持纪律、处理纠纷、时间安排、尊重工人权力、选择工人等管理问题。

以上仅仅是从四个文明古国方面举出的一些例证和人物，阐述了外国古代的管理实践和管理思想，远远不足以概括外国古代全部的管理实践和管理思想。但从这些例证已经可以证明，人类管理实践由来已久，在漫长的管理实践中积累了丰富的经验，产生了大量的管理思想。系统地研究这些管理思想，吸收其中的精髓，并使之同我国当代的管理实践相结合，做到"洋为今用"，具有非常重要的现实意义。

（二）西方近代管理思想

产业革命前后到19世纪，是西方管理思想发展中的一个重要时期，是西方管理理论的萌芽阶段。由于资本主义社会的初步形成和产业革命的顺利进行，对管理提出了新的要求。这一时期许多著名的思想家、经济学家、工程学者对管理思想进行了积极的探索，虽然没有形成系统、完整的管理理论，但他们研究的内容，提出的思想观点无疑为后来管理理论的产生和发展奠定了基础。下面对这一时期的主要代表人物和他们的管理思想分别进行介绍：

1. 詹姆斯·斯图亚特的定额制度。詹姆斯·斯图亚特是18世纪英国重商主义后期代表之一，也是探讨资产阶级政治经济学整个体系的第一个英国学者。他提出了劳动分工的概念，论述了工人由于重复操作而获得灵巧性。他比泰罗早100多年指出了工作方法研究和刺激工资制的实质，并且制定了定额制度。他还提出了管理人员和工人之间的分工问题。关于机器在制造业中的应用问题。他指出，机器代替工人的劳动，不会使工人失业，反而会有更多的就业机会。在产业革命的早期，英国等资本主义国家的工厂中大部分实行计时工资制，在产业革命浪潮中，这种等时不等量、效率低下的单一工资制度已阻碍了企业生产力的提高。因此，工资制度、分配制度也成为早期管理思想家们研究的一个重点。斯图亚特的定额制度成为后来科学管理理论的思想基础。

2. 亚当·斯密的劳动分工理论。亚当·斯密是英国古典政治经济学体系的创始者，其管理思想主要是关于劳动组织的分工理论。亚当·斯密认为，国民财富的增加取决于两个条件：一是增加生产者的人数；二是提高劳动生产率。后者更为重要。如何提高生产率呢？他认为应该依靠分工，因为有了分工，同数量劳动者就能完成比过去多得多的工作量。他在《国富论》中以制针业为例说明了劳动分工给制造业带来的变化。他写道：如果一名工人没有受过专门的训练，恐怕工作一天也难制造出一枚针来。如果希望他每天制造20枚针那就更不可能了。如果把制针程序分为若干项目，每一项就都变成一门特殊的工作了。一个人担任抽线工作，另一个人专门拉直，第三个人负责剪断，第四个人进行磨尖，第五个人在另一头上打孔并磨角。这样一来，平均一个人每天可以生产48 000枚针，生产效率提高的幅度是相当惊人的。在当时，斯密已经充分地认识到劳动分工和合理组织是提高生产效率的趋势。他对分工理论的系统论述，对后来管理的组织职能的提出和发展产生了深远的影响。

3. 查尔斯·巴贝奇的分工理论与报酬制度。查尔斯·巴贝奇是英国有名的数学家、发明家、现代自动计算机的创始人和科学管理的先驱。巴贝奇在斯密劳动分工理论的基础上，对劳动分工和专业化问题进行了更为系统的研究。他认为劳动分工之所以能大大提高生产效率，有六个重要的原因：一是节省了学习所需要的时间。生产中包含的工序愈多，则所需要的学习时间愈长。例如，一个工人无须从事全部工序而只做其中少数工序或者一道工序，就只需要少量的学习时间。二是节省了学习中所耗费的材料。实行劳动分工后，需要学习的内容减少了，所耗费的材料也相应地减少。三是节省了从一道工序转变到另一道工序所耗费的时间。四是节省了改变工具所耗费的时间。在许多手艺中，工具常常是很精细的，需要作精细的调节。调节这些工具所占的时间相当多，分工后就可以大大节省这些时间。五是由于经常重复同一操作，技术熟练，工作速度可以加快。六是分工后注意力集中于比较单纯的作业，能改进工具和机器，设计出更精致合用的工具和机器，从而提高劳动生产率。

巴贝奇还论述了脑力劳动和体力劳动一样可以进行分工。他将技术工作进行分类，并指出，把复杂的工作交给有高度能力的数学家去做，把简单的工作交给只能从事加减运算的人去做，可以大大提高整个工作的效率。

巴贝奇虽然是数学家，却没有忽视人的作用。他认为工人与工厂主之间能够存在利益的共同点，由此他竭力提倡一种工资加利润分成的报酬制度。工人可以按照他对生产率所做出的贡献，分得工厂利润的一部分。他主张工人的收入应该由三个部分组成：按工作性质所确定的固定工资；按对生产率高低来确定报酬的制度；为增进生产率提出建设而应得的奖金。按生产率高低来确定报酬的制度是巴贝奇对管理思想的一个重大贡献。

4. 罗伯特·欧文的人事制度。罗伯特·欧文是19世纪初英国卓越的空想社会主义者。他在苏格兰新纳拉克经营一家纺织厂，在这个工厂里，他实行了前所未有的实验，推行了许多改革办法。他改善了工厂的工作条件：把长达十几个小时的劳动日缩短为10个半小时；严禁未满9岁的儿童参加劳动；提高工资；免费供应膳食；建设工人住宅区，改善工作和生活条件；开设工厂商店，按成本出售给职工所需必需品；设立幼儿园和模范学校；创办互助储金会和医院，发放抚恤金；等等。这些改革的目标是探索既能改善工作生活条件，又有利于工厂所有者的方法，其结果确实改善了工人的生活，也使工厂获得了优厚的利润。欧文这一系列改革的指导思想体现了他对人的因素的重视。他认为，人是环境的产物，对人的关心至少应同对无生命的机器的关心一样多。欧文的管理理论和实践突出了人的地位和作用，对后来人际关系和行为科学理论的产生和发展产生了相当大的影响。

第二节　古典管理理论

西方公认的古典管理理论包括三个部分：由美国人泰罗为首创立的科学管理理论；由法国人法约尔创立的一般管理理论；由德国人韦伯创立的行政组织理论。

一、泰罗与科学管理理论

泰罗（1856～1915），美国人，他的大部分工作时间是在宾夕法尼亚州的米德韦尔和伯利恒钢铁公司度过的，从工厂学徒干起，先后被提拔为工长、车间主任，总工程师。后来他开办事务所从事管理咨询和科学管理的推广工作。泰罗结合多年工厂工作的实践，致力于用"科学管理"的手段提高劳动生产率。1911 年他发表了《科学管理原理》一书，奠定了科学管理理论基础，标志着科学管理思想的正式形成，由于他对科学管理的贡献被西方管理界称为"科学管理之父"。但是，泰罗的做法和主张并非一开始就被人们所接受，而是日益引起社会舆论的种种议论。于是，美国国会于 1912 年举行对泰罗制和其他工场管理制的听证会，泰罗在听证会上作了精彩的证词，向公众宣传科学管理的原理及其具体的方法，引起了极大的反响，从而使科学管理得到的普及和盛行。科学管理思想不仅传播到美国各地，也传播到法国、德国、俄国、日本等很多国家，许多企业运用科学管理理论，劳动生产率立即得到提高，经济效益明显改善。

泰罗"科学管理"理论的主要思想及方法包括以下几个方面：

1. 科学管理的中心问题是提高劳动生产率。由于企业当时普遍存在劳动生产率低下的问题，导致企业产品产量不能满足大量的市场需求，企业利润没有实现最大化，如何提高效率就成为管理的主要问题。泰罗意识到了提高劳动生产率的重要性和可能性，他以工作现场为主要研究对象，考虑如何从生产一线工人的工作方式、使用工具、时间消耗、量化产出等方面入手来提高劳动生产率。他提出，以高工资和低成本作为最良好的管理制度的基础，其唯一的途径就是提高劳动生产率。

2. 工时研究与劳动方法的标准化。泰罗主张对工人工作的每一个要素开发出科学的方法，以取代传统的靠经验方法。他通过对工人实际工作过程的观察、记录、测时，分析和研究工人不合理的动作及时间消耗，制定出标准化的操作方法，相应地使所使用的设备、工具、材料及工作环境标准化；并制定出按标准工作方法完成单位工作量所需时间及一个工人"合理的日工作量"，即劳动定额，作为安排工人任务、考核劳动生产率的依据。

铁锹试验： 泰罗通过对工人劳动过程的观察，特别是使用秒表和量具来精确计算工人铲煤的效率与铁锹尺寸的关系，他发现铁锹重量为 22 磅的效率最高，探索出实现铲煤最高效率的铁锹尺寸大小与铲煤动作的规范方式，并相应设计出大小 12 种规格的铁锹。工人每次劳动，除了明确任务，还要指定使用铁锹的规格。试验前，工人干不同的活拿同样的铁锹，铲不同的东西每铁锹重量不一样；试验后，铲不同的东西拿不同的铁锹，生产效率得到大幅度提高。

3. 科学的挑选与培训工人。泰罗发现工厂工作是由工人自己挑选，工作也是随着自己意愿进行，由于并不是根据自身能力特长和大小安排工作，以及工作的随意性，所以导致工人劳动生产率低下。泰罗认为必须根据工作岗位的性质及特点，找出最适宜干这项工作的人，这就是所谓的挑选"第一流工人"，做到"能位对应"；同时，泰罗强调要将制定出来的标准化劳动方法，在工人中进行培训，让他们掌握科学的工作方法，避免工作的随意性。

搬运铁块试验：泰罗认为工人的劳动还有很大的潜力没有挖掘出来，因此需要对工人进行培训与挑选。在对75个工人观察的基础上，挑选了4个人；经过进一步研究后，又从中选出一人。他先同这位叫施密特的工人谈话，许诺如果按照指挥搬运铁块，增加了工作量，就会相应增加工资。泰罗在反复观察、研究的基础上，设计出了一套最佳方案，并指挥施密特严格按照方案进行操作，使其劳动生产率大幅度提高：原来每个工人每天搬运量是12.5吨，试验后每个工人每天搬运量是47.5吨；原来每个工人每天工资为1.15美元，试验后每个工人每天工资为1.85美元。工人的收入增加了，工厂的利润更是大幅度提高了。

4. 实行刺激性的计件工资报酬制度。为了最大限度地激励工人的劳动积极性，泰罗创立了有差别的计件工资制。按照工人是否完成其定额而采用不同的工资率。完成或超额完成就按较高的工资率支付报酬；未完成定额的则按较低的工资率支付报酬。泰罗认为这样做体现了多劳多得，既能克服消极怠工的现象，又能调动工人的积极性，劳资双方的利益都得到满足，有利于缓和双方的矛盾，实现"劳资双方的和谐合作关系"。

5. 管理职能与作业职能分离。泰罗主张应该设立专门的管理部门，从事计划、组织、指挥、控制等工作，管理人员专门从事管理工作，不再担任作业工作，而工人只负责作业工作。

6. 实行"职能工长制"。泰罗主张实行"职能管理"，即将管理的工作予以细分，使所有的管理者只承担一种管理职能。他设计出八个职能工长，代替原来的一个工长，其中四个在计划部门，四个在车间。每个职能工长负责某一方面的工作。在其职能范围内，可以直接向工人发出命令。泰罗认为这种"职能工长制"有三个优点：（1）对管理者的培训所花费的时间较少；（2）管理者的职责明确，因而可以提高效率；（3）由于作业计划已由计划部门拟定，工具与操作方法也已标准化，车间现场的职能工长只需进行指挥监督，因此非熟练技术的工人也可以从事较复杂的工作，从而降低整个企业的生产费用。后来的事实表明，一个工人同时接受几个职能工长的多头领导，容易引起混乱。所以，"职能工长制"没有得到推广。但泰罗的这种职能管理思想为以后职能部门的建立和管理的专业化提供了参考。

7. 实行"例外原则"。泰罗主张高层管理者应把例行的一般日常管理事务授权给基层管理者去处理；高层管理者主要处理重要和例外事项。

8. 强调科学管理是"一场彻底的心理革命"。主张劳资双方诚心合作以保证一切工作都按已形成的科学原则去办。

由于泰罗的自身条件、背景以及当时所处的社会条件，不可避免地会影响到其进行"科学管理"研究的方法、效率、思路等，使得其对管理的研究主要局限于基层管理，较高层次的研究相对较少，理论深度也相对地显得不足。而"科学管理"理论也并非泰罗一个人的发明，就像英国管理学家林德尔·厄威克所指出的：泰罗所做的工作并不是发明某种全新的东西，而是把整个19世纪在英、美两国产生、发展起来的东西加以综合而成的一整套思想。他使一系列无条理的首创事物和实验有了一个哲学体系，称之为"科学管理"。为科学管理理论做出贡献的人物还有亨利·甘特、吉尔布雷斯夫妇等人。

二、法约尔与一般管理理论

法约尔（1841~1925），法国人，长期在企业中担任管理职务，有从基层管理岗位到高层管理岗位的工作经验。1916年，法约尔发表了《工业管理和一般管理》一书，提出了一般管理理论。他是以整个企业为研究对象，提出了企业管理的职能与原则，并认为这些理论也适合其他组织。

法约尔"一般管理"理论的主要思想包括以下几个方面：

1. 对企业的基本活动进行了概括。他认为企业的全部活动可以归纳为六类，即技术活动、商业活动、财务活动、安全活动、会计活动和管理活动。他把管理活动视为是一种有别于其他经营活动职能的具有特定职能的独立活动，并认为在这六种基本活动中，管理活动处于核心地位，即企业本身需要管理，同样的，其他五项属于企业的活动也需要管理。

2. 提出了管理活动的五项职能。法约尔通过长期的管理实践，以及对管理活动的研究，最早提出了管理有五项基本职能，即计划、组织、指挥、协调、控制。并阐述了它们的内涵，指出计划是指预测未来，并制订行动方案；组织是指建立企业的物质结构和社会结构；指挥是指使企业人员发挥作用；协调是指让企业人员团结一致，使企业中的所有活动和努力得到统一和谐；控制是指保证企业中进行的一切活动符合所制订的计划和所下达的命令。管理五项职能与企业基本活动间的关系如图2-1所示。

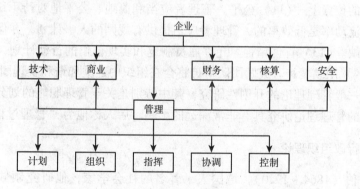

图2-1 组织的管理职能与六种基本活动间的关系

3. 系统总结出了管理的一般原则。法约尔对企业管理经验进行科学的总结，系统地提出了管理的14项原则：（1）劳动分工。通过分工，使员工工作专业化，从而提高员工工作的熟练程度，以提高劳动生产率。（2）权力与责任。管理者要有指挥下级的权力；管理者在行使权力的同时，必须承担相应的责任。（3）纪律。雇员必须遵守和尊重组织的规章制度，良好的纪律是有效领导造就的。明智地运用惩罚以对付违反规则的行为。（4）统一指挥。每一个雇员应当只接受来自一位上级的指挥。（5）统一领导。每一组具有同一目标的组织活动，应当在一位管理者和一个计划的指导下进行。（6）个人利益服从整体利益。任何雇员个人或雇员群体的利益，不应当置于组织的整体利益之上。（7）报酬。对员工的服务必须支付公平的报酬。（8）集中。集中是指下级参与决策的程度。决策制定是集中还是分散，只是一个适当程度的问题，管理者的任务是找到一定情况下最适合的集中程度。

(9) 等级链。指管理机构中，最高一级到最低一级应该建立关系明确的职权等级系列，这既是执行权力的线路，也是信息传递的渠道。一般情况下信息应该按等级链传递。但在特殊情况下，为了克服由于统一指挥而产生的信息传递延误，法约尔设计出一种"跳板"，也叫"法约尔桥"（Fayol bridge），如图 2-2 所示，以便及时沟通信息，快速解决问题。

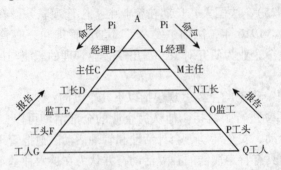

图 2-2　法约尔桥

图 2-2 中，A 代表这个组织的最高领导，按照组织系统，F 与 P 之间发生了必须两者协议才能解决的问题，F 必须将问题向 E 报告，E 再报告 D，如此层层由下而上，由上而下到达 P，然后 P 将研讨意见向 O 报告，层层上报到 A，再经过 B、C、D、E 最后回到 F。这样往返一趟，既费时又误事，所以法约尔提出作一"跳板"，使 F 与 P 之间可直接商议解决问题，再分头上报，可以节省时间和人力，提高效率。（10）秩序。人员和物料应当在恰当的时候处在恰当的位置上。（11）公平。管理者应当和蔼地、公平地对待下级。（12）人员稳定。雇员的高流动率是低效率的，管理者应当提供有规则的人事计划，并保证有适当的人选接替职务的空缺。（13）首创精神。允许雇员制定和实现他们的行动计划，有助于调动他们的积极性。（14）团结精神。鼓励团队精神将会在组织中建立和谐和实现团结。

法约尔关于一般管理理论的开创性研究，其中特别是关于管理职能的划分以及管理原则的描述，对后来的管理理论研究具有非常深远的影响。后人称他为"管理过程之父。"

三、韦伯与行政组织理论

马克斯·韦伯（1864～1920），德国人，著名的社会学家，他研究领域涉及经济、法律、政治、历史、宗教等许多方面。在管理理论上的研究主要集中在组织理论方面，主要贡献是提出了所谓理想的行政组织体系理论。在他的代表作《社会组织与经济组织》一书中，提出了权力和权威是一切组织形成的基础。他认为组织中存在三种纯粹形式的权力与权威，由此引出三种不同的组织形式：一是法定（理想）权力和权威，这是依靠组织内部各级领导职位所具有的正式权力而建立起来的组织；二是传统的权力，这是人们服从由传统确定、享有传统权力的领导而建立的组织；三是神秘的权力，这是人们服从拥有神授品质的领导而形成的组织。

马克斯·韦伯认为，以上三种权力中，只有依照法定权力所建立的组织，才是理想的组织形式，因为它以法律为基础，没有神秘的色彩，也不受传统的约束。只有"理想的"的组织形式，是达到组织目标，提高效率的最有效形式。他进一步阐述了理想的组织形式具有如下一些特点：

1. 明确的分工。即每个职位的权利和义务都应有明确的规定，人员按职业专业化进行分工。

2. 自上而下的等级系统。组织内的各个职位，按照等级原则进行法定安排，形成自上而下的等级系统。

3. 人员的任用。人员的任用要完全根据职务的要求，通过正式考试和教育训练来实行。

4. 职业管理人员。管理人员有固定的薪金和明文规定的升迁制度，是一种职业管理人员。

5. 遵守规则和纪律。管理人员必须严格遵守组织中规定的规则和纪律以及办事程序。

6. 组织中人员之间的关系。组织中人员之间的关系完全以理性准则为指导，只是职位关系而不受个人情感的影响。这种公正不偏的原则，不仅适用于组织内部，而且适用于组织与外界的关系。

韦伯认为，这种高度结构的、正式的、非人格化的理想行政组织体系是人们进行强制控制的合理手段，是达到目标、提高效率的最有效形式。这种组织形式在精确性、稳定性、纪律性和可靠性方面都优于其他组织形式，能适用于所有的各种管理工作及当时日益增多的各种大型组织，如教会、国家机构、军队、政党、经济企业和各种团体。韦伯的行政组织理论，对泰罗、法约尔的理论是一种补充，对后来的管理学者，尤其是对组织理论学者产生了很大影响。正是韦伯对管理组织理论的贡献，他被称为"组织理论之父"。

第三节　人际关系学说与行为科学理论

一、人际关系学说产生的时代背景

20 世纪 20 年代前后，以科学管理理论、一般管理理论和行政组织管理理论为代表的古典管理理论得到了广泛流传与实际运用，大幅度提高了生产效率，产生了良好的经济效益。由于古典管理理论偏重于组织内部的管理问题，把组织视为是一台机器，把人假设为"经济人"，组织的人员则是它的零部件，因而非常强调劳动分工、建立等级制度、严格规章制度等，以保证机器的运转，以及过分强调金钱对人的激励作用。因此，古典管理理论对人的因素研究很少，导致古典管理在实际运用中，也遇到许多问题，例如：泰罗的科学管理尽管强调劳资合作，实际却加重了对工人的剥削和压迫，激起工人和工会的强烈反对；有些资本家也担心采用科学管理会影响他们的权威，也反对采用科学管理。另外，西方国家经济发展的周期性危机日益加剧，也迫切需要新的管理理论解决这些问题。

二、霍桑试验与人际关系学

梅奥（1880～1949），美国人，哈佛大学心理学家和管理学家。在 1933 年发表了《工业文明中人的问题》，该书总结了他亲自参与并指导的"霍桑试验"和其他试验的成果，阐述了人际关系学的主要思想，为提高生产效率开辟了新的途径，从而创立了人际关系理论。

1924～1932 年间，美国国家研究委员会和西方电气公司合作，在芝加哥西方电气公司下属的霍桑工厂进行有关科学管理的试验，主要研究工作环境、物质条件与劳动生产率的关系，试验分四个阶段。1927 年，梅奥参加和组织了从第二个阶段以后的各项试验。

"霍桑试验"的四个阶段：

第一阶段：工场照明试验（1924～1927）。通过改变生产现场的照明强度，来考察对生产率的影响。这个试验得出了两条结论：（1）工场的照明只是影响工人生产效率的一项微不足道的因素；（2）由于牵涉因素太多，难以控制，且其中任何一个因素足以影响试验结果，故照明对产量的影响无法准确测量。

第二阶段：电话继电器装配试验（1927～1928）。这项试验主要是了解各种工作条件的改变对小组生产率的影响，以便能够有效地控制影响工作效率的因素。通过材料供应、工作方法、工作时间、劳动条件、工资、管理方式等因素对工作效率影响的试验，结果发现，属于工作环境、物质条件的因素对工人的生产率无多大影响，而监督和指导方式的改变能促使工人改变工作态度，增加产量，于是决定进一步研究影响工人的工作态度的其他因素。这一阶段的试验和研究成为"霍桑试验"的重大转折点。

第三阶段：大规模的访问与调查试验（1928～1931）。研究人员先后对全厂员工开展了大规模的访谈，达 21 000 人次。访谈结果是：影响生产率的最重要因素是工作发展起来的人际关系，而不是待遇和工作环境，任何一个人的工作效率的高低，不仅取决于他自身的情况，还与小组中的同事有关。

第四阶段：接线板接线工作室试验（1931～1932）。这一阶段试验的重要发现是：（1）大部分员工都自行限制产量。其原因是担心工厂会提高工作定额，造成一些同事失业，要保护工作速度较慢的同事。（2）工人对不同级别的上级持不同的态度。把小组长看做小组的成员，对于小组长以上的领导，级别越高，越受工人的尊敬，工人对他的顾忌心理也越强。（3）成员中存在小派系。工作室存在派系，每个派系都有自己的一套行为规范，派系成员必须遵守，否则，就要受到惩罚。

通过四个阶段历时近 8 年的霍桑试验结果表明，人们的生产效率不仅要受到生理方面、物质方面等因素的影响，更重要的是受到社会环境、社会心理等方面的影响，这个结论的获得是相当有意义的，这对"科学管理"只重视物质条件，忽视社会环境、社会心理对工人的影响来说，是一个重大的修正。

根据霍桑试验的结果及其研究，梅奥创立了人际关系理论，提出了与古典管理理论不同的新观点，主要归纳为以下几个方面：

1. 企业中的人是"社会人"，而不是单纯追求金钱的"经济人"。人除了物质方面的需要以外，还有社会和心理方面的需要，因此，满足人的社会和心理方面的需要所产生的工作动力，对劳动生产率提高有更大的影响。

2. 企业中除了"正式组织"之外，还存在着"非正式组织"。企业成员在工作中，会基于情感等因素而建立起"非正式组织"，这些组织有自己的规范和行为准则，并且影响成员的行为。管理者必须重视"非正式组织"的存在和作用。

3. 生产效率的提高主要取决于工人的工作态度和与他人的关系。梅奥认为，劳动生产率的高低主要取决于员工的"士气"，即工作的积极性、主动性与协助精神，而"士气"的高低，则取决于员工对社会因素，特别是人际关系的满足程度。如果在安全感、归宿感、友谊、尊重等方面得到满足，员工的"士气"就越高，生产效率也就越高。所以，新型的领导要致力于员工"满足度"的提高，来提高工人的"士气"，从而达到提高效率的目的。

三、行为科学理论的发展

自从梅奥提出人际关系理论以后，西方从事这方面研究的学者大量涌现。1949 年在美国芝加哥举行的一次讨论会上，第一次提出了"行为科学"这一概念，1953 年美国福特基金会召开有关大学学者参加的一个大会上，对"行为科学"予以正式命名，并认为人际关系理论是早期的行为科学理论。行为科学理论应用于管理学，主要是对工人在生产中的行为以及这些行为产生的原因进行分析研究。它研究的内容包括：人的本性和需要、行为的动机，特别是生产中的人际关系（包括领导与工人之间的关系）。行为科学理论在第二次世界大战以后的发展，主要集中在以下四个方面：

1. 关于人的需要和动机的理论。以马斯洛的"需要层次"理论为代表。

2. 关于管理中的"人性"的理论。以麦格雷戈的"X 理论—Y 理论"为代表。

3. 关于领导方式的理论。以布莱克和穆顿的"管理方格理论"为代表。

4. 关于企业中非正式组织以及人与人的关系的理论。以卢因的"团体力学"理论为代表。

上述这些理论将会在以后的有关章节中作详细介绍。

行为科学理论的产生与发展，弥补了古典管理理论的不足，大大丰富了管理理论的内容，并在管理实践中得到广泛应用。

第四节　现代管理学派

一、现代管理理论丛林

现代管理理论一个重要特点就是"百花齐放"、"百家争鸣"，许多学者从不同的角度去研究管理问题，所以形成了多种管理学派。美国管理学家孔茨把管理理论的各个流派称为"管理理论丛林"，下面介绍这些主要学派及其观点。

（一）管理过程学派

这个学派是在法约尔管理思想的基础上发展起来的。其代表人物是美国的哈罗德·孔茨和西里尔·奥唐奈。这一理论的基本观点是：

1. 认为任何组织尽管它们的性质不同，不同的管理者的具体任务千差万别，但所应履行的基本管理职能是相同的，一般有计划、组织、领导、控制等管理职能。

2. 认为可以将这些职能逐一地进行分析，归纳出若干原则作为指导，以便更好地提高组织效率，实现组织目标。

3. 这个学派提供了一个分析研究管理的思想框架，主张按职能分析、研究、阐明管理理论。

（二）社会合作系统学派

这个学派认为，组织是一个社会系统，是一个人们之间存在相互关系的体系，系统中的人们会在愿望以及思想等方面形成一种合作关系。组织这个系统受社会环境的各个方面的制约，是更大社会系统的一部分。其代表人物是美国的巴纳德。他的基本观点是：

1. 组织是一个协作系统。

2. 组织存在需要明确的目标、协作意愿和意见交流三个基本要素。

3. 组织效率与组织效力是组织发展的两项重要原则。

4. 管理者的权威来自下级的认可。

（三）经验学派

这个学派主张从管理者的实际管理经验方面来研究管理。其代表人物是戴尔和德鲁克。这一理论的基本观点是：

1. 通过分析一大批组织或管理者成功或失败的案例，研究在类似情况下，如何采用有效的措施和方法来解决管理问题。

2. 成功组织管理者的经验是最值得借鉴和利用的。

3. 通过分析、比较和研究各种成功和失败的管理经验，就可以抽象出某些一般性的结论或原理，然后使其系统化、理论化，从而建立一套完整的理论体系。

（四）人际关系行为学派

现代人际关系行为学派是在梅奥的人际关系理论基础上发展起来的，这个学派认为，既然管理就是让别人或同别人一起去把事情办好，因此，就必须以人与人之间的关系为中心来研究管理问题。主张注重个人、人的行为动因，把人的行为动因看成为一种社会心理现象。强调研究人、尊重人，关心人，满足人的需要以调动人的积极性，并创造一种能使组织成员充分发挥力量的工作环境。这一理论的代表人物是马斯洛、赫伯茨格、布莱克和穆顿等人。现代人际关系行为学派的主要观点是：

1. 重视人在组织中的关键作用，注重探索人类行为的规律，提倡合理用人和建立良好的人际关系。

2. 强调个人目标与组织目标的一致性，调动员工的积极性必须从个人因素和组织因素两方面入手，组织目标需要包含更多的个人目标。

3. 通过改进工作设计，把员工满意于其所从事的工作作为最有效的激励因素。

4. 主张打破传统组织结构所导致的劳资双方的紧张气氛，在组织中恢复人的尊严，实行民主管理，使上下级关系由命令服从变为支持帮助，由监督变为引导，实现员工自我管理。

（五）决策理论学派

这一学派的代表人物是曾获得诺贝尔经济学奖（1978年）的赫伯特·西蒙，其代表作是《管理决策新科学》。该学派认为，管理的关键在决策，管理必须采用一套制定决策的科学方法和程序。决策理论学派基本观点是：

1. 管理就是决策，决策贯穿整个管理过程中，决策是管理活动成败的关键。

2. 决策要按照一定的程序和方法进行，用"令人满意"的准则取代"最佳化"准则。

3. 强调在决策中，不仅要采用定量方法、计算技术等新的科学方法，而且还要重视心理因素、人际关系等社会因素在决策中的作用。

（六）社会技术系统学派

这一学派主要研究科学技术对个人、对群体行为方式，以及对组织方式和管理方式的影响。特别注重于工业工程、人机工程等方面问题的研究，其代表人物是特里斯特。社会技术系统学派的主要观点是：

1. 要解决管理问题，只分析社会合作系统是不够的，还必须分析研究技术系统（例如机器设备、生产方法）对于社会系统的影响。

2. 组织的绩效不仅取决于人们的行为态度及其相互影响，而且也取决于人们工作所处的技术环境。

3. 管理人员的主要任务之一就是确保社会合作系统与技术系统的相互协调。

（七）沟通（信息）中心学派

这一学派主张把管理人员看成是一个信息中心，并围绕着这概念来形成管理理论。其代表人物有李维特、纽曼、香农和韦弗。这一学派的主要观点是：

1. 管理人员的作用就是接受信息、储存信息，以及传播信息，每一位管理人员的岗位犹如一台电话交换台。

2. 强调计算机技术在管理活动和决策中的应用，强调计算机科学同管理思想和行为的结合。

（八）数量管理学派

数量管理学派又称管理科学学派，是以泰罗的科学管理理论为基础发展起来的，该理论认为，数量管理的目的是通过把科学的原理、方法和工具应用于管理的各种活动，制定出用于管理决策的数学和统计模型，并把这些模型通过电子计算机应用于管理，降低不确定性，以便投入的资源发挥最大的效用，得到最大的经济效果。从20世纪50年代起，"管理科学"理论的研究和应用发展很快。但由于这一理论本身是一门运用数学方法进行计算分析的科学，而要把管理中与决策有关的各种复杂因素全部数量化，是不可能也是不现实的，很难想象各种数学模型能够对一切管理决策提供完整的基础，所以许多管理的决策是不能仅仅依靠数学模型加以处理的，特别是很多社会现象和人的行为是难以计量的。因此，管理科学理论的运用也只是决策过程的一个方面，它还必须与其他方面结合才能提供比较完整的情况和做出比较正确的判断，才能在管理中做到科学的决策。

（九）权变理论学派

这一学派认为在管理中没有普通实用的"最好"管理理论和方法，要根据组织所处的内外环境随机应变。其代表人物有英国的伍德沃德和美国的卢桑斯。权变理论学派的主要观点是：

1. 组织及成员行为的复杂性，加上组织所处环境的多变性，使得普遍适用的有效管理方法，实质上是不可能存在的。

2. 没有一种理论和一种方法适用于所有情况，那么就应该根据具体情况来选用合适的管理方法。

3. 需要进行大量的调查研究，然后将组织的情况进行分类，建立不同的管理模式和管理方案，组织根据特定情况和条件进行选用。

二、现代管理理论的特点

现代管理理论有着极为丰富的内容，各学派理论虽然各有所长，各有不同，但不难寻求其共性。现代管理理论的共性实质上就是现代管理理论的特点，大致可以概括为以下几个观点：

（一）系统观点

现代管理理论吸收了系统论的一些基本内容，将系统论的方法融入到其理论体系中。认为一切社会组织及其管理都可以看做是一个系统，其内部又可以划分为若干个子系统。组织这个系统是处在一个更大的环境系统组织之中的。根据系统管理观点，在管理时需要树立以下三种观念：

1. 全局观念。依照系统整体性的特点，在处理子系统与系统的之间关系时，必须坚持全局观念，局部利益服从整体利益，局部优化服从整体优化。

2. 协作观念。依照系统相关性的特点，在处理子系统相互之间的关系时，必须坚持协作观念，做好分工与协作。

3. 动态适应观念。依照系统开放性的特点，在处理系统与外界环境的关系时，必须坚持动态适应观念，即组织应及时和更多的了解所处的环境情况，选择和采用与之相适应的管理模式和方法，并随着环境的变化而变化。

（二）人本观点

早期的人际关系理论最先提出，管理要以人为中心，全面提高员工需求的满足程度；后期的行为科学理论包括对人性，激励，领导方式，非正式组织的研究，都是围绕人来进行的，都是为了满足员工需求、充分调动员工的积极性。现代管理理论的"以人为本"这一理念，是将人视为组织的"立业之本"和"管理根基"，并且在现代组织管理中得到了充分的体现。例如：西方许多国家企业普遍推行民主管理，重视非正式组织的作用，不少的企业明确提出了要构建"以人为本"的组织文化。

（三）权变观点

这一观点认为，不存在无条件适用于一切组织的最好的管理方法，强调在管理中要根据组织所处的内外环境的变化而随机应变，针对不同的具体条件，探索与采用不同的、最适宜的管理方案、模式和方法。按照权变观点，要求管理者不能将管理原理教条化，也不能机械照搬其他组织的管理做法，而是需要加强调查研究，掌握充分而准确的实际信息，然后通过分析，选择适当的理论和方法，做出合理的决策。由于实际情况是不断变化的，调查研究需要经常化、制度化，在决策执行过程中还要善于按照新情况做出新决策。过去成功的经验也不一定适合现在的实际，还需要具体分析。

（四）创新观点

创新是社会、经济、科学和文化发展的强大动力。组织作为现代社会的组成单元，需要不断地更新自己的观念、结构、制度、产品、技术等，才能求得生存与发展。因此，现代管理理论强调管理就意味着创新，组织不能满足现状，利用一切机会进行变革和创新，使组织更加适应社会发展变化的需要。有些管理学者甚至提出创新就是管理的一项职能。

现代管理理论虽然有很多种流派，观点众多，上述四个观点是最集中、最突出的观点，弄清楚这些主流观点，有助于掌握现代管理理论的核心和精髓。

思 考 题

1. 学习和研究古代中、外管理思想有哪些作用？
2. 西方管理理论产生于什么时期？可以分成哪几个阶段？

3. 泰罗的科学管理理论的主要内容是什么？

4. 法约尔的一般管理理论的主要内容是什么？

5. 梅奥的人际关系理论的主要观点有哪些？

6. 现代管理理论包括哪些主要流派？这些理论的主要观点是什么？

7. 现代管理理论共同的观点有哪些？

能力训练

如何进行有效管理？

在一次管理经验交流会上，有两个工厂的厂长分别介绍了各自对如何进行有效管理的看法和做法。

A厂长认为，只有实行严格的管理，采用某些命令式、强制性手段，才能保证实现企业目标。因此，A厂长制定了严格的规章制度和岗位责任制；建立了严密地控制体系；注重岗位培训；实行计件工资制等。员工们都非常注重遵守劳动纪律和规章制度，努力工作以完成任务，工厂发展迅速。

B厂长则认为，企业管理的资产是员工，只有员工们都把企业当成自己的家，都把个人的命运与企业的命运紧密联系在一起，才能发挥他们的力量为企业服务。因此，B厂管理者在执行管理的决策、组织、领导、控制等职能时，充分提高透明度，在需要参与时，与职工商量解决；平时十分注重对员工需求的分析，有针对性地给员工提供学习、娱乐的机会和条件；每月的黑板上公布出当月过生日的员工姓名，祝他们生日快乐；如果哪位员工生儿育女，厂里会派专车接送，厂长亲自送上祝礼。员工们都普遍把企业当作自己的家，全心全意为企业服务，工厂日益兴旺发达。

这两位厂长的观点和做法分别反映了什么管理理论？你认为哪种理论更有效？为什么？

管理问题分析

刘波是一位冷冻食品企业的总经理，该企业专门生产一种奶油特别多的冰激凌。在过去的5年中，每年销售量都稳步递增。但是，今年的销售情况却发生了较大的变化，到8月份，累计销售量比去年同期下降17%，生产量比原计划减少15%，缺勤率比去年高20%，迟到早退现象也有所增加。刘波认为这种现象的发生，可能与企业的经营管理有关，但不能确定具体的问题症结及原因，他决定去请教一位管理专家，听取他们的意见和建议。

如果你是这位管理专家，你认为该企业的问题在什么地方？你会向刘波提出哪些经营管理改进的意见和建议？

案例分析

案例一

资料：

联合邮包服务公司（UPS）雇用了15万员工，平均每天将900万个包裹发送到美国各地和180个国家。为了实现他们的宗旨，"在邮运业中办理最快捷的运送"，UPS的管理当局系统地培训他们的员工，使他们以可能高的效率从事工作。让我们以送货司机的工作为例，介绍一下他们的管理风格。

UPS的工业工程师们对每一位司机的行驶路线都进行了时间研究，并对每种送货、暂停和取货活动都设立了标准。这些工程师们记录了红灯、通行、按门铃、穿过院子、上楼梯、中间休息和喝咖啡的时间，甚至上厕所的时间，将这些数据输入计算机中，从而给出每一位司机每天工作的详细时间标准。为了完成每天取送 130 件包裹的目标，司机们必须严格遵循工程师设定的程序。

这种刻板的时间表是不是看起来有点繁琐？也许是，它真能带来高效率吗？毫无疑问！生产率专家公认，UPS 是世界上效率最高的公司之一。联邦捷运公司平均每人每天不过取送 80 件包裹，而 UPS 却是 130 件。在提高效率方面的不懈努力，对 UPS 的净利润产生了积极的影响。

问题：

1. 联合邮包服务公司是如何实现工作高效率的？

2. 员工严格按照标准进行工作会不会影响工作情绪？

3. 你认为科学管理在现代社会中还具有实践的价值吗？

提示：

请带着此案例，学习思考科学管理理论等相关知识。

案例二

资料：

美国西南航空公司成立于 20 世纪 70 年代初，当时不过是仅有 3 架飞机的地方性小公司，而至目前，已经成为美国第五大航空公司，总资产达 40 亿美元，员工近 3 万人，并创下 26 年连续获利纪录，同时无论是航班准点起降还是行李遗失率和旅客抱怨申诉情况评比结果，其服务质量均居行业领先地位，成为世界上最安全、最受追捧仿效的航空公司，被誉为"世界航空业最伟大的典范"。

西南航空飞行员每月平均飞行 70 小时、年薪 10 万美元，而其他公司的飞行员则是每月平均飞行 50 小时，年薪 20 万美元。工作量如此大，薪水又不比其他同业公司高，为什么员工对公司的归属感和热爱几乎到了"癫狂"的程度呢？这必须从西南航空的"以人为本"的人力资源管理理念和经营战略思想中去寻找答案。

在西南航空公司，员工拥有三个基本的工作价值观：第一，工作是愉快的；第二，工作很重要；第三，工作有成就感。这种工作价值观的形成是由"以人为本"的人力资源管理系统和企业文化塑造的。基于对每个员工的尊重，为了强调、崇尚和发扬团队合作精神，西南航空从未动过裁员的念头，对于员工基于好意而无心犯下的过失也绝不采取任何特别的惩罚措施。

问题：

1. 美国西南航空公司员工为什么对本公司的热爱几乎到了"癫狂"的程度呢？

2. 美国西南航空公司倡导了哪些工作价值观？

3. 怎样理解"以人为本"这一管理理念？

提示：

请带着此案例，学习思考行为科学理论和人本管理观点等知识。

组织及其环境

本章介绍组织及环境分析的相关理论知识。通过本章学习，能够了解组织的定义，理解组织的外部环境和内部环境的具体内容及对组织发展的影响，理解组织文化的内容及结构，掌握环境分析的程序和方法，明确组织的社会责任。

能力目标

通过本章学习能认知、培养自己的管理道德素质；能够判断组织的类型，分析外部环境和内部环境对组织发展的影响，清楚如何构建组织文化。

管理定律之三

手表定律

一个人有一只表时，可以知道时间，而当他同时拥有两只或两只以上的表时却无法确定时间。两只或两只以上的表并不能告诉一个人更准确的时间，反而会让看表的人失去对准确时间的信心。

启　示

一个人不能同时选择两种不同的价值观，否则他的行为将陷入混乱。一个人不能由两个以上的人来指挥，否则将使这个人无所适从。一个组织，不能同时采用两种不同的管理方法，否则这个组织将无法发展。

一个组织应有正确的理念、方向和目标，才能实现良性发展。

管理定律之四

三星定理

韩国三星集团提出：没有竞争力的组织是无法生存下来的，而各类人才集中在一起所形成的聚合力，将左右今后组织的竞争力。

启　示

不团结，人再多也觉少；能齐心，事再难也容易。

第一节　组织及其环境概述

一、组织

（一）组织的含义

组织是随着人类社会的产生而出现的，它是人类社会最普遍、最常见的社会现象。对于组织，可以从不同的角度去解释和理解。在管理学领域，组织的含义可以从静态与动态两方面来理解。静态角度，从实体角度定义组织，组织是为实现某一共同目标而由若干人组合形成的一个系统。这是人们进行合作活动的必要条件，一般泛指各种各样的社会组织和企事业组织。政府机关、工厂企业、研究机构、政党派别、民间社团、学校和医院等均是各种类型的实体组织。其次，从动态角度看，组织又是管理的一项基本职能，是指为了实现组织目标对组织的资源进行有效的配置过程。在本章中，我们先介绍作为一个实体的组织。关于作为一个过程的组织，我们将在后续的章节中再进行阐述。

作为实体的组织，是人们为了实现某一共同目标，经过分工和合作，建立起不同层次的责任和职权制度后而构成的人的集合，它是一个有机整体，是由各种要素构成的，构成组织的要素包括：

1. 组织要有共同的目标。组织目标是指一个组织要达到的主要目的。任何一个组织都是为了一定的目标而组织起来的，目标是组织存在的前提和基础，组织的一切活动的最终目的是为了实现组织目标，组织机构应与组织目标的变化及组织资源的变化保持动态适应。组织目标要根据组织的宗旨，结合组织当前所处的具体环境和组织发展规划来确定。

2. 组织要有自己的人员。组织是由人构成的有形的实体，如企业是由人建立的，以人为主体组成的具有特定功能的整体。组织成员是组织存在和发展的基础，是组织得以进行活动的先决条件。组织中的一切工作均要人来做，没有一定的人，就不构成组织。作为组织中的人，应能够创造出比单个成员劳动之和更多的价值，同时满足自己依靠个人的力量无法满足的要求。

3. 组织必须有分工与协作。组织是一个整体，这就决定了分工与协作的必要性。组织的本质在于协作，正是由于人们聚在一起，协同完成某项活动才产生了组织。组织有不同部门，各自有不同目标和任务，有时会产生冲突，所以要求组织必须做好分工与协作，通过分工和协作，达到提高效率的目的。

4. 组织应有不同层次的权利和责任制度。组织分工后，也就赋予了组织各部门乃至个人相应的权利和责任，权责对等是管理的一项重要原则。权责关系的统一，使组织内部形成反映组织自身内部有机联系的不同管理层次。这种联系是分工协作基础上形成的，组织规模越大，权责关系的处理越重要。权利和责任是实现组织目标的必要保证。

（二）组织的功能

1. 组织的凝聚功能。凝聚功能是组织的基本功能。把分散的个体汇集成为集体，可以实现个体无法达到的目标，这就是组织的凝聚功能。一个有效的群体的共同努力往往要大于他们单独努力的效果的总和。组织的凝聚力，首先来自组织的目标。每个组织都有自己明确的目标和任务。正是由于共同的目标、共同的事业，把人们维系在一起，凝聚成为一个坚强的集体。其次，凝聚力来自于组织中人际关系的和谐和群体意识。如果组织成员之间具有互相尊重、互相支持、互相信任、互相关心的良好作风，富有对群体的归属感、对目的认同感以及对任务的责任感，就会自然而然地产生一种组织的向心力。最后，凝聚力还取决于领导的导向作用。如果领导者品德高尚，正直廉洁，大公无私，办事公正，严于律己，以身作则，团结群众，就自然能形成一种无形的影响力和感染力，从而增强组织的凝聚功能。

2. 组织的协调功能。组织的协调功能是指正确处理组织活动中复杂的分工协作关系。这既包括组织内上下级之间纵向的关系、左右之间横向的关系，也包括组织与环境的关系。在一个组织内部，如果各项工作各尽其职，密切协作，就会产生一种更大的协调能力；在组织与环境的关系上，组织能不断调节自己，顺应环境变化，就会产生一种审时度势的适应能力。

3. 组织的制约功能。在一个组织里，每个成员被指派担任一定的职务，赋予相应的权力，承担一定的责任，并且依靠不同层次、不同职位的权力和责任的制度，保证组织活动的和谐统一。从一定意义上说，组织正是由职位、权力、责任组合而成的结构系统。这种职位、权力和责任所构成的制约力量，制约着组织成员的行为，关系到组织的功能。

4. 组织的激励功能。要创建一个有效的组织，只是集合一些人、分给他们职务是不够的。应该充分激励员工的能力并把他们放在最能发挥作用的位置上。组织中只有高度重视人的因素，肯定人的工作成果，培养人的责任感，增强人的荣誉感，激励人的开拓精神，才能使管理者和被管理者进行创造性的工作，提高组织的激励功能。

（三）组织的类型

按照组织的目标和受益者的不同，可以把组织分成以下四种类型：

1. 互利组织。若一个组织的一般成员都可以通过组织的活动而受益，则这个组织就是互利组织，如俱乐部、工会、政党、宗教团体等。这些组织都是为了其成员的利益而自愿组织起来的。在这种组织中，所有成员的地位都是平等的，组织的成员由于自愿地参加组织的活动而自己也得到利益。对于这种组织来说，面临的一个重要问题就是如何在组织中维持民主秩序。因为这种组织往往会因为组织的大多数成员缺乏热情从而不积极参加组织的活动，使组织的控制权落在少数人的手中。

2. 经济组织。这是一种通过经济活动和经济交往而使参与组织的活动者得到利益的组织，如各种工商企业组织。在这种组织中，主要的受益者是组织的所有者。但是组织中的其他成员也通过组织的活动受益。如企业中的职工通过参加企业的活动也获得工资或者其他方面的报酬。对于这种组织来说，所有者的利益不能被剥夺，否则的话组织就不能长久地生存下去。在这种组织中，所面临的主要问题是如何最大限度地降低成本和提高生产效率。

3. 服务组织。这是一种为某些有关的社会公众服务的组织，如学校、医院、各种福利机构等。对于这种组织来说，面临的主要问题是如何为这些公众提供良好的服务。因为有时候组织中的工作人员会为了个人的利益而忽视甚至损害公众的利益。如医院的宗旨是治病救人，但医院要求先办理登记手续再给诊治的规定有时却会使危急的病人贻误时机而造成死亡。

4. 公益组织。是指为广大社会公众或者说为整个社会服务的组织，如军队、警察、消防队和各种行政机构等。在这种组织中，受益者是整个社会的所有公众。这种类型的组织面临的问题就是如何使之接受外部的民主监督。纠正组织的官僚作风，为整个社会提供卓越的服务。

二、环境

（一）环境的含义

"环境"一词在当代运用得极其广泛，其内涵也非常丰富，以至于人们在使用环境概念时必须在其前面冠以定语才得以理解，例如地理环境、语言环境、社会环境等。

我们在这里主要讨论管理环境，它是指存在于社会组织内部与外部的影响管理实施和管理功效的各种力量、条件和因素的总和。一个有效的组织必须适应环境，融入环境，不适应环境变化往往是组织失败的主要原因之一，环境对组织及其管理来说是极其重要的。因此，任何一个组织要在特定的环境中生存和发展，要取得管理的成效，就必须熟悉、了解其所处的环境，及时掌握环境变化，并根据环境变化不断调整管理的目标、方向、手段和方法。

（二）管理环境的分类

所有的组织工作都是在一定的环境中活动的，受到两种环境的影响：外部环境和内部环境。

组织外部环境（external environment）是影响组织实现目标的一切构成因素。外部环境可分为两大类：一般环境（general environment）和具体环境（task environment）。一般环境，又称宏观环境，是指对组织活动产生影响，但其影响的相关性不强，或间接相关的一些因素，一般包括政治、经济、法律、科技、文化等因素。这些因素对组织的影响虽然不是直接的，但它们都有可能对组织产生某种重大的影响。因此，管理者必须认真分析和研究自己所在组织的一般环境。具体环境，又称微观环境或任务环境，它是指对某一特定组织的组织目标的实现产生直接影响的外部环境因素。包括顾客、竞争者、资源供应商、合作者及其他具体环境因素。与一般环境因素相比，这些因素对组织的影响更频繁、更直接。不同组织及同一组织在不同发展时期，其所处的具体环境是各不相同的，管理者对本组织所处的具体环境的了解和把握情况会直接影响管理效益。

组织的内部环境（internal environment）是影响组织行动或战略的内部资源与条件。由组织文化（组织内部气氛）和组织经营条件（组织实力）两大部分组成。组织文化是处于一定经济社会文化背景下的组织，在长期的发展过程中逐步生成和发展起来的日趋稳定独特的价值观，以及以此为核心而形成的行为规范、道德准则、群体意识、风俗习惯等。组织经营条件是指组织所拥有的各种资源的数量和质量情况，包括人员素质、资金实力、科研力量、信誉等。这些因素不仅与外部因素一样，影响一个组织目标的制定与实现，而且还直接影响该组织管理者的管理行为。

三、组织与环境的关系

组织是一个与外界保持密切联系的开放系统，是从属于社会大系统的一个子系统，它需要与外界环境不断地进行各种资源和信息的交换，其运行和发展不可避免地受到种种环境力量的影响。任何管理活动都是在特定的环境中展开的，管理是一种综合性的系统活动，外部环境是组织生存和发展的物质条件的综合体，管理的成功与失败取决于管理的外部环境。

管理人员之所以关注管理环境，是由于环境的不确定性，这种不确定性威胁着一个组织的成败，增加了管理人员规划和决策的难度，影响管理的效果。因此，管理者应尽力将环境的不确定性减至最低程度。

环境的不确定性可以从两个角度来衡量。一是环境的复杂性。管理环境有多种因素，各种因素之间，此消彼长，又相互融合。二是环境的多变性。管理环境随时都处在发展变化之中。管理环境的变化，不以人的意志为转移，也不以组织的意志为转移，所以是多变的，不可控的。作为组织不能被动地适应环境，因为环境是多变的，组织无法随环境的变化而变化。组织只能主动地适应环境，才能在激烈的市场竞争中取胜。组织可以反作用于环境，甚至可以影响环境。

第二节　组织内部环境

内部环境由组织内部的物质环境和文化环境构成。研究内部物质环境的目的是要判断组织内部各种资源的拥有状况和利用能力，包括财力资源、物力资源、人力资源，这些会影响甚至决定着组织活动的效率和规模，研究内部文化环境则是考察组织文化的构成要素及特点。

一、内部物质环境

任何组织的活动都需要借助一定的资源来进行。组织活动的内容和特点不同，需要利用的资源类型亦有区别。但一般来说，任何组织的活动都离不开人力资源、物力资源以及财力资源。

（一）人力资源

根据不同的标准可以将人力资源划分成不同类型。比如，企业人力资源根据他们所从事的工作性质的不同，可分为生产工人、技术工人和管理人员三类。人力资源研究就是要分析这些不同类型的人员的数量、素质和使用情况。比如，对企业生产工人研究，就是要了解他们的数量，分析其技术、文化水平是否符合企业生产现状和发展的要求，近期内有无增减的可能，能否对他们组织技术培训，企业是否根据生产工人的特点，分配了适当的工作，进行了合理的利用等等；对技术人员的研究就是要弄清企业有多少技术骨干，他们的技术水平、知识结构如何，是否做到了人尽其才，使他们充分发挥了作用；对管理人员的研究，就是要分析企业管理干部的配备情况，这支队伍的素质如何，能力结构、知识结构、年龄结构、专业结构是否合理，是否具有足够的管理现代工业生产的经验和能力，能否通过培训提高他们的管理素质，等等。

（二）物力资源

这是狭义的内部物质环境的构成内容。物力资源研究，就是要分析在组织活动中需要运用的物质条件的拥有数量和利用程度。比如，要分析企业拥有多少设备和厂房，它们与目前的技术发展水平是否相适应，企业是否应对其进行更新改造，机器设备和厂房的利用状况如何，企业能否采取措施提高其利用率，等等。

（三）财力资源

财力资源是一种能够获取和改善组织其他资源的资源，因此可以认为它是最能反映组织活动条件的一项综合因素。财力资源研究就是要分析组织资金拥有情况（资金的总数量），构成情况（自有资金与债务资金的比重），筹措渠道（金融市场或商业银行），利用情况（组织是否把有限的资金使用在最需要的地方），分析组织是否有足够的财力资源去组织新业务的拓展，原有活动条件和手段的改造，在资金利用上是否还有潜力可挖，等等。

二、内部文化环境

内部文化环境研究是要分析组织文化的结构及其对组织活动的影响。组织文化是整个社会文化的重要组成部分，既有社会文化和民族文化的共同属性，也体现了组织的特殊内涵。组织文化是组织的灵魂，组织管理效率的高低与组织文化密切相关，成功的企业都有很强的组织文化。

（一）组织文化的含义

组织文化（organization culture）是组织在长期的实践活动中所形成的并且为组织成员普遍认可和遵循的具有本组织特色的价值观念、团体意识、工作作风，行为规范和思维方式的总和。具体地说：组织文化是指组织全体成员共同接受的价值观念、行为准则、团队意识、思维方式、工作作风、心理预期和团体归属感等群体意识的总称。

在一定社会背景下存在的组织，其文化必然要打上外部文化环境的烙印。整个社会的价值观念、宗教信仰必然要对其产生影响。比如，强调个人价值的传统西方文化背景使得西方社会经济组织通常比较注意个人奋斗、鼓励竞争；而倡导和谐人际关系的儒家文化则使得包括中国在内的东方社会经济组织往往强调群体内部以及群体之间的协作，鼓励共同发展。当然，两种社会文化的交融也使得东西方的社会经济组织试图从另一种文化中寻求精华以弥补自己的不足。但是，即便在相同的社会文化环境中，不同组织的文化特点亦是有区别的。比如，同是在西方经济中从事生产经营的企业，虽然可能同样强调个人的价值、个人的成功，但是不同企业对待个人成功的方式及其判断的标准也有可能是相异的。正是由于这种不同组织文化之间的差异，正是由于不同的组织文化均有其存在的理由和贡献才决定了组织文化研究的必要。

（二）组织文化的结构

组织文化结构大致可分为三个层次，物质层、制度层和精神层。

1. 物质层。物质层是组织创造的物质文化，是组织文化的外在显现，也就是表层文化，是可见之于行、闻之于声的文化形象，如厂貌、厂旗、组织标志、组织环境、设施设备等。

2. 制度层。制度层是居于表层与深层之间的那部分文化，如各种规章制度、道德规范、组织机构等。

3. 精神层。精神层是组织的精神文化，是指积淀于组织及其员工心灵中的意识形态，是组织成员共同遵守的信念、价值观、行为准则等。

组织的三个层次中，最为重要的是精神层。这三个层次是紧密联系的，物质层是组织的外在表现和物质基础，制度层影响和规范着物质层及精神层的建设，精神层是组织文化的核心。

（三）组织文化的内容

1. 组织文化的显性内容。组织文化的显性内容是指能够体现组织文化的物化产品或表现形式，也是组织隐性文化的载体。主要包括：

（1）组织标志。组织标志是指能够体现组织特征的标识，如厂貌、厂旗、职工风貌、商标、歌曲等。

（2）组织环境。组织环境是指组织员工生产、工作、休息等场所，如组织生产车间、经营场所、图书馆等。

（3）组织的规章制度。组织的规章制度是组织成员必须遵守的行为规范的总和，是组织哲学、价值观、道德规范的具体体现。

（4）组织成员的行为。组织成员的行为是组织文化的直接体现，由组织成员的行为和生产与工作的各种活动构成。如经营活动、社交活动、公益活动、文体活动等。

2. 组织文化的隐性内容。组织文化的隐性内容是指能够体现组织文化特征的抽象内容，也是组织文化的核心所在。主要包括：

（1）组织理念。组织理念是组织成员所共同遵守的世界观和方法论，是组织高层次的文化、组织理念主导、制约着组织文化其他内容的发展方向。

（2）组织精神。组织精神是组织成员认识和看待事物的心理、价值取向和主导意思。组织精神是组织文化的核心。

（3）组织价值观。组织价值观是组织成员对客观事物的是与非、好与坏、善与恶的认识和评价标准，组织价值观制约和支配着组织的宗旨、信念、行为规范和追求的目标。

（4）组织道德。是指组织成员在组织活动中应遵循的道德准则和规范。它不仅包括组织成员对于组织的忠诚、责任等，还包括忠于国家、维护国家和平与发展、维护公共利益等。道德伦理既受到国家法律、法规的调节，又受组织价值观、组织目标以及组织规章制度的影响和制约。同时还受社会舆论的影响。现在，越来越多的组织重视组织成员的道德建设。

（四）组织文化的功能

组织文化的功能是提高组织的竞争能力，促进组织的持续稳定发展。组织文化具有导向、凝聚、激励、创新、约束和效率等功能。

1. 导向功能。组织文化对组织成员具有导向功能。组织文化的导向功能主要表现在组织价值观念对组织主体行为，即对组织领导人和广大员工的行为的引导上。这种导向功能对多数人来讲是建立在自觉的基础上的。组织做什么，不做什么，以及怎么做，都是由组织文化决定的，同时，组织文化可以引导组织领导者和员工的价值观、行为、人际关系、品格、工作效率、能力等，是组织发展的主要力量源泉。

2. 凝聚功能。当组织的价值观被其成员普遍接受后，他们的共同理念就成了一种无形的粘合剂，把他们联系在一起。组织文化的凝聚功能，表现在组织文化所体现的"群体意识"能把员工个人的追求和组织的追求紧紧结合在一起，体现组织的凝聚力。同时，在组织氛围的影响下，使组织员工通过自身的感受，产生强烈的归属感、荣誉感和责任心，形成一种对组织强烈的向心力。

3. 激励功能。组织文化的激励功能主要表现在，组织文化强调信任、尊重、理解每一个成员。优秀的组织文化是组织成长的动力，能创造组织活力，激发员工的工作热情，使员工的积极性和潜能得到最大限度地发挥。能够促使员工以主人翁的姿态关心组织的发展，并贡献自己的聪明才智。

4. 创新功能。在全球化的今天，多种文化的冲突碰撞，文化的非理性因素都会要求组织文化发生相应的变革和创新才能适应环境的不断变迁，才能增强组织内部的文化凝聚力，达到协调、促进组织发展的目的。金融危机下，我国企业面临最大挑战在于企业经营环境的变化。企业不仅面临国内企业的竞争，还要和国际跨国公司进行竞争。在全球化的全新的游戏规则下，经营环境更加开放更加复杂，竞争更加激烈。许多外国知名大公司的进入，更多的企业间的兼并还带来异质文化之间的碰撞冲突，这些都给组织的发展和经营业绩带来影响。如何面对迅速变化的日益复杂的结构和环境，这就需要组织文化的创新。组织文化在应对环境变迁时有种滞后效应，它不会随环境的变化而自动发生有利的转变。因此，环境变了，组织文化不发生变革，会成为企业发展潜在的障碍。

5. 约束功能。组织文化将组织的目标、价值观和行为方式最大限度地内化为员工自己的目标、价值观和行为方式，使其对员工的外在约束变成了员工的自我约束。因为组织中员工的个人目标与组织的目标不可能完全相同，个人的价值观与组织的整体价值观也不可能绝对一致，所以组织必须建立一套包括规章制度在内的约束机制来保证控制职能的实现。

6. 效率功能。组织文化的发展，主要从"个人"与"组织"两个层次来促使组织效率的提高。发展组织文化，其重要任务是促进"系统成长"，从个人和组织两方面促进组织效率的提高，最终实现组织的目标。从提高组织效率的角度看，"发展个人"和"发展组织"两者都有着特定的作用。提高组织效率可以从两方面入手：发展个人和发展组织。发展个人通过三种学习方法：正式教育和培训、群体学习、任务或有计划的体验。对组织而言，就是利用自己的资源来培养自己所需的人才。通过组织文化的建设改变组织的某些方面及其工作方式来提高组织的效率。它的目的就是把个人的目标和价值观，与组织的目标和价值观相整合，从而提高组织效率。

（五）组织文化建设的制约因素

1. 经济体制状况。经济体制状况是指经济制度的安排会直接影响到组织文化的状况，影响组织文化的经济制度主要是财产制度与资源配置方式。

2. 政治体制状况。政治体制状况是指政治体制的安排会直接影响到组织文化，任何组织文化中都体现着一定的政治性，绝对超然的组织文化是不存在的。

3. 民族文化状况。民族文化是影响组织文化的重要因素之一，不同的民族有不同的文化。国外文化的流入，不论对我国社会还是对组织，都有两方面的影响，既有积极的影响，也有消极的影响。

4. 科学技术与生产力发展水平状况。科学技术与生产力发展水平是影响组织文化的重要因素。这两种因素推动着社会文化的进步，改变着人们的生活方式、交往方式和生产经营方式。

5. 国际化状况。国际化状况是指一个国家的国际化程度直接会影响到组织文化的状况，一个国家的对外开放的程度越高，企业的组织文化所受的影响也就越大。

（六）组织文化建设的程序

1. 研究设立阶段。这个阶段要求对组织作全面的了解，了解其历史及发展现状，然后根据组织的特点提出建设组织文化的可行性建议，经有关部门批准同意后，在全体员工之间进行宣传和征询对初步构想完善的意见，尽可能地在广大员工之间争取更多的支持，并动员广大员工都参与到组织文化的建设活动中来。

2. 实施强化阶段。组织文化建设正式确立后，就需要付诸实施，各个部门应根据其部门工作的性质及业务受理的不同范围，有意识地培养和鼓励本部门的员工形成的特有的精神风貌和行为规范，并让其逐渐形成本部门所特有的组织文化。在组织当中长期形成的这种无形的"规矩"，对组织员工的行为有很好的约束和规范作用。

3. 跟踪反馈阶段。随着组织经营环境的变化，组织文化的内容也要适应这种变化。然而，现有已确立的组织文化是否能及时地迎合环境变化，不应该依靠组织管理者的主观判断，而要依靠来源于基层实际情况的反应。因而，在经历过实施这个阶段后，有意安排跟踪反馈，调查基层组织的真实反应，从而做出相应的调整。

4. 分析评价阶段。这个阶段的主要任务是依据跟踪反馈的信息，将整个组织文化建设工作开展以来的工作成绩和存在问题进行分析研讨，剖析出更深层次的原因。比如对开展活动中的成功与失误进行分析，主要是看组织文化建设的目标和内容是否适合本组织的实际需要，各基层机构的风气、精神面貌是否体现了组织文化建设的宗旨。

5. 确立巩固阶段。这个阶段主要是在分析评价的基础上，对于组织文化建设在开展过程中出现的成功与失误作些适当的摒弃或弘扬的工作。在组织活动中，对于实施较好并取得了一些成绩的组织文化，应当给予鼓励和支持，使其继续开展下去，而对于一些有违组织目标实现的组织文化则应当坚决地摒弃。

（七）组织文化建设的方法

1. 榜样法。组织可以通过树立典型模范或英雄人物，借助典型模范或英雄人物特有的感染力、影响和号召力为组织成员提供可以仿效的具体榜样，倡导组织成员向典型模范或英雄人物学习。

2. 激励法。这是指运用精神和物质的激励手段，激发组织成员为实现组织目标而努力工作。如通过表扬、工作激励、关心和满足员工需要，从而达到激励下属的目的。

3. 引导法。即有目的地举行各种活动引导组织员工树立正确的价值观，并营造出培育组织文化的良好氛围。

4. 教育法。教育法是指通过开展谈心活动、演讲比赛、达标活动、征文活动进行教育，转变价值观和行为。

第三节　组织外部环境

组织面临的外部环境时刻处在变化之中，外部环境的种种变化，可能给组织带来两种性质不同的影响：一是为组织的生存和发展提供新的机会；另一则是对组织的生存造成某种不利的威胁。这样，组织要谋求继续生存和发展，就必须及时地制定出对策和措施，以便一方面积极地利用外部环境变化所提供的有利机会，另一方面又能有效避开、化解环境变化所可能带来的威胁。

一、一般环境

一般环境也就是组织活动所处的大环境，主要由政治法律、社会文化、经济、技术、自然等因素构成。一般环境对处在该环境中的所有相关组织都要产生影响，而且通常不会因组织使命不同而有多大差异。

（一）政治法律环境

政治法律环境包括一个国家的社会制度，执政党的性质，政府的方针、政策、法令等。不同的国家有着不同的社会制度，不同的社会制度对组织活动有着不同的限制和要求。即使社会制度不变的同一个国家，在不同时期，由于执政党的不同，其政府的方针特点、政策倾向对组织活动的态度和影响也是不断变化的。对于这些变化，组织可能无法预测，但当变化产生后，它们对组织活动可能产生何种影响，组织则是可以分析的。组织必须通过政治法律环境研究，了解国家和政府目前禁止组织干什么、允许组织干什么、鼓励组织干什么，从而使组织活动符合社会利益，受到政府的保护和支持。

（二）社会文化环境

社会文化环境包括一个国家或地区的居民教育程度、文化水平、宗教信仰、风俗习惯、审美观念、价值观念等。文化水平会影响居民的需求层次；宗教信仰和风俗习惯会禁止或抵制某些活动的进行；价值观念会影响居民对组织目标、组织活动以及组织存在的态度；审美观念则会影响人们对组织活动内容、活动方式以及活动成果的态度。因此，一个组织必须使其经营适应所在国家的社会文化环境。也就是说，组织提供的产品和服务以及它们的内部政策都必须随着社会文化环境的变化做相应的改变。

（三）经济环境

经济环境是影响组织特别是作为经济组织的企业活动的重要环境因素，主要包括宏观和微观两个方面的内容。宏观经济环境主要指一个国家的人口数量及其增长趋势，国民收入、国民生产总值及其变化情况以及通过这些指标能够反映的国民经济发展水平和发展速度。人口众多既为企业经营提供了丰富的劳动力资源，决定了总的市场规模庞大，又可能因其基本生活需求难以充分满足，从而构成经济发展的障碍。经济背景的繁荣显然为企业等经济组织的发展提供了机会，而宏观经济的衰退则可能给所有经济组织带来生存的困难。微观经济环境主要指企业所在地区或所需服务地区的消费者的收入水平、消费偏好、储蓄情况、就业程度等因素，这些因素直接决定着企业目前及未来的市场大小。

（四）技术环境

任何组织的活动都需要利用一定的物质条件，这些物质条件反映着一定的技术水平，社会的技术进步会影响技术水平的先进程度，从而影响利用这些条件的组织活动的效率。例如，技术领先的医院、大学、机场、警察局，甚至军事组织，比那些没有采用先进技术的同类组织具有更强的竞争力。

技术环境对企业的影响就更为明显了。企业生产经营过程是一定的劳动者借助一定的劳动条件生产和销售一定产品的过程。不同的产品代表着不同的技术水平，对劳动者和劳动条件有着不同的技术要求。技术进步了，可能使企业产品被新技术的产品替代，可能使生产设施和工艺方法显得落后，可能使生产作业人员的操作技能和知识结构不再符合要求。因此，企业必须关注技术环境的变化并及时采取应对措施。研究技术环境，除了要考察与所处领域的活动直接相关的技术手段的发展变化外，还应及时了解国家对科技开发的投资的支持重点，该领域技术发展动态和研究开发费用总额，技术转移和技术商品化速度，专利及其保护情况，等等。

（五）自然环境

地理位置是制约组织活动特别是企业经营的一个重要因素，当国家在经济发展的某个时期对某些地区采取倾斜政策时尤其如此。比如，目前我国沿海地区的开放政策吸引了大批外资，促进了投资环境的改善，给原已处在这些地区的各类组织提供了充分的发展机会。此外，企业是否靠近原料产地或产品销售市场，也会影响到资源获取的难易和交通运输成本等。

气候条件及其变化亦然。气候趋暖或者趋寒会影响空调生产厂家的生产或者服装行业的销售，而四季如春、气候温和则会鼓励人们远足郊外，从而为与旅游或郊游有关的产品制造提供机会。

资源状况则与地理位置有着密切的关系。资源特别是稀缺资源的蕴藏不仅是国家或地区发展的基础，而且为所在地区经济组织的发展提供了机会。没有地下蕴藏着的石油，许多中东国家难以在沙漠中建造绿洲。我国许多农村地区乡镇企业的发展，在初期也正是靠优越的地理位置及资源开采而逐渐积累资金的。资源的分布通常影响着工业的布局，从而可能对一个地区经营哪种产业起决定作用。

二、具体环境

不同的组织面临着不同的具体环境。而对绝大多数企业而言，其具体环境的最关键部分就是企业投入竞争的一个或几个产业。而一个产业内部的竞争状态取决于以下五种基本竞争作用力（如图3-1所示）：现有企业间的竞争、潜在的参加竞争者、替代品制造商、原材料供应者以及产品用户。换句话说，这五种因素构成了企业的具体环境。

企业的具体环境直接影响着企业的活动。因此，企业要想提高竞争能力，必须从以下五个方面跟踪分析其具体环境的变化。

（一）现有竞争对手研究

现有竞争对手的研究主要包括以下内容。

1. 基本情况的研究。对竞争者基本情况进行分析包括：竞争对手的数量有多少？分布在什么地方？规模、资金、技术力量如何？以及对自己构成的威胁。还必须对同类厂商的竞

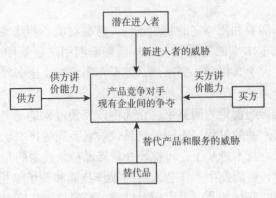

图 3-1   竞争五要素

争实力及其变化情况进行分析和判断。反映竞争对手经济实力的指标主要有三类：销售增长率、市场占有率、产品获利能力。

2. 主要竞争对手的研究。分析主要竞争对手，主要应分析其对本企业构成威胁的原因，是技术力量雄厚还是规模大？是销售增长率快还是市场占有率高、产品获利能力强？主要竞争对手研究是找出主要竞争对手实力的决定因素，可帮助企业制定相应的竞争策略。

3. 竞争对手的发展方向。竞争对手的发展方向分析包括市场发展动向和产品发展动向，对竞争者战略的分析。要收集有关资料，密切注视竞争者的发展方向，分析竞争对手可能开辟哪些新产品、新市场，从而帮助企业争取时间优势，在市场竞争中占据主动地位。在竞争者的经营战略分析，在判断竞争者的发展动向时，要分析退出某一些产品的难易程度。主要有下列因素：资产的专用性、退出成本的高低、心理因素和政府的限制。

（二）潜在竞争对手研究

一种产品的开发成功，会引来许多企业的加入。这些新进入者既可给行业注入新的活力，促进市场竞争，也会给原有厂家造成压力，威胁它们的市场地位。新厂家进入行业的可能性大小，既取决于由行业特点决定的进入难易程度，又取决于现有企业可能作出的反应。原有企业可能采取的反击措施，迫使那些对某种产品的生产跃跃欲试的企业不得不认真思考、慎重决策。进入某个行业的难易程度通常受到下列因素的影响。

1. 规模经济。大规模的经济性表现为在一定时期内产品的单位成本（或者说生产一件产品的操作或运行的成本）随总产量的增加而降低。规模经济的存在阻碍了对产业的侵入，因为它迫使进入者或者一开始就以大规模生产并承担遭受原有企业强烈抵制的风险，或者以小规模生产而接受产品成本方面的劣势，这两者都不是进入者所期望的。规模经济几乎可以表现在一个企业经营的每一职能环节中，包括制造、采购、研究与开发、市场营销、售后服务网、销售能力的利用及分销等方面。

2. 产品差别。产品差异意味着现有的公司由于过去的广告、顾客服务、产品特色或由于第一个进入该产业而获得商标信誉及顾客忠诚度上的优势。产品差异建立了进入壁垒，它迫使进入者耗费大量资金消除原有的顾客忠诚。这种努力通常带来初始阶段的亏损，并且常常要经历一个延续阶段。这样建立一个品牌的投资带有特殊的风险，因为如果进入失败，他们就会血本无归。产品差异在如下产业可能成为最重要的进入壁垒：婴儿保健产品、化妆品、投资银行及公共会计行业。对于酿酒业来说，产品的差异性与生产、市场营销和分销的规模经济相结合可以构成很高的壁垒。

3. 在位优势。指原有厂家相对于新进入者而言所具有的综合优势。这种优势表现在多个方面。比如，原有厂家已经拥有某种专利或保密的方法来保持独享性的产品专有知识或设计特性，从而可以限制他人生产相关产品；原有企业已经拥有一批熟练的工人和管理人员从而具有劳动成本优势；原有企业已经建立了自己的进货渠道甚至封锁了最优资源来源，从而不仅可以保证自己扩大生产的需要，甚至可以控制整个行业的原材料供应，限制新厂家的进入；原有企业已经建立的分销网络对新竞争者进入销售渠道也可能形成某种障碍，新进入者必须通过压价、协同分担广告费用等方法促使分销渠道接受其产品。这些方法的采用均降低了利润。例如，食品制造商必须说服零售商在竞争十分激烈的超级市场货架上留出一席之地摆放新食品，为此，他们要对零售商承诺进行促销并做出强劲的销售努力或采取其他方法。

（三）替代品生产厂家分析

广义地看，一个产业的所有公司都与生产替代产品的产业竞争。替代品设置了产业中公司可谋取利润的定价上限，从而限制了一个产业的潜在收益。替代品在价格或性能上越有吸引力，原有产业利润的上限就压得越低。

识别替代产品也就是去寻找那些能够实现本产业产品同种功能的其他产品。有时做到这一点可能很不容易，可能需要分析者去分析与该产业看来相去甚远的业务。

针锋相对地顶住替代品往往需要全产业的集体行动。例如，一个公司大做广告可能还不足以支撑该产业顶住替代产品，但全产业从业公司都持续地注重于广告活动则很可能强有力地改善产业的整体处境。在改良产品质量、创新营销手段、提供更大的产品供货能力等方面，全产业从业公司的集体反应也都有类似情况。

应当引起极大重视的替代品是这样一些产品：第一，它们具有改善产品价格及性能，从而排挤原产业产品的趋势；第二，这些替代产品是由盈利很高的产业生产的，在这种情况下，如果它们产业中某些发展变化加剧了那里的竞争，从而引起产品价格下跌或其性能改善，会使替代产品立即脱颖而出。

分析这类情形对于决定是试图战略性地压制对手，还是将替代品作为战略计划中的一个必定包括的关键力量将是十分重要的。例如，电子警报系统在保安部门中成为一种潜在的替代者，而且这些电子报警系统只会变得越来越重要。因为劳动力密集的保安服务面临不可避免的成本升高，同时电子系统还可以改善性能而且降低成本。因此，保安部门的适当反应或许应当是将保安人员与电子系统结合使用，即将保安人员重新界定为熟练的电子系统操作人员，而不是试图把电子系统排挤掉。

（四）用户研究

用户在两方面影响着行业内企业的经营。其一，用户对产品的总需求决定着行业的潜力，从而影响行业内所有企业的发展边界。其二，不同用户的讨价还价能力会诱发企业之间的价格竞争，从而影响企业的获利能力。用户研究也因此而包括两个方面的内容：用户的需求（潜力）研究以及用户的讨价还价能力研究。

1. 需求研究。（1）总需求研究。包括对以下问题的分析：市场容量有多大？总需求中有支付能力的需求有多大？暂时没有支付能力的潜在需求有多少？（2）需求结构研究。需要回答的问题是：需求的类别和构成情况如何？用户属于何种类型，是机关团体，还是个人？主要分布在哪些地区？各地区比重如何？（3）用户购买力研究。需要分析以下问题：

用户的购买力水平如何？购买力是怎样变化的？有哪些因素影响购买力的变化？这些因素本身是如何变化的？通过分析影响因素的变化，可以预测购买力的变化，从而预测市场需求的变化。

2. 用户的价格谈判能力研究。用户的产业竞争手段是压低价格、要求较高的质量或索取更多的服务项目，并且从竞争者彼此对立的状态中获利。所有这些都是以产业利润作为代价的。而用户的这种价格谈判能力是众多因素综合作用的结果。这些因素主要有（1）购买量的大小。如果用户的购买量占企业销售额的很大一部分，他们就会意识到自己对企业的重要性。再有，如果产业以固定成本高为其特点，如玉米加工及大量生产的化工品，从而使保持生产能力的充分使用更加重要，则大批量购买者就会拥有较强的价格谈判能力。同时，如果用户对这种产品的购买量在自己的总采购量乃至总采购成本中占有较大比重，则他必然会积极利用这种谈判能力，努力以较优惠的价格采购货物。（2）企业产品的性质。如果企业提供的是一种标准的或非差异性产品，用户可以很方便地找到其他可供选择的供应商，就会在购买中具有较强的价格谈判能力，如铝制品业。（3）用户后向一体化的可能性。后向一体化是指企业将其经营范围扩展到原材料、半成品或零部件的生产。如果用户是生产性企业，购买企业产品的目的在于再加工或与其他零部件组合，而又具备自制的能力，则会经常以此为手段迫使供应者压价。例如，通用汽车公司和福特汽车公司通常以"自己生产"这一筹码作为讲价手段而著称，他们实际采取的措施是：对某一零部件，厂内生产一些满足部分需要，其余的从外部供应商处购买。由于厂内生产一部分零件而使其具有详尽的成本资料，对于谈判极有帮助。（4）企业产品在用户产品形成中的重要性。如果企业产品是用户自己加工制造的产品的主要构成部分，或对用户产品的质量或功能形成有重大影响，则用户可能对价格不甚敏感，这时他关注的首先是企业产品质量及其可靠性。如油田设备（油田设备故障可能导致巨大损失）和电子医疗和测试仪器的封装（封装的质量极大地影响用户对所封装的仪器质量的印象）。相反，如企业产品在用户产品形成中没有重要影响，用户在采购时则会努力寻求价格优惠。

（五）供应商研究

企业生产所需的许多生产要素是从外部获取的。提供这些生产要素的经济组织，类似于用户的作用，也在两个方面制约着企业的经营：其一，这些经济组织能否根据企业的要求按时、按量、按质地提供所需生产要素影响着企业生产规模的维持和扩大；其二，这些组织提供货物时所要求的价格决定着企业的生产成本，影响着企业的利润水平。所以，供应商的研究也包括两个方面的内容：供应商的供货能力或企业寻找其他供货渠道的可能性以及供应商的价格谈判能力。这两个方面是相互联系的，综合起来看，需要分析以下因素。

1. 是否存在其他货源。企业如果长期仅从单一渠道进货，则其生产和发展必然在很大程度上受制于后者。因此，应分析与其他供应商建立关系的可能性，以分散进货，或在必要时启用后备进货渠道，这样便可在一定程度上遏制供应商提高价格的倾向。

2. 供应商所处行业的集中程度。如果该行业集中度较高，由一家或少数几家集中控制，而与此对应购买此种货物的客户数量众多，力量分散，则该行业供应商将拥有较强的价格谈判（甚至是决定）能力。

3. 寻找替代品的可能性。如果行业集中程度较高，分散进货的可能性也较小，则应寻找替代品。如果替代品不易找到，那么供应商的价格谈判能力将是很强的。

4. 企业后向一体化的可能性。如果供应商垄断控制了供货渠道，替代品又不存在，而企业对这种货物需求量又很大，则应考虑自己掌握或自己加工制作的可能性。这种可能性如果不存在，或者企业对这种货物的需求量不大，那么，企业只能对价格谈判能力较强的供应商俯首称臣。

第四节　社会责任与管理道德

一、社会责任

关于组织是否需要承担社会责任，应当承担什么样的社会责任的争论由来已久而且还在继续。一般认为社会责任概念的提出是在 20 世纪 60 年代，在此之前，这个问题并没有引起太多的注意。但随着工业经济的发展，环境污染问题、能源消耗问题、社会环境问题等越来越严重，社会责任问题逐步成为人们关注的大问题，因此公众对其也有了新的要求。

（一）社会责任的含义

社会责任是指组织在创造利润，对股东利益负责的同时，还要承担对社会的相应义务，即维护并提高整个社会的福利水平。如企业要遵守商业道德、保护劳动者的合法权益等。它是一种实现社会长远目标的义务，这种义务与组织的道德伦理观有密切的联系。

为了更好理解社会责任，还需要了解两个概念。社会义务（social obligation）是指组织符合其经济和法律的责任，达到了在经济和法律上的最低要求。社会义务是企业参与社会活动的基础。社会反应（social responsiveness）是指一个组织同社会环境相适应的能力，即企业以对自己和社会都有利的方式，把公司的经营活动、方针政策同社会环境联系依赖的能力。社会反应更注重运用各种手段和途径去实现短期的利益，侧重于特定的社会领域、具体项目和事件，比较重视参与社会事业的手段，强调参与本身所能够产生的社会效应。而具有社会责任组织的经营决策立足于企业的长期利益及道德自律和道德自觉，热心参与社会事业等。因此，三者之间的关系，社会义务是基础，社会责任与社会反应的实现是以社会义务的完成为前提条件的。

（二）社会责任的两种观点

1. 古典观（classical view）。这一观点认为，企业的经理人的社会责任就是实现利润的最大化，为股东谋求最大利益。主要代表人物是弗里德曼（Milion Feiedman）。他认为，资源若能用在为股东谋福利，因承担了一定的社会责任而导致企业利润减低，那么股东的利润就会受到损失，甚至影响企业的正常经营活动，会使企业产生生存危机，如提高产品价格使销售额下降，从而伤害到消费者和股东利益。

2. 社会经济观（socioeconomic view）。该观点认为企业除了取得利润以外，还应承担相应的社会责任。企业不应该只是一个对股东负责的经济实体，社会经济观下，企业生存是首要目标，利润最大化才是公司的第二目标。社会经济观认为，企业应该使资本收益率最大化。因此，企业必须以不污染环境，关心员工和不做虚假广告等来维护社会利益，积极参加社会活动，参与各种慈善事业，从而不断增进社会利益。

（三）企业社会责任的内容

企业组织是存在于社会组织当中的，企业作为一个国家的经济主体，要承担一定社会责任。企业作为独立自主、自负盈亏的商品生产者和经营者，追求利润最大化，企业是"经济人"。同时，企业又是社会经济细胞，是社会财富最基本的创造者，所以企业又是"社会人"。企业应该受到企业道德和伦理的约束，企业应履行社会责任，改善社会环境，企业通过承担社会责任，更好地体现自己的企业文化和价值观。企业社会责任有以下几点：

1. 企业对职工的社会责任。为职工创造安全生产条件、安全的工作场所及工作环境，关心员工的身心健康，建立健全各种奖惩机制和激励机制，努力提高职工的工资和福利待遇，发挥职工的积极性、主动性，对员工进行岗位与技能培训，促进职工全面发展，保护职工的合法权益。

2. 企业对消费者的社会责任。企业应根据市场需求，生产出满足消费者需求的产品。应向消费者提供优质的安全可靠的产品，保证售后服务。企业要向消费者提供有关产品正确的信息，不弄虚作假，不欺骗消费者，企业使消费者自由选择所需要的产品，不能漫天要价损害消费者的利益。

3. 企业对生态环境的社会责任。20 世纪 40 年代以来，世界各国普遍面临着生态环境恶化的严重问题。人类在以全球范围的规模、以前所未有的速度与深度改造大自然的同时，大自然面临破坏甚至被毁灭的危险。企业经营中存在着人类对大自然的征服与损害的尖锐矛盾。企业对维护生态平衡、保护环境有着不可推卸的责任。维护生态平衡，主要是指保护自然环境和控制工业污染。企业在维护生态平衡方面，首先，要严格遵守一切有关维护生态平衡的法规。在减轻噪音和减少"三废"排放量上不断采取措施，尽可能减轻对生态环境的污染。其次，要重视物质资源的开发利用，提高原材料、燃料的利用率。再次，要以积极的态度与政府相配合承担起保护环境的社会责任。

4. 企业对社区的社会责任。企业是生活在具体的社会环境之中的，这就产生了企业与社区的关系问题。对工商企业来说，其员工的大部分来自所在的地区，对商店来说其员工大部分来自所在社区，其顾客也是社区居民。因此，重视社区利益也是企业永恒的社会责任。企业作为社区的居民，在社区内从事生产经营活动。凭借社区实现其经济目标，自然也应当尽社区的社会责任。这包括响应社区的号召、为公益事业做力所能及的贡献、为社区居民承担义务等。

企业社会责任的内容涉及广泛，内容具体而复杂。以上列举的企业的社会责任主要是从企业角度来认识的。当然，企业的社会责任还有相当部分来自社会问题的影响、来自社会对企业的要求等。总之，对企业的社会责任要从企业对社会和社会对企业两个方面去认识和把握，才能得出正确的结论。

（四）企业社会责任的特征

1. 变动性。企业社会责任具有变动性的特点。由于企业的社会影响是在具体的社会环境条件下产生的，总是与一定历史时期的社会经济、政治、科技、文化发展相适应的。企业承担社会责任的现实状态，就是这些因素的综合反映。因此，当这些历史条件发生重大变化，企业社会责任的内容就会随之发生变化。其次，人们评价企业社会责任的标准发生了变化。在20 世纪 40 年代以前，人们评价企业承担社会责任主要是利润最大化标准。而今天人

们评价企业承担社会责任的标准已经不再是单一的经济绩效指标。即便是可以被称为企业的
"永恒的社会责任"的四大类问题，即企业与劳工关系、企业与消费者关系、企业与社区关系和企业与生态平衡关系也由于时期不同、背景不同、标准不同而有不同的评价标准。因此说，企业承担社会责任是一个发展的、变化的概念。

2. 有限性。企业以其产品或服务而获得尽可能多的利润，既是企业存在于社会的根本条件，也是社会对企业的根本要求。如果企业完成这个特殊使命的能力受到减弱或损害，社会也就必定因此而遭受更大的损失。因此，企业首要的社会责任在于其履行企业的基本职能。一个经营不善而濒临破产的企业，维持自己的生存都面临着危机，哪里还谈得上履行什么社会责任呢？问题还不仅如此，经营不善、濒临破产的企业还会给社会造成负担和损失。因此，企业承担社会责任是有一定的前提和限度的。这种限度或有限性是由企业所取得的经济成就的能力所决定的。企业在承担社会责任的过程中，除非它能够转化成取得经济成就的盈利机会，否则就会造成成本的增加。这种增加的成本如果转嫁到消费者身上，那就必然损害消费者的利益；如果由企业内部消化，势必减少利润，影响到企业所有者、管理者、债权人和企业职工的利益以及一系列由此产生的经济关系和社会关系。企业在任何时候，只要忽略了在经济上取得成就的限制，承担了它在经济上无力担负的社会责任，就会很快陷入困境。为了承担社会责任而做出某些经济上不合理和难以担负的事情，永远不能说是承担了社会责任，而只能说是感情用事。

3. 相关性。一个发达的社会需要有各种特殊的分工、特殊目标的机构。这些机构包括政府，大多数部门的所能作出的最大贡献、最大的社会责任，就在于在它们的职责范围内取得成就，而对社会最大的不负责任，也就在于承担超出其范围的职责或滥用权力，以致损害这些机构或企业的成就能力。企业作为一种社会经济企业，在实现其经营目标的活动中，对其产生的副产品，即对人、物质环境和社会环境的影响必须承担责任。但企业社会责任不等于企业办社会。社会并不是要求企业超越自身的职责和能力去参与一切社会问题的解决，只是要求企业作为社会的一个组成部分而与社会整体保持协调一致。这样，才能使社会各组成部分各司其职而又和谐运转。企业办社会，或者称社会的社会责任企业化，实质上是社会机能失调的产物。如果企业能够解决一切社会问题、承担一切社会责任，那么政府和社会公用福利部门就没有存在的必要了。因此，必须把企业的社会责任与社会的社会责任区别开来。企业必须对超出其承受能力的责任要求予以拒绝。

4. 延续性。工业革命初期，企业在向社会提供商品和劳务的同时，也把废气、废渣大量丢弃在地面上。但对这些工业废物的处理费用却未计入成本。延续至今，现代企业也仍然未把这笔费用计入自己的成本。这样，就把这些隐蔽而沉重的费用转嫁给了社会，其后果或是提高了公共赋税和公共支出，或是破坏了环境。早期企业存在的社会影响问题，在今天的企业活动中不但仍然存在，而且随着社会化大生产的发展更为严重了。企业的发展产生了越来越多的"外溢因素"，经济学家称之为"外部成本"。而今天的企业却要代前人受过，但同时也在对后人制造新的影响。新出现的经济部门、行业的企业所产生的"外溢因素"的影响，往往需要一段时间才能被人们所感受到和认识到。在现实中人们普遍感知和认识到的企业的社会影响，一般已经是持续了很长的时间了。而制止这种影响，挽回影响所造成的损失，则要付出巨大的费用和漫长的时间代价。

二、管理道德

（一）道德的含义

所谓道德是关于行为的是非的评价尺度，是调整人们行为的准则或惯例。道德一词由来已久。道德是人类社会共有的一种社会意思。早在两千多年以前，我国古代的著作中就出现了"道德"这个词语。"道"表示事物运动变化的规则；"德"表示对"道"认识之后，按照它的规则把人与人之间的关系处理得当。从中国儒家的创始人，伟大的思想家、教育家孔子开始，千百年来，人们就一直重视道德问题。

道德标准源于宗教信仰、文化信仰和哲学信仰。这些信仰成为判断个人或组织的行为是道德或不道德的。任何个人或组织都不可能脱离社会而独立存在。除了法律法规以外，还必须要有某些道德准则来调整人们的行为，如管理者是否利用自己在企业中的地位为自己谋利从而导致企业相关利益者的权利遭受破坏，这些道德准则就构成了道德规范体系。

（二）三种不同的道德观

道德规范作为评价人们行为优劣的原则，简单而又明确。不同组织的道德标准可能不一样，即使是同一个组织，也可能在不同的时期有不同的道德标准。此外，组织的道德标准要与社会的道德标准兼容，否则这个组织很难为社会所容纳。

在道德标准方面有三种不同的观点。

1. 功利主义观。这是一种按照成果或结果制定决策的道德观点。功利观鼓励人们提高效率，符合企业利益最大化目标。功利观追求的是总功利最大化，结果并非是所有个人利益的最大化，按功利观点，企业解雇 20% 的员工是正当的，这将增加企业的利润，提高留下的 80% 员工的工作保障，并使股东获得最大的收益。它是以股东价值最大化作为管理决策的标准，因此，反对者认为，功利道德观极易造成少数人的权利被忽视。如社会资源的不合理配置。

2. 权利主义观。这是与尊重和保护个人自由和权利有关的观点，包括隐私权、良心自由、言论自由和法律规定的各种权利。如对雇员告发雇主违法的行为，有的认为这是不道德的，雇员应忠于雇主，而权利主义观者认为应当对雇员的言论自由加以保护，谴责那种认为雇员告发雇主是不道德的观点。

3. 公平理论观。公平理论要求管理者公平和公正地加强和贯彻规则。这种观点能有效保护利益被忽视或无权的员工，对于追求个人特权的管理者是一种道德威慑和制约。但是它不利于培养员工的风险意识和创新意识，影响变革与创新，影响生产效率的提高。

（三）影响管理道德的因素

管理道德发展阶段、个人特征、结构变量、组织文化、问题强度等是影响管理道德的因素。

1. 道德发展阶段。西方道德心理学家通过研究发现，人们的道德意识及其行为表现有个发展过程，这个过程分为三个阶段，随着阶段的持续上升，个人道德判断变得越来越不依赖外界的影响。

第一阶段前惯例水平。这一阶段人的道德选择只受个人利益的影响，是按怎样对自己有利而行动。其特征是避免物质惩罚，从自身利益出发，遵守组织规则。

第二阶段惯例水平。这一阶段人的思想行为及其道德选择受他人期望的影响。其特征是做自己周围人所期望做的事，履行自己认同的义务来维护传统的秩序和标准。

第三阶段原则水平。这一阶段人的思想行为及其道德选择具有自主性，受自己认为是正确的个人行为准则的影响。其特征是遵守自己长期形成的道德准则，同时尊重他人的权利。

道德发展阶段理论说明，个人道德判断在发展演进中变得越来越不依赖外界的影响，前后经过三个阶段，一个阶段一个阶段地向上移动，管理者达到的阶段越高，他就越倾向于采取符合道德的行为。

2. 个人特征。每个人一般都有一套相对稳定的价值准则，管理者一般也有不同的个人准则，它构成了管理者道德行为的个人特征，这些个人特征很可能转化成组织的道德理念与道德准则。这个价值观与人的行为的一致性受到以下两个变量影响，即自我强度和控制中心。自我强度，即个人自信心强度的个性特征。管理者的自信心强度对管理者的道德选择很重要。研究表明，自信心强的人在道德判断与道德行为之间表现出更大的一致性。控制中心是衡量人们相信自己掌握自己命运的个性特征，分为内在与外在两个方面。具有内在控制中心的人相信他们控制着自己的命运在道德认识与道德行为之间表现出更大的一致性；而具有外在控制中心的人则认为他们的事情全凭运气和社会，在道德认识与道德行为之间表现出很大的差异性。

3. 组织变量。合理清晰的组织结构对管理者的道德行为有约束作用，有助于增进管理道德。正式的规则和制度可以减少组织结构设计的模糊性；职务说明和明文规定的道德准则可以促进行为的一致性。研究不断表明，上级的行为对个人道德或不道德行为具有最强有力的影响。人们注视着管理当局在做什么，并以此作为什么是可接受的和期望于他们的行为的标准。有些绩效评价系统仅集中于成果，但也有一些评价系统既评价结果，也评价手段。在仅以成果评价管理者的地方，则会增加使人们"不择手段"地追求成果指标的压力。与评价系统紧密相关的是报酬的分配方式、奖赏和惩罚越依赖于具体的目标成果，管理者实现那些目标在道德标准上妥协的压力就越大。此外，时间、竞争、成本和工作的压力越大，管理者就越有可能放弃他们的道德标准。

4. 组织文化。组织文化的内容、性质和强度会影响管理道德。一个组织如果拥有健康、开放、进取、较高、强有力的道德文化标准，这种文化就具有向心力和凝聚力，会对管理者的道德行为产生控制力及积极的影响。反之，在较弱的组织文化中，遇到矛盾和冲突，就难以坚持原有的道德标准，从而导致非道德行为的产生。

5. 问题强度。问题强度是指道德问题本身的重要程度对管理者的道德选择具有重要意义。问题强度对管理道德的影响如下：现实中一些次要问题不道德行为相对较多，而在一些重要问题上，不道德行为相对较少。管理者的问题强度主要取决于以下几个因素：道德行为产生受害或受益的可能性；管理者道德行为对有关人员的影响和集中度的大小；社会舆论对此反响程度；管理者对其道德行为的受害者或受益者受到多大程度伤害或利益的关注性和内心感受。

（四）改善道德行为

1. 甄选。组织在招聘员工和提拔干部的甄选过程中，必须对被选者的道德素质进行考察，用来剔除道德不良者。人在道德发展阶段、个人价值体系和个性上的差异等都是影响管理道德的重要原因。要改善管理道德，首先要提高管理人员的素质。要挑选有高道德素质的员工。把做人做事的道理内化为健康的心理品格，转化为良好的行为习惯，自觉从身边的事情做起，从一点一滴做起，践行道德规范、道德意识，养成良好习惯、培养高尚品质，做一个有道德的人。

2. 道德准则和决策规则。确立道德准则是减少道德问题、改善道德行为的一项有效办法。道德准则是表明一个组织基本价值观和希望员工遵守的一系列道德规则的正式文件。道德准则应尽量具体，向员工说明他们应以什么精神从事工作。同时，道德准则应当足够宽松，允许员工有自己的见解和判断自由。

3. 高层管理的领导。道德准则要求管理者尤其是高层管理者应以身作则。道德准则要发挥效果，组织的高层管理者就必须以身作则。一个行动往往胜过一百句说教。高层管理者所做出的任何不符合道德准则的行为，都等于是在向全体员工暗示这些行为是可以接受的。高层管理者还可以通过他们的奖惩行为，来建立组织的文化基调。提拔什么样的人或是奖励什么样的事，都会向员工传达强有力的信息。同样，不符合道德规范的行为一旦被揭露，行为者也必须为此付出代价。

4. 工作目标。员工的工作目标合理与否与管理道德密切相关。员工的目标应当明确而现实。在不现实的目标压力下，即使道德水准很高的员工，也会被迫采取"不择手段"的态度。清楚而现实的目标，会减少员工的迷惑并使之受到激励而不是惩罚。

5. 道德培训。全社会都应该认识道德教育与培训的重要性和迫切性。越来越多的组织通过各种培训项目，来鼓励人们的行为符合道德规范。这类培训有助于灌输组织的行为标准，有助于向人们阐明什么行为是可以接受的、什么行为是不可以接受的，还有助于在必须采取令人不快但合乎道德的立场时，增强人们的自信心。

6. 综合绩效评价。绩效评价全面与否，对道德建设有重要影响。假如仅以经济成果来衡量绩效，人们为了取得成绩，就会不择手段，会产生不道德行为。绩效评价通常总是着重于考察目标的实现与否，但其结果会使手段合理化。如果期望员工保持较高的道德水准，组织就应将此体现在其绩效评价的过程中，例如，对于管理者的年度评价不仅要包括其目标的实现程度，或许还应评价其各项决策符合组织道德准则的程度。

7. 独立的社会审计。独立的社会审计是提高管理者道德水平的重要手段。防止不道德行为的一种重要因素，就是害怕被抓住的心理。依照组织的道德准则来评价决策和管理行为的独立的社会审计，提高了发现非道德行为的可能性。这种审计可以是一种常规性的评价，就像财务审计一样定期实施，或者是在没有预先通知的情况下随机抽查。一个有效的道德评价计划，或许应同时包括这两种方式。为了保证诚实和正直，审计人员应对公司的董事会负责，并直接将审计结果呈交董事会。

8. 正式的保护机构。改善管理道德应当建立道德保护机构。组织可以通过某种正式的机制，来保护处于道德困境的员工能够按照自己的判断行事。例如，可以采取设立咨询员的方式，当员工面对道德困境时，能够开口向咨询员倾诉自己的道德问题并寻求指导，而咨询员可以扮演促成"正确"选择的倡议者角色。此外，组织还可以设立专门的职位或程序来守护组织的道德准则。

思 考 题

1. 什么是组织？组织有哪些功能？
2. 组织内部环境由哪两个部分构成？具体内容是什么？
3. 怎样理解组织文化的凝聚功能？

4. 组织文化建设的阶段与方法有哪些？

5. 什么是组织的一般环境？它包括哪些因素？

6. 什么是波特的竞争五要素？如何对五力模型进行分析？

7. 简述两种典型的社会责任观。

8. 企业的社会责任具体表现在哪些方面？

9. 什么是道德？简述三种不同的道德观。

10. 分析影响管理者道德的因素？提高管理道德的途径有哪些？

能力训练

1. 根据五力模型，产业中的一个潜在威胁是用户。如果用户需求没有得到满足，他会转而寻求其他企业。用户威胁能通过提供更能满足其需求的产品或服务来得以化解吗？

2. 你的一个初中同学打电话给你，希望你可以借给他 10 000 元，以帮助他在家乡开一个小饭馆。在电话中，他告诉你家乡已经有了很多这样的饭馆，而且最近又有四五家新店开张，还说有些小饭馆开始卖盒饭了。你会借钱给他吗？为什么？

案例分析

案例一

资料：

Z 公司是一家投资近 5 亿美元的中外合资企业，坐落于泉州清濛技术开发区。整个厂区宽敞、漂亮，整片的绿地与现代化的厂房交相辉映，令人感觉不到这是一个年销售收入高达 10 亿元人民币的企业。

Z 公司的林总经理是中方选派的。林总经理对自己的企业发展与管理颇有的想法："我们公司技术设备先进，产品先进。作为一个新成立的高科技企业，我们并不担心技术与市场的问题，而担心文化的冲突，担心新员工进入企业后能否迅速整合。中外合资企业中通常拥有不同投资方所在国的文化背景，来自不同国家的员工具有不大一致的价值观、思维方式、行为习惯。这些不一致可能导致一个企业内存在文化的冲突。我以为解决这个问题的关键在于迅速建立本公司的特定文化。"

"我设想的本公司的企业文化要有一个核心理念，要有一整套将核心理念层层演化于各部门、各员工的具体表述。但是我反对形式化、千篇一律。企业文化活动应丰富多彩，应以员工为中心。"林总经理不久便在公司成立了企业文化建设委员会，希望在不久的将来可建立 Z 公司自己的文化，企业文化建设包括以下活动。

1. 开展员工座右铭活动。员工座右铭活动是这样展开的：每个新入公司的员工应自己掏钱买一棵公司指定范围内的树，然后亲手种在公司的地域之内。这棵树上挂上种植人的姓名，并由种植人负责照看，意即"十年树木，百年树人"，员工与公司一起成长。与此同时，每个员工在经过公司的新员工培训后，提出自己的人生座右铭。公司希望每个员工的人生座右铭能够成为他们各自生活、工作的准则。当你的座右铭确定后，也可以修改。公司还组织评选"最好、最有意义"的员工座右铭。

2. 开展集思广益活动。集思广益活动是指全体员工为了把生产、经营、管理等诸方面的工作做得更好而出主意、想办法、提建议。员工有建议有设想，可以把它写出来贴在公司各处安放的集思广益贴板上，如果其他人对这些意见有不同看法或有更进一步的想法，可以把自己的意见贴在旁边，以期讨论。每周五，部门、车间等安排 1 个小时的时间讨论本周内本部门内的各项建议，以期取得一致意见，安排具体改进的人员和任务；如果本周无甚建议，则可研究下周的工作安排等事项。

3. 开展文化活动。公司开展了一系列文化活动，如摄影比赛、体育比赛、书画活动等，让每个员工都参与活动，充分展示他们各自的才能，同时让每个员工参加这些活动并评奖。例如，摄影比赛可评出一等奖、二等奖，但评选方法并不是去找几位领导和专家来打分决定，而是把选票放在展品旁边，每个人都可以去投一票，选认为最佳或最差的作品。

更有意思的是，公司将食堂的桌椅都设计得富有变化，如桌子的形状有三角形、六角形、长方形、正方形、圆形等，椅子的色彩也富有变化。

一段时间后，上述这些活动变得难以深入展开了，因为老是这些活动，搞几次便成了形式化，员工们也开始厌倦。怎么办？是公司的理念未定，还是企业文化本身就很难从变化中建立？林总经理也陷入深思，他希望从更高层次上来看待企业文化的问题，但从何处着手呢？

问题：

1. 什么是企业文化？Z公司所进行的企业文化建设活动的实质是什么？

2. Z公司企业文化的核心理念是什么？其内涵如何表述？

3. Z公司是如何做好企业文化建设的？

提示：结合案例学习思考组织文化的含义，组织文化的核心内容及组织文化的建设。

资料来源：http：//210.87.144.54/jpkc/glx/alfx/jxal2.htm。

案例二　三鹿奶粉事件

资料：

2008年9月，甘肃、江苏等地报告多例婴幼儿泌尿系统结石病例，调查发现与患儿食用三鹿奶粉婴幼儿配方奶粉有关。经调查发现，导致多名儿童患泌尿系统结石病的主要原因是患儿服用的奶粉中含有三聚氰胺。三聚氰胺是一种非食品化工原料，按照国家规定，严禁用作食品添加物。三鹿奶粉部分批次的婴幼儿配方奶粉中含有三聚氰胺，是不法分子为增加原料奶或奶粉蛋白含量而人为加入的。婴幼儿奶粉事件发生后，国家质检总局在全国开展了婴幼儿配方奶粉三聚氰胺专项检查，对109家企业进行了排查，专项检查显示有22家企业69批次产品检出了含量不同的三聚氰胺，其他87家企业未检出。"三鹿奶粉事件"不仅使国内消费者对国产乳制品的信心受到严重打击，也使许多国家和地区开始限制进口我国乳制品。

问题：

1. 企业在发展中该怎样履行社会责任？

2. 该事件说明企业存在哪些商业伦理问题？这种不符合道德伦理的行为造成哪些危害？

提示：

通过案例分析学习思考企业要承担哪些社会责任；影响管理道德的因素有哪些？如何改善道德行为？

第 四 章

预　　测

知识目标

本章介绍预测最基本的理论知识。通过本章学习，能够了解预测的作用；理解预测的概念、特征，预测的类型以及预测的步骤；掌握预测的几种基本方法。

能力目标

通过本章学习应具备能够根据所掌握的资料，选择合适的预测方法，并按合适的步骤进行预测的能力。

管理定律之五

儒佛尔定律

法国未来学家 H. 儒佛尔提出：没有预测活动，就没有决策的自由。有效预测是英明决策的前提。

启　　示

精明的预测能为组织的发展决策提供自由的空间，使信息产生价值，转变成赚钱的机会。

管理定律之六

迪斯尼定律

美国迪斯尼公司创始人沃尔特·迪斯尼指出：如果你能想

到，你就能做到。

启　示

事前无所料，事后无所措。

第一节　预测概述

一、预测的概念与特征

（一）预测的含义

预测是人们借助于对过去和现状的分析研究，探究未来的状况，从而对未来的、不确定的事件做出预计和推测的活动过程。预测是以过去为基础推测未来，以昨天为基础估计今后，以已知预计未知，这种估计不是凭空捏造的，它是一个完整的管理活动过程。预测的结果是在对所预测的事物进行一系列科学的分析后做出的。这一系列科学的分析包括：预测目标的确定、预测信息资料的收集、预测方法的选择和应用、预测模型的选定及估计、预测结果的评价等一整套过程。因此，要做出科学的预测，不仅要对预测对象的历史和现状有较深刻的认识，还要运用科学的预测技术和手段。

（二）预测的特征

1. 不确定性。预测本质上是根据预测对象的过去和现在的运行规律来科学推测未来的发展趋势。但是预测对象的数量状况如何，一方面要受到一些起决定作用的基本因素的影响而呈现出一定的规律性；另一方面又要受到非决定性的随机因素的影响，而呈现不规则的波动性。特别是预测对象的大部分因素的量化值或由人观测所得，或由人根据自身经验主观赋值所得，这些量化值呈现出不确定性的特征。预测的目的是尽量减少不确定性的影响，以求得对未来情况的了解，把握其发展趋势。

2. 科学性。预测是根据事物的发展过程、内在联系来进行推断；它以过去和现在的各种数据为基础、通过一定的程序，运用科学的方法，对未来做出估计和评价，是有科学根据的。因此，预测具有科学性。

3. 近似性。预测是在事物实现之前作出的，预测的结果与事物将来发展的实际结果存在着或大或小，或多或少的偏差，不可能完全重合，只能大致相近。随着科学技术的高度发展和人们运用预测技术的日益熟练，这个偏差会逐渐缩小，但很难完全消除。

4. 局限性。预测对象的许多因素，其出现因受各种条件的影响而带有随机性，加上人们认识上的限制，或因资料不全而不准确，或因预测所涉及的因素过于复杂，在建立预测模型时不能表达事物发展的全体和本来面目，而使其结果不能不具有一定的局限性。

二、预测的作用

预测是人类社会经济发展的产物，是对现代经济活动进行有效管理不可缺少的手段，它的主要作用有：

（一）为计划工作提供可靠信息及科学依据

通过预测可揭示组织未来发展变化的趋势，还可对组织发展出现的种种情况，包括有利方面和不利方面，成功的机会和失败的风险，进行全面系统的分析和预见，从而为制订计划提供科学依据。而计划也只有建立在调查研究和科学预测的基础上，才能起到组织、指导、监督的作用。如企业应生产经营哪些产品，数量多少；开发什么新产品，投入资源多少；配备什么样的生产设备；采购什么样的原材料；产品定价多少，如何销售；这些问题的解决都要依赖市场预测。否则就可能使生产经营的产品不符合市场变化的需求而导致产品积压，企业经营亏损；或者出现产品供不应求，造成脱销，既影响社会需要，也不利于企业提高经济效益。计划在执行过程中经常出现新情况、新变化、也要根据预测结果作出相应的调整。

（二）为科学决策提供可靠保证

决策是否正确是一个组织成败兴衰的关键，而正确的决策要以科学的预测为前提。预测能为组织经营决策提供必要的市场经济信息，为决策方案制订提供科学依据，是组织正确决策的充分必要条件。如市场预测以市场历史、现实发展过程事实材料为基础，借助预测理论与方法探索未来，对市场活动未来发展趋势作出预计，减少对市场活动认识的不确定性，针对解决决策关心的主要市场问题（即市场变量），像市场需求、商品销售、价格、市场占有率、产品生命周期等的发展变动趋势与可能达到水平作定性和定量的估计，就能为制订解决问题的方案及方案选择提供科学依据。

（三）可以促进统计工作的有效开展

一方面，预测特别是定量预测是以历史数据为依据进行的，统计是收集事物变量或指标的历史数据的主要途径，要提高预测的准确性，必须保证用于预测的历史资料的质量，从而在客观上要求统计工作应该提供准确的数据资料；另一方面，要使统计成为科学管理的有力助手，就不能局限于对环境变化过程的简单描述和数据的收集汇总，还要进一步运用这些数据预测未来。所以，预测可以促进统计工作的有效进展。

三、预测的类型

根据不同的分类标准，预测可以分为不同的类别。

（一）按照预测的范围不同划分为宏观预测和微观预测

1. 宏观预测。宏观预测，是指针对国家、部门、地区的活动进行的各种预测。它以整个社会发展的总图景作为考察对象，研究经济发展中各项指标之间的联系和发展变化。主要包括：社会未来预测、科学技术预测、经济预测。

宏观预测很重要，因为它是企业和个人用于制定日常经营决策和长远规划决策的重要依据。如日本的多博川先生从有关人口普查资料披露的婴儿出生数这一信息，预测到尿布将拥有很大的潜在市场，立即转向生产尿布，终成日本的"尿布大王"。再比如若预期利率上升，房主会争相获取固定利率的抵押贷款融资；企业会发行新的债券和股票，为已有的债务融资或充分利用投资机会。

2. 微观预测。与宏观预测不同，微观预测涉及对行业、厂商、产品等不同层次上分散经济数据的预测。它的主要内容有：市场需求预测、市场占有率预测、产品寿命周期预测、价格预测等。

训练有素且经验丰富的分析人员常常发现准确地预测微观趋势（如新车的需求）要比

宏观趋势（如 GDP 的增长）容易。这是因为微观预测是从共同决定宏观经济的大量相互关系中抽象出来的。有了对新车价格的变化、汽车进口关税、汽车贷款利率、二手汽车价格以及其他因素的专门了解，就能把影响新车需求的重要因素集中在很窄的范围内。相反，一个同样准确的宏观经济总需求模型可能会涉及几千个经济变量和几百种函数关系。

但这并不是说准确的微观预测很简单。如麦肯锡曾是预测领域的一尊"神"，但据 2002 年 7 月 8 日出版的美国《商业周刊》的调查，众多客户对麦肯锡的信心降到了历史冰点——因为安然、瑞士航空、凯马特百货和环球电讯等一大批短期内相继破产的世界著名公司全是麦肯锡的客户。

（二）按照预测的时间不同划分为长期预测、中期预测、短期预测和近期预测

1. 长期预测。长期预测是对 5 年以上事物发展前景的预测。长期预测是制订国民经济和企业生产经营发展的 10 年计划、远景计划，提出经济长期发展目标和任务的依据。

2. 中期预测。中期预测，是对 1 年以上 5 年以下发展前景的预测。中期经济预测是制定国民经济和企业生产经营发展的 5 年计划，提出经济 5 年发展目标和任务的依据。

3. 短期预测。短期预测是指对 3 个月以上 1 年以下发展前景的预测。它是制订企业生产经营发展年度计划、季度计划，明确规定经济短期发展具体任务的依据。

4. 近期预测。近期预测是指对 3 个月以下企业生产经营状况的预测。它是制订企业生产经营发展年度计划、季度计划，明确规定经济短期发展具体任务的依据。

当然也有些教材把短期预测和近期预测相合并，凡是 1 年以下的预测，统称为短期预测。而且不同的领域，划分标准也不一样。例如气象部门，不超过 3 天为近期预测，一周以上的为中期预测，超过 1 个月就是长期预测。

一般而言，预测时间越短，影响预测结果的因素的变化越小，预测误差也越小。反之，预测时间越长，影响预测结果的因素的变化也越大，产生的误差也越大。尽管如此，企业对不同时间跨度的预测都会有需要。例如，当企业要改变经营方向、进入新的产业领域时，就需要对该产业发展趋势进行长期预测；在现有经营范围内进行技术改造等投资时，需要对技术发展动态做出中期预测；进行价格决策时，需要的往往是短期预测。

（三）按照预测的方法不同划分为定性预测和定量预测

1. 定性预测。定性预测是指预测者通过调查研究，了解实际情况，凭自己的经验和理论、业务水平，对事物发展前景的性质、方向和程度作出判断、进行预测的方法，也称为判断预测或调研预测。预测目的主要在于判断事物未来发展的性质和方向，也可以在情况分析的基础上提出粗略的数量估计。定性预测的准确程度，主要取决于预测者的经验、理论、业务水平以及掌握的情况和分析判断能力。这种预测综合性强，需要的数据少，能考虑无法定量的因素。在数据不多或者没有数据时，可以采用定性预测。

2. 定量预测。定量预测，是指根据准确、及时、系统、全面的调查统计资料和信息，运用统计方法和数学模型，对事物未来发展的规模、水平、速度和比例关系的测定。定量预测和统计资料、统计方法有密切关系。常用的定量预测方法有指数平滑法、回归预测法等。

定性预测比较简单易行，可利用有关人员的丰富经验、专门知识及掌握的实际情况，综合考虑定性因素的影响，进行比较切合实际的预测。其缺点在于，预测者由于工作岗位不同，掌握的情况不同，理论水平与实践经验各异，进行预测时受主观因素影响较多，往往会因过分乐观而估计过高，或因偏于保守而估计过低，对同一问题不同人会做出不同判断，得出不同的结论。定量预测，以调查统计资料和信息为依据，考虑事物发展变化的规律性和因果关系，建立数学模型，可以对事物未来发展前景进行科学的定量分析。其缺点在于，不能充分考虑定性因素的影响，而且要求外界环境和各种主要因素相对稳定，当外界环境或某些主要因素发生突变时，定量预测结果就会出现较大误差。

为了使预测结果比较切合实际，提高预测质量，为决策和计划提供可靠的依据，通常是将两种预测方法相结合，将定性预测结果和定量预测结果比较、核对，分析其差异的原因，根据经验进行综合判断。利用定性分析对定量预测结果进行必要的修正和调整，才能取得良好的效果。

四、预测的步骤

（一）提出预测的课题，确定预测目标

根据社会需求、一般情报和创造性的直觉，按照计划需要提出预测的课题，规定目标、任务和对象，提出基本假设，确定研究方法、结构和组织工作。

（二）调查、收集和整理资料

根据问题的性质和预测目标的要求，收集有关预测对象的历史和目前的资料（包括统计资料、调查报告等）；另外，还要大量收集预测的背景材料，比如，有关的科学技术、经济、社会、政治和文化等方面的资料。有时，还要收集国内外同类预测研究的结果。资料的收集工作必须有目的地进行，对收集到的历史统计数据要进行认真的过滤与分析。

（三）选择预测方法，建立预测模型

在占有资料的基础上，进一步选择适当的预测方法和建立数学模型。这是预测准确与否的关键步骤。对定性预测方法或定量预测方法的选择应根据掌握资料的情况而定。当掌握资料不够完备、准确程度较低时，可采用定性预测方法。如对新的投资项目、新产品的发展进行预测时，由于缺乏历史统计资料和经济信息一般采用定性预测方法，凭掌握的情况和预测者的经验进行判断预测。当掌握的资料比较齐全、准确程度较高时，可采用定量预测方法，运用一定的数学模型进行定量分析研究。为充分考虑定性因素的影响，在定量预测基础上要进行定性分析，经过调整才能定案。

（四）检验模型，进行预测

模型建立之后必须经过检验才能用于预测。模型检验主要包括考察参数估计值在理论上是否有意义，统计显著性如何，模型是否具有良好的超样本特性。当然，不同类型的模型检验的方法、标准也不同。一般地，评价模型优劣的基本原则有：理论上合理、统计可靠性高、预测能力强、简单适用。

（五）分析预测误差，评价预测结果

即分析预测值偏离实际值的程度及其产生的原因。对于定量预测，如果预测误差未超出允许的范围，即认为模型的预测功效合乎要求，否则，就需要查找原因，对模型进行修正和调整。由于在预测当时，预测对象的未来实际数值还不知道，此时的预测误差分析只能是样本数据的历史模拟误差分析或已知数据的事后预测误差分析。因此，对预测结果进行评价时还要对预测过程的科学性进行综合考察，这种分析和评价可由有关领域的专家参加的预测评论会议讨论作出。

（六）提出预测报告交付决策

最后，以预测报告的形式将预测评论会议确认可以采纳的预测结果提交给决策者，其中应当说明假设前提，所用方法和预测结果合理性判断的依据等。

第二节 预测的方法

一、定性预测方法

（一）集合意见法

集合意见法又称集体经验判断法，它是利用集体的经验、智慧，通过思考分析，判断综合，对事物未来的发展变化趋势作出估计。由于企业内的经营管理人员、业务人员等比较熟悉市场需求及其变化动向，他们的判断往往能反映市场的真实趋向，因此这是进行短、近期预测常用的方法。

采用集合意见法进行预测，一般步骤如下：

1. 预测组织者根据企业经营管理的要求，向参加预测的有关人员提出预测项目和预测期限的要求，并尽可能提供有关背景资料。

2. 预测人员根据预测要求及掌握的背景资料，凭个人经验和分析判断能力，提出各自的预测方案。在此过程中，预测人员应分析历史上生产销售资料，目前市场状态，产品适销对路的情况，商品资源、流通渠道的情况及变化，消费心理变化、顾客流动态势等，确定未来市场需求几种可能状态（如市场销路好或市场销路差状态），估计各种可能状态出现的主观概率及每种可能状态下的具体销售值。

3. 预测组织者计算有关人员的预测方案的方案期望值。方案期望值等于各种可能状态主观概率与状态值乘积之和。

4. 将参与预测的有关人员分类，如厂长（经理）类、管理职能科室类、业务人员类等，计算各类综合期望值。综合方法一般是采用平均数、加权平均数统计法或中位数统计法。

5. 确定最后的预测值。预测组织者将各类人员的综合期望值通过加权平均法等计算出最后的预测值。

（二）专家会议法

专家会议法就是邀请有关方面的专家，通过开会的形式，让每一位专家对预测对象做出判断，并在这些分析判断的基础上，综合专家们的意见，对预测对象未来状况做出最后的预测结论。步骤如下：

1. 邀请出席会议的专家，召开会议。邀请的专家人数不宜太多或太少，一般以 6 ~ 10 人为宜，每个专家都能独立思考，不受权威的左右，会议气氛要体现民主、活跃，使人无拘无束，畅所欲言。

2. 会议主持人提出预测题目，要求大家充分发表意见，提出各种各样的方案。主持人不要谈自己的设想、看法或方案，以免影响专家的思路。对专家所提出的各种各样的方案和意见，不应持否定态度，应表示热情欢迎。

3. 强调会议上不要批评别人的方案，大家畅谈自己的方案，敞开思路，方案多多益善。

4. 会议结束后，主持人再对各种方案进行比较、评价、归类，最后确定预测方案。

为了使专家预测法更有成效，组织者可以事先做一些调研工作，收集一定的资料提供给与会专家。同时，会议的组织准备工作对会议成败也非常重要。组织准备工作中有两个必须重视的问题，一是如何选择专家及专家人数；二是如何让专家充分发表意见。专家选的是否合适，将决定预测结果的可靠性和全面性，所以选择专家要注意以下几个方面：专家应具有丰富的专业知识和经验；专家能在不确定的条件下对问题进行估计和预测，提出自己的建议和看法；专家的专长与预测问题的性质相关；专家善于表达自己的意见。

专家的意见充分表达出来才能使预测结果更准确，因此应制造让大家畅所欲言、各抒己见的气氛，主持人不能发表影响性和倾向性的意见。

专家会议预测法包括以下三种形式：

1. 头脑风暴法。将有关专家召集到一起，向他们提出要预测的题目，让他们通过讨论作出判断。通过有关专家之间的信息交流，引起思维共振，产生组合效应，从而引起创造性思维，得出预测结果。

2. 交锋式会议法。与会专家围绕一个主题各自发表意见，并进行充分讨论，最后达成共识，取得比较一致的预测结论。

3. 混合式会议。将会议分为两个阶段，第一个阶段是非交锋式会议产生各种思路和预测方案；第二阶段是交锋式会议。对上一阶段提出的各种设想进行质疑和讨论，也可提出新的设想，相互不断启发，最后取得一致的预测结论。混合式会议是上述两种方法的综合与改进。

专家会议法存在某些缺陷，如参加会议的专家人数有限，影响结果的代表性；开会时易受个别权威的影响，随大流；由于与会者个性和心理状态的影响，不愿发表与众不同的意见；或出于自尊心不愿当场修改原来的方案；等等。

（三）德尔菲法

德尔菲法又称背对背法，它是美国兰德公司（Land Corporation）20 世纪 40 年代首先创立并使用的，20 世纪 60 年代以后在西方国家开始盛行和并被广泛使用。这种预测方法是按照规定的步骤，采用互相不见面的反复函询的方式，征询专家小组成员的意见，经过几轮反复征询和反馈后，使各种不同意见渐趋一致，经过汇总或用数理统计方法进行收敛，得出一个比较统一的预测结果，供决策者参考。德尔菲（Delphi）是神话传说中古希腊的一个地方名，传说是个神谕之地，城中有座阿波罗神殿能准确地预卜未来，故借用其名。德尔菲法的步骤如下：

1. 拟定意见征询表。组织者确定预测目标之后，根据预测要求，明确需要向专家调查了解的问题，列出预测意见征询表。征询的问题要简单明了，数目不宜过多，使回答问题不会占用很长时间。此外，要附上背景材料，以供参考。

2. 选择专家。专家选择是否合适是该方法成败的关键。选择的专家，一般应从事与预测内容有关的专业工作，精通业务，有丰富的工作经验，有预见性和分析能力，以便从不同角度更全面地征询意见。专家人数一般以 10~20 人为宜。

3. 采用匿名方式进行函询和反馈。即预测组织者向各位专家分别邮寄意见征询表，请他们在规定的时间内（一周内或半月内）按征询表上的要求，填写各自的意见并寄回。

4. 分析整理后再进行函询和反馈。组织者将反馈回来的不同意见进行综合、分类和整理，经过汇总后形成新的意见征询表，然后再分发给各位专家，再次征询他们的意见。这样，每位专家都可以从新的意见征询表中了解其他各位专家的意见，并做出分析和判断，将自己的意见修订或不修订后再次寄回。这样经过几次反馈以后，各位专家对预测问题的意见基本趋于一致，或专家不再修改为止。

5. 运用数理统计方法进行收敛处理，得出预测结论。当专家预测的结果一致时，这一结果就是预测的结论。当专家预测的结果不一致时，就要运用数理统计方法再做出结论，通常运用中位数法进行处理。中位数法是将各专家对预测目标的预测数值按大小顺序排列，选择居于中间的那个数表示数据集中的一种特征数。当整个数列的数目为奇数时，中位数只有一个；当整个数列的数目为偶数时，中位数则为中间两个数的算术平均值。数列上下四分位的数值，作为预测值的置信区间。

例如，假设利用专家预测 3G 在某一市场的普及时间。假设选择 11 位专家，他们分别进行了 4 次预测，第 4 次预测的结果如表 4-1：

表 4-1　　　　　　　　　　　　　　　　3G 在某市场普及时间预测

专家编号	1	2	3	4	5	6	7	8	9	10	11
预测年	2007	2008	2009	2010	2011	2012	2013	2015	2016	2017	2018
预测结果			下四分位			中位数			上四分位		
置信区间	上四分位－下四分位＝4										

最后结果为：3G 普及预计在 2012 年，最早估计在 2009 年，最晚在 2016 年。置信区间为 4 年。

德尔菲法具有如下的特点：

1. 匿名性。参加预测的专家在整个预测过程中彼此互不通气，以"背靠背"方式接受咨询，即预测是以匿名方式进行的。其目的在于尽可能减少权威、资历、口才、人数、心理等各种因素对专家的影响，使他们去掉不必要的思想顾虑，大胆思考，畅所欲言。同时，这种匿名方式使专家们在整个应答过程中随时可以改变意见，重新做出预测，也不致损害自己的威望，从而可使各种意见得到比较充分的讨论和发挥。

2. 反馈性。德尔菲法并不是完全靠个人意见的发挥来进行预测，而是通过大量的反馈信息，交流专家们的意见和影响。第一轮预测结果收回后，经预测机构的整理、统计和分类，将应答情况的统计资料反馈给各位专家，如此反复，直到全过程完结。专家们对反馈回的各种资料进行分析、选择，可参考其中有价值的意见，深入联想，反复比较，有利于提出较好的预测意见。

3. 统计性。德尔菲法并不是简单地收集专家的意见，而是经过一系列的统计分析和处理，最后得到一个定量的预测结果。

运用德尔菲法预测时要注意以下几点：

1. 预测问题要十分清楚明确，其含义只能有一种解释。否则，专家回答就可能十分离散。

2. 问题的数量不要太多，一般以回答者在两小时内答完为宜。要求专家独自回答，不要串联讨论，也不要请人代答。

3. 要忠于专家们的回答，调查者在任何情况下不得显露自己的倾向。

4. 对于不熟悉这一方法的专家，应事先讲清楚这一预测过程与方法。

（四）用户意见法

这是预测人员通过对用户进行调查和征求意见来进行预测的方法。如出版社出版某种新书之前，先要通过对各地新华书店的预订销售量调查或发出新书征订通知单，根据反馈信息做出需要量的预测，用以确定出版册数。又如工业生产资料产品，用户较少，可通过普遍调查进行预测；若属生活消费品，用户较分散，可以通过抽样调查来进行预测。该预测方法的优点是调查结果较切合实际。但运用此法是否成功，主要取决于用户是否合作。如果用户保密，或不予重视，采取应付态度，就很难收到预期的效果。

二、定量预测方法

（一）时间序列分析法

时间序列是指各种经济指标的统计数据，按时间先后顺序排列而成的数列。时间序列分析法，就是将影响计划制订的统一变数的一组观察值，按时间顺序加以排列，构成时间序列，然后运用一定的数学方法使其向外延伸，预计事物未来的发展变化趋势。由于时间序列法是一种由现在向未来推测的方法，是根据过去的变化趋势预测未来，它假定事物的过去会同样延续到未来，因此，要求历史数据必须准确、完整，数据范围必须一致，数据代表的时间单位长短必须一致，统计数值的计算方法和计量单位必须一致。下面简要介绍时间序列分析的几种方法：

1. 简易平均法。简易平均法是选择一定观察期的时间序列的数据，求其平均数，以此平均数为基础确定预测值的方法。这种方法简便易行，不需要复杂的模型设计和数学运算，是预测方法中比较简单的一种。最常用的有算术平均法、几何平均法和加权平均法。计算方法如下：

设有 n 个观察期的观察值 X_1，X_2，$\cdots$，X_n，则以这些观察值的平均数 $\bar{X}$ 作为预测值，分别用不同的方法计算如下：

（1）算术平均法计算：

$$\bar{X} = \sum_{i=1}^{n} Xi$$

算术平均法适用于预测对象没有显著的长期趋势和季节变动的情况。

（2）加权平均法的计算：

$$\bar{X} = \frac{\sum_{i=1}^{n} WiXi}{\sum_{i=1}^{n} Wi}$$

加权平均法赋予不同的观察值不同的权数，克服了算术平均法的缺陷。

例如：已知某公司近 3 年利润分别为 35 万元、32 万元、38 万元，试预测今年利润额。

当运用算术平均法时，预测值为 $\bar{X}$

$$\bar{X} = \frac{35 + 32 + 38}{3} = 35 \text{（万元）}$$

当运用加权平均法，设前 1、2、3 年利润分别赋予权数为 0.25、0.35、0.40。

则预测值为 $\bar{X}$

$$\bar{X} = \frac{35 \times 0.25 + 32 \times 0.35 + 38 \times 0.40}{0.25 + 0.35 + 0.40} = 35.15 \text{（万元）}$$

显然，由于加权平均法给予最近利润大的权数，当近期利润大的因素继续发挥作用时，则加权平均值较算术平均值较为合适。

2. 移动平均法。假设有 n 个观察值组成的时间序列 X_1，X_2，…，X_n，其中 X_t 为 t 期的数据（$t = 1$，2，…，n），选择连续的 N 个观察期，（$N < n$，又称为跨越期）数据，计算移动平均数 M_t。

$$M_t = 1/N(X_t + X_{t-1} + \cdots X_{t-N+1})$$

在移动平均法中，如果逐期地按连续的 N 个关系数据计算移动平均数，则这些移动平均数就组成了一个新的时间序列。新的时间序列能较好地修匀原时间序列中的不规则变动和季节变动，修匀效果受观察期和跨越期的大小的影响。由于移动平均法能够形成新的数列，并且有修匀的效果，于是就形成了多种移动平均预测法。常用的有一次移动平均法和二次移动平均法。一次移动平均法适用于预测对象既无长期增长（下降）趋势，也没有周期性的形态变动的时间序列；二次移动平均法是对一次移动平均值再进行第二次移动平均，然后利用两次移动平均构成的时间序列的最后一个数据为依据，建立线性预测模型进行预测。实际上，一次移动平均值和二次移动平均值并不直接用于预测，只是用于求出线性趋势变动的时间序列，时间序列数据发展过程越接近线性趋势，并且目前的线性发展趋势继续保持下去，则采用二次移动平均的预测模型预测就越准确。

例如：某企业 2003~2009 年某产品的销售收入如表 4-2 所示，试用一次移动平均法预测该产品 2010 年的销售收入。

表 4-2　　　　　　　　某企业某产品 2003~2009 年销售收入

年份	销售收入（万元）	N = 3 移动平均数 M_t	N = 5 移动平均数 M_t
2003	776.6	—	—
2004	874.5	—	—
2005	1 121.1	924.1	—
2006	1 103.3	1 033.0	—
2007	1 085.2	1 103.2	992.1
2008	1 089.5	1 092.7	1 054.7
2009	1 124.0	1 099.6	1 104.6

由表中资料可知，该产品近 7 年的销售收入前两年不到 1 000 万元，后两年超过 1 000 万元，在 1 000 万元水平波动，从该企业情况看近两年变化不会太大，水平基本稳定，不存在长期增长趋势和循环性形态变化，一般可用一次移动平均法预测，设 N = 3，N = 5，分别

计算一次移动算术平均数的 2010 年预测值。

$$N = 3, \hat{X}_{2010} = M_{2009} = \frac{1}{3}(X_{2009} + X_{2008} + X_{2007}) = 1\ 099.6$$

$$N = 5, \hat{X}_{2010} = M_{2009} = \frac{1}{5}(X_{2009} + X_{2008} + X_{2007} + X_{2006} + X_{2005}) = 1\ 104.6$$

（二）指数平滑法

指数平滑法是一种特殊的加权移动平均法，因为运用资料少，计算简便，更新模型非常简易等特点，所以是市场预测中经常使用的一种预测方法，特别适用于观察值有长期趋势和季节变动的情况。分为一次指数平滑法和多次指数平滑法。一次指数平滑法的预测公式为：

$$Y_{t+1} = Y_t + \alpha(X_t - Y_t)$$

其中：Y_{t+1} ——对下一期的预测值

Y_t ——上一期对本期的预测值

X_t ——本期的观察值

α ——平滑系数，$0 < \alpha < 1$

此式中关键在于 α 的确定，其大小直接影响预测效果。取值不同，反映了预测过程中对新旧信息的重视程度不同，α 越小，越重视历史信息；α 越大，越重视当前信息。

一次指数平滑法实际上表明：下个时期的预测值等于本期预测值与本期实际值的加权平均，其权重分别为 $1 - \alpha$ 和 α，即

$$\begin{aligned}
Y_{t+1} &= \alpha X_t + (1 - \alpha)Y_t \\
&= \alpha X_t + \alpha(1 - \alpha)X_{t-1} + \alpha(1 - \alpha)^2 X_{t-2} + \cdots + \alpha(1 - \alpha)^{t-1}X_1 + (1 - \alpha)^t Y_1 \\
&= \sum_{k=0}^{\infty} \alpha(1 - \alpha)^k X_{t-k}
\end{aligned}$$

也就是说，第 $t + 1$ 期的预测值等于过去所有时期实际值的加权平均，可以证明权重之和等于 1。各个时期的权重是一个指数函数，所以这个方法被称为指数平滑法。

例如：已知某单位销售量如表 4 - 3 中所示，假设取 $\alpha = 0.5$，Y_1 取前三项的平均值，则 Y_t 可以计算出，如表中第三行所示。

表 4 - 3 　　　　　　　　一次指数平滑法计算的预测量

时序	2001	2002	2003	2004	2005	2006	2007	2008	2009	2010
销售量	20	10	16	18	20	22	24	20	26	
Y_t	10.4	15.2	12.6	14.3	16.2	18.1	20.1	22	21.0	23.5

一次指数平滑法在处理有线性趋势的时间序列时，会产生滞后偏差，在一次指数平滑的基础上，再进行一次指数平滑，以当前观察的一次和二次指数平滑值求出线性模型参数，建立线性模型进行预测，所得到的预测值更能提高对时间序列的吻合程度。

（三）因果分析法

客观世界中有许多事物、现象、因素彼此关联而构成一定的过程、系统，因此，就形成了相应的因果关系，因果关系是客观事物间普遍存在的一种联系。现实生活中有因果关系的

例子是很多的。例如，降雨量与粮食产量，房屋竣工面积与玻璃的消耗量，居民平均收入水平与耐用消费品销量等，都具有较强的因果关系。

因果分析预测方法是根据事物之间的因果关系对变量的未来变化进行预测的方法。关于因果关系的预测，可以从定量和定性两个方面进行分析，关于定性分析前一节已经介绍，这里介绍定量分析法。一般来说，定量的因果分析预测法比起一般的时间序列分析法来说，描述的结果更精细一些。

回归分析就是从事物变化的因果关系出发进行预测的一种方法。回归分析的基本步骤如下：第一步，绘制散点图，判断变量之间是否存在有相关关系；第二步，确定因变量与自变量；第三步，建立回归预测模型；第四步，对回归预测模型进行评价；第五步，利用回归模型进行预测，分析评价预测值。

回归分析根据自变量的多少分为一元回归分析与多元回归分析；回归分析根据回归关系可分为线性回归分析与非线性回归分析。下面仅介绍一元回归分析。

设已知 n 对数据 $(X_1，Y_1)，(X_2，Y_2)\cdots(X_n，Y_n)$，假设 $x，y$ 之间存在线性关系，设线性函数为：$y = a + bx$，则利用上面 n 对数据可以计算出：

$$b = \frac{n\sum xy - \sum x \sum y}{n\sum x^2 - (\sum x)^2} = \frac{\sum xy - n\bar{x}\,\bar{y}}{\sum x^2 - n\bar{x}^2}$$

$$a = \bar{y} - b\bar{x}$$

那么，我们就可以利用函数 $\hat{y} = a + bx$ 来预测未来的 $\hat{y}$ 值。

例如：假定我们要预测居民未来的总消费支出，我们知道，消费支出与收入有很强的相关关系，而收入的数据比较容易获取，因此，如果能取得消费与收入之间函数关系的具体关系式，将有助于消费的预测。当然，要求出两者之间的函数关系，先需要一些有关收入与消费的已知数据，根据市场调查，我们有以下数据，如表 4 - 4 所示，请预测当月收入为 4 000元时月人均消费为多少？

表 4 - 4　　　　　　　　某地区城镇家庭月人均收入与月人均消费的有关数据

月人均收入（元）x_i	月人均消费（元）y_i
890	789
1 167	968
1 287	1 108
1 480	1 275
1 859	1 487
2 065	1 665

把上面的数据画在坐标图上，如图 4 - 1 所示。

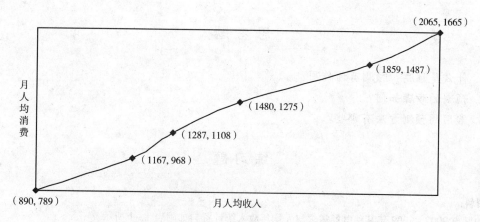

图 4 - 1 某地区城镇家庭月人均消费与月人均收入的散点图

从图可以看出，月人均消费 x 与月人均收入 y 之间确实存在线性关系，因此，我们可以设两者之间的函数关系为：$y = a + bx$，根据表 4 - 4 数据，我们可以计算出一元线性回归参数计算如表 4 - 5：

表 4 - 5　　　　　　　　　　　　一元线性回归参数计算表

月人均收入 x_i		月人均收入 y_i	$x_i y_i$	x_i^2
890		789	702 210	792 100
1 167		968	1 129 656	1 361 889
1 287		1 108	1 425 996	1 656 369
1 480		1 275	1 887 000	2 190 400
1 859		1 487	2 764 333	3 455 881
2 065		1 665	3 438 225	4 264 225
合计	8 748	7 292	11 354 712	13 720 864
平均	1 458	1 215	—	—

由此可以计算出：

$$b = \frac{n \sum xy - \sum x \sum y}{n \sum x^2 - (\sum x)^2} = \frac{\sum xy - n \bar{x} \bar{y}}{\sum x^2 - n \bar{x}^2} = \frac{11\ 354\ 712 - 6 \times 1\ 458 \times 1\ 215}{13\ 720\ 864 - 6 \times 1\ 458 \times 1\ 458} = 0.7482$$

$a = \bar{y} - b\bar{x} = 1\ 215 - 0.7482 \times 1\ 458 = 124.1244$

一元回归模型为：

$y = a + bx = 124.1244 + 0.7482 \times 4\ 000 = 3\ 116.9244$

当月收入为 4 000 元时月人均消费为 3 116.9244 元。

思考题

1. 什么是预测？预测有何作用？
2. 预测的步骤如何？
3. 常用的预测方法有哪些？

练习题

资料：

1. 某市 2002～2009 年某种电器需求与人均年收入统计资料如附表 4-1 所示。

附表 4-1　　　　　　　　**某市 2002～2009 年某种电器需求与人均年收入表**

年　份	需求量（万件）	人均年收入（万元）
2002	10	12
2003	12	13
2004	11	14
2005	13	16
2006	15	17
2007	18	19
2008	20	22
2009	23	25

2. 根据预测该市 2010～2012 年的人均收入分别为 27 千元、30 千元、33 千元。

问题：

1. 根据所给的资料判断可以采用什么方法来预测该市 2010～2012 年某市某种电器的需求量，并说明该预测方法的预测步骤。
2. 预测该市某种电器 2010～2012 年各年的需求量。

案例分析

资料：

1931 年，哈默从苏联回到美国。这时，富兰克林·罗斯福即将登上美国总统的宝座。罗斯福提出解决美国经济危机的"新政"，但因"新政"尚未得势，所以很多企业家对"新政"持怀疑态度，在经营决策中举棋不定。

而哈默通过深入研究当时国内的政治形势，认定罗斯福会掌握美国政权。一旦罗斯福得势，1920 年公布的禁酒令就会被废除。哈默顺着这条思路想下去：到那时，威士忌和啤酒的生产量会十分惊人。市场上将需要大量的酒桶用以装酒。酒桶并非一般木板可以制作，非用经过特殊处理的白橡木不可。他在苏联生活多年，知道那里有白橡木板出口，于是，他又去苏联，凭着他的老关系，订购了几船白橡木板运到美国。他还在纽约码头附近设立了一间临时的酒桶加工厂，当为应急的储备。

后来，他又在新泽西州的米尔敦建造了一个现代化的酒桶加工厂，取名哈默酒桶厂。

　　可贵的是，当哈默做这些事时，"禁酒令"尚未解除。当哈默的酒桶源源不断地从生产线上滚出来时，禁酒令被解除了。人们对威士忌和啤酒的需求急剧上升，各酒厂的生产量随之直线上升，因此也需要大批酒桶，而此时哈默已经给他们准备好了。生产酒类的厂家有许多，而大规模生产酒桶的工厂"只此一家，别无分店"，所以哈默制造酒桶获得的盈利超过了酒厂。

问题：

请分析哈默成功的原因是什么？

提示：

请运用预测的概念、作用、类型及方法分析此案例。

第 五 章

决　策

知识目标

通过本章学习，能够明确决策在管理中的地位，了解决策的含义和决策的类型；理解决策的程序和影响因素；掌握决策的方法。

能力目标

通过本章学习应具备能够利用决策的理论发现学习、活动、工作中存在的问题，具备针对存在的解决，分析问题产生的原因，期望达到的效果，通过查阅相关信息资料和广泛的调查研究，拟定解决问题的备选方案，确定方案评判标准，比较各方案的优劣，从中选择出最佳方案实施，以使问题得到解决的能力。

管理定律之七

福克兰定律

法国管理学家 D. L. 福克兰指出：没有必要作出决定时，就有必要不作决定。

启　示

当不知如何行动时，最好的行动就是不采取任何行动。

管理定律之八

奥巴特定律

加拿大管理学家 S. 奥巴特指出：解决任何问题都需要与具体的可靠的事实打交道。

启 示

一旦掌握了事实，事实便能替你作结论。

第一节 决策概述

决策是管理的本质，管理的各项职能——计划、组织、领导、控制都离不开决策。

一、决策的含义

"决"在汉语中的意思是"决定"、"决断"、"断定"、"选择"，"策"的意思是"对策"、"策略"、"计谋"、"主意"。所以从字面上理解决策，就是"决定对策"，"断定策略"、"选择计谋"、"决定主意"的意思。"决策"是管理活动的重要组成部分，它贯穿于管理者的所有活动过程，在计划、组织、领导、控制等管理职能中都存在决策问题。因此，人们习惯把管理者称作"决策者"，著名管理学家赫伯特·A·西蒙则认为"管理就是决策"（1982 年）。在管理学中，决策有广义和狭义之分。从广义上看，决策是指人们为了实现特定的目标，在占有大量调研预测资料的基础上，运用科学的理论和方法，充分发挥人的智慧，系统地分析主客观条件，围绕既定目标拟定各种实施预选方案，并从若干个有价值的目标方案中选择和实施一个最佳的执行方案的一项活动。决策的广义上解释是把决策理解为一个过程。因为人们对行动方案的确定并不是突然作出的，要经过提出问题、搜集资料、确定目标、拟订方案、分析评价、最终选定等一系列活动环节。而在方案选定之后，还要检查和监督它的执行情况，以便发现偏差，加以纠正。其中任何一个环节出了毛病，都会影响决策的效果。因此一个好的决策者，必然要懂得正确的决策程序，知道其中每个环节应当如何去做和要注意什么。从狭义上看，决策就是在几种行动方案中作出选择。如我们常说的"拍板"。其实，判断、选择或"拍板"仅仅是决策全过程中的一个环节，如果没有"拍板"前的许多活动，"拍板"必然会成为主观武断的行为，决策也难免要出乱子。在管理学中，人们通常从广义的角度理解决策的含义。简单地说，决策是管理者识别并解决问题以及利用机会的过程。它包含五层意思，即决策的主体是管理者；决策的本质是一个过程，这一过程由多个步骤组成；决策的目的是解决问题或利用机会；决策需要在两个以上的方案中作出选择；决策是针对现在或未来作出的。

二、决策在管理中的地位和作用

在现代管理活动中，决策具有相当重要的地位和作用。

（一）决策是管理的核心内容和基础

尽管管理工作具有计划、组织、领导、控制等四大职能，但从一定意义上讲，管理的四大职能都是围绕着决策而展开的。不论是管理活动中的计划制订、组织实施，还是管理活动中的用人和监督都离不开决策。而且管理活动中的每一个具体环节都还有具体的决策问题。可以说，决策贯穿于管理过程的始终，存在于一切管理领域。决策是从各个抉择方案中选择方案，作为未来行为的指南，而在决策以前，只能说我们对计划工作进行了研究和分析，没有决策，当然也就没有合乎理性的行动。决策是计划工作的中心，而计划又是组织、人员配备、领导与指导、控制、协调等工作的基础。因而，可以说决策是管理的基础。

（二）决策是影响管理绩效的重要因素

决策可以说是管理行为的选择，行为是决策的执行，正确的行为来源于正确的决策。因而，决策选择的行动方案的优劣直接影响到管理目标的实现速度、程度和质量，直接影响到管理的效率。方案选择得当，就会取得投入小、收益大的效果，从而提高管理的效率；否则，就会降低管理的效率，甚至带来重大的损失。因而，决策是影响管理绩效的重要因素。

（三）决策是管理者的最重要职责

有组织就有管理，有管理就有决策，任何管理和决策工作都是由人去完成的。不论管理者在组织中的地位如何，决策都是他们的主要职责。而且，管理者的地位越高，其做出决策的作用和影响也越大。特别是在当代社会，科学技术突飞猛进，新技术革命无不冲击着经济、社会的发展，其对社会活动的影响面越来越大，管理也就越来越复杂，许多新问题层出不穷。管理者面对各种尖锐的挑战和激烈的社会竞争，要高瞻远瞩，审时度势，统观全局，及时做出反应和决断。可以说，管理者每天都要采取许多行动，每天都要做出许多决策，决策便成为管理者的最重要职责。

三、决策的类型

由于企业活动非常复杂，因而，管理者的决策也多种多样。不同的分类方法，具有不同的决策类型。

（一）按决策的作用分类

按决策的作用可以把决策分为战略决策、管理决策和业务决策。

1. 战略决策，是关系到组织的生存与发展，是关于组织全局性、长期性的目标和方针等方面重大问题的决策。

就企业而言，这类决策包括企业的经营目标、发展方向、主要产品的更新换代、企业发展规模、厂址选择等。

作出战略决策的管理者通常是董事会、CEO 和总经理。

2. 管理决策，又称战术决策，是为保证企业总体战略目标的实现而解决局部问题的重要决策，其主要内容为组织内部人、财、物的分配、协调和控制等。如企业的生产计划和销售计划的制订、设备更新、新产品的定价、资金的筹措等都属于管理决策。管理决策属于管理者日常决策，通常由事业部经理、分公司经理和部门经理等中层管理人员作出。

3. 业务决策，又称执行决策，是指日常工作中为提高效率根据战略决策和管理决策而做出的决策。例如，企业中的生产任务的分配、物资采购，产品的包装装潢、运输、库存、广告选择等都属于这类决策。

作出执行决策的通常是事业部门、分公司、部门的基层管理人员。

（二）按决策的性质分类

按决策的性质可以把决策分为程序化决策和非程序化决策。

1. 程序化决策，就是那些带有常规性、反复性的例行决策，可以制定出一套例行程序来处理的决策。比如，为普通顾客的订货单标价、办公用品的订购、货款的支付等等。这些问题非常直观、且在企业活动中重复出现，决策者的目标非常明确，与问题相关的信息是确定和完整的。

作出程序化决策的通常是基层管理人员。

2. 非程序化决策，是指偶然发生的或首次出现而又较为重要的非重复性决策。比如，某公司决定在以前没有经营过的国家建立营利组织的决策，新产品的研制与发展决策等等。

非程序化决策通常由高层管理者作出。

程序化决策和非程序化决策很难绝对分清楚，它们之间没有明显的分界线，非程序化决策也可以成为程序化决策，如企业第一次设立分公司时，进行的决策是非程序化决策，后来又不断的设立分公司，就可以把设立分公司的决策程序化了，转化为程序化决策。

（三）按决策的问题的条件分类

按决策问题的条件可以把决策分为确定型决策、风险型决策和不确定型决策。

1. 确定型决策，是指在稳定（可控）条件下进行的决策。在确定型决策中，决策者确切知道自然状态的发生，每个方案只有一个确定的结果，最终选择哪个方案取决于对各个方案结果的直接比较。

2. 风险型决策，也称随机决策，在这类决策中，自然状态不止一种，决策者不知道哪种自然状态会发生，但能知道有多少种自然状态以及每种自然状态发生的概率。

3. 不确定型决策，是指在不稳定条件下进行的决策。在不确定型决策中，决策者可能不知道有多少种自然状态，即便知道，也不可能知道每种自然状态发生的概率。

（四）按决策目标数量的多少分类

按决策目标数量的多少，可将决策划分为单目标决策和多目标决策。

1. 单目标决策，就是指决策的目标只有一个的决策。单目标决策是我们研究决策问题的基础，处理决策问题的大多数方法，都是从研究单目标决策开始的。

2. 多目标决策，就是指决策的目标有两个或两个以上的决策。多目标决策的实现比单目标决策难一些，因为需要实现的多目标有可能是相互矛盾的，如工资与利润目标是矛盾的。

（五）按决策的量化程度分类

按决策的量化程度分类，可将决策划分为定量决策和定性决策。

1. 定量决策。是指决策目标与决策变量等可以用数量来表示的决策。定量决策要求有一定的量化指标，一般能够用数学的方法寻求答案。如企业管理中有关提高产量降低成本之类的决策就属于定量决策。

2. 定性决策。是指决策目标与决策变量等不能用数量来表示的决策。这类决策一般难以用数学方法来解决，而主要依靠决策者的经验和分析判断能力。如企业要进入一个目标市场的决策属于定性决策，进入一个目标市场后对市场的占有率的要求属于定量决策。

在进行决策时，一般将定性决策与定量决策结合起来进行，定性决策确定性质、方向、阶段等，定量决策决定时间、程度。

此外，从决策的主体看，可把决策分为集体决策与个人决策。集体决策是指多个人一起作出的决策，个人决策则是指单个人作出的决策。

从决策的起点看，可把决策分为初始决策与追踪决策。

初始决策是零起点决策，它是在有关活动尚未进行从而环境未受到影响的情况下进行的。

随着初始决策的实施，组织环境发生变化，这种情况下所进行的决策就是追踪决策。因此，追踪决策是非零起点决策。

按决策的依据分为经验决策与科学决策。经验决策的依据是过去出现的事将会重复出现，因而经验决策只适用于日常的一些事务上。科学决策侧重于实验和分析研究，在此基础上进行决策。

四、决策的特征

决策具有以下主要特征。

（一）目的性

任何决策都含有目标的确定。决策是为了实现特定目标的活动，没有目标就无从决策，目标已经实现，也就无须决策。因此，决策要求有明确而具体的决策目标，若决策的目标是模糊的，甚至是模棱两可的，则无法以目标为标准评价方案，更无从选择方案。

（二）信息性

决策要求以了解和掌握信息为基础。一个合理的决策是以充分了解和掌握各种信息为前提的，千万不要在问题不明、条件不清、要求模糊的状态下，急急忙忙作出选择。要坚决反对"情况不明决心大，心中无数办法多"的错误做法。

（三）选择性

决策具有选择性，只有一个方案，就无从优化，而不追求优化的决策是无价值的。因此，决策要求有两个以上的备选方案，以便比较选择，否则决策可能就是错误的。人们在决策中总结出两条规则：一是在没有不同意见前，不要做出决策；二是如果看来只有一种行事方法，那么这种方法可能就是错误的。

（四）可行性

每个实现目标的可行方案，都会对目标的实现发挥某种积极作用和影响，也会产生消极作用和影响。决策要求对控制的方案进行综合分析和评估，即必须对每个可行方案进行可行性研究。可行性研究是决策的重要环节。决策方案不但必须在技术上可行，而且应当考虑社会、政治、道德等各方面的因素，还要使决策结果的副作用缩小到可以允许的范围，确保每个方案都有一定的可行性。

（五）满意性

人们做任何事情，都不可能做到完美无缺。对于决策者而言，同样不能以最理想方案作为目标，而只能以足够好地达到组织目标的方案作为准则，即决策追求的是最可能的优化效应，在若干备选方案中选择一个合理的方案。合理方案只能在决策时能够提出来的若干可行方案中，进行比较和优选。而决策的可行方案，是在人们现有的认识能力制约下提出来的。由于组织水平以及对决策人员能力训练方式的不同，加上人们对客观事物的认识是一个不断深化的过程，所以，对于任何目标，都很难提出全部的可行方案。决策者只能得到一个适宜或满意的方案，而不可能得到最优方案。

（六）过程性

组织中的决策不是单项决策而是一系列决策的综合。在这一系列的决策中，每个决策本身都是一个确定决策目标，拟订备选方案，评价备选方案，选定实施方案的一个过程。

（七）风险性

决策是一种带有风险的管理活动，因为任何备选方案都是在预测未来的基础上制定的。客观事物的变化受多种因素的影响，加之人们的认识总有一定的局限性，作为决策对象的备选方案不可避免地会带有某种不确定性，决策者对所作出的决策能否达到预期的目标，不可能有百分之百的把握，都要冒不同程度的风险，所以说决策具有风险性。

五、决策的程序

决策是一个提出问题、分析问题、找出解决问题方案的完整的动态过程。必须遵循科学的决策程序，才能做出正确的决策。决策程序一般包括八个基本步骤：

（一）提出问题，分析问题，确定决策层次

发现问题、提出问题是决策工作的出发点，是领导者的重要职责。问题就是现实与期望之间的差距，期望也就是组织的目标。因此，领导者应该根据组织既定的目标，积极地搜集和整理情报并发现差距，确认问题。然后围绕发现的问题展开决策。例如在一个软件企业中，就有企业如何在市场竞争中发展自己；企业目前资金不足如何筹措；企业开发的软件产品如何进行市场定位；已开发的产品如何进行策划、宣传和销售等问题需要解决。在一个具有两个或两个以上层次的组织中，仅仅将问题提出来是不够的，还必须在提出问题的基础上对众多的问题进行分析，以明确各个问题的性质，确定这些问题是涉及组织全局的战略性问题，还是只涉及局部的程序性问题。明确问题的性质是为了确定解决问题的决策层次，避免高层决策者被众多的一般性问题所缠绕而影响对重大问题的决策。

对决策者特别是高层决策者来说，清楚地认识到潜在的有可能发生的问题，对事物的发展进行超前的、正确的预计是尤为重要的。

（二）确定决策标准

决策标准既是制订决策方案的依据，又是执行决策评价决策执行效果的准则。决策标准也就是决策必须达到的水平，即目标。因而，决策标准必须定得合理可行。一项合理可行的决策标准应该是既能够达到，但又必须要经过努力才能够达到的行动结果。标准定得太高，根本不切合实际，会使人望而却步，失去为之奋斗的信心与勇气，决策就会随之化为泡影。标准定得太低，不经过任何努力即可实现，人们就可能认为唾手可得而感到无所作为，随之丧失应有的压力和积极性。管理的实践经验已经证明，保持一定的工作压力是必要的，而形成工作压力的主要途径就是决策的标准和计划指标。

决策标准首先必须正确，这是决策正确的航标，其次就是水平必须合理、可行。经济组织一般是以经济效益为最基本的决策标准。如利润、成本、投资回收期等。

在决策过程中，决策者要使用预定的决策标准来衡量每个项目的每种方案的预期与决策标准的差异，并对各种方案进行排序。

（三）调研预测

进行决策，必须开展广泛的调研。第一，要摸清情况，有目的地对大量统计数据进行分析处理，去粗取精，编制出简明扼要的表格与资料，提供给智囊系统和决策系统。关键性基础数据必须准确可靠，对动态数据的变化情况和实际值要心中有数。第二，广泛查阅、搜集与分析有关的国内外文献资料，尤其要了解国内外解决类似决策问题的方法、后果、经验与教训。除了积累文字情报以外，也应重视活情报的收集。第三，为了决策科学化的需要，必须搜集有关的信息，并加以处理、传送和使用，即要建立信息系统。第四，由于决策所需要的条件和环境往往存在一些目前不能确定的因素，因此要根据已搜集到的资料和信息进行预测。科学的预测是决策的前提。预测研究是决策过程的一个重要环节。

（四）制订备选方案

实现同一个决策目标的方式或途径可能是多种多样的。不同的途径和方式实现目标的效率也就不一样。决策要求以费用最低、效率最高、收益最大的方式实现目标。这就要求对多种途径和方式进行比较和选择，所以在调研预测的基础上，就要根据调研预测得到的相关数据和资料在可以允许的程度内，将所有可能的备选方案都制定出来。制定备选方案既是组织的一项管理活动，同时又是一项技术性很强的管理活动。无论哪一种备选方案，都必须建立在科学的基础上。方案中能够进行数量化和定量分析的，一定要将指标数量化，并运用科学、合理的方法进行定量分析，使各个方案尽可能建立在客观科学的基础上，减少主观假设性。

（五）评选、确定最优方案

制订出各种可行方案之后，接着就是进行评估，选择一个最有助于实现目标的方案。首先，要建立各方案的物理模型或数学模型，并要求得出各模型的解，对其结果进行评估。评估时，要根据目标来考核各个方案的费用和功效。其次，采用现代化的分析、评估、预测方法，对各种比较方案进行综合评价。一是运用定性、定量、定时的分析方法，评估各比较方案的效能价值，预测决策的后果以及来自各阶层、各领域的反映。二是在评估的基础上，权衡、对比各比较方案的利弊得失，并将各种比较方案按优先顺序排列，提出取舍意见，送交最高决策机构。最后选出最优的方案。选择方案是决策程序中最为关键的环节，由决策系统完成。进行选择，就要比较可供选择方案的利弊，运用效能理论进行总体权衡、合理判断，然后选取其一，或综合成一，作出决策。

决策者在决策时必须研究某一项对策对其他各方面的影响，以及其他方面的事物对这项对策的影响，并估计其后果的严重性、影响力和可能发生的程度。在仔细估量并发现各种不良后果以后，决策者有时会选择原来目标中的次好对策，因为它比较安全，危险性小，是较好的决策。

（六）组织决策实施

用现代决策理论观点来看，决策不只是一个简单的方案选择问题，它还包括决策的执行。因为决策正确与否，质量如何，不经过实践的检验，是得不到真正的证明，实践才是检验真理的唯一标准。而且，决策的目的也是为了实施决策，以解决最初提出的问题。如果说选择一个满意的方案是解决所提出的问题成功的一半，那么，另一半就是组织决策的实施了。不能付诸实施的决策只能是水中之月，镜中之花。因此，决策者必须将组织决策实施的工作当做一个重要的环节来抓。

决策的实施首先要有广大组织成员的积极参与。为了有效地组织决策实施，决策者应通过各种渠道将决策方案向组织成员通报，争取成员的认同，当然最可取的方法是设计出一种决策模式争取更多的成员参与决策，了解决策，以便更好地实施决策。

（七）信息反馈和决策的修订、补充

实施是检验决策正确与否的唯一方法。在决策时，无论考虑得多么周密，也只是一种事前的设想，难免存在失误或不当之处。况且，随着外部社会、市场形势的发展和变化，实施决策的条件不可能与设想的条件完全相吻合，在一些不可预测和不可控制因素的影响作用下，实施条件和环境与决策方案所依据的条件和环境之间可能会有较大的出入，这时，需要改变的不是现实，而是决策方案了。所以，在决策实施过程中，决策人应及时了解，掌握决策实施的各种信息，及时发现各种新问题，并对原来的决策进行必要的修订、补充或完善，使之不断地适应变化了的新形势和条件。

（八）总结经验，吸取教训，改进决策

一项决策实施之后，对其实施的过程和情况进行总结、回顾，既可以明确功过，确定奖惩，还可以使自身的决策水平得到进一步的提高。

通过总结决策经验，往往可以发现一些决策最初看起来是正确的，但在实施之后却并不令人满意；如某些决策短期效益可能十分显著，而长期效益却很差，这些都是通过对决策实施的结果进行总结所得到的经验。

六、影响决策的因素

影响组织决策的主要因素有环境、组织文化、过去的决策、决策者对风险的态度和决策对时间的紧迫性要求等。

（一）环境

外部环境对组织决策的影响表现在：

1. 环境的特点影响着组织决策的频率和内容；环境的特点影响着组织的活动选择。在稳定的环境中，决策的调整机会不多，做一些计划任务下达就可以；在不稳定的环境中，组织对其经营活动需要较频繁地依据环境的变化做相应的调整。处于垄断市场上的组织，通常将工作的重点放在内部生产条件的改善、生产规模的扩大及生产成本的降低上。而处于竞争市场上的组织，则必须密切注视竞争对手的动向，不断推出新的产品，努力改善营销宣传，建立健全销售网络。

2. 对环境的习惯反应模式影响着组织的活动选择。即使在相同的环境下，不同的组织也可能作出不同的反应。而这种调整组织与环境之间关系的模式一旦形成，就会趋向固定，限制着人们对行动方案的选择。当然，环境中的其他行动者及其决策也会对组织决策产生影响。

（二）组织文化

组织文化是构成组织内部环境的主要因素，从决策方面来说，组织文化会对决策的制定和执行都产生重大影响。

1. 组织文化制约着包括决策制定者在内的所有组织成员的思想和行为。决策者一般必

须通过考虑现有的组织文化来进行决策，只有这样的决策才能被组织所认同。而组织的成员则只能接受决策者的决策并为决策目标的实现采取相应的行动。

2. 组织文化通过影响人们对改变的态度而对决策起影响和限制作用。组织为了有效地实施新的决策，必须首先通过大量工作改变组织成员的态度，建立一种有利于变化的组织文化。因此，决策方案的选择不能不考虑到为改变现状而必须付出的时间和费用的代价。

（三）过去决策

大多数新的决策都是过去决策的继续，决策者做新的决策时，都要考虑过去曾经做过的决策对现行决策的影响，这种决策比较容易使组织成员接受。

过去的决策对目前决策的制约程度，主要受它们与现任决策者的关系的影响。如果过去的决策是由现在的决策者制定的，而决策者通常要对自己的选择及其后果负管理上的责任，因此会不愿意对组织的活动做重大的调整，而倾向于仍把大部分资源投入到过去方案的执行中，以证明自己的一贯正确。相反，如果现在的主要决策者与组织过去的重要的决策没有很深的渊源关系，则会易于接受重大的改变。

（四）决策者对风险的态度

任何决策都带有一定程度的风险性。组织决策者对待风险的态度会影响决策方案的选择。愿意承担风险的决策者，通常会未雨绸缪，在被迫对环境作出反应以前就采取进攻性的行动，并会经常进行新的探索。不愿意承担风险的决策者，通常只会对环境做出被动的反应，事后应变，他们对变革、变动表现出谨小慎微。愿冒风险的组织经常进行新的探索，而不愿承担风险的组织，其活动则要受到过去决策的严重制约。

（五）决策的时间紧迫性

美国学者威廉金和大卫克里兰把决策划分为时间敏感型和知识敏感型。时间敏感型是指那些必须迅速而尽量准确做出的决策。战争中军事指挥官的决策多属于这类的决策。这类决策对速度的要求远甚于质量。知识敏感型讲究决策的效果取决于决策质量。它对时间的要求不是很严格。制定这类决策时，要求人们充分利用知识，作出尽可能正确的选择。在有限的时间内，收集有限的信息，使决策者没有时间履行太复杂的决策过程时，决策者往往选择直觉决策，凭借经验来决策。如果时间要求不太紧迫，一般决策者愿意按照决策过程进行科学的决策。

第二节　决策方法

决策的方法有两大类：定性决策方法（主观决策方法）和定量决策方法（计量决策方法）。没有一种方法是万能的，决策者必须根据具体决策问题的性质和特点灵活运用决策方法。

一、定性决策方法

定性决策方法也称主观决策法，决策的"软"方法，是指用心理学、社会心理学的成就，采取有效的组织形式，在决策过程中，直接利用专家们的知识和经验，根据已掌握的情况和资料，提出决策目标及实现目标的方法，并作出评价和选择。

定性决策方法的优点是：方法灵便，通用性大，容易被一般管理者接受，而且特别适合于非常规决策，同时还有利于调动专家的积极性，提高他们的工作能力。其局限性表现为：由于它是建立在专家个人直观的基础上，缺乏严格论证，易产生主观性，而且还容易受决策组织者个人倾向的影响。

常见的定性决策方法有：头脑风暴法、德尔菲法、名义群体法、电子会议法等。其中，德尔菲法已在"预测"一章中作了介绍，这里不再重复，其他几种方法如下。

（一）头脑风暴法

头脑风暴法是产生创造性方案的一种相对简单的方法。它通过有关专家之间的信息交流，引起思维共振，产生组合效应，从而导致创造性思维。头脑风暴法是一个产生思想的过程，而不是提供决策。

采用头脑风暴法要遵循的原则是：

1. 严格限制预测对象范围，明确具体要求；

2. 不能对别人意见提出怀疑和批评，要认真研究任何一种设想，而不管其表面看来多么不可行；

3. 鼓励专家对已提出的方案进行补充、修正或综合，使其更具有说服力；

4. 解除与会者顾虑，创造自由发表意见而不受约束的气氛，鼓励每个人独立思考，广开思路，想法越新颖越好；

5. 提倡简短精练的发言，尽量减少详述；

6. 与会专家不能宣读事先准备好的发言稿；

7. 与会专家人数一般为 10～25 人，会议时间一般为 20～60 分钟。

（二）名义群体法

名义群体法在决策制定时限制讨论，所以称为名义群体法。决策成员组成一个群体，群体成员必须参加决策会议，但在决策过程中限制讨论，每个群体成员都必须独立思考。一般来说，它遵循以下步骤：

1. 成员集合成一个群体，但在进行任何讨论之前，每个成员独立地写下他对问题的看法。

2. 经过一段沉默后，每个成员将自己的想法提交给群体。然后一个接一个地向大家说明自己的想法，直到每个人的想法都表述完并记录下来为止。在所有的想法都记录下来之前不进行讨论。

3. 群体开始讨论，以便把每个想法搞清楚，并做出评价。

4. 每一个群体成员独立地把各种想法排出次序，最后的决策是综合排序最高的想法。

这种方法的主要优点在于群体成员正式开会但不限制每个人的独立思考，这是传统的会议方式做不到的。

（三）电子会议法

电子会议（Electronic meeting）是将名义群体法与尖端的计算机技术相结合的一种方法。会议所需的技术一旦成熟，概念就简单多了。很多人围坐在一张大桌前，这张桌子上除了一系列的计算机终端外别无他物。将问题显示给决策参与者，他们把自己的回答打在计算机屏幕上。个人评论和票数统计都投影在会议室的屏幕上。电子会议的优点是匿名、诚实和快速。决策参与者能不透露姓名地打出自己所要表达的任何信息。它还使人们充分地表达他们的想法而不受到惩罚，它消除了闲聊和讨论偏题，且不必担心打断别人的讲话。缺点是由于大家不能在思想上交流沟通，也就难以提出丰富的设想和方案。

二、定量决策方法

定量决策方法，也称计量决策方法，决策的"硬技术"是建立在数学工具基础上的决策方法，其核心是把决策的变量与变量、变量与目标之间的关系用数学式表示出来（即建立数学模型），然后根据决策条件，通过计算求得答案。这种方法可以适用于决策过程中的任何一步，特别适用于方案的比较和评价。在决策时要运用复杂程度不同的数学工具。

定量决策方法的优点是：第一，提高了决策的准确性、最优性和可靠性；第二，可使领导者、决策者从常规的决策中解脱出来，把注意力专门集中在关键性、全局性的重大复杂的战略决策方面，这又帮助了领导者提高重大战略决策的正确性和可靠性。其局限性表现为：第一，对于许多复杂的决策来说，仍未见可以运用的简便可行的数学手段，在许多决策问题中，有些变量是根本无法定量的；第二，数学手段本身也太深奥难懂，很多决策人员并不熟悉它，掌握起来也不容易；第三，采用数学手段或计算机，花钱多，一般只用在重大项目或具有全局意义的决策问题上，而不直接用于一般决策问题。定量决策方法包括确定型决策方法、不确定型决策方法和风险型决策方法。

（一）确定型决策方法

确定型决策法是决策人对未来的情况已有完整、可靠的资料，不存在不确定因素的决策。

作为确定型决策问题，必须具备以下四个条件：（1）存在着决策人希望达到的一个明确的目标；（2）存在着比较肯定的自然状态；（3）存在着可供决策人选择的两个或两个以上的决策方案；（4）各个方案的损益是可以计算出来的。

确定型决策具有重复出现的特点，处理这类问题，往往有固定的模式和标准方法，最常用的方法有：盈亏平衡点法、现值分析法、投资内部收益率法、线性规划法等。这里主要介绍盈亏平衡点法。

1. 盈亏平衡点法的含义。盈亏平衡点法又称保本分析法、收支平衡分析法、损益临界分析法。它是根据项目正常生产年份的产量、成本、产品销售价格和税金等数据，计算分析产量、成本和盈利三者之间的关系，确定销售总收入等于生产总成本时盈亏平衡点的一种方法。在盈亏平衡点上，企业既无盈利，也无亏损，在确定型决策中，决策者可以通过盈亏平衡分析，判断盈亏变化规律，帮助组织选择能够以最小的成本生产出最多的产品并使组织获得最大利润的经营方案。

2. 盈亏平衡分析模型。盈亏平衡分析所涉及的关键变量有四个，即产销量、产品单价、成本和税收。其中成本又分为固定成本和变动成本。这四个变量的关系如下：

销售成本＝固定成本总额＋产销量×产品单位变动成本＝固定成本总额＋变动成本总额
销售税金＝销售收入×税率＝销售量×产品单价×税率
销售净收入＝产（销）量×（产品单价－单位产品税金）

根据以上变量之间的关系可以用代数法进行盈亏平衡分析。

据假设条件可知：$S = Q \cdot (P - T)$

$C = F + VQ$

式中：S 为年销售净收入；C 为年生产总成本；Q 为年产品产量；P 为单位产品销售价格；F 为年固定成本；V 为单位可变成本；T 为单位产品税金。

按照收支平衡的定义，S 应该等于 C：

$S = C$ 或 $Q(P - T) = F + VQ$

得 $Q = \dfrac{F}{P - V - T}$

据以上基本公式，可得出用各种不同参数表示的盈亏平衡点：

（1）以产（销）量表示的盈亏平衡点 BEP_Q。

$$BEP_Q = \frac{F}{P - V - T}$$

以产（销）量表示的盈亏平衡点，表明企业不发生亏损时所必须达到的最低限度的产品产（销）量。BEPQ 值越小，组织的获利能力越强。要使项目获得较小的 BEPQ 值，就必须降低固定成本，降低单位产品可变成本、单位产品税金或相应提高销售单价。

（2）以生产能力利用率表示的盈亏平衡点 BEP_R。

$$BEP_R = \frac{F}{P - V - T} \Big/ Q \times 100\% = \frac{F}{(P - V - T) \cdot Q} \times 100\%$$

以生产能力表示的盈亏平衡点，表明项目不亏损时必须达到的最低限度的生产能力。如果组织具有较小的 $BEPR$ 值，说明企业达到较低生产能力利用率即可保本。

（3）以销售单价表示的盈亏平衡点 BEP_P。

$$BEP_P = \frac{F + QV}{Q} + T$$

用销售单价表示的盈亏平衡点，表明企业不发生亏损时，所必须达到的最低销售价格。只有当销售价格与产品单位成本相等时，项目才能处于盈亏平衡水平上。这一参数直接与产品单位成本有关，较低的产品单位成本，可以使组织拥有较大的产品定价空间。

（4）以销售收入表示的盈亏平衡点 BEP_S。

$$BEP_S = \frac{F}{P - V - T} \times P$$

以销售收入表示的盈亏平衡点，表明项目不发生亏损时，所必须实现的最低销售收入。只有当销售收入与总成本费用相等时，项目才能处于盈亏平衡水平。这一参数与产品生产成本有关，即生产成本较低时，组织获取销售收入的能力越强。

3. 盈亏平衡点法的运用。某企业年产 2.3 万吨 N 产品，年生产总成本 23 815 万元，其中固定成本为 5 587 万元，单位可变成本为 7 925.22 元，销售单价为每吨 15 400 元，单位销售税金 1 169.13 元。则：

（1）以产量表示的盈亏平衡点 BEP_Q。

$$BEP_Q = \frac{5\,587}{15\,400 - 7\,925.22 - 1\,169.13} = 0.89 \text{（万吨）}$$

计算结果表明，该企业年产量只要能达到 0.89 万吨就可以保本，保本点低，企业的获利能力强。

（2）以生产能力利用率表示的盈亏平衡点 BEP_R。

$$BEP_R = \frac{5\,587}{(15\,400 - 7\,925.22 - 1\,169.13) \times 2.3} \times 100\% = 39\%$$

计算结果表明，该企业只要达到设计能力的 39% 就可以保本，可见，企业的获利空间较大。

（3）以销售单价表示的盈亏平衡点 BEP_P。

$$BEP_P = \frac{5\,587 + 7\,925.22 \times 2.3}{2.3} + 1\,169.13 = 11\,523.48 \text{（元）}$$

计算结果表明，使企业保本的单位产品销售最低价格为 11 523.48 元。

（4）以销售收入表示的盈亏平衡点 BEP_S。

$$BEP_S = \frac{5\,587}{15\,400 - 7\,925.22 - 1\,169.13} \times 15\,400 = 13\,706 \text{（万元）}$$

计算表明，该企业销售收入只要达到 13 706 万元，就可以保本。

（二）风险型决策方法

风险型决策也叫统计型决策、随机型决策，是指已知决策方案所需的条件，但每一方案的执行都有可能出现不同后果，多种后果的出现有一定的概率，即存在着"风险"，所以称为风险型决策。

风险型决策必须具备的条件是：（1）存在着决策者期望达到的目标；（2）有两个以上方案可供决策者选择；（3）存在着不以决策人的意志为转移的几种自然状态；（4）各种自然状态出现的概率已知或可估计出来；（5）不同行动方案在不同自然状态下的损益值可以估算出来。

风险型决策的评价方法也很多，这里主要介绍决策树法。

1. 决策树法的含义。决策树法是把方案的一系列因素按它们的相互关系用树状结构（见图 5–1）表示出来，再按一定程序进行优选和决策的技术方法。

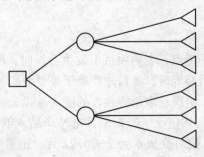

图 5–1　决策树图形

2. 决策树法的优点：（1）便于有次序、有步骤、直观而又周密地考虑问题；（2）便于集体讨论和决策；（3）便于处理复杂问题的决策。

3. 决策树图及符号说明。决策树图形如图 5-1，图中各符号的含义如下：

□——决策点。从它引出的分枝为策略方案分枝，分枝数反映可能的策略方案数。

○——策略方案节点，节点上方注有该策略方案的期望值。从它引出的分枝为概率分枝，每个分枝上注明自然状态及其出现的概率，分枝数反映可能的自然状态数。

△——事件节点，又称"末梢"。它的旁边注有每一策略方案在相应状态下的损益值。

4. 决策树的计算和决策。从右向左依次进行计算，在策略方案节点上计算该方案的期望值，在决策点上比较各策略方案的期望值并进行决策。

5. 运用决策树法进行决策的步骤：（1）绘制决策树图；（2）预计可能事件（可能出现的自然状态）及其发生的概率；（3）计算各策略方案的损益期望值；（4）比较各策略方案的损益期望值，进行择优决策。若决策目标是效益，应取期望值大的方案；若决策目标是费用或损失，应取期望值小的方案。

6. 决策树法的运用。某企业在下年度有甲、乙两种产品方案可供选择，每种方案都面临滞销、一般和畅销三种市场状态，各种状态的概率和销售收入（亿元）如表 5-1 所示：

表 5-1　　　　　　　　　　　决策方案情况表

市场状态 概率 收入（亿元） 方案	滞销	一般	畅销
	0.2	0.3	0.5
甲方案	20	70	100
乙方案	10	50	160

试用决策树法选择最佳方案。

首先，依据已知条件，绘制决策树图如图 5-2。

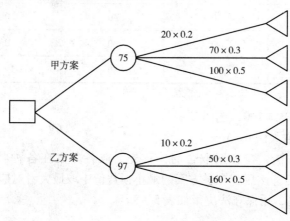

图 5-2　决策树图

其次，判断甲、乙方案出现的自然状态及其发生的概率。

再其次，计算甲、乙方案的损益期望值：

甲方案的期望销售收入 $= 20 \times 0.2 + 70 \times 0.3 + 100 \times 0.5 = 75$（亿元）

乙方案的期望销售收入 $= 10 \times 0.2 + 50 \times 0.3 + 160 \times 0.5 = 97$（亿元）

最后，比较甲、乙方案的销售收入期望值，并进行择优决策。本案例乙方案的销售收入期望值大于甲方案的销售收入期望值，所以选择乙方案。

（三）不确定型决策方法

不确定型决策指各种可行方案发生的后果是未知的，决策时无统计概率可依据的决策问题。

与风险型决策问题相比，该类决策缺少第四个条件，即在风险型决策中各种自然状态出现的概率已知或可估计出来。在不确定型决策中，各种自然状态出现的概率是未知或无法估计出来的。

我们看到，在风险型决策方法中，计算期望值的前提是能够判断各种状况出现的概率。如果出现的概率不清楚，就需要用不确定型方法，这主要有三种，即冒险法、保守法和折中法。采用何种方法取决于决策者对待风险的态度。

1. 冒险法（大中取大法）

这是一种乐观的方法，它基于对未来前景的乐观估计，不放弃任何一个获得最好结果的机会，愿意承担风险以争取最大收益。在方案取舍时，首先，取各方案在各种状态下的最大损益值（即最有利的状态发生），然后，在各方案的最大损益值中取最大者对应的方案。

例如：某企业计划开发新产品，有三种设计方案可供选择。不同设计方案制造成本、产品性能各不相同，在不同的市场状态下的损益值也不同。有关资料如表5-2：

表5-2　　　　　　　　　　　决策方案情况表

市场状态 / 损益值 / 方案	畅销	一般	滞销	max
方案 A	70	40	10	70
方案 B	90	30	0	90
方案 C	100	30	-10	100

max $\{70, 90, 100\} = 100$，选择 C。

2. 保守法（小中取大法）

这是一种悲观的方法，在方案取舍时，首先，取各方案在各种状态下的最小损益值（即最不利的状态发生），然后，在各方案的最小损益值中取最大者对应的方案。

例如，同样的事例，用保守法决策如表5-3。

表 5 - 3 决策方案情况表

市场状态 损益值 方案	畅销	一般	滞销	min
方案 A	70	40	10	10
方案 B	90	30	0	0
方案 C	100	30	-10	-10

max $\{10, 0, -10\}$ =10，选择 A。

3. 折中法

保守法和冒险法都是以各方案不同状态下的最大或最小极端值为标准。但多数场合下决策者既非完全的保守者，亦非极端冒险者，而是介于两个极端的某一位置寻找决策方案，即折中法。方法如下：首先，找出各方案在所有状态下的最大值和最小值；其次，根据自己的冒险偏好程度，给定最大值一个乐观系数 a（0 < a < 1），那么，最小值系数就是 1 - a；第三，用给定的系数和对应的各方案最大值和最小值计算各方案的加权平均值；最后，加权平均值的最大值对应的方案就是最佳方案。如表 5 - 4。

表 5 - 4 决策方案情况表

市场状态 损益值 方案	畅销	一般	滞销	max	min	加权 平均数
方案 A	70	40	10	70	10	52
方案 B	90	30	0	90	0	63
方案 C	100	30	-10	100	-10	67

假设上例：取 a = 0.7

则，最大系数为 0.7，则最小系数为 0.3。

各方案的加权平均值为：

方案 A：$70 \times 0.7 + 10 \times 0.3 = 52$

方案 B：$90 \times 0.7 + 0 \times 0.3 = 63$

方案 C：$100 \times 0.7 + (-10) \times 0.3 = 67$

方案 C 的加权平均值是 67，为最大，选择方案 C。

思 考 题

1. 如何理解决策的含义？

2. 决策在管理中有哪些作用？

3. 如何进行科学的决策？

4. 影响决策的因素有哪些？组织文化如何影响决策？

5. 决策有哪些特征？

6. 常见的定性决策方法有哪些？如何运用？

7. 如何运用盈亏平衡分析方法进行确定型决策？

8. 理解决策树法的决策步骤。

9. 如何运用冒险法、保守法和折中法开展定量决策？

能力训练

策划一项活动

你所在的学校（班级）是一个充满生机和活力的集体，每逢重大的节日如元旦、五四青年节、国庆节都要举行大型的庆祝活动，想一想，如果由你来策划学校（班级）的一项重大的活动，你会怎么做？应用本章学习的知识，谈谈你会怎样做决策。特别要思考以下问题：

1. 设想你做决策时拟使用什么标准。

2. 列举你准备采取的活动方案，这些方案是怎么确定的？是你自己想的，还是和同学们商量的？

3. 最终将采取什么方案？你为什么选定这个方案？

策划开一间文印店

是否还记得到学校报到时（见第一章"能力训练"），你决定开一间文印店？回想一下，你当时是怎么做决策的？特别要思考以下问题：

1. 进入大学后，看到一些学长或在推销日常用品，或在开餐馆，你马上有了创业的冲动，想一想你当时有几种创业想法，如开餐馆、开文印室、推销日常用品、开书店等？

2. 想一想你当时是怎么决定开文印店的？说说你当时决策的标准？

3. 现在文印店已经经营一段时间了，想想你的决策是否正确？你有没有错过现在看起来更好的决策，比如开餐馆？

4. 回忆一下，你当时是自己做决策呢？还是有借助一些经验的帮助和听取他人的意见？

5. 对照本章学习的知识，你认为你需要在哪些方面提高你的决策能力？

案例分析

资料：

如果你是一名长跑爱好者，那么在 20 世纪 60 年代和 70 年代初，你只有一种合适的鞋可供选择：阿迪达斯（Adidas）。阿迪达斯是德国的一家公司，是为竞技运动员生产轻型跑鞋的先驱。在 1976 年的蒙特利尔奥运会上，田径赛中有 82% 的获奖者穿的是阿迪达斯牌运动鞋。

阿迪达斯的优势在于创新。它使用新的材料和技术来生产更结实和更轻便的鞋。它采用袋鼠皮绷紧鞋边。四钉跑鞋和径赛鞋采用的是尼龙鞋底和可更换鞋钉。高质量、创新性和产品多样化，使阿迪达斯在 20 世纪 60 年代和 70 年代初支配了这一领域的国际竞争。

20 世纪 70 年代，蓬勃兴起的健康运动使阿迪达斯公司感到吃惊。一瞬间千百万以前不喜欢运动的人们对体育锻炼产生了兴趣。成长最快的健康运动细分市场是慢跑。到 1980 年约 3 000 万美国人加入了慢跑运动，还有 1 000 万人是为了休闲而穿跑鞋。尽管如此，为了保护其在竞技市场中的统治地位，阿迪达斯并没有大规模地进入慢跑市场。

20 世纪 70 年代陆续出现了一大批竞争者，如美洲狮（Puma）、布鲁克斯（Brmks）、新布兰斯（New-Ballance）和虎牌（Tiger）。但有一家公司比其余更富有进取性和创新性，那就是耐克（Nike）。由前俄勒冈大学的一位长跑运动员创办的耐克公司，在 1972 年俄勒冈的尤金举行的奥林匹克选拔赛中首次亮相。穿阿迪达斯鞋的参赛者在那次比赛中占据了前三名，第四至第七名则由穿着新耐克鞋的马拉松运动员获得。

耐克的大突破出自 1975 年的"夹心饼干鞋底"方案。它的鞋底上的橡胶钉比市场上出售的其他鞋更富有弹性。夹心饼干鞋底的流行及旅游鞋市场的快速膨胀，使耐克公司 1976 年的销售额达到 1 400 万美元。而它在 1972 年仅为 200 万美元，自此耐克公司的销售额飞速上涨。今天，耐克公司的年销售额超过了35 亿美元，并成为行业的领导者，占有运动鞋市场 26% 的份额。

耐克公司的成功源于它强调的两点：（1）研究和技术改进；（2）风格式样的多样化。公司有将近 100名雇员从事研究和开发工作。它的一些研究和开发活动包括人体运动高速摄影分析，对 300 个运动员进行的试穿测验，以及对新的和改进的鞋及材料的不断的试验和研究。

在营销中，耐克公司为消费者提供了最大范围的选择。它吸引了各种各样的运动员，并向消费者传递出最完美的旅游鞋制造商形象。到 20 世纪 80 年代初，慢跑运动达到高峰时，阿迪达斯已成了市场中的"落伍者"。竞争对手推出了更多的创新产品，更多的品种，并且成功地扩展到了其他运动市场。例如，耐克公司的产品已经统治了篮球和年轻人市场，运动鞋已进入了时装时代。到 20 世纪 90 年代初，阿迪达斯的市场份额降到了可怜的 4%。

问题：

试回答以下问题

1. 耐克公司的管理当局制定了什么决策使它如此成功？

2. 到 20 世纪 90 年代初，阿迪达斯的不良决策如何导致了市场份额的极大减少？这些决策怎么使得阿迪达斯的市场份额在 90 年代初降到了可怜的地步？不确定性在其中扮演了什么角色？

练 习 题

1. 某企业计划生产小灵通，单位产品定价为 480 元，年固定总成本为 900 000 元，单位变动成本为 400元，单位税金为 30 元。要求计算该企业按产量表示的盈亏平衡点（套）。

2. 某企业计划进入新的细分市场，有三个区域可供选择。不同区域，在不同的市场状态下的预期销售收入不同。有关资料如附表 5 - 1：

附表 5 - 1　　　　　　　　　　　　决策方案情况表

市场状态 销售收入 方案	畅销	一般	滞销
方案 A：东北地区	100	70	30
方案 B：华东地区	120	50	20
方案 C：华中地区	150	60	− 20

要求：

分别用冒险法、保守法和折中法作出决策（选择产品进入的区域）？

第 六 章

计 划

知识目标

本章介绍计划工作的基本原理、程序及方法。通过本章学习，要求了解计划的意义；理解计划工作程序；掌握计划工作原理和目标管理原理。

能力目标

通过本章学习和训练，具有制订计划的能力，如制订学习计划、工作计划、职业生涯计划等；具备运用和实施目标管理的能力，如尝试为自己大学阶段学习设立切实可行的目标，并保证落实和实现。

管理定律之九

列文定理

法国管理学家 P. 列文指出：那些犹豫着迟迟不能作出计划的人，通常是因为对自己的能力没有把握。

启　示

如果没有能力去筹划，就只有时间去后悔了。

第一节 计划概述

一、计划工作含义

计划是管理的首要职能，是任何一个组织实现其目标不可缺少的一项重要的管理工作。计划工作有广义和狭义之分。广义的计划工作是指制订计划、执行计划和检查计划这三项工作过程。狭义的计划工作就是指制订计划，即根据组织内部和外部的实际情况，权衡客观需要和主观可能，通过科学的预测，提出在未来一定时间内组织所要达到的目标以及实现目标的措施和方法。

进一步展开来说，计划工作可以概括为：做什么（What）？为什么做（Why）？何时做（When）？何地做（Where）？何人做（Who）？以及如何做（How）？以上这六个方面，也就是通常所说的5W1H。它们的具体含义是：

1. "做什么"？就是需要明确组织的使命、战略、目标以及行动方案的具体任务和要求，明确一个时期的中心任务和工作重点。例如，一个企业在未来5年要达到什么样的战略目标？企业年度生产计划的任务主要是确定生产哪些产品？生产多少？

2. "为什么做"？就是要论证组织的使命、战略、目标和行动方案的可能性和可行性，也就是说要提供制订计划的依据。管理人员对组织的宗旨、目标和战略了解得越清楚，认识得越深刻，就越有助于他们在计划工作中发挥主动性和创造性，以保证计划目标及行动方案的切实可行。

3. "何时做"？就是规定计划中各项工作的开始时间，工作进度和完成时间。以便管理人员对计划目标进行有效的控制，从时间上保证目标的实现。

4. "何地做"？就是规定计划的实施地点、设施等物质条件。管理人员通过了解计划实施的环境条件和限制因素，以便从空间上保证目标的实现。

5. "谁去做"？计划不仅要明确规定目标、任务、地点和进度，还应规定由哪个部门、哪个人负责，从人员上保证目标的实现。例如，开发一种新产品，要经过产品设计、样机试制、小批试制和正式投产几个阶段。在计划中要明确规定每个阶段由哪个部门，哪个人负主要责任，哪些部门协助，各阶段由哪些部门和哪些人员参加鉴定和审核等。

6. "怎么做"？就是制定实现计划的措施和方法，以及相应的政策和规则，对人力、物力、财力等资源进行综合平衡以及合理分配和集中使用，对各种派生计划进行综合平衡等。

二、计划工作的基本特征

（一）目的性

目标是组织在未来一定时期的各项活动要达到的预期成果，是制订计划的依据，组织的一切活动都是围绕目标来进行的。所以，任何一个组织制定的各种计划，都是为了其目标的实现。当计划制订出来后，可以使组织的每个部门和每个人都有明确的工作目标和任务指向，通过计划来协调和解决组织内部的分工与协作问题，实现资源的合理配置，以维持组织的生存和发展。

（二）主导性

计划工作在组织管理工作中处于首要地位，只有首先制订出计划，明确目标，才能开展组织、领导以及控制等其他管理工作。这是因为只有目标确定以后，才能进一步解决构建什么样的组织结构和人员配备的问题（组织职能）；而组织结构和员工构成，必然会影响领导方式和激励方式（领导职能）；保证计划的实现，纠正脱离计划偏差（控制职能），是以计划为标准的。因此，计划工作领先于其他管理工作，具有主导性地位。

（三）普遍性

任何组织都需要通过开展各种活动，以及投入人力、物力、财力等资源来实现其目标。组织需要通过计划来协调各种活动，平衡各种资源，以保证目标的实现。另外，虽然各级管理者的职位有高有低，职权有大有小，但是他们的工作始终都需要根据具体情况，做出相应的计划和决策。计划贯穿于组织系统的各个方面，贯穿于组织活动的始终；计划存在于组织各级管理层次。因此，计划工作具有普遍性。

（四）效率性

由于任何组织实现计划目标需要投入各种资源，而输入的资源是有限的或者是稀缺的，所以，组织必须关心这些资源投入的有效性，这就是计划工作为什么要讲求效率的原因。计划工作的效率，简单地讲就是指投入与产出之间的比例关系。即组织力求以较少的资源投入取得较高的产出；或者同样多的资源投入，得到最大的产出。如果一个计划会使既定目标得以实现，但在计划的实施过程中付出了太高的或者是不必要的代价，那么这个计划的效率就是低的。就需要从众多的方案中选择最佳的资源配置方案，合理利用资源和提高效率。

计划的效率不仅指在人力、物力、财力这些有形事物上，它还包括诸如个人、团体和社会的满意程度这一类无形的评价标准上。如果某个计划是鼓舞人心的，但在计划的实施中，方法不当，结果引起不满情绪，会使计划的效率降低。

三、计划工作的意义

管理者为什么做计划？这是因为计划可以给组织指明方向，减少变化的冲击，使浪费和冗余减至最少，以及设立标准有利于控制。因此，计划工作对于组织具有十分重要的意义。具体来讲，计划工作的重要意义主要表现在以下几个方面：

（一）弥补不确定性和变化带来的问题

任何一个组织的活动都会受到其外部和内部条件的影响和制约，而未来外部和内部条件的不确定性和变化决定了计划工作的必要性。计划的本身是面向未来的，而未来又是不确定的。计划工作的重要性就在于如何适应未来的不确定性。计划所设想的未来结果离现在越远，其确定性也就越小。计划越长，不确定的因素也就越多，计划的正确性也就会变得不太有把握了。因此，需要对外部和内部条件进行周密细致的调查研究，对未来有关因素进行准确的预测，并制定相应的补救措施和随时检查计划的落实情况，遇到问题则需要重新制订相应的计划措施。若已经明显看出表明变化的各种趋势，就要制订适应变化的最佳方案，把握住方向。即使将来的事情是确定的，通常还是需要有某些计划工作要做。在确定的条件下，可以根据已知事实的基本数据计算采用哪种方案能以最低的代价取得预期的结果。

（二）有利于管理人员把注意力集中于目标

每个计划及其派生出来的计划，目的在于促使一个部门或组织的目标得以实现。仅有计划不可能使我们的工作有所成就。有了计划还必须有行动方案，必须使工作全面地展开起来。然而，计划工作可以使行动对准既定的目标。它能预测哪些行动能导致最终目标的实现；哪些行动会背离目标；哪些会相互抵消；哪些又是毫不相干的；从而对准所要实现的目标去设法取得一种始终如一的、协调的工作步骤和组织结构，使计划按部就班地顺利进行，最终实现目标。正是由于周密细致全面地计划工作统一了部门之间的活动，才使管理者从日常的事务中解放出来，而将主要精力放在随时检查、修改计划这些方面，放在对未来不确定的研究上。这样，既能保证计划的连续性，又能保证全面地实现计划目标。

（三）有利于更经济地进行管理

由于计划工作的效率性，所以使组织经营管理活动的费用降低限度。它用共同的目标、明确的方向来代替不协调的、分散的活动，用均匀的工作流程代替不均匀的工作流程，以及用深思熟虑的决策代替仓促草率的判断，从而实现对各种生产要素的合理分配，使人力、物力、财力紧密结合，取得更大的经济效益。所以，计划工作能细致地组织经营活动，它是有效地、经济地组织经营管理活动的工具。

（四）有利于控制

计划和控制有密切的关系，计划是控制标准和依据，控制是计划目标实现的保证。未经计划的活动是无法控制的，控制活动就是通过纠正脱离计划的偏差使活动保持既定的方向。管理者如果没有计划确定的目标作为控制标准，就无法检查其下级完成工作的情况；如果没有计划作为标准，就无法测定控制活动。没有计划，就没有控制。

四、计划的类型及表现形式

计划是组织对未来活动的安排，任何一个组织都需要通过制订各种形式的计划来确定组织的未来，解决未来会面临的各种问题。所以计划的种类就很多，可以按照不同的标志进行分类。表6－1列出了计划分类标准及计划类型。

表6－1　　　　　　　　　　　　　计划的类型

分类标准	类　型
时间长短	短期计划、中期计划和长期计划
职能空间	生产计划、销售计划、财务计划和人力资源计划等业务计划
内容	综合计划与专业计划
性质	战略性计划和战术性计划
明确性	具体性计划和指导性计划
层次	使命、目标、战略、政策、程序、规则、方案和预算等

（一）按计划时间划分

计划按时间跨度可以分为长期计划、中期计划、短期计划。长期计划通常是规定组织较长时期的发展目标、发展方向及发展途径。短期计划通常是指年度计划，是根据中长期计划规定的目标和当年的实际情况，对计划年度各项活动所做出的具体安排。中期计划则是介乎长期、短期计划之间。上述三种计划，相互衔接，反映事物发展在时间上的连续性。计划期的时间长短是一个相对的概念。大量研究和实践表明，长期计划越来越受到组织的重视，正所谓"人无远虑，必有近忧"。如果一个企业组织在新产品开发、技术开发、市场开发、人才培养等方面没有长期规划，迟早会陷入困境。

（二）按职能空间划分

计划按企业组织职能可以划分为销售计划、生产计划、供应计划、财务计划、人力资源计划等业务计划。这些职能计划通常是由企业相应的职能部门编制和执行的计划。这种划分是与企业组织中按职能划分管理部门的组织结构体系相适应的。按企业组织职能划分计划，有助于管理者更加准确地确定各职能部门之间相互依赖和相互影响关系；有助于将有限的资源更合理地在各职能部门之间进行分配。

（三）按计划内容划分

计划按内容所涉及的范围可分为专项计划和综合计划。专项计划又称专题计划，是指为完成某一特定任务而拟定的计划，例如基本建设计划、新产品试制计划。综合计划是指对组织活动所做出的整体安排。综合计划与专项计划之间的关系是整体与局部的关系。专项计划是综合计划中某些重要项目的特殊安排，专项计划必须以综合计划为指导，避免与综合计划相脱节。

（四）按计划性质划分

计划按性质划分为战略性计划和战术性计划。战略性计划涉及组织未来较长时期和全局性问题。战术性计划涉及的时间较短，解决的是局部问题。战术性计划是战略性计划的具体执行计划。

（五）按计划明确性程度划分

计划按明确性程度划分为具体性计划和指导性计划。具体性计划有明确规定的目标，不存在模棱两可，没有容易引起误解的问题。指导性计划只规定出一般的方针和工作重点，并不把管理者限定在具体目标上，或者是特定的行动方案上。

（六）按计划层次划分

计划按层次划分为使命、目标、战略、政策、程序、规则、规划和预算。见图6-1。

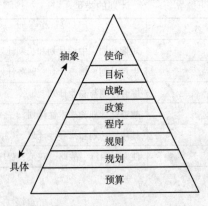

抽象　具体

使命
目标
战略
政策
程序
规则
规划
预算

图6-1　计划层次

1. 使命。任何组织都有明确的使命，这是社会对组织的基本要求。使命的实质就是明确组织是干什么的，应该干什么。

2. 目标。目标是组织一切活动的出发点和归宿点。它具体规定了组织及其各个部门的活动在一定时期要达到的具体成果。组织应有自己的整体目标，组织内各部门和每个成员也应有目标，由此构成组织的目标体系。

3. 战略。战略是为组织实现全局、长远目标所选择的发展方向、所确定的行动方针，以及资源分配方案的一个总纲。战略是要指明方向、重点和资源分配的优先次序。

4. 政策。政策是组织在决策时或处理问题时用来制定和沟通思想与行动方针的明文规定。

5. 程序。它是一种通用、详细指出必须如何处理未来行动的方法步骤，规定未来为达到某一目标所需行动的先后次序。

6. 规则。它是对具体场合和具体情况下，允许或不允许采取某种特定行动的规定。

7. 规划。规划是为了实施既定方针所必需的目标、政策、程序、规则、任务分配、执行步骤、使用的资源以及其他要素的复合体。

8. 预算。预算是用数字来表示所期望的结果，可以说是一种"数字化"的计划。由于它是以数字形式出现，可以使计划变得更加明确、清晰。

五、计划工作的原则

计划工作的原则是指编制计划所必须遵循的准则。遵循这些有效的计划工作的原则，有利于提高计划职能的工作成效和计划工作的可靠性，以达到组织开展计划职能的目的。计划工作的原则确定了计划工作的时限、计划工作的内容、执行计划的过程以及其他相关的内容。

（一）综合平衡的原则

该原则有两层含义：第一，计划工作与组织层次、组织部门的协调。计划工作应该有利于整体目标的实现，因此，它要使组织中各个部门、各个环节的目标服从于组织的整体目标，使各部门、各环节计划的执行能保证组织整体计划的落实。第二，短期计划与长期计划的协调。长期计划和短期计划密不可分。"长计划，短安排"形象地描述了它们的相互关系，只有这样才能保证组织目标的实现和长期稳定的发展。

（二）承诺原则

承诺原则（也称投入原则）是指合理的计划工作需要确定一个未来的时限，这个时限长度是通过一系列的措施来实现决策中所承担的任务所必需的时间。它主要是对计划工作时限的规定，用于决策组织应该编制短期计划还是长期计划，完成计划所涉及的期限应多久等问题。选择多种合理的计划时限的标准就是承诺原则。但是，必须要清楚计划期限不是千篇一律的，不是靠某些领导武断决定的，而是必须依据实现目标的具体资源条件来加以确定。因此，根据计划的承诺原则，计划期限应是使得投资在某一项目上的费用能回收所需的时间长度。合理的计划期限长度是完成决策规定的未来任务所必需的时间。

（三）灵活性原则

灵活性原则就是要提高计划对未来环境变化的适应能力。计划规范了组织的发展方向、组织和组织成员的行为等。因此，计划一旦确定，就使得组织失去了适应外部环境变化的许多能力，计划期限越长，不肯定性就越大，即使是最精确的计划，也免不了存在未来的不肯定性和可能出现的差错。因此，计划工作应该要有适度的灵活性，即：当出现意外情况时，有能力改变方向而不需花太多的纠错成本。计划中的灵活性越大，由意外事件引起损失的危险就越小，但管理者必须对使计划具有灵活性所需的费用与将来承担的任务所含有的风险加以权衡，既要使所制订的计划本身具有弹性，同时又必须将为了使计划富有弹性而花的费用控制在一定限度内。灵活性原则的贯彻使计划具有改变方向的能力。灵活性是计划工作的最重要原则。

（四）改变航道的原则

改变航道的原则是为了弥补灵活性原则而提出的。灵活性原则是使计划本身具有适应性，但这种适应性是有一定限度的，因为我们不能总是以推迟决策的时间来确保决策的正确性，计划灵活性所需要的费用和客观实际情况限制了计划本身的灵活性。因此，计划的灵活性还不能真正解决计划的难题，需要在计划的执行过程中根据实际情况修正调整计划，也就是说使计划工作过程具有灵活性——改变航道。这就是："主管人员是管理计划的，他们不是被计划管理的。"

因此，改变航道的原则是指在计划的执行过程中根据实际情况修正调整计划。

（五）限定因素原则

限定因素也称战略因素，是指妨碍目标得以实现的决定性因素。管理者越能清楚地了解、认识并解决对实现预期目标起限定或关键作用的因素，就越能准确和明确地选择最有利于目标实现的方案。

第二节　计划工作的程序与编制方法

一、计划工作的程序

虽然组织的计划有各种类型，内容差异也很大，但科学地编制计划所遵循的步骤具有普遍性。管理者在编制任何计划时，一般按照估量机会、制定目标、确定计划工作的前提、制订备选方案、分析评价备选方案、选择方案、制订派生计划、编制预算等步骤进行（如图6-2所示）。

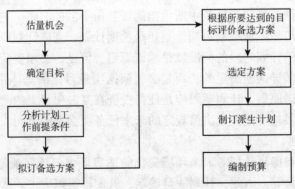

图6-2　计划工作的程序

（一）估量机会

估量机会就是组织根据一定时期所面临的外部和内部环境，对可能存在的机会做出现实的判断。这项工作要在计划工作开始之前就着手进行，它虽然不是计划的一个组成部分，但却是计划工作的真正起点。管理者应该对未来可能出现变化和预示的机会和威胁进行初步分析；分析自身的长处和短处以及组织的期望，了解自身能力所在；列举主要的不确定因素，分析其发生的可能性和影响程度。一个组织存在的机会往往是扬长避短，趋利避害的结果。

（二）确定目标

确定目标就是组织规定一定时期工作预期的结果，它是建立在估量机会的基础上。组织目标一旦确定，需要将目标在空间和时间上进行分解，并进一步明确要达到目标，要做哪些工作，重点在哪里，如何运用战略、政策、规则、程序、预算等计划形式去完成计划工作任务。

（三）确定前提条件

确定前提条件就是确定整个计划活动所处的未来环境。计划是对未来条件的一种"假设"，这种"假设"能够在多大程度上贴近现实，取决于对它将来所处的环境和状态的预测能够在多大程度上贴近现实，也就是取决于确定前提条件这一工作的质量。对计划工作的前提条件了解得越细越透彻，越有利于计划目标的实现。

（四）确定备选方案

确定备选方案就是为计划目标寻求可供选择的行动方案。实现一个计划目标往往同时有几个可供选择的方案，管理者要做的工作是将可供选择的方案的数量逐步减少，以便可以分析出最有希望的方案。这需要集思广益，开拓思路，因为有些方案不是马上看得清楚的。

（五）评价备选方案

评价备选方案就是按照计划前提和目标来权衡各种因素，对各个备选方案进行分析评价。对备选方案的评价应该逐一分析每一个方案的制约因素或不确定因素；方案比较时，既要考虑量化指标的比较，也要考虑定性指标的比较；需要运用综合效益观念来评价方案。

（六）选择方案

选择方案就是在方案评价的基础上，选择未来行动的方案。这是计划的关键环节，这一环节需要仔细认真比较各个方案优劣，从系统的角度权衡利弊，筛选出优化方案。为了保持计划的灵活性，选择的结果可能是两个或更多的方案，并且还要明确首先采用哪个方案，将其他方案作为后备方案。

（七）制订派生计划

制订派生计划就是在总计划下制定分计划。几乎所有的总计划都需要派生计划的支持和保证，完成派生计划是实施和完成总计划的基础。制定派生计划时应注意了解总计划的内容及指导思想；各个派生计划在内容上和时间上要相互协调平衡，防止派生计划阻碍总计划的实现。

（八）编制预算

编制预算就是将各类计划数字化后并进行汇总。计划转化为预算后，就可以实现组织资源的合理配置；才能衡量计划工作的进度；以及评估计划执行和完成的情况；也使控制有了明确的数量标准。

二、计划工作的方法

计划制订的质量好坏和效率高低在很大程度上取决于采用的方法。由于组织规模在不断扩大，还要面对更加复杂和不断变化的外部环境，所以必须采用先进和科学的方法来制定计划，从而可以帮助组织确定各种复杂的经济关系和社会关系，提高综合平衡的准确性，使计划的预见性更强，充分发挥计划合理配置资源的功能。制订计划的方法很多，下面简要介绍几种常用的方法。

（一）滚动计划法

滚动计划法的基本原理是将短期计划、中期计划和长期计划有机地结合起来，根据近期计划的执行情况和环境变化情况，定期修订未来计划。由于在计划工作中很难准确地预测未来，而且计划期限越长，不确定性程度就越大。如果仍然按原来制定的计划执行，可能会导致重大的损失。滚动计划法则可以避免由于不确定性可能带来的不良结果。

滚动计划法的具体做法是：在计划制订时，同时制订未来若干期计划，但计划内容应该是近细远粗，即近期计划内容尽可能详尽，远期计划的内容则粗略；在计划期的第一阶段结束时，根据这个阶段计划执行情况和组织内外部环境变化的情况，对原计划进行修订，并将整个计划向前滚动一个阶段；以后根据同样的原则逐期滚动。滚动计划法的原理和做法见图6-3。

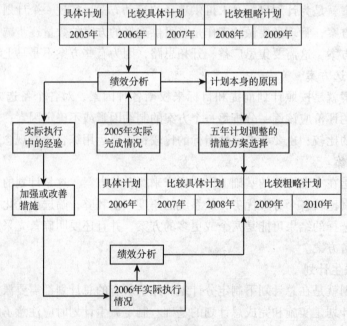

图6-3 滚动计划法示意图

滚动计划法的优点是：（1）适用性强，可应用于任何类型的计划。（2）由于相对缩短了计划时期，未来确定性程度得到提高，保证了计划的质量。（3）使短期计划、中期计划和长期计划相互衔接，能根据环境变化及时地进行调节，使各期计划基本保持一致。（4）大大增强了计划的弹性，从而提高了组织的应变能力。

滚动计划法的缺点是：计划编制工作量比较大。

（二）运筹学方法

运筹学方法被广泛应用于解决有限资源如何充分利用，以便更好地实现既定目标的问题。它的基本原理是：在组织资源已定的情况下，为了实现一定的目标，通过建立和运用数学模型，统筹安排整个活动所有环节之间的关系，实现组织资源最经济、最有效地利用，以产生最大的经济效果。

运筹学方法的具体做法是：（1）根据问题的性质建立相应的数学模型，同时界定主要变量和问题的范围。为了简化问题和突出重点影响因素，需要做出各种假设。（2）根据模型中变量和结果之间的关系，建立目标函数作为比较结果的工具。（3）确定目标函数中各参数的具体数值。（4）进行求解，即找出目标函数的最大值或最小值，以此得到模型的最优解，即解决问题的最优方案。

（三）投入产出方法

投入产出方法是对物质生产部门之间或产品之间的数量依存关系进行科学分析，并对再生产进行综合平衡的一种方法，它以最终产品为经济活动的目标，从整个经济系统出发确定达到平衡的条件。这种方法被企业等经济组织应用于生产计划及其他计划的制订。它的基本原理是：任何系统的经济活动都包括投入和产出两大部分，投入是指在生产活动中的消耗，产出是指生产活动的结果，在生产活动中投入与产出具有一定的数量关系。投入产出方法就是利用这种数量关系建立投入产出表，根据投入产出表对投入与产出的关系进行科学分析，再用分析的结果来编制计划并进行综合平衡。投入产出表的基本形式和内容见表6-2。

表6-2　　　　　　　　　　　　　　　投入产出表

产品的消耗来源（投入）＼产品的分配去向（产出）		中间产品				最终产品			总产品
		部门1	部门2	…	部门n	合计	累积	消费	合计	
物质消耗	部门1	I					II			
	部门2									
	…									
	部门n									
	合计									
净产值	劳动报酬	III					IV			
	纯收入									
	合计									
	产值									
总产值										

投入产出方法的优点是：（1）通过投入与产出的数量分析，可以确定企业等经济组织内部各部门之间的各种比例关系，处理好各部门之间的利益关系。（2）通过投入与产出的数量分析，可以预测某项措施实施后所产生的效果。（3）可以从整个系统的角度编制中期计划或长期计划，容易做好综合平衡。

（四）计量经济学方法

计量经济学方法是运用数学和统计的方法来描述和分析各种经济关系的一种计划方法。这种方法被企业等经济组织的管理者用来调节经济活动，加强市场预测，以及合理安排生产计划等方面。它的基本原理是：以经济学中关于经济关系的学说为依据，运用数学和统计方法根据实际统计资料，对经济关系进行计量，然后将计量的结果和实际情况加以对照，以帮助管理者对计划方案进行分析和评价。

计量经济学方法的具体做法是：（1）因素分析。即按照问题的实际情况分析影响它的因素种类、因素之间的相互关系，以及各因素对问题的影响程度。（2）建立模型。根据分析的结果，把影响问题的主要因素列为自变量，把所有次要因素用一个随机误差项表示，而把问题本身作为因变量，建立起含有一些未知参数的数学模型。（3）参数估计。用计量经济方法，利用统计资料确定参数，进而计算相关系数，以检查自变量对因变量的影响程度，此外还要对参数进行理论检验和统计检验，并分析这两项检验结果的原因，不断修改模型，直到模型达到满意为止。（4）实际应用。计量经济学模型主要有三种用途，一是经济预测，即预测因变量在将来的数值；二是评价方案，即对各个备选方案进行分析评价，以确定满意方案；三是结构分析，即利用模型对经济系统进行深入地结构分析。运用计量经济学方法建立的数学模型在上述这三个方面的应用，都会在计划工作中涉及，从而使计划工作更加完善和科学。

以上各种方法往往不是孤立使用，而是可以多种方法联合运用的。

第三节 目标管理

一、目标与目标体系

任何一个组织都应该有自己的目标，目标是每一个组织及其成员在一定时期内一切活动和行为的出发点和归宿点。计划工作的首要任务是确定目标。

（一）目标的含义

目标是组织目的或宗旨的具体化，是一个组织努力希望在一定时期内要达到的预期成果。

目标不仅是一个组织的基本特征，还表明一个组织存在的意义。尽管不同的组织目标各异，但有一点是共同的，那就是追求效率。也就是要以最少的资源投入来实现最大的产出，如果一个组织不能做到这一点，也就丧失了自己存在的价值。

组织制定出了明确的目标，就规划了人力、物力、财力这些资源的使用方向，以保证最大限度地实现目标。由此可见，制定目标在计划工作中具有非常重要的意义。

（二）目标的性质

从管理学的角度来看，组织的目标具有独特的属性，因而在制定目标时，必须把握目标的这些属性。一般来说，目标具有以下属性：

1. 目标的结构性。组织一般分为若干管理层次及若干管理部门，这就要求为每个层次、部门设立目标。只有每个层次、部门实现了自己的目标，组织的总体目标才能实现，因此，这些目标就构成组织的目标体系。组织目标体系构成包括纵向结构和横向结构。组织目标纵向结构上，存在着不同管理层次之间的目标衔接问题，包括组织的总目标、中层目标和基层目标。纵向结构是一种由上至下的层层分解关系，也是由下至上的层层保证关系，见图6-4。

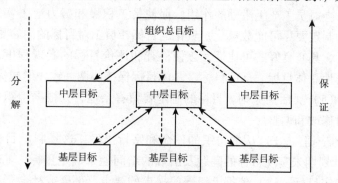

图6-4　目标体系

从组织目标横向结构上看，在同一管理层次各个部门之间，也有目标协调与组合问题。各职能部门的工作角度与利益不同，它们之间目标可能产生冲突，必须进行很好的协调与衔接以形成合力。目标的这一属性要求管理者需要将组织总目标加以分解落实，并注意同一层次目标之间的协调，目标体系自始至终把最大限度地实现总目标放在首位。

2. 目标的时间性。这一属性表明实现目标的时间有长有短。一般来说，目标分为短期目标、中期目标、长期目标。许多组织为不同的时期制订不同的计划，这种做法就是考虑到目标的时间性。目标的时间划分是相对而言的，但要注意它们之间的相互联系。一般来说，只有优先确定长期目标之后，才能确定中、短期目标，以利于组织的长期、持续、协调发展。

3. 目标的多样性。任何一个组织在同一时期有多重任务，所以要实现的目标有多种多样，目标的多样性要求管理者应该从组织的不同角度和不同的方面设计目标，并注意协调和平衡这些目标。当然，组织的目标并非越多越好。相反，应当尽量减少目标的数量，尽量突出主要目标。

4. 目标的次序性。目标的多样性，就产生了目标的优先次序问题。即在多个目标中，特别是平行目标之间，如何根据目标的重要程度排列出优先次序。应该根据组织的总目标，结合各目标之间的内在联系，区分轻重缓急，科学合理地加以排列。确定目标的优先次序是极为重要的，因为任何组织用以实现目标的资源都是有限的，组织必须以合理的方法来分配其有限的资源，以保证目标的有效实现。

5. 目标的可考核性。目标可以是定量的，也可以是定性的。定量的目标考核最容易，但是组织的许多目标是不宜用数量表示的，试图将定性目标数量化和简单化，并不利于目标的考核。虽然考核定性目标不可能和定量目标考核那样准确，实际上大多数定性目标也是可以考核的，任何定性目标都能用详细说明规划或其他目标的特征和完成日期的方法来提高其可考核的程度。目标的这一属性要求管理者，只要有可能，就要制定明确的、可考核的目标。

（三）目标的制定

目标制定是计划的一项重要工作，也是一项困难、复杂的工作，制定目标必须树立系统思想，遵循一定的原则，要有可靠的依据，按照科学的程序进行。

1. 制定目标的原则：（1）关键性原则。目标的制定要突出组织在一定时期关系全局的重要问题和关键问题，以便明确工作重点。目标的制定不要罗列过多的目标和主次不分。（2）可行性原则。目标的制定要充分考虑主客观条件，要有很强的操作性和可行性。一个切实可行的目标，会对员工产生激励的作用，促使员工积极和努力地去实现目标。（3）定量化原则。目标的制定要尽可能数量化，量化的目标让员工对目标的内容更清楚和明白。同时，目标量化以后，具有良好的可比性，以便检查和评价目标的实现程度。（4）一致性原则。目标的制定要使总体目标、部门目标、具体目标保持协调一致，形成完整的体系，不可相互矛盾和脱节。（5）灵活性原则。目标的制定要留有余地，并根据组织内外环境的变化，保持对目标的及时修改和调整。

2. 制定目标的依据：（1）从本组织的使命和宗旨出发，这是制定目标的最基本依据。（2）依据上一个计划期未实现目标的问题及出现的新问题来确定目标。（3）依据对组织外部环境的适应来确定目标。（4）依据上级部门提出的要求、部署或社会形势要求制定目标。（5）依据与国内外先进水平比较的差距来制定目标。

3. 制定目标的程序。制定目标的基本程序可以分为"由上而下"、"由下而上"、"上下结合"等几种方式。规模较小，业务简单的组织 般采用"由上而下"的方式；规模较大，业务复杂的组织一般采用"由下而上"的方式；但大多数组织在多数情况下，会采用上下结合、几上几下的方式。

二、目标管理

（一）目标管理的含义

目标管理是由美国管理学者彼得·德鲁克于1954年首先提出来的，其在所著《管理实践》一书中明确指出："企业的宗旨和任务必须转化为目标，管理者必须通过这些目标对下级进行领导，以此来保证企业总目标的完成。"

所谓目标管理，是以制定和实现目标为中心，被管理者自主控制达标过程，管理者实行最终成果控制的一种现代管理方法。

目标管理既是一种计划方法，也是一种控制手段。目标管理是以"目标"作为组织管理一切活动的出发点、归宿点和手段，贯穿一切活动的始终。它要求在所有活动开始之前，首先确定目标，所有活动的进行要以目标为导向，所有活动的结果要以目标完成的程度来评价，充分发挥"目标"在组织激励机制和约束机制形成中的积极作用。

（二）目标管理的特征

目标管理完全改变了管理就是对管理过程进行严格监督、控制的观念，提倡运用科学的目标体系来进行激励和控制，充分发挥被管理者自我控制能力，让被管理者自觉、自愿、自主地去实现目标，体现了"行为科学"理论的要求，符合"以人为本"这一现代管理理念。目标管理与传统管理方式相比，有以下三个鲜明的特征：

1. 重视人的因素，强调员工的自我管理。首先，目标管理是一种"员工参与式"的民主管理方式。在制定目标时，充分尊重员工的意愿，增强责任感和工作兴趣，在实现目标过程中更要由员工实行自我控制。另外，目标管理是一种"主动型"管理方式，鼓励员工自觉地去实现目标，以自我控制代替被动从属，强调充分发挥人的潜能。正是因为目标管理让员工感到工作有方向，成效有考核，优劣有比较，奖惩有依据，激发出了员工工作的自觉性和主动性，保证了目标更好地实现。

2. 重视目标体系建立的科学性。目标管理是通过目标的制定、分解和落实来保证目标实现的一种管理方法，因此，实行目标管理的核心环节，就是根据组织的总体目标，通过让全体员工共同参与，在组织内部建立起相互联系的一个目标体系。由于目标管理在目标制定过程中采用了自上而下、自下而上这一方式，即上下级在一起共同制定目标。所以，目标的实现者同时也是目标的制定者，使目标更加准确和切实可行，保证了目标体系建立的科学性。同时，依靠目标的激励性和刚性约束，保证目标更好的实现和完成。

3. 重视成果评价。目标管理并不过分关注完成目标的过程，而是重视目标完成的成果。并根据员工完成目标的成果与员工的奖励、职务晋升、薪酬和福利待遇直接挂钩。这样就大大调动员工完成目标的积极性，焕发出了员工完成目标的经济和精神动力；在评价员工完成目标成果的同时，还要分析员工是否完成目标的原因，这样就可以发现问题症结所在，总结正反两个方面的经验，有利于今后目标管理的改进和提高。

（三）目标管理的实施过程

目标管理包括目标制定、目标实施和成果评价三个阶段。

1. 目标制定：（1）建立目标体系。制定目标一般应有组织的高层领导人制定组织的总体目标，再要求其直接下属主管以总目标为依据，制定出建议性部门目标，然后由高层领导人对建议性部门目标进行综合平衡，经过反复协商，就部门目标和考核标准达成一致。此过程一直持续下去，直到制定出基层岗位的具体目标为止。并保持各目标相互间协调，构建出完整的目标体系。（2）目标的分解和落实。把以总目标为核心的目标体系中的各分目标分解落实到每个部门、每个人。（3）制定实现目标的行动方案。认真分析实施目标的主观和客观条件，找出目标展开的问题点，制定系统的目标实施方案。

2. 目标实施：（1）权限下放。在目标实施过程中，上级应对下级充分授权和信任，让下级拥有完成目标的必要的权力，对实现目标的途径和方法由下级自由选择。（2）自我控制。下级在目标实施过程中，要充分发挥自己的主动性和能动性，通过自我控制，努力实现目标。（3）实施过程的检查与控制。检查一般实行下级自查报告和上级巡视指导相结合的办法。通过检查及时发现目标实施的进展情况和存在的问题，及时处理和解决，实行目标实施的动态控制。

3. 目标成果评价。在目标责任期结束时，组织需要对目标成果进行评价，通常会采用自我评价和上级评价相结合，共同协商确认成果。目标成果评价有三项基本指标："达到程度"、"复杂困难程度"、"努力程度"。

三、目标管理的作用和局限性

自从目标管理产生以后，就被西方国家各种组织普遍采用，取得了较好的管理效果，实践证明，目标管理在改进计划工作的质量等方面有明显的作用，但实施中也出现许多问题，反映出这一方法的局限性。因此在管理实践中，需要充分发挥目标管理的优势作用，克服这一方法的局限性。

（一）目标管理的作用

1. 提高计划工作的质量。计划工作的核心是目标制定，如何保证计划目标的准确性和可行性关系到计划工作质量的高低。目标管理改变了由上级制定目标的做法，实行上下级共同协商来制定目标，使目标更加准确和切实可行，大大提高了计划工作质量。

2. 改善组织结构和授权。目标管理清楚地说明组织的任务，尽可能将组织的预期成果转化为各部门和个人应承担的责任。实行目标管理容易发现组织结构的缺陷，同时按期望的结果对下级授权。

3. 激励员工去完成任务。实行目标管理，员工不是被动接受命令和指挥，而是要参与目标的制定，将自己的意见反映到计划中，这样就可以激发员工工作的主动性和自觉性，有利于目标的实现。

4. 使控制活动更有成效。目标管理规定出了各级部门活动内容及要达到的成果指标，使管理控制有一个明确的标准，有了控制标准，有利于对活动成果进行跟踪监督，使目标能更好地实现。另外，由于目标的执行者能控制自己的成绩，这种自我控制就可以成为实现目标的强烈动力，使控制内容更加丰富，工作更有成效。

（二）目标管理的局限性

1. 目标制定要做到非常准确不太现实，有些目标难以量化，使制定目标及检验和评价标准变得比较困难。

2. 由丁采用目标管理的业务活动所涉及的目标往往是短期的，导致人们重视短期目标，忽视长期目标，从而造成人们行为的短期化。

3. 目标确定以后，不宜经常改动。当主客观情况变化较快时，其应变性和灵活性较差。

4. 可能会导致重视定量目标，忽视定性目标，以及滥用定量目标的情况出现。

5. 可能会出现重视目标制定，放松目标的执行、检查这种情况，使目标管理过程不完整。

思 考 题

1. 计划工作的实质是什么？
2. 计划工作包括哪些内容？
3. 计划工作的程序有哪些？
4. 计划工作应该遵循哪些原则？
5. 制订计划的方法有哪些？
6. 制定目标需要遵循哪些原则？
7. 什么是目标管理？目标管理包括哪些工作过程？

能力训练

策划你的事业

以下建议可以帮助你为实现事业目标而制订一个行动方案。定期地思考这些问题可以防止你的行为与事业目标产生背离。

1. 在毕业之后，你面临什么样的外部机遇和威胁？你将在哪些方面最好地运用你的竞争力？在控制你的事业过程中会出现什么错误？

2. 你的使命是什么？你从事什么行业？你为别人创造的价值是什么？什么类型的员工或客户愿意购买你的产品或服务？

3. 作为一个员工或自我雇佣的服务提供者，你的优势和弱点是什么？你的核心技能和竞争力是什么？

4. 你喜欢在哪个行业从事 5 年或 10 年之久？你对事业的前景是怎么看的？

5. 你需要采取什么行动来达成你的事业目标？

6. 你如何知道你的技能正在顺利地发展？你如何定期检查你的事业进程？

制订一份工作计划

假如你这学期刚刚竞选成为本班的班长，作为一名称职的班长需要协助辅导员做好班级管理，请草拟一份工作计划书。你在制订工作计划时，需要考虑以下几个问题：

1. 本学期主要解决哪些主要问题？

2. 你计划采取何种措施解决这些问题？实现何种效果？

3. 遇到没有预计的问题出现，应该如何处理？

案例分析

资料：

中兴集团公司是一家拥有 20 家分公司的大型集团企业，参与 6 个行业的经营。集团公司对分公司的管理方式是独立经营，集中核算。一位分公司的总经理最近听了关于目标管理的讲座，激发了他的热情，增强了他关于目标管理确实有效的想法。他最后决定，在下一次职能部门会议上介绍这个概念并且看看它能做些什么。在会议上，他详细叙述了这种方法的理论发展情况，列举了在这个分公司使用这种方法的好处，并且要求他的下属人员考虑他的建议。并不像每个人所想象的那样简单，在会议上，中层经理们的提议提出了好几个问题。财务主任要求知道，"你是否有集团公司总裁分配给你的明年分公司的目标？"分公司经理回答说："我没有，但我一直在等待总裁办公室告诉我，他们期望我们做什么，可他们好像与此事无关一样。"生产经理问道："那么分公司要做什么呢？""我打算列出我对分公司的期望"，这位分公司的总经理进一步说，"关于目标没有什么神秘的，我打算明年的销售额达到 5 000 万元，税后利润率达到 8%，投资收益率为 15%，一项正在进行的项目建设在 6 月 30 日能投产。我以后还会列出一些明确的指标，如选拔我们分公司未来的主管人员，今年年底前完成我们的新产品开发工作，以及保持员工流动率在 15% 以下等等。"总经理越说越兴奋。中层经理们对自己的领导人经过考虑提出的这些可考核的目标，以及如此明确和自信地来陈诉这些目标感到惊讶，一时不知怎么说好。"下个月，我要求你们每个人把这些目标转换成你们自己部门可考核的目标。不用说，这些目标对财务、营销、生产、工程和人事将是不同的。但是，我希望把你们的数字加起来就实现了公司的目标。"

问题：

1. 分公司没有得到集团公司的目标时，分公司总经理能够拟订可考核的目标吗？分公司总经理制定的这些目标会得到下属的认可吗？

2. 对于分公司来说，要制定可行的目标，需要集团提供什么信息和帮助？

3. 这位分公司总经理设置目标的方法是否合理？如果不合理，你会怎么做？

提示：

请带着此案例，学习思考目标管理的原理、工作程序和目标管理的作用等知识。

第 七 章

组　　织

知识目标

通过本章的学习，了解组织工作的主要内容和主要程序，组织文化的功能和建设方法。掌握组织设计部门化和层级化的主要方法。熟悉常见的组织结构形式，明确组织中的各种职权如何分配，对组织变革的阻力能够理解并熟悉克服阻力的方法。

能力目标

通过对组织结构设计的程序、内容和组织结构形式等相关知识的学习和理解，能进行简单的组织结构设计。

管理定律之十

柯美雅定律

美国社会心理学家 M. R. 柯美雅指出：世上没有十全十美的东西，所以任何东西都有改革的余地。

启　　示

不拘于常规，才能激发出创造力。

管理定律之十一

达维多夫定律

苏联心理学家达维多夫指出：没有创新精神的人永远也只能

是一个执行者。

启 示

只有敢为人先的人，才最有资格成为真正的先驱者。

第一节 组织工作概述

组织工作是管理的一项重要职能，任何计划和决策都必须依靠一系列的组织活动来贯彻落实，只有做好组织工作，才能使决策方案得以顺利实施，才能保证计划目标的实现。

在前面的章节中，我们已经从实体的角度对组织的含义进行了讨论。在这里，我们将从过程的角度对组织的含义继续进行讨论。人们习惯把作为一个实体的组织称为组织结构，把作为过程的组织称为组织工作。

一、组织工作

（一）组织工作的含义

组织工作作为动态的活动过程，是为了实现组织的共同目标而把分散的组织要素按照一定的目的、要求，以一定的秩序和相互关系连结起来，也就是建立一种组织结构并使之运转的过程。具体来说，就是要围绕计划目标，建立所需要的组织系统，努力使系统之间具有最为有效的关系结构，明确各部分在组织中的位置以及相互间的配合关系和隶属关系，明确部门及职位的职能，并配置相应的资源，使组织系统成为完成组织目标的有效工具的动态活动过程。它实际上是在考虑组织内外部环境的基础上来建立和协调组织结构并使之高效运转的过程。

（二）组织工作的特点

组织工作一般具有以下特点：

1. 组织工作是一个过程。组织工作是根据组织的目标，考虑组织内外部环境来建立和协调组织结构的过程。这个过程一般的步骤为：（1）确定组织目标；（2）对目标进行分解，拟定派生目标；（3）确认为实现目标所必需的各项业务工作并加以分类；（4）根据可利用的人力、物力及利用它们的最好方法来划分各种工作，由此形成部门；（5）将进行业务活动所必需的职权授予各部门的负责人，由此形成职务说明书，规定该职务的职责和权限；（6）通过职权关系和信息系统，把各部门的业务活动上下左右紧密地联系起来。通过组织系统图，来达到对组织的整体认识。

2. 组织工作是动态的。组织工作不可能是一劳永逸的。组织内外部环境的变化，都要求对组织结构进行调整以适应变化。

3. 组织工作要充分考虑非正式组织的影响。由于非正式组织对组织的目标有影响，组织工作必须考虑非正式组织的影响。这有助于在组织工作中设计和维持组织目标与非正式组织目标的平衡，避免对立，并在领导与指导时对非正式组织加以利用。

二、组织工作的基本任务

组织工作的基本任务就是进行组织设计，组织设计工作包括以下三项具体的任务：

（一）职务分析与设计

职务分析与设计是组织工作的最基础工作。它是在对组织目标进行逐级分析的基础上，具体确定出组织内各项作业活动和管理活动开展所需设置的职务类别与数量，以及每个职务所拥有的职责权限和任职人员所应具备的素质。

（二）部门划分和层次设计

这是根据各个职务所从事工作的性质、内容及职务间的相互联系，采取一定的部门化方式，依照一定的原则，将各项工作和人员组合成可以管理的单位，称为"部门"，如人事部门、财务部门、采购部门等，这些部门单位又可以按一定的方式组合成上一层级的更大的部门，这就形成了组织的"层次"。

（三）结构形成

这是通过职责权限的分配和各种联系手段的设置，使组织中的各构成部分（各职务、各部门和各层次）联结成一个有机的整体，使各方面的行动协调配合起来。

组织工作通常体现在两份书面文件上。其一是组织结构系统图，也称组织图或组织结构图，它一般以树形图的形式简洁明了地展示机构构成及主要职权关系。绘图时常以"方框"来表示职位或部门，方框的垂直位置说明该职位或部门在组织层级中的位置，而上下两方框间相连的"直线"则体现这两个职位或部门之间的隶属和权力关系。如图7-1、图7-2所示。

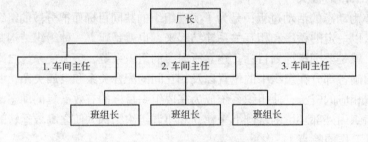

图7-1　企业组织结构

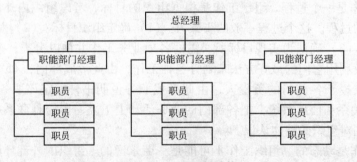

图7-2　公司组织结构

另一个书面文件是职位说明书，有时也称为职务说明书。它一般以文字的形式规定某一职位的工作内容、职责和职权，与组织中其他职务或部门的关系以及该职位担当者所必须具备的任职条件，如基本素质、学历、工作经验、技术知识和处理问题的能力等。如表7-1和表7-2所示。

表 7 - 1　　　　　　　　　　　　　　　　**某招聘专员的岗位职责**

职务名称：招聘专员　　　　　　　　所属部门：人力资源部

职务代码：XL - HR - 021　　　　　　工资等级：9 ~ 13

直接上级职务：人力资源部经理

一、工作目的：为企业招聘优秀、适合的人才。

二、工作要点

1. 制订和执行企业的招聘计划。

2. 制订、完善和监督执行企业的招聘制度。

3. 安排应聘人员的面试工作。

三、工作要求：认真负责、有计划性、热情周到。

四、工作责任

1. 根据企业发展情况、提出人员招聘计划。

2. 执行企业招聘计划。

3. 制订、完善和监督执行企业的招聘制度。

4. 制订招聘工作流程。

5. 安排应聘人员的面试工作。

6. 应聘人员的材料管理。

7. 应聘人员材料、证件的鉴别。

8. 负责建立企业人才数据库。

9. 完成直属上司交办的所有工作任务。

五、衡量标准

1. 上交的报表和报告的时效性和建设性。

2. 工作档案的完整性。

3. 应聘人员材料的完整性。

表 7 - 2　　　　　　　　　　　　　　　　**某招聘专员的任职资格**

职务名称：招聘专员　　　　　所属部门：人力资源部

职务代码：XL - HR - 021　　　工资等级：9 ~ 13

直接上级职务：人力资源部经理

一、知识和技能要求

1. 学历要求：本科及以上。

2. 工作经验：3 年以上大型企业工作经验。

3. 专业背景：从事人力资源招聘工作 2 年以上。

4. 英文水平：达到国家四级水平。

5. 计算机水平：熟练使用 Windows 和 Office 系列。

二、特殊才能要求

1. 语言表达能力：能够准确、清晰、生动地向应聘者介绍企业情况；准确、巧妙地解答应聘者提出的各种问题。

2. 文字表述能力：能够准确、快速地将希望表达的内容用文字表述出来，对文字描述很敏感。

3. 观察能力：能够很快地把握应聘者的心理。

4. 处理事务能力：能够将多项并行的事务安排得井井有条。

三、综合素质

1. 有良好的职业道德，能够保守企业人事秘密。

2. 独立工作能力强，能够独立完成布置招聘会场、接待应聘人员、应聘者非智力因素评价等任务。

3. 工作认真细心，能准确地把握同行业的招聘情况。

四、其他要求

1. 能够随时出差。

2. 假期一般不超过一个月。

三、组织工作的重要性

可以毋庸置疑地说，组织工作、组织现象存在于社会生产和生活的方方面面。在一条崎岖的山路上，连续几天的降雨突然导致山洪暴发、土方崩塌，引起公路交通受阻。面临困境的司机们可能自动协作起来清除路障，进行自救，这种协作行为和状态就是一种"组织"。组织可以是自发形成的，也可能是事先有意识策划和安排的结果。我们将形成工作中分工与协作关系的策划和安排过程，称作"组织设计"。而特定时期设计出来的组织，可能要在运行一段时间后进行再设计或重组变革，并采取有效的变革管理措施使之顺利地过渡到一种新的状态。

搞好组织设计与再设计工作，意义非同一般。"三个和尚没水吃"的典故已是众所周知，类似"三个臭皮匠，胜过诸葛亮"的故事也时有传闻。那么，是什么导致了这两种截然不同的组合效果呢？或者说，为什么"整体可能大于各部分的总和"，也可能相反，构成的要素越多，整体的力量反而越小？其根本的原因就是，由于要素组合在一起的特定方式不同，从而造成了要素间配合或协同关系的差异。

组织工作做得好，可以形成整体力量的汇聚和放大效应。否则，就容易出现"一盘散沙"，甚至造成力量相互抵消的"窝里斗"局面。也许正是基于这一原因，组织工作的重要性在各类组织中都得到了普遍注意。

第二节　组织设计

一、组织设计

（一）组织设计的含义

组织设计主要是对组织结构的设计，为组织设计一个清晰的组织结构、规划和设计组织中各部门的职能和职权，确定组织中的直线职权、参谋职权和职能职权的活动范围并编制职务说明书。

组织结构一般包括一个组织内组织部门的多少、管理跨度、管理规范化和集权的程度等内容，通过组织结构可以把完成组织目标所需要的人和事（工作）编排成便于管理的单位，又可以把组织内各个部门、各个岗位连结成为一个有机的整体，从而大大提高组织运行效率，降低组织管理成本。组织结构是在组织的目标、任务、资源和环境确定下的组织各组成部分之间的关系模式，它不仅对正式组织系统、沟通系统、工作关系起着决定性作用，而且对于非正式组织、人际关系和组织成员态度和行为也起着非常重要的影响作用。复杂性、正规化、集权与分权化等是影响组织结构的主要因素。

组织结构是支撑组织的框架体系，是关于组织在运作中涉及的目标、任务、权责、流程以及相互关系的系统。组织结构阐明了组织各项工作如何分配，谁向谁负责和内部的协调机制，是关于组织内权力与职务关系的一套形式化系统。组织结构是组织的外在形式，在整个管理系统中起着"框架"的作用，有了它，系统中的人力、物力、财力才能够具有流通通道，组织目标才能实现。

（二）组织设计的目的

随着外部环境条件的日趋复杂，单一封闭式的组织设计模式往往会导致组织的僵化和本位主义的盛行，就必须以系统、动态权变式的观点来理解和重新设计新的组织。在权变思想的指导下，组织被设计成一个开放系统，它不断地与外部环境进行资源和信息的交换，不断地进行组织内部各种关系的调整，也只有这样才能保持组织的灵活性和适应性。

综合地讲，组织设计的目的就是要通过创构柔性灵活的组织，动态地反映外在环境变化的要求，并且能够在组织演化成长的过程中，有效积聚新的组织资源要素，同时协调好组织中部门与部门之间、人员与任务之间的关系，使员工明确自己在组织中应有的权力和应担负的责任，有效地保证组织活动的开展，最终保证组织目标的实现。

（三）组织设计的任务

组织设计的任务是提供组织结构系统图和编制职务说明书。组织结构系统图是用图形的方式表示组织内的职权关系和主要职能。其垂直形态显示权力和责任的关联体系，水平形态显示分工和部门化的结果。职位说明书主要是说明职位的名称、主要的职能、职责、履行职责的相应职权以及与组织其他职位的关系。组织手册通常是职位说明书与组织系统图的综合。

二、影响组织设计的因素

组织结构设计必须配合外部环境、战略目标、发展规模、技术创新及组织文化等重要的情景因素。这些情景因素若配合得宜，组织便能发挥优势，提高效能。因此，组织设计需明确这些情景与不同结构之间的关系。

（一）外部环境的影响

一个组织的环境是由组织外部可能影响组织的多种机构和因素构成的，主要包括供应商、顾客、竞争者、政府管理机构、社会团体等，外部环境从总体上来说是不易控制的，因此它的影响是相当大的，有时甚至能影响到整个组织结构的变动。环境的确定性与组织结构密切相关，环境越复杂越动态，就越应该采取有机的组织结构；而环境越简单越静态，就越应该采取机械的组织结构。

由于外部环境的不确定特征，在进行组织设计时必须充分考虑结构与外部环境的适配。当外部环境发生变化，组织不但需要适当的适配部门，有时还需要成立新部门以满足新环境的要求。例如计算机技术得到广泛应用后，许多公司成立信息管理部门，新部门不只是集合了不同技术人才，而且他们需要不同的定位、结构与风格来保证成功进行交易。

（二）战略目标的影响

组织结构是管理者用来达到组织目标的一种手段。因此，组织战略目标与组织结构的关系密切。组织结构应该服从组织战略，如果组织战略发生了重大变化，组织结构也应该作相应的调整，以支持组织战略的变化。组织在目标市场、资本运作、人力资源、技术创新和全面质量管理等方面做出战略规划与决策，而这些战略抉择受制于高层决策者的经营理念、态度、价值观和伦理观。并决定组织设计是采用机械结构还是采用有机结构。组织的竞争战略也影响组织设计。一般来说，组织的战略选择有三种：创新战略、成本最小化战略和模仿战略。相应的组织就会选择不同的组织结构与之适应。如表 7-3 所示。

表 7－3　　　　　　　　　　战略目标对组织结构的影响

战略	结构方案
创新战略	有机结构：结构松散，工作专门化程度低，正规化程度低，分权化
成本最小化战略	机械结构：控制严密，工作专门化程度高，正规化程度高，集权化
模仿战略	有机—机械结构：松紧适度，日常活动控制严，创新活动控制松

（三）技术创新的影响

组织内部技术创新活动的要求和外部新技术发展的压力，对组织结构设计与选择组织模式产生重要影响。技术是指组织把投入转化为产出的方式与创新活动的层次和速度。每个组织都至少拥有一种技术，从而把人、财、物、信息等资源转化为产品或服务。这种技术水平决定了对组织结构的设计要求。高速发展的技术要求有动态适应的组织结构；日新月异的网络技术与电子商务则需要灵活协调的管理体制；弹性组织结构与协调性体制又在人员能力、工作激励、群体管理、领导风格和组织文化等方面具有新的人本管理要求。

（四）组织规模的影响

一般来说，组织规模以雇员人数多寡来显示。一家大企业人数众多，内部分工较细，为了方便对下属的监管，大企业会多设层级和部门，也会采用规章条文去影响员工行为及工作进度。在大规模的企业内，高层管理人员未能处理全部决策，对此有下放权力的趋势。

（五）组织文化的影响

组织文化是组织内各成员所共同分享及认同的价值观、规范与观念，用以维系及凝聚组织与个体。例如，强调企业对外应变的"权变文化"，企业便需要一个宽松而具有弹性的结构，降低形式化、标准化及集权程度。相反，若企业采用一个重视内部稳定的"集权文化"，则组织结构倾向紧密，以较高的形式化、标准化及中央集权去加强内部控制，保持内部的稳定状态。

三、组织设计的原则

（一）目标一致性原则

这一原则要求组织机构设计必须有利于组织目标的实现。任何一个组织一旦成立，都有其宗旨和目标，因而，组织中的每一部分都应该与既定的宗旨和目标相关联。否则，就没有存在的意义。一个生产性组织的目标是通过生产某种满足社会需要的产品实现利润的最大化，那么，它的组织机构一般包括为实现这一目标而设立的计划部门、采购部门、生产部门、销售部门、财务部门等。同时，每一机构根据总目标制定本部门的分目标，而这些分目标又成为该机构向其下属机构进行细分的基础。这样目标被层层分解，机构层层建立，直至每一个人都了解自己在总目标的实现中应完成的任务。这样建立起来的组织机构才是一个有机整体，为总目标的实现提供了保证。

（二）统一领导，分级管理的原则

统一领导是现代化大生产的客观要求，它对于建立健全组织，统一组织行动，协调组织是至关重要的。要保证统一领导，组织机构一定要按照统一领导的原则来设计。根据这一原则，任何下级只能接受一个直接的上级领导，不得受到一个以上的上级的直接指挥。上级不得越过直属下级进行指挥，下级也不得越过直属上级接受更高一级的指令。职能管理部门只能是直线指挥主管的参谋和助手，有权提出建议，提供信息，但无权向该级直线指挥系统的下属发号施令，否则就是破坏统一领导原则，造成令出多门，使下级无所适从。要保证统一领导，应该将有关组织全局的重要权力集中在组织的最高管理机构。例如，组织目标、方针、计划、主要规章制度的制定和修改权，组织的人事、财务大权等，都必须集中在组织的最高管理层，以保证整个组织活动的协调一致。在实行统一领导的同时，还必须实行分级管理。所谓分级管理，就是在保证集中统一领导的前提下，建立多层次的管理组织机构，自上而下地逐级授予下级行政领导适当的管理权力，并承担相应的责任。

（三）专业化原则

专业化原则就是组织结构应能充分反映为实现组织目标所必要的各项任务和工作分工，以及相互之间的协调。分工包括管理层次分工、部门分工、职权分工。管理层次可分为上、中、下层，每一层对应着相应的责、权以及相应能力的人。部门分工使整体任务分散化。职权分工分为直线职权、参谋职权、职能职权三类。

（四）相互协调的原则

为了确保组织目标的实现，在组织内的各部门之间以及各部门的内部，都必须相互配合、相互协调地开展工作，这样才能保证整个组织活动的步调一致，否则组织的职能将受到严重影响，目标就难以保证完成。

（五）权责对等原则

权是指管理的职权，即职务范围内的管理权限。责是指管理上的职责，即当管理者占有某职位，担任某职务时所应履行的义务。职责不像职权那样可以授予下属，它作为一种应该履行的义务是不可以授予别人的。职权应与职责相符，职责不可以大于也不可能小于所授予的职权。职权、职责和职务是对等的，如同一个等边三角形三边等值一样，一定的职务必有一定的职权和职责与之相对应。

（六）有效性原则

有效性原则包含三层意思，首先，组织机构和组织活动必须富有成效，组织机构设计要合理。要基于管理目标的需要，因事设机构、设职务匹配人员，人与事要高度配合，反对离开目标，因人设职，因职找事。其次，组织内的信息要畅通。由于组织内组织机构的复杂性和相互之间关系的纵横交错，往往易发生信息阻塞，这将导致组织管理的混乱，因而对信息管理要求，一要准确，二要迅速，三要及时反馈。只有这样才不至于决策失误，才能了解到命令执行情况，也才能及时得到上级明确的答复，使问题得到尽快解决。再次，要求主管领导者要能够对下属实施有效的管理。为此，必须规定各种明确的制度，使主管人员能对整个组织进行有效的指挥和控制。只有明确了规章制度，才能保证和巩固组织内各层次和人们之间关系的协调一致。

（七）集权与分权相结合原则

这一原则要求组织实施集权与分权相结合的管理体制来保证有效的管理。需集中的权力要集中，该下放的权力要大胆地分给下级，这样才能增加组织的灵活性和适应性。如果将所有的权力都集中于最高管理层，则会使最高层主管疲于应付琐碎的事务，而忽视组织的战略性、方向性等大问题；反之，权力过于分散，各部门各把一方，则彼此协调困难，不利于整个企业采取一致行动，实现整体利益。因此，高层主管必须将与下属所承担的职责相应的职权授予他们，调动下层的工作热情和积极性，发挥其聪明才智，同时也减轻了高层主管的工作负担，以利于其集中精力抓大事。但在一个企业中，究竟哪些权力该集中，哪些权力该分散，没有统一的模式，往往是根据企业的具体性质和管理者的经验来确定。

（八）稳定性与适应性相结合原则

这一原则要求组织机构既要有相对的稳定性，又不能频繁变动，但要随外部环境及自身需要作相应调整。一般来讲，一个组织有效活动的进行能维持一种相对稳定状态，组织成员对各自的职责和任务越熟悉，工作效率就越高。组织机构的经常变动会打破组织相对均衡的运动状态，接受和适应新的组织机构会影响工作效率，故组织机构应保持相对稳定。但是，任何组织都是动态的、开放的系统，不但自身是在不断运动变化，而且外界环境也是在变化，当相对僵化、低效率的组织机构已无法适应外部的变化甚至危及组织的生存时，组织机构的调整和变革即不可避免，只有调整和变革，组织才会重新充满活力，提高效率。

四、组织设计的内容

（一）部门划分

1. 划分部门的原则。部门是指组织中管理人员为完成规定的任务有权管辖的一个特定领域。部门化是组织协调的一个方法，把组织的全体成员分别归属到若干个团体部门，并给每一个团体安排一个管理者，由其全权负责，统一协调团体内的所有工作。部门划分的目的是：确定组织中各项任务的分配、责任的归属，以求分工合理、职责分明，以达到组织的目标。

要想有效、合理地集合组织资源，安排好组织内全部的业务活动，必须提供一些基本的指导原则，使组织部门化能够具备科学性和可操作性。

（1）因事设职和因人设职相结合的原则。为了保证组织目标的实现，必须将组织活动落实到每一个具体的部门和岗位上去，确保"事事有人做"。另外，组织中的每一项活动终归要由人去完成，组织部门设计就必须考虑人员的配置情况，使得"人尽其能"、"人尽其用"。特别是，组织需要根据外部环境的变化进一步调整和再设计组织部门结构时，必须贯彻因事设职和因人设职相结合的原则，及时调整与组织环境不相适应的部门和人员，使组织内的人力资源能够得到有效的整合和优化。

（2）分工与协作相结合的原则。分工与协作是社会化大生产的必然结果，古典的管理理论强调分工是效率的基础。在组织的部门设计中，必须要对每一个部门、每一个岗位进行必要的工作分析和关系分析，并按照分工与协作的要求进行业务活动的组合。部门设计者可以依据技能相似性的归类方法来集合相关的业务活动，以期提高专业分工的细化水平。但是，过分强调专业化分工也会造成管理机构增多、部门之间难以协调等问题，这反而会使管理效率下降。这时，可以依据关系紧密性的归类方法，按照业务流程管理的逻辑顺序来集合业务活动，以期达到紧凑、连续、利于协作的工作效果。

（3）精简高效的部门设计原则。部门精简高效是每一个部门设计者所追求的理想效果，作为一项基本的原则应当贯彻在部门设计的每一个阶段和每一项活动过程中。按照这一原则要求，部门设计应当体现局部利益服从组织整体利益的思想，并将单个部门效率目标与组织整体效率目标有机地结合起来。另外，部门设计应在保证组织目标能够实现的前提条件下，力求人员配置和部门设置精简合理，不仅要做到"事事有人做"，而且要"人人有事做"，工作任务充裕饱满，部门活动紧密有序。

2. 划分部门的方法。不同的组织有着不同的特征，但采用的部门划分方法却基本一致。

常用的部门划分方法有以下几种：

（1）按职能划分部分。这是最普遍采用的一种划分方法。即按专业化的原则，以工作或任务的性质为基础来划分部门。按重要程度可分为：基本的职能部门和派生的职能部门。如制造业基本的职能部门一般有：生产、工程、质量、销售、财务部门等。派生的职能部门有：如生产部门中的设计科、工艺科、制造车间、生产计划科、设备动力科、安全科、调度室等。职能部门化的优点是：有利于专业人员的归口管理；易于监督和指导；有利于提高工作效率。缺点是容易出现部门的本位主义，决策缓慢管理较弱，较难检查责任与组织绩效。图 7-3 是一个典型的按职能划分的部门化组织图。

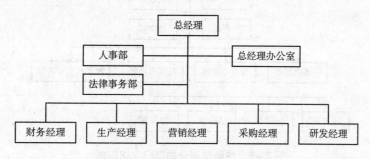

图 7-3 按职能划分的部门化组织图

（2）按产品划分部门。按组织向社会提供的产品来划分部门。如：家电企业集团可能会依据其产品类别划分出彩电部、空调部、冰箱部、洗衣机部等部门。产品部门化的优点是：可提高决策的效率；便于本部门内更好地协作；易于保证产品的质量和进行核算。缺点是容易出现部门化倾向；行政管理人员过多，管理费用增加。图 7-4 是一个典型的按产品划分的部门化组织图。

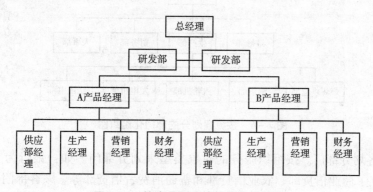

图 7-4 按产品划分的部门化组织图

（3）按人数划分部门。人数部门化是在未考虑其他因素情况下，完全按人数的多少来划分部门。如军队中的师、团、营、连、排即为此种划分方法。人数部门化是组织结构的部门化中，最原始、最简单的划分方法，它仅仅考虑的是人的数量。

在高度专业化的现代社会，这种划分方法越来越少。因为随着人们文化水平和科学水平的提高，每个人都能掌握某种专业技术，把具备某种专业技术的人们组织起来去做某项工作，比单靠数量组织起来的人们有较高的效率，特别是现代企业逐渐从劳动集约化向技术集约化转变，单纯按人数多少划分部门的方法有逐渐被淘汰的趋势。

（4）按区域划分部门。按地理位置来划分部门。如：跨国公司依照其经营地区划分的各个分公司。地区部门化的优点是：对本地区环境的变化反应迅速灵敏；便于区域性协调；利于管理人员的培养。缺点是与总部之间的管理职责划分较困难。图7－5是一个典型的按地域划分的部门化组织图。

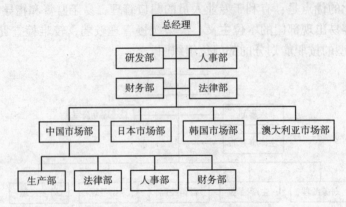

图7－5　按地域划分的部门化组织图

（5）按完成任务的过程所经过的阶段来划分。如：机械制造企业划分出铸工车间、锻工车间、机加工车间、装配车间等部门。过程部门化的优点是：能取得经济优势；充分利用专业技术和技能；简化了培训。缺点是部门间的协作较困难。图7－6是一个典型的按流程划分的部门化组织图。

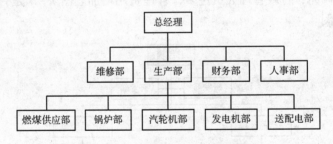

图7－6　按流程划分的部门化组织图

（6）按顾客划分部门。按组织服务的对象类型来划分部门。如：银行为了不同的顾客提供服务，设立了商业信贷部、农业信贷部和普通消费者信贷部等。顾客部门化的优点是可以有针对性地按需生产、按需促销。缺点是只有当顾客达到一定规模时，才比较经济。图7－7是一个典型的按顾客划分的部门化组织图。

图7－7　按顾客划分的部门化组织图

（二）管理层次划分

部门化解决了各项工作如何进行归类以实现统一领导的问题，接下来需要解决的是组织的管理层次问题，即根据管理幅度的限制，确定组织的管理层次。纵向层次的设置，使得组织最高管理者可以通过职权等级链的逐层直接监督来控制和协调组织活动。

在任何一个具有一定规模的组织之中，最高行政主管由于受到时间、精力等诸多因素的限制，不可能直接领导整个组织的所有方方面面的活动。相反，他通常只是直接领导几个有限数量的下属管理人员，委托他们协助完成自己的部分管理职责。这些承担受托责任的下一级管理人员，又需要通过若干个直接下属来协助完成管理使命。依此类推，直至受托人能直接安排和协助组织成员的具体作业活动。如此就形成了组织中由最高主管到具体工作人员之间的不同层级的管理层次。一般来说，一个组织由最高层到基层作业人员间的管理层次越多，这样的组织就越倾向于锥形的，而管理层次较少的组织则相对来说是扁平型的。扁平型组织所配备的管理人员要明显少于锥形组织，但组织层次并不是随意可以减少的。

管理幅度与管理层次是组织结构的基本范畴。管理幅度又称控制幅度，是指一名主管人所能够直接领导、指挥和监督的下级人员的数量。由于任何领导人，其知识、经验和精力总是有限的，因而能够有效地领导的下级人数也是有限度的。管理层次亦称管理层级，是指组织的纵向等级结构和层级数目。管理层次是以人类劳动的垂直分工和权力的等级属性为基础的。管理幅度与管理层次是影响组织结构的两个决定性因素。幅度构成组织的横向结构，层次构成组织的纵向结构，水平与垂直相结合构成组织的整体结构。在组织条件不变的情况下，管理幅度与管理层次通常呈反比例关系，即管理幅度宽，则管理层次少，反之亦然。

任何组织在进行结构设计时都必须考虑这样的问题，即每个主管人员直接指挥与监督的下属人数以多少为宜。一般来说，即使在同样获得成功的组织中，每位主管直接管辖的下属数量也不一定相同。有效管理幅度的大小受到管理者本身的素质及被管理者的工作内容、能力、工作环境与工作条件等诸多因素的影响，每个组织及组织中的每一个管理者都必须根据自身的情况来确定适当的管理幅度，在此基础上再确定组织相应设置的管理层层数。

管理幅度的影响因素主要有：

1. 工作能力。主管人员的综合能力、理解能力、表达能力强，则可以迅速地把握问题的关键，对下属的请示提出恰当的指导建议，并使下属明确地理解，从而可以缩短与每一位下属接触所占用的时间。同样，如果下属人员具备符合要求的能力，受到良好的系统的培训，则可以在很多问题上根据自己的符合组织要求的主见去解决，从而可以减少向上司请示、占用上司时间的频率。这样，管理的幅度便可适当宽些。

2. 工作内容和性质：（1）主管所处的管理层次。主管人员的工作主要在于决策和用人，但处在管理系统中的不同层次，决策与用人的比重各不相同。决策的工作量越大，主管用于指导和协调下属的时间就越少。所以，越是接近组织高层的主管人员，其决策职能越重要，管理幅度较中层和基层管理人员就越小。（2）下属工作的相似性。同一主管领导下的下属人员，如果所从事工作的内容和性质相近，则对每人工作的指导和建议也就大体相同。在这种情况下，主管人员就可指挥和监督更多的下属人员。（3）计划的完善程度。任何工作都需要在计划的指导下进行，如果计划制定得非常详细，下属就会对工作的目的和要求十分清楚，这样，需要主管人员亲自予以指导的情形就减少。反之，如果下属要执行的计划本身制定得并不完善，或者需要下属做进一步的分解，那么，主管对下属指导、解释的工作量就要增加，其有效的管理幅度就势必要缩小。（4）非管理性事务的多少。主管人员作为组织不同层次的代表，往往需要花费相当的时间去从事一些非管理性事务。处理这些事务所需的时间越多，则用于指挥和领导下属的时间就相应减少，此时管理幅度就越不可能扩大。

3. 工作条件：（1）助手的配备情况。如果有关下属工作中遇到的所有问题，都不分轻重缓急需要主管亲自去处理，那么，主管所能直接领导的下属数量就会受到一定限制。如果给主管配备必要的助手，由助手去和下属进行一般的联络，并直接处理一些明显的次要问题，这样就可大大减少主管的工作量，增加其有效的管理幅度。（2）信息手段的配备情况。掌握信息是进行管理的前提。利用先进的信息技术去收集处理和传输信息，一方面可以帮助主管人员更及时、全面地了解下属的工作情况，从而提出有用的忠告和建议，另一方面下属人员也可以更多地了解到与自己工作有关的情况，从而更好地自主处理分内的事务。这显然有利于扩大主管人员的管理幅度。（3）工作地点的接近性。同一主管人员领导下的下属，如果工作岗位在地理位置上的分布较为分散，那么，下属与主管以及下属与下属之间的沟通就相对比较困难，从而该主管所能领导的直属部下数量就要减少。

4. 工作环境。组织面临的环境是否稳定，会在很大程度上影响组织活动内容和政策的调整频率与幅度。环境变化越快，变化程度越大，组织中遇到的新问题就越多，下属向上级的请示就越有必要、越经常；而此时上级能用于指导下属工作的时间和精力却越少，因为他必须花更多的时间去关注环境的变化，考虑应变的措施。因此，环境越不稳定，各层次主管人员的管理幅度就会越小。

按照管理幅度的大小及管理层次的多少，可形成两种组织结构模式：锥形结构与扁平型结构。所谓扁平结构，就是管理层次少而管理幅度大的结构，锥形结构恰好相反。

1. 锥形结构。锥形结构是指组织的管理幅度较窄而管理层次较多的结构，呈现出"高而瘦"的形态特征。锥形结构具有管理严密、分工明确、上下级易于协调的特点。锥形结构的优点在于：（1）纵向等级关系非常明确，有利于维护领导权威，有利于统一指挥；（2）结构严谨，职责分明，有利于上级对下级的监督和控制。但是，锥形结构也会给组织的管理工作带来一些问题，具体是：（1）管理层次多，管理人员多，造成管理费用增加；（2）组织内的信息传递速度缓慢，而且容易失真；（3）各层次之间以及各部门之间协调困难，容易互相推诿责任；（4）过多的上下级关系容易造成决策迟缓，对环境的适应能力较差。

由此可见，当组织的规模不断增大时，如果只是相应地增加管理层次，并不一定能够满足管理上的需要；相反，可能使组织越来越缺乏适应性和灵活性。所以，近年来，结构的扁平化为众多组织所推崇。

2. 扁平型结构。扁平型结构是指管理幅度宽、管理层次少的组织结构，显现出"扁而平"的特征。与锥形结构相比较，扁平结构具有以下优点：（1）管理层次少，管理人员减少，可以节省管理费用；（2）有利于上下级沟通，组织内信息传递快，信息失真的可能性较小；（3）随着管理幅度的增大，上级对下级的指导和监督减少，有利于锻炼下属的工作能力。

扁平结构的不足之处主要有：（1）由于管理幅度较大，每个主管人员的工作负担较大，不能对下属进行充分的指导和监督；（2）这种结构虽然有助于培养下属人员的独创性，但是一旦下属缺乏自律、过于独断时，就有可能导致失控。

第三节　组织结构

　　组织结构设计的结果就是设计和选择合适的组织结构形式。具体来说，组织结构就是表现组织各部分排列顺序、空间位置、聚集状态、联系方式以及各要素之间相互联系的一种模式，它是执行管理任务的体制。组织机构在整个组织管理系统中具有"骨架"作用，它使组织系统中的各种要素正常运转，使组织目标的实现成为可能。

　　组织结构形式没有一个统一、固定的模式，它是不断变化发展的，组织结构形式因组织、组织规模和组织内工作活动的特点等等而不同。不同组织会有不同组织结构形式，而且，同一组织在不同时期也会有不同的组织结构形式。常见的组织形式有以下几种。

一、直线制组织结构

　　直线制形式是一种最古老的组织形式，最初广泛在军事系统中得到应用，后推广到企业管理工作中来。如图 7-8 所示，直线制组织形式的突出特点是，组织的活动均由各级主管人员来直接进行指挥和管理，不设专门的参谋人员和机构，至多只有几名助理协助厂长（或经理）工作。组织的日常活动都是最高领导者的直接指挥下完成的。

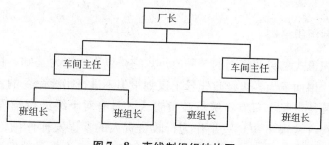

图 7-8　直线制组织结构图

　　直线制组织的优点是管理结构简单，管理费用低，指挥命令关系清晰、统一，决策迅速，责任明确，反应灵活，纪律和秩序的维护较为容易。但是，这种组织形式要求企业的各级领导者精明能干，具有多种管理专业知识和生产技能知识。现实中，每个管理人员的精力毕竟都有限，依靠主管个人的力量很难能对问题做出深入、细致、周到的思考。因此，管理工作就往往显得比较简单和粗放。同时，组织中的成员只注意上情下达和下情上达，成员之间和组织单位之间的横向联系比较差。另外，原胜任的管理者一旦退休，他的经验、能力无法立即传给继任者，再找到一个全能型又熟悉该单位情况的管理者立即着手工作也面临困难。直线制组织的缺点就源于它对管理工作没有进行专业化分工。

二、职能制组织结构

　　职能制组织形式的主要特点是，各级领导之下，按照专业分工设置管理职能部门，各部门在其业务范围内有权向下级发布命令和下达指示，下级领导者既服从上级领导者的指挥，也听从上级各职能部门的指挥。这种组织结构采用专业分工的职能管理者，代替直线制的全能管理者。在组织内部设立的各专业领域的职能部门和职能主管，在各自负责的业务范围内向直线系统直接下达命令和指示。职能制组织结构如图7-9所示。职能制结构有利于充分发挥专业人才的作用；专业管理工作可以做得细致、深入，对下级工作指导比较具体。职能机构的作用如若发挥得当，可以弥补各级行政领导人管理能力的不足。但是，这种职能制组织有一个明显的缺点，那就是"上头千条线，下边一根针"，容易形成多头领导，削弱统一指挥。有时各职能部门的要求可能相互矛盾，造成下级人员无所适从。

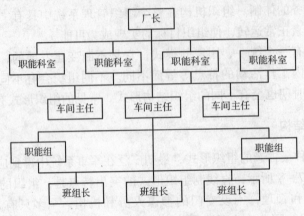

图7-9 职能制组织结构图

三、直线职能制组织结构

直线职能制组织形式是对职能制的一种改进。它是以直线制为基础，在保持直线制组织统一指挥的原则下，增加了为各级行政领导出谋划策但不进行指挥命令的参谋部门，所以称之为直线职能制。其特点是，只有各级行政负责人才具有对下级进行指挥和下达命令的权力，而各级职能机构（参谋机构）只是作为行政负责人的参谋发挥作用，对下级只起到业务指导作用。有些机构如人事、财务等部门，只有当行政负责人授予他们直接向下级发布指示的权力时，才拥有一定程度的指挥命令权，这也即前面所说的职能职权，这时的组织结构实际上演化为直线参谋。如图7-10所示。

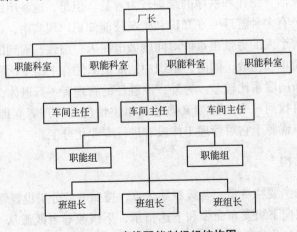

图7-10 直线职能制组织结构图

这种组织形式是在综合了直线制和职能制的优点，扬弃其缺点的基础上形成的。其优点是各级直线领导人员都有相应的职能机构和人员做参谋和助手，因而能够对本部门（单位）的生产、技术、经济活动进行有效的组织和指挥。同时，每个部门都是由直线领导人员，即主管人员统一领导和指挥，为发挥生产行政指挥系统作用提供了组织保证。其缺点是企业生产经营活动中许多问题需要许多部门协同解决，但是各部门由于分管不同的专业管理工作，观察和处理问题的角度不同，往往会产生种种矛盾，所以横向协调比较困难。又由于直线职能制各职能部门的意见只有通过直线行政领导人才能得到处理，这样一方面也贻误工作。为了克服这些弊端，直线领导可以在职能参谋部门的业务范围之内，授予他们一定程度的决策权、控制权和协调权，以利职能部门作用的发挥。

四、事业部制组织结构

事业部制又称分权组织，也称斯隆模型。它是在公司统一领导下，按产品或地区或市场（顾客）划分的统一进行产品设计、采购、生产和销售活动的半独立经营单位。事业部制是一种分权制的管理组织形式，实行相对的独立核算，拥有一定的经营自主权，设有相应的职能部门。它是在总公司控制下的利润中心，具有利润生产、利润计算和利润管理的职能，又是产品责任单位或市场责任单位，有自己的产品和独立的市场。按照"集中政策，分散经营"的管理原则，公司最高管理机构握有人事决策、财务控制、规定价格幅度、监督等大权，并利用利润等指标对事业部进行控制。事业部的经理根据总经理的指示进行工作，统一领导其主管的事业部和研制、技术等辅助部门。这种组织适用于规模巨大，产品种类较多，市场分布面较广的企业。如图 7 – 11 所示。

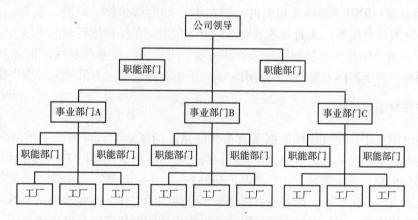

图 7 – 11　事业部制组织结构图

事业部制是适应公司规模扩大，产品品种增加，经营多样化，管理层次和部门增多，市场竞争加剧产生的。事业部的组织形式可按产品、顾客、地区标志划分。按产品划分的事业部，是在产品品种较多，各种产品都能形成独自市场的情况下采取的一种组织形式。按顾客（市场）划分的事业部，是在顾客类型和市场不同的情况下所采用的一种组织形式。按地区划分的事业部，是在销售地区广，工厂分散的情况下采取的一种组织形式。事业部内部的组织构成因公司的行业、规模、工厂或分支店分布、生产技术和历史情况而不同。

事业部制的优点是：经营单一产品系列，对产品生产和销售实行统一领导，独立经营，便于灵活地根据市场动向做出相应的决策，取得竞争的主动权，有利于公司最高管理者摆脱日常生产经营业务工作，专心致力于公司的战略决策和长期规划；有助于调动部门和职工的主动性和创造性，发展新产品，采用新技术，开拓市场，充分利用公司资源，有效控制产品成本和利润；有益于锻炼和培养管理人员，提高部门领导者的专业知识、领导能力和工作效率；便于公司考核和评定部门的生产经营成果，促进各事业部的利益与整个公司利益之间的协调一致。

事业部制的不足之处是：容易产生本位主义，由于允许事业部之间的竞争，造成事业部之间人员互换的困难，以及影响先进技术和科学管理方法的交流，并为总公司推进事业部组成统一经营系统带来困难，各事业部设置职能部门，造成管理机构重叠，管理人员浪费，增加了管理费用。

事业部制组织形式在欧美和日本大型企业中得到了广泛采用。但成功的经验表明采用事业部制应当具备以下一些基本条件。

1. 公司具备按经营的领域或地域独立划分事业部的条件，并能确保各事业部在生产经营活动中的充分自主性，以便能担负起自己的盈利责任。

2. 各事业部之间应当相互依存，而不能互不关联地硬拼凑在一个公司中。这种依存性可以表现为产品结构、工艺、功能类似或互补，或者用户类同或销售渠道相近，或者运用同类资源和设备，或具有相同的科学技术理论基础等。这样，各事业部门才能互相促进，相辅相成，保证公司总体的繁荣发达。

3. 公司能有效保持和控制事业部之间的适度竞争。因为过度的竞争可能使公司遭受不必要的损失。

4. 公司要能利用内部市场和相关的经济机制（如内部价格、投资、贷款、利润分成、资金利润率、奖惩制度等）来管理各事业部门。尽量避免单纯使用行政的手段。

5. 公司经营面临较为有利和稳定的外部环境。可以说，事业部制组织形式利于公司的扩张，但相对不利于整体力量的调配使用，因此不适宜在动荡、不景气的环境下使用。

五、矩阵制组织结构

矩阵制组织形式是在直线职能制垂直指挥链系统的基础上，再增设一种横向指挥链系统，形成具有双重职权关系的组织矩阵，所以称之为矩阵组织，如图 7 - 12 所示。为了完成某一项目（如航空、航天领域某型号产品的研制），从各职能部门中抽调完成该项目所必需的各类专业人员组成项目组，配备项目经理来领导他们的工作。这些被抽调来的人员，在行政关系上仍归属于原所在的职能部门，但工作过程中要同时接受项目经理的指挥，因此他实际上拥有两个上级。项目组任务完成以后，便宣告解散，各类人员回到原工作岗位。

这种组织结构的优点是，使组织管理中的纵向联系和横向联系很好地结合起来，加强了各职能部门之间的配合，及时互通情况，共同决策，使各项专业管理能够比较协调灵活地执行任务，提高工作效率；把不同部门的专业人员组织在一起，有助于激发人们的积极性和创造性，培养和发挥专业人员的工作能力，提高技术水平和管理水平；将完成某项任务所需要的各种专业知识和经验集中起来，有利于加速开发新技术和试制新产品，推广现代科学管理方法，同时也为组织综合管理和职能管理的结合提供了组织结构模式；这种组织结构具有较好的适应性和稳定性。它的缺点是由于在领导关系上的双重性，往往会发生一些矛盾。

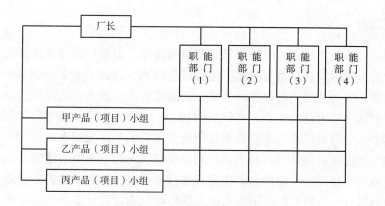

图 7 - 12　矩阵制组织结构图

20 世纪 50 年代末，为了执行巨大的军事生产计划，美国洛克希德飞机公司、休斯飞机公司等最先采用这种矩阵组织，以后逐渐推广到其他领域。这种组织形式，适用于某些需要集中各方面专业人员参加完成的项目或业务。

六、多维立体组织结构

多维立体组织结构由美国道—科宁（Dow Corning）化学工业公司于 1967 年首先建立。这种组织结构（见图 7 - 13）是直线职能制、矩阵制、事业部制和地区、时间结合为一体的复杂结构形态。

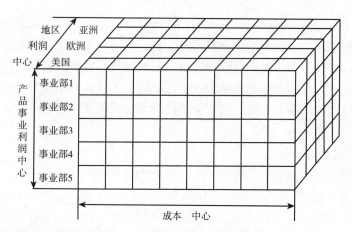

图 7 - 13　多维立体组织结构图

多维立体组织结构是从系统的观点出发建立的，它主要包括三类管理机构：（1）按产品划分的事业部，是产品利润中心。（2）按职能划分的专业参谋机构，是专业成本中心。（3）按地区划分的管理机构，是地区利润中心。

通过多维的立体组织结构，可使这三方面的机构协调一致，紧密配合，为实现组织的总目标匹配。多维立体组织结构适用于多种产品开发、跨地区经营的跨国公司或跨地区公司；可以为这些企业在不同产品、不同地区增强市场竞争力提供组织保证。

七、网络结构

网络结构是目前正在流行的一种新形式的组织设计，它使组织对于新技术、时尚，或者来自海外的低成本竞争能具有更大的适应性和应变能力。网络结构是一种很小的中心组织，依靠其他组织以合同为基础进行制造、分销、营销或其他关键业务的经营活动的结构。网络结构是小型组织的一个可行的选择。在网络结构中，组织的大部分职能从组织外"购买"，这给组织提供了高度的灵活性，并使组织集中精力做它们最擅长的事。

如图 7 – 14 是管理者将其经营的主要职能都外包出去的一种网络结构。该网络组织的核心是一个小规模的经理小组，他们的工作是直接监督公司内部开展的各项活动，并协调同其他制造、分销和执行网络组织的其他重要职能的外部机构之间的关系。从本质上讲，网络结构的管理者将大部分时间都花在协调和控制这些外部关系上。

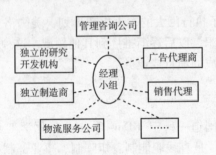

图 7 – 14　网络组织结构图

网络组织并不是对所有的组织都适用的，它比较适合于玩具和服装制造等企业。它们需要相当大的灵活性以应对时尚的变化做出迅速反应。网络组织也适合于那些制造活动需要低廉劳动力的公司。另外，网络组织所取得的设计上的创新很容易被窃取，因为创新产品要交由其他组织进行生产，保密工作无法保障。不过，借助于计算机手段，一个组织现在可以与其他组织直接进行相互联系和交流，这样就使网络结构日益成为一种可行的设计方案。

第四节　组织运行

通过组织结构设计有了一个稳固的、层次清晰的、系统分明的组织结构框架。但组织结构仅仅是一个"框架"，它不能自己运行。为此，就应通过在组织结构中相互作用的人们正确处理组织内不同成员之间的权力关系，正确处理直接主管和参谋的关系，正确发挥各种委员会的作用，达到组织的高效运行。

一、职权的划分与运用

（一）职位、职权、职责

职位（Position）就是相对固定地从事某种工作的岗位。设置职位应重在工作的划分。先将管理工作进行质的划分，然后将同质或近似的工作构成一个职位，并规定其职责、任务。职位的设置应包括职位名称、职责、工作关系和任用资格。

职权（Authority）是指经由一定的正式程序赋予某项职位的一种权力，即职务范围内的管理权限。职权与组织内的一定职位有关，而与担任该职位的管理者的个人特性无关。职权是一种职位权力而非个人权力，不会因主管人员的变动，而使该职位的权力发生变化。职权与职位是存在于一体的，某人离任后职权将保留在该职位中，并会给予新的任职者。

职责与职权具有对等的重要性。职责（Accountability）是某项职权应该完成某项任务的责任。职责是职权的结果和补充。处于某一职位的人，拥有其职位所赋予的职权，必然应履行其职责。

（二）职权的分类

管理者的职权有三种类型：

1. 直线职权（Line Authority）。即指挥权，指管理者指挥其下属工作的权力。正是这种上级—下级关系贯穿着组织的最高层到最低层，从而形成所谓的指挥链（Chain of Command）。在指挥链中每个链接处，拥有直线职权的管理者均有权指导下属人员的工作，并且无须征得他人意见而独立做出某些决策。当然，指挥链中每个管理者也都要听从其上级主管的指挥。

有时，"直线"一词也用来区分直线管理者与参谋人员、直线职能部门与参谋职能部门。在这种场合，直线一词用来强调对组织目标的实现具有直接贡献的那些组织职能的管理者（或部门）。如在制造企业中，直线管理者通常指负责生产与销售职能的人员，而人事和财会职能的管理人员则被看做是参谋管理人员。在饭店中，直线职能部门则是客房部和餐饮部。但在具体组织中，一位管理者的职能究竟是属于直线的还是参谋的，还要视组织的具体目标而定。

以上与我们对"直线"一词的定义并不矛盾，而是说明了该词的两种不同观察角度。每个管理者都对其下属拥有直线职权，但并非每个管理者都处于直线职能或职位中。后者的确定取决于该项职能是否直接贡献于组织的目标。

2. 参谋职权（Staff Authority）。当组织规模得到扩大并变得复杂后，直线管理者会发现他们没有足够的时间、全面的技能或办法使工作得到有效完成。为此，他们往往通过配置参谋职权职能来寻求支持和协助，为他们提供建议，并减轻他们的信息负担。参谋职权不是向其他部门或人员发号施令，不能决定而只能影响他人或集体的行为，它执行参谋职能，起助手作用。参谋的种类有个人与专业之分。前者即参谋人员，他们是直线人员的咨询人，协助直线人员执行某项职责。专业参谋，常为一个单独的组织或部门，即通常所说的"智囊团"（Think Tank）或"顾问班子"。它聚合了一些专家，运用集体指挥，协助直线主管进行工作。典型的参谋职权的特点是，参谋人员或参谋部门只对直线主管负责，没有指挥权，是一种辅助性职权。

3. 职能职权（Function Authority）。介于直线职权与参谋职权之间，是组织职权的一个特例。职能人员不直接参与组织的业务活动，而是给直线职能部门提供各种支持和帮助。

设置参谋职权，虽有助于直线管理者的正确决策，但毕竟决策仍需要直线主管做出，直线主管仍需要对具体事项进行具体的指导和监督。为了进一步改善和提高管理效率，主管人员可能将职权关系作某些变动，把一部分本属自己的直线职权授予参谋人员或某个部门的主管人员，这样便产生了职能职权。例如，一个公司的总经理可能授权财务部门直接向生产经营部门的负责人传达关于财务方面的信息和建议，也可能授予人事、采购、公共关系等顾问以一定的职权，让其直接向直线组织发布指示等。因此，职能职权是参谋人员或某部门的主管人员所拥有的原属于直线主管的一部分权力。

概括地讲，直线职权意味着做出决策、发布命令并付诸实施，是协调组织资源，保证组织目标实现的基本权力。参谋职权则仅意味着协助和建议的权力，是保证直线主管人员正确决策的重要条件。职能职权由于是直线职权的一部分，因此也具有直线职权的特点，但其职权范围小于直线职权；同时职能职权的行使者多为具有业务专长的参谋人员，因此有助于提高业务活动的效率。

在图7-15中，主管营销的副总经理对销售部经理、广告部经理和研发部经理拥有的是直线职权，广告部经理对分销经理（主管仪器和电器经理）拥有的是参谋职权，质检部经理对制造主管拥有的是职能职权。

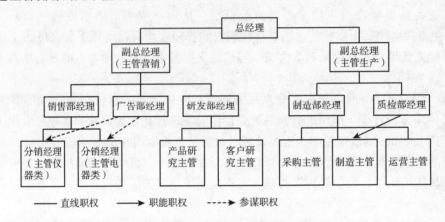

图7-15　直线、参谋和职能职权示意图

（三）职权的运用

1. 合理运用参谋职权：（1）建议权。参谋人员的权限仅限于提供建议、提案或协助，其意见可能得到有关人员的欢迎和采纳，也可能被置之不理。（2）强制协商权。此时参谋人员的影响力在一定程度上有所提高，也即有关人员在做出决定之前必须先询问和听取参谋人员的意见。处理这种关系的关键在于，要具体地规定在什么情况下参谋人员的意见应得到应有的重视，而又不限制直线主管人员的自主决定权。（3）共同决定权。这时参谋人员的权限提高到了足以影响有关人员自主决定权的程度。换句话说，有关人员不仅要在做出决定前认真地听取参谋人员的意见，而且在命令采取行动时还需得到参谋人员的同意和许可。这种权力常在企业必须确保某项决策得到专家评定的情况下采用。（4）职能职权。这是对直线主管人员行使决策和指挥权限的最高程度的限制。这种情况允许参谋人员对有关人员直接下达指示，而且这些指示要像来自直线主管的命令一样得到同等的重视。当然，这种指示也有可能被直线主管撤回，但在此之前它是绝对必须被执行的。这通常是在参谋人员的专门知识和技能是开展某项工作的重要条件的情况下采用。

2. 恰当地运用职能职权。合理利用和正确发挥参谋人员的作用需要注意如下几点：首先，要求明确直线与参谋的关系，分清双方的职权关系与存在价值，形成相互尊重、相互配合的良好基础；其次，必要时授予参谋机构在一定专业领域内的职能职权，以提高参谋人员工作的积极性；最后，直线经理要为参谋人员提供必要的信息条件，以便从参谋人员处获得有价值的支持。

总而言之，处理好直线与参谋之间的矛盾关系，一方面要求参谋人员经常提醒自己"不要越权"、"不要篡权"；另一方面，也要求直线经理尊重参谋人员所拥有的专业知识，自觉利用他们的工作，取长补短。

3. 合理配置直线、职能、参谋职权。直线、职能、参谋三种基本权力的合理配置，对于明晰组织内各单位、各部门之间的权责关系，保障组织结构运行有重要作用。如负责提供成果的部门主管人员，应是直线人员，对下属各单位有指挥命令权。为直线部门和人员获得预期成果而提供支持和服务的部门，应享有参谋职权和职能职权，而它以参谋职权为主，还是以职能职权为主，则要看其具体业务。总之，组织的各部门因所处的层次和所承担的工作不同，三种职权的运用特点也就不同，应将各种职权合理配置有机结合。

二、授权

（一）授权的含义

所谓授权，是指上级管理者随着职责的委派而将部分职权委让给对其直接报告工作的部属的行为。授权的本质含义就是：管理者不要去做别人能做的事，而只做那必须由自己来做的事。任何一个管理者，其时间、精力、知识和能力都或多或少是有限度的，一个人不可能事必躬亲去承担实现组织目标所必需的全部任务。授权可以使管理者的能力在无形中得以延伸。真正的管理者必须知道如何可以有效地借助他人的力量去实现组织的目标。

（二）授权应遵循的原则

科学、合理的授权过程是由四个有机联系的环节构成：

1. 任务的分派。管理者在进行授权的时候，需要确定接受授权的人即受权人所应承担的任务是什么，正是从实现组织目标而执行相应任务的需要出发才产生了授权的要求。

2. 职权的授予。即根据受权人开展工作、实现任务的需要，授予其采取行动或者指挥他人行动的权力。授权不是无限制地放权，而是委任和授放给下属在某条件下处理特定问题的权力。所以，必须使受权者十分明确地知道所授予他们的权限的范围。

3. 职责的明确。从受权人这一方来说，他在接受了任务并拥有所必需的权力后，相应地就有责任和义务去完成其所接受的任务，并就任务完成情况接受奖励或处罚。有效的授权必须做到使受权者"有职就有权，有权就有责，有责就有利"，并且授权前要遵循"因事择人，施能授权"和"职以能授，爵以功授"的原则正确地选择受权者，做到职、责、权、利、能相互平衡。

4. 监控权的确认。授权者应该明白自己对授予下属完成的任务执行情况负有最终的责任，为此需要对受权者的工作情况和权力使用情况进行监督检查，并根据检查结果调整所授权力或收回权力。可以说，建立反馈机制、加强监督控制，这是确保授权者对受权者的行为保持监控力的一项重要措施，也是授权区别于"放任自流"做法的一个重要方面。

有效的授权必须掌握以下原则：

1. 重要性原则。组织授权必须建立在相互信任的基础上，所授权限不能只是一些无关紧要的部分，要敢于把一些重要的权力或职权放下去，使下级充分认识到上级的信任和管理工作的重要性，把具体任务落到实处。

2. 适度原则。组织授权还必须建立在效率基础上。授权过少往往造成主管工作量过大，授权过多又会造成工作杂乱无序，甚至失控，所以不能无原则地放权。

3. 权责一致原则。组织在授权的同时，必须向被托付人明确所授任务的目标、责任及权力范围，权责必须一致，否则，被托付人要么可能会滥用职权并导致形式主义，要么会对任务无所适从，造成工作失误。

4. 级差授权原则。组织只能在工作关系紧密的层级上进行级差授权。越级授权可能会造成中间层次在工作上的混乱和被动，伤害他们的负责精神，并导致管理机构的失衡，进而破坏管理的秩序。

三、集权与分权

（一）集权、分权的含义

分权（Decentralized Organization）与集权（Centralization of Statepower）是用来描述组织中职权分布状况的一对概念。这里所谓的职权，是指组织设计中给某一管理职位所赋予的做出决策、发布命令和希望命令得到执行的权力。职权与组织内的一定职位相关，而与占据这个职位的人无关，所以它通常亦被称作制度权或法定权力。

职权在整个组织中的分布可以是集中化的，也可以是分散化的。职权的分散化，即称为"分权"。是指决策权在很大程度上分散到处于较低管理层次的职位上。与之对应，职权的集中化即"集权"，则是指决策权在很大程度上向处于较高管理层次的职位集中的这样一种组织状态和组织过程。

在现实中，既不存在绝对的分权，也不存在绝对的集权。因为绝对的集权意味着职权全部集中在一个人手中，这样的人不需要配备下级管理者，管理组织设计也就成为多余；而绝对的分权也不可能，因为上层管理者一旦没有了监督和管理的权利与义务，那也就没有必要设置这样的职位。管理组织的存在必然意味着某种程度的分权。集权和分权是两个彼此对立但又互相依存的概念，它们只能存在于一个连续统一体中。

（二）衡量集权与分权程度的标志

考察一个组织集权或分权的程度究竟多大，最根本的标志是要看该组织中各项决策权限的分配是集中还是分散的。具体地说，判断组织集权或分权程度的标志主要有以下几方面：

1. 所涉及决策的数目和类型。组织中低层管理者可以自主做决定的事项，如果数目越多，则分权程度就越高。同时，低层管理者所作的决策越具有重要性，影响范围越广泛，组织的分权程度也越高。趋于将较多和较大的决策权集中到高层的组织是集权化的，而只集中少量重大问题决策的组织则是相对分权化的。

2. 整个决策过程的集中程度。广义的决策是一个全过程的概念，而不仅仅指做出最终决定这一步骤。这样，组织中如果有不同的部门参与了决策信息的收集，或者决策方案的拟订和评价与决策方案的选择是相对分离的，决策制定和执行的过程受到了其他方面力量的监督，则这种组织中的决策权限就相对来说是比较分散的。而如果所有的决策步骤都由某主管一人来承担，这样的决策就较为集权。在决定做出之后、付诸执行之前，如果必须报请上级批准，那么分权程度就降低。而且，被请示的人越多且其所处层次越高，分权程度就越低。

3. 下属决策受控制的程度。主管人员如果对下属的活动进行高密度的监督和控制，则分权程度比较低。如果组织制定出许多细致的政策、程序、规则来对成员的决策行为加以影响，这样分权程度也降低。如果说下属的决策不受规章制度的约束，或者虽有规章制度，但内容较粗，给予人们的自由度较大，则分权程度就比较高。

（三）影响集权与分权的因素

集权或者分权不能简单地用"好"或"坏"来加以判断。在成功的企业中，既有许多被认为是相对分权的企业，也有许多被认为是相对集权的企业。因此，并不存在着一个普遍的标准，可以使管理者依据它来判断应当分权到什么程度，或是应当集权到什么程度。确定一个组织中集权或分权的合理程度，需要考虑如下几方面因素。

1. 经营环境条件和业务活动性质。如果组织所面临的经营环境具有较高的不确定性，处于经常变动之中，组织在业务活动过程中必须保持较高的灵活性和创新性，这种情况就要求实行较大程度的分权。反之，面临稳定的环境和按常规开展业务活动的组织，则可以实行较大程度的集权。

2. 组织的规模和空间分布广度。组织规模较小时，实行集权化管理可以使组织的运行取得高效率。但随着组织规模的扩大，其经营领域范围甚至地理区域分布可能相应地扩大，这就要求组织向分权化的方向转变。

3. 决策的重要性和管理者的素质。一般而言，涉及较高的费用支出和影响面较大的决策，宜实行集权，重要程度较低的决策可实行较大的分权。组织中管理人员素质普遍较高，则分权具备比较好的基础。

4. 对方针政策一致性的要求和现代控制手段的使用情况。鉴于集权有利于确保组织方针政策的一致性，所以在面临重大危机和挑战时，组织往往会采取集权的办法。另外，拥有现代化通信和控制手段的组织，在职权配置上经常会呈现两个方向的变动：一是重要和重大问题的决策可以实行更大程度的集权，二是次要问题的决策则倾向于更大程度的分权。

5. 组织的历史和领导者个性的影响。严格地说，这些是对组织集权或分权程度的现实影响因素。如果组织是在自身较小规模的基础上逐渐发展起来，并且发展过程中亦无其他组织的加入，那么集权倾向可能更为明显。因为组织规模较小时，大部分决策都是由最高主管直接制定和组织实施的，这种做法可能延续下来。相似地，组织中个性较强和自信、独裁的领导者，往往喜欢其所辖部门完全按照自己的意志来运行，这时集权就是该类组织经常会出现的状态。对这些现实的影响组织职权配置状态的因素，应该辩证地加以看待。现实的未必就是合理的，但现实的往往是不得不遵从的。

四、委员会

作为组织工作的一种形式，组织中存在着多种多样的委员会。委员会（Committee）由一群人所组成。委员会中各个委员的职权是平等的，并依据少数服从多数的原则决定问题。它的特点是集体决策、集体行动。

委员会是由一些具有丰富经验和知识背景的专家跨部门组成的一种组织结构。它既可以是临时性的，也可以是长久性的。前者类似于任务小组，后者却具有稳定持久性。委员会成员一般固定地归属于某个职能部门，他们通过定期、不定期地开会，并针对一些具体问题提出建议或进行决策、协调事务、研究可行性报告等。委员会可以是正式的，可以作为组织结构的一个组成部分存在，具有专门的职责和权力；委员会也可以是非正式的，可以在没有具体授权情况下，为对某一具体问题进行集体讨论而临时组织起来。显然，这种设计是一个用来调控组织运行的有效手段。

委员会的优点是：可以充分发挥集体的智慧，避免个别领导人的判断失误；少数服从多数，可防止个人滥用职权；地位平等，有利于从多个层次、多种角度考虑问题，并反映各方面人员的利益，有助于沟通和协调；可在一定程度上满足下属的参与感，有助于激发组织成员的积极性和主动性。委员会的缺点是：做出决定往往需要较长时间；采用集体负责，个人责任不清；有委曲求全、折中调和的危险；有可能为某一特殊成员所把持，形同虚设。

委员会对于处理权限争议问题和确定组织目标是比较好的一种形式。

第五节　组织变革

一个组织要能够长期生存、发展、壮大，就必须根据外部环境及内部条件的变化而适时地调整其目标与组织结构，这样才能更好地适应组织内外条件变化的要求。组织变革实际上是而且也应该是组织发展过程中的一项经常性的活动。

一、组织变革

（一）组织变革（Organization Transform）的含义

组织是一个由众多因素组成的有机体，如同其他机体一样，经历着一个初生、成长、成熟、独特成就的过程。同时，它又是社会系统中的一个子系统，一旦组织内部因素以及其所处的外界环境发生变化，组织要想求得生存和发展，就必须对组织进行变革。组织变革是组织成长过程中的一个特殊阶段。这是指组织发展到一定时点，组织原有的运作方式与组织的实际情况会严重不符，从而发生成长危机。此时，组织的内在机制要求组织的运作方式发生革命性的改革。这种改革就是组织变革。组织变革是组织的一种本性的、质的、剧烈的、跳跃式的改革。

（二）组织变革的原因

1. 组织外部环境（Organizational External Environment）的变化。（1）整个宏观社会经济环境的变化。诸如政治、经济政策的调整、经济体制的改变以及市场需求的变化等等，都会引起组织内部深层次的调整和变革。（2）科技进步的影响。知识经济的社会，科技发展日新月异，新产品、新工艺、新技术、新方法层出不穷，对组织的固有运行机制构成了强有力的挑战。（3）资源变化的影响。组织发展所依赖的环境资源对组织具有重要的支持作用，如原材料、资金、能源、人力资源、专利使用权等。组织必须要能克服对环境资源的过度依赖，同时要及时根据资源的变化顺势变革组织。（4）竞争观念的改变。基于全球化的市场竞争将会越来越激烈，竞争的方式也将会多种多样，组织若要想适应未来竞争的要求，就必须在竞争观念上顺势调整，争取主动，才能在竞争中立于不败之地。

2. 组织内部条件（Organizational Internal Environment）的变化。（1）组织机构适时调整的要求。组织机构的设置必须与组织的阶段性战略目标相一致，组织一旦需要根据环境的变化调整机构，新的组织职能必须得以充分的保障和体现。（2）保障信息畅通的要求。随着外部不确定性因素的增多，组织决策对信息的依赖性增强，为了提高决策的效率，必须通过变革保障信息沟通渠道的畅通。（3）克服组织低效率的要求。组织长期一贯运行极可能会出现 X-非效率现象，其原因既可能是由于机构重叠、权责不明，也有可能是人浮于事、目标分歧。组织只有及时变革才能进一步制止组织效率的下降。（4）快速决策的要求。决策的形成如果过于缓慢，组织常常会因决策的滞后或执行中的偏差而坐失良机。为了提高决策效率，组织必须通过变革对决策过程中的各个环节进行梳理，以保证决策信息的真实、完整和迅速。（5）提高组织整体管理水平的要求。组织整体管理水平的高低是竞争力的重要体现。组织在成长的每一个阶段都会出现新的矛盾，为了达到新的战略目标，组织必须在人员的素质、技术水平、价值观念、人际关系等各个方面都做出进一步的改善和提高。

（三）组织变革的类型

根据计划和控制程度、变革范围和变动程度、变革内容等不同的关注角度，可以把组织变革分类如图 7-16 所示：

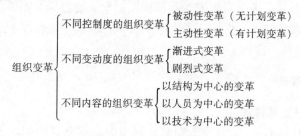

图 7-16 组织变革的类型

二、组织变革的内容

组织变革的内容一般有以下几个方面。

（一）以组织结构为中心的变革

以结构为中心的变革即以组织为主要变革对象而开展的组织变革，组织结构问题的实质是如何正式划分、归类和协调工作任务，如何优化工作过程、控制跨度和各种组织设计等，组织结构应当随着其环境、关联性因素和结构性因素的变化而发生相应变化。

以组织结构为中心的变革主要涉及对组织复杂度、规范度和集权度三个维度内容的调整。组织复杂度的变革，主要涉及组织的分工程度、管理的跨幅、协作方式、工作设计、部门化、组织结构类型等内容的变革；组织规范度的变革主要涉及组织管理制度、薪酬制度、绩效考评制度等各种工作行为规则和标准内容；组织集权度的变革主要涉及组织决策权的集中与分散程度，组织层级和指挥链，直线权力、职能权力与参谋权力的关系，内部控制关系等内容。

（二）以技术为中心的变革

以技术为中心的变革主要是指由于引进一种机器或由于引进一种人—机系统所引起的变革，这种技术的改变可以促使组织发生变革。这时，企业组织的变革，就必然包含着技术内容的变化。这类变革在广义上包括组织的生产或工作技术、管理技术、战略与运作技术等多方面软、硬技术的变革。在狭义上则主要是指新的生产技术、新的设备、新的工艺流程、沟通系统改进、自动机器对人的替代等技术水平层面改进所带来的组织变革活动。技术水平是一个组织效率与活力的主要表现要素，以技术为中心的变革不仅关系到组织吸纳有益知识应用于生产和工作过程的能力改进，对组织运行的成本、效率等经济性影响和贡献问题，而且还涉及技术更新对人的认知能力，对组织的功能、结构、活动等组织技术环境内容的影响与互动问题。

（三）以人员为中心的组织变革

以人员为中心的变革是以组织成员的工作能力和行为意向的提高为重心而开展变革活动，主要涉及对人们观念、态度、行为、期望、技能的改变。组织的各种人员是组织完成各项活动的基本力量，其行为在很大程度上影响着组织的行为。因此，组织成员行为的变化是组织变革的一项基本内容，它既包括思想教育方面的内容，又包括沟通等管理技术，也包括提高个人与其他人配合完成指定任务的能力。这种变革方法的共同特征是：它们都设法带来组织成员内部或相互关系的改变。这类组织变革主要通过决策、沟通等方式方法来改变组织成员的行为和态度。这类变革主要涉及对员工进行培训，核定工作标准，改进规章制度和工作程序，提高员工工作能力，合理组织生产工作活动，改进员工对群体和组织价值文化的认知，转变自身的观念态度，接受组织的变革目标，把个人的目标、需要与组织的目标要求结合起来，正确处理个人、群体、组织三者之间的关系，激励个人恪尽职守，为组织作出更大贡献等内容。

三、组织变革的实施

（一）卢因的组织变革模式

库尔特·卢因（Kurt Lewin，又译为勒温）是组织变革理论的创始人。卢因的三步骤过程是将变革看作是对组织平衡状态的一种打破，即解冻。解冻一旦完成，就可以推行本身的变革，但仅仅引入变革并不能确保它的持久，新的状态需要加以再冻结，这样才能使之保持一段相当长的时间。因此再解冻的目的是通过平衡驱动力和制约力两种力量，使新的状态稳定下来。如图 7-17 所示。

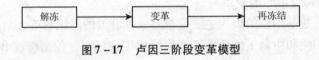

图 7-17 卢因三阶段变革模型

三阶段变革的具体内容

第一阶段：解冻（unfreezing）——创造变革的动力。

组织必须清醒地认识到新的现实，与过去决裂，承认旧的做事方式不再可接受。组织在与那些不再发挥作用并要设法打破的结构和管理行为分开之前，要接受一个新的未来愿景将十分困难。

机制1：必须确定地否定目前的行为或态度或者在一段时间内不再强化或肯定。

机制2：这种否定必须建立足够的、能产生变革的迫切感。

机制3：通过减少变革的障碍，或通过减少对失败恐惧感来创造心理上的安全感。

第二阶段：变革（changing）——指明改变的方向，实施变革，使成员形成新的态度和行为。

组织创造并拥有一种未来愿景，并综合考虑达成这一目标所需要的步骤。安排变革的一个首要步骤是将整个组织团结在一个凝聚人心的愿景之下。这个愿景不仅包括其使命、哲学和战略目标的某种陈述，而且它旨在非常清晰地勾画出组织理想的未来样子。它被比喻为

"组织梦——发挥想象力，鼓励人们对可能的情况进行再思考"。

机制1：对角色模型的认同。即学习一种新的观点，或确立一种新的态度的最有效的方法，就是观看其他人是如何做的，并以这个人作为自己形成新态度或新行为的榜样。

机制2：从客观实际出发，对多种信息加以选择，并在复杂的环境中筛选出有关自己特殊问题的信息。

第三阶段：再冻结（refreezing）——稳定变革。

当新的态度、实践与政策用于改变公司时，它们必须被"重新冻结"或固化。再冻结即把组织稳定在一个新的均衡状态，目的是保证新的工作方式不会轻易改变，这是对支撑这一变革的新行为的强化。

机制1：让成员有机会来检验新的态度和行为是否符合自己的具体情况。成员一开始对角色模型的认同可能很小，应当用鼓励的办法使之保持持久。

机制2：让成员有机会检验与他有重要关系的其他人是否接受和肯定新的态度。群体成员彼此强化新的态度和行为，个人的新态度和新行为可以保持更持久些。

（二）组织变革的程序

为了使组织的变革富有成效，必须确定组织变革的程序。组织变革的程序包括以下四步。

1. 通过组织诊断，发现变革征兆。组织变革的第一步就是要对现有的组织进行全面的诊断。这种诊断必须有针对性，要通过搜集资料的方式，对组织的职能系统、工作流程系统、决策系统以及内在关系等进行全面的诊断。组织除了要从外部信息中发现对自己有利或不利的因素之外，更主要的是能够从各种内在征兆中找出导致组织或部门绩效差的具体原因，并确立需要进行整改的具体部门和人员。

2. 分析变革因素，制订改革方案。组织诊断任务完成之后，就要对组织变革的具体因素进行分析，如职能设置是否合理、决策中的分权程度如何、员工参与改革的积极性怎样、流程中的业务衔接是否紧密、各管理层级间或职能机构间的关系是否易于协调等等。在此基础上制订几个可行的改革方案，以供选择。

3. 选择正确方案，实施变革计划。制订改革方案的任务完成之后，组织需要选择正确的实施方案，然后制定具体的改革计划并贯彻实施。推进改革的方式有多种，组织在选择具体方案时要充分考虑到改革的深度和难度、改革的影响程度、变革速度以及员工的可接受和参与程度等等，做到有计划、有步骤、有控制地进行。当改革出现某些偏差时，要有备用的纠偏措施及时纠正。

4. 评价变革效果，及时进行反馈。组织变革是一个包括众多复杂变量的转换过程，再好的改革计划也不能保证完全取得理想的效果。因此变革结束之后，管理者必须对改革的结果进行总结和评价，及时反馈新的信息。

四、组织变革的阻力及克服

（一）反对组织变革的现象

在对组织变革的过程中，组织关系的变化和利益的调整是必然的，因此总会有人反对这些变化和调整，他们以各种各样的方式表现出对变革的抵制。这种抵制一方面有其积极的作用，它使变革有了参照，否则变革则会混乱和随意，因为变革也是管理权变思想的体现，要根据条件和环境的需要来变革。另一方面这种抵制形成对组织变革的阻力，有其消极的作用。

组织变革常常会遇到来自各个方面的抵制和反对。常见的抵制现象有：

1. 生产量、销售量和经济效益持续下降。

2. 消极怠工、办事拖拉、等待。

3. 离职人数增加。

4. 发生争吵与敌对行为，人事纠纷增多。

5. 提出许多似是而非的反对变革的理由，等等。组织变革阻力产生的原因在于人们害怕变革的风险，认为变革不符合组织的最佳利益或是害怕变革给自己的利益带来冲击。

（二）抵制组织变革的原因

惯性是组织变革的阻力，组织变革是一种打破常规的做法和改变过去习惯的过程，而人们的行为很容易重复过去，人们的认识很容易按照常规进行，人们的观念往往是建立在过去的基础上，人们的思维也往往习惯于采用已熟悉了的方式。人们习以为常的做法和习惯形成了惯性，这种惯性有两种：一是组织惯性；二是个体惯性。

1. 组织惯性抵制变革。变革就意味着抛弃一些旧的行为、认识、观念和思维，而采用新的行为、认识、观念和思维，意味着各类资源在组织中的重新分配。因此，组织变革首先会受到来自组织惯性的阻碍。

造成组织抵制变革的原因有以下几方面：（1）稳定运行的管理体系。在组织的管理体制上，长期形成的领导方式、组织体系、计划与控制体系，在其运行中，可能有许多人认为存在有碍于效率和效益提高的部分和环节，但大家已经适应和习惯了，在稳定的运行中，管理体制都有不易改变、维持原习惯做法的倾向。（2）固定的标准业务流程和协调关系。组织在以往长期的探索、尝试、运作过程中，各个部门，各个岗位，各个工作环节之间，形成了一套相对固定的、成熟的、大家都熟悉的业务流程、协调关系以及利益关系。它们之间的关系以标准固定下来，改变其中一个部分或一个环节就会影响整个过程，这是组织结构带来的惯性。（3）组织文化的定式。组织文化是需要很长时间才能形成，而一旦形成，它又常常成为牢固和不易改变的，员工一旦已经融合到组织文化中，其价值观念、行为方式将会带有一定的定式，这是文化带来的惯性。（4）对专业知识的威胁。组织变革可能会威胁到某些专业化群体的专业知识。如当组织改变经营方向时，可能使原有的专业化群体人员的专业知识不能在新组织中发挥作用，而引起这些专业群体人员的集体抵制。（5）对已有权力关系的威胁。任何组织变革都会带来权力的重新分配，它可能会引起组织内部经过长时间建立起来的部门与部门、岗位与岗位、职位与职位之间职权关系的变化。这种变化会引起一些管理者原有职权的变化，而引起对变革的抵制。（6）固定的管理者职业生涯途径。如果组织的最高管理层的管理者是由于他们是按照组织过去的套路成为管理者，他们自然不愿意尝试新的变化，即使他们已经意识到了这些套路的缺陷。如果管理者是依靠变革而成为最高管理层的管理者的，那么他还会不断地继续变革。组织变革的推动者是高层管理者。（7）缺乏变革经验或能力。许多组织面对变化的环境，缺乏变革经验或能力而选择了抵制也是客观现实。特别是一些长期受垄断保护的组织，他们从未面临过组织环境的重大变迁或者是激烈的竞争压力。这些组织面对解除管制的、新的、侵犯性的竞争者出现时，由于缺乏经验或能力，其最先反应就是抵制变革。

2. 个体惯性抵制变革。个体惯性是组织个体在组织中长期形成的习以为常的特性。而当变革威胁到个体惯性时，个体会抵制变革。（1）对习惯的威胁。个体面对组织变革的惯性有很大一部分来自于人类本性中的惰性。人们生活本身已经够复杂的了，为了应付这复杂的生活局面，我们往往依赖于习惯或者固定的常规反应来减少我们的工作量，我们没有必要每天为所需做出新认识和新的决定，只要我们有经验，按照过去的习惯做就可以了。人们总倾向于"习惯"或"他们自己的方式"之中，总有安于现状的习性。但当我们面对变革的时候，往往需要的是重新的认识、重新的决定和新方式，需要的是打破常规，这时，习惯是变革的阻力。（2）对安全的威胁。安全也是人们追求的一种需求，那些对安全有很高需求的人，很容易抵制变革，因为变革可能会威胁到他们的工作岗位，使他们失去安全感。（3）对经济利益威胁。组织变革会威胁到组织成员的经济利益时，就受到组织成员的抵制。从经济利益的收入上，在原有组织中获得利益越多的成员，他们越反对变革。从年龄结构上，老年员工比年轻的员工更加反对变革，因为他们会更加担心个人收入会有所降低。从变革后工作的完成上，特别是当报酬与生产效率密切相关时，如果员工担心他们无法按以前的标准完成变革后的工作时，变革会引起员工的抵制。（4）对确定性的威胁。变革是用模糊和不确定的东西代替已知的东西。未来的不确定性会使员工感到他即将要承担的风险。特别是对抗风险能力或意识较弱的员工，他们对不确定性有一种天生的厌恶感。由此会对变革产生消极态度，并在被要求变革时表现出不配合的行为。（5）对情感的威胁。这是情绪上对变革的抵制，因对发起变革的管理者抱有成见而反对变革。有时人们反对变革，并不一定表示他们反对变革本身，而是对发动这场变革的管理者本人抱有成见，看到自己所不喜欢的人发动了这场变革，就感到从感情上接受不了，转而对变革产生抵制。

（三）消除抵制的方法

斯蒂芬·罗宾斯提出了六种降低组织变革阻力的策略，供管理者来应付和处理变革阻力时参照使用。

1. 教育和沟通。通过与员工们进行沟通，帮助他们了解变革的理由，让员工了解到全部的事实，包括组织现状、外部环境的威胁等，统一他们的认识，就会使改革阻力得以降低。

内容：向员工个人、小组甚至整个企业说明变革的必要性和合理性。

适用环境：企业内部缺乏对变革的了解或正确理解和分析，缺乏沟通，并且员工与管理层之间相互信任。

有利之处：人们一旦被说服，就会推动变革向前发展。

不利之处：如果涉及人很多，就会很费时间。

2. 参与。个体很难抵制他们自己参与做出的变革决策，因此应该吸收更多的有关人员参与变革的计划，特别是吸收持反对意见者参加，这不仅可以提高决策的科学性，也可以获得承诺，以降低阻力。但是，它也会产生一些负面影响：有可能产生很糟糕的决策，并且浪费了很多时间。

内容：让企业内部员工特别是持反对意见者参与变革设计。

适用环境：来自除改革推进者外的其他人的阻力很强大。

有利之处：提高了人们积极参与变革的积极性，并且把自己的专长和知识融入变革计划中。

不利之处：由于有反对者参加，如果做出不正确的决策会很麻烦，并且会很费时间。

3. 促进与支持。变革推动者可以提供一系列支持性措施以减少阻力。当员工对变革的恐惧和忧虑很强时，做一些有利于员工调整心态的事情，如技能培训或短期带薪假期等，会减轻他们的恐惧和忧虑。

内容：为受变革影响的员工提供感情支持和理解。

适用环境：人们对变革表现出不适应。

有利之处：变革肯定会遇到适应问题，从心理和感情上减轻不适应。

不利之处：可能很费时间和精力，最后仍然失败。

4. 协商。如果阻力集中在少数有影响的个人中，可以通过协商，使这些人的需要得到满足，从而降低变革的阻力。

内容：与有可能反对变革的人商谈，可以通过满足一些需要来赢得理解。

适用环境：只要付出一定的代价，人们可以减少变革阻力。

有利之处：这是一种相对容易的消除变革阻力的方法。

不利之处：如果引起更多的人提出有条件地变革，代价就会更大。

5. 操纵与合作。操纵是指通过影响力使员工接受变革。合作是变革的推进者寻求与变革中关键人的合作，使关键人认可变革。

内容：通过影响力使员工接受变革；与变革关键人进行合作。

适用环境：如果其他手段不起作用或代价太大的话。

有利之处：有可能是一种对付阻力的便捷方法。

不利之处：如果人们意识到被操纵会给变革带来新问题。

6. 强制。它是直接对抵制者实施威胁和压力。强制很容易被看成是一种无能，从而不利于变革推动者的威信。

内容：用解雇、调换工作和不给晋职等手段强制抵制者服从变革。

适用环境：变革进入关键时刻并且变革发起人拥有相当的权力。

有利之处：能够迅速有效地消除阻力。

不利之处：如果引起人们对变革领导的不满，会影响他的威信。

思 考 题

1. 组织设计的任务是什么？进行组织设计要完成哪些工作？

2. 组织设计要遵循哪些原则？

3. 影响管理幅度的因素主要有哪些方面？

4. 影响集权与分权的主要因素有哪些？过分集权有何弊端？

5. 直线人员和参谋人员为什么会发生矛盾？应如何发挥参谋人员的作用？

6. 组织结构有哪几种基本类型？

7. 事业部的基本特征是什么？

8. 阻碍组织变革的阻力有哪些？如何进行组织变革？

能力训练

画出您所在的学校的组织结构图，描绘出其职权配置方式，你如果是学生会干部或班干部，为自己制定一个职位说明书，为学校未来的组织变革提出自己的意见或建议，对学校的组织文化建设发表自己的看法。

案例分析

资料：

巴恩斯医院

下面这一事件发生在天气凉爽的 10 月的某一天，地点在圣路易斯的巴恩斯医院。

黛安娜·波兰斯基给医院的院长戴维斯博士打来电话，要求立即作出一项新的人事安排。从黛安娜的急切声音中，戴维斯能感觉到发生了什么事。他告诉她马上过来见她。大约 5 分钟后，黛安娜走进了戴维斯的办公室，递给他一封辞职信。

"戴维斯博士，我再也干不下去了，"她开始申述："我在产科当护士长已经四个月了，我简直干不下去了。我怎么能干得了这工作呢？我有两个上司，每个人都有不同的要求，都要求优先处理。要知道，我只是一个凡人。我已经尽最大的努力适应这种工作，但看来这是不可能的。让我给举个例子吧。请相信我，这是一件平平常常的事。像这样的事情，每天都在发生。

"昨天早上 7：45 我来到办公室就发现桌上留了张纸条，是达纳·杰克逊（医院的主任护士）给我的。她告诉我，她上午 10 点钟需要一份床位利用情况报告，供她下午向董事会作汇报时用。我知道，这样一份报告至少要花一个半小时才能写出来。30 分钟以后，乔伊斯（黛安娜的直接主管，基层护士监督员）走进来问我为什么我的两位护士不在班上。我告诉她雷诺兹医生（外科主任）从我这要走了她们两位，说是急诊外科手术正缺人手，需要借用一下。我告诉她，我也反对过，但雷诺兹坚持说只能这么办。你猜，乔伊斯说什么？她叫我立即让这些护士回到产科部。她还说，一个小时以后，她会回来检查我是否把这事办好了！我跟你说，戴维斯博士，这种事情每天都发生好几次的。一家医院就只能这样运作吗？"

问题：

1. 戴维斯博士能做些什么来改进现状？

2. "巴恩斯医院的结构并没有问题。问题在于，黛安娜·波兰斯基不是一个有效的监督者。"对此，你是赞同还是不赞同？提出你的理由。

提示：

从组织结构设计、职权体系分配等角度进行讨论。

第 八 章

人力资源管理与团队建设

知识目标

通过本章学习能够了解人力资源的定义和特征，团队的定义、作用和类型；理解人力资源规划的流程以及薪酬管理和职业生涯发展的阶段，人力资源管理的定义及作用；掌握员工招聘、培训、绩效评估的流程和方法，高效团队的特征及团队建设的阶段。

能力目标

通过本章学习，学生应能够运用人力资源管理理论解决员工招聘、培训和考核工作等问题；懂得如何建立一支高效的团队。

管理定律之十二

特雷默定律

英国管理学家 E. 特雷默提出：每个人的才华虽然高低不同，但一定是各有长短，因此在选拔人才时要看重的是他的优点而不是缺点，利用个人特有的才能再委以相应责任，使各安其职，这样才会使诸方矛盾趋于平衡。否则，职位与才华不能适合，使应有的能力发挥不出，彼此之间互不信服，势必造成冲突的加剧。在一个团队中，每个人各有所长，但更重要的是领导者能将这些人依其专长运用到最适当的职位，使其能够发挥自己所长，进而让整个组织繁荣强盛。

启　示

组织里没有无用的人才，只有不会用人的人。

第一节　人力资源管理概述

随着科学技术的发展，人力资源已成为组织乃至国家的第一资源，并将成为 21 世纪组织管理的核心，而人力资源管理则是决定一个组织中人力资源水平的关键因素。从 20 世纪 60 年代开始，人力资源管理逐渐代替人事管理成为组织管理发展的一个显著趋势。

一、人力资源的含义及特征

（一）人力资源的含义

人力资源是与自然资源、物质资源或信息资源相对应的概念，有广义与狭义之分。狭义的人力资源指一个社会在一定区域范围内为社会创造物质财富和精神财富、推动经济与社会发展的具有智力劳动和体力劳动能力的人们的总称。广义的人力资源是以人的生命为载体的社会资源，凡是智力正常的人都是人力资源。本教材主要探讨狭义的人力资源。狭义的人力资源强调了以下几方面：

1. 人力资源是社会财富创造过程中一项重要要素，离开了人力资源，也就无所谓社会生产、社会财富的创造。

2. 人力资源的本质是劳动者具有创造财富的能力，人对财富的形成能起贡献作用的不是别的方面，而是人所具有的知识、技能、经验、体能等素质，在这个意义上，人力资源的本质就是能力，人只不过是一个载体而已。

3. 人力资源是个时空概念，如某一时间某个国家或地区的人力资源，或者某个组织、部门的人力资源。

4. 人力资源包括数量和质量两个方面，是质和量的统一。

（二）人力资源的特征

1. 能动性。劳动者总是有目的、有计划地运用自己的劳动能力。有目的地活动，是人类劳动与其他动物本能活动的根本区别。劳动者按照在劳动过程开始之前已确定的目的，积极、主动、创造性地进行活动。人，作为人力资源的载体，既是价值创造的客体，又是价值创造的主体，它在价值创造中总是处于主动的地位，是劳动过程中最积极、最活跃的因素。

2. 再生性。从劳动者个体来说，他的劳动能力在劳动过程中消耗之后，通过适当的休息和补充需要的营养物质，劳动能力又会再生产出来；从劳动者的总体来看，随着人类的不断繁衍，劳动者又会不断地再生产出来。因此，人力资源是取之不尽用之不竭的资源。它能够实现自我补偿，自我更新，持续开发。这就要求人力资源管理要注重终身教育，加强后期培训与开发以及医疗保健等。

3. 时效性。人是人力资源的载体。人是有生命周期的，人的生命周期决定了人力资源开发的时效性，人力资源的开发利用必须遵循人的生命周期规律，以取得最好的效果①。

4. 社会性。因为人所具有的体力和脑力明显地受到时代和社会因素的影响，从而具有社会属性。社会、政治、经济和文化的不同，必将导致人力资源质量的不同。

5. 双重性。人既是物质财富的创造者，又是为了维持生存而必须进行物质消费的消费者。它具有既是生产者又是消费者的双重性。

二、人力资源管理

"人力资源管理"是德鲁克在1954年提出人力资源的概念之后出现的，对于它的含义，国内外的学者也给出了诸多的解释。

（一）人力资源管理含义

人力资源管理是根据心理学、社会学、管理学等所揭示的人的心理及行为规律，运用现代化的科学方法，对人力资源进行合理的组织、培训、开发与调配，使人力与物力保持协调，同时对人的思想、心理和行为进行激励和控制，充分发挥人的主观能动性，使人尽其才，事得其人，人事相宜，以实现组织的战略目标②。

人力资源管理与传统的人事管理相比较，人力资源管理是以人为核心，把人作为资源放在战略的高度，强调人的积极性和创造性，以实现组织的战略目标。

（二）人力资源管理的过程

在人力资源管理活动中，吸引员工、留住员工，激励员工是人力资源管理的三大目标，人力资源管理就是围绕这三大目标而展开的，主要包括人力资源规划、人员招聘、培训开发、绩效考核、薪酬和职业发展管理等过程。如图8-1所示。

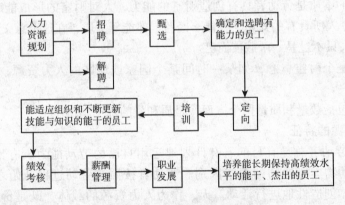

图8-1　人力资源过程与内容

资料来源：斯蒂芬·P·罗宾斯等：《管理学》，中国人民大学出版社2001年版，第283页。

（三）人力资源管理的作用

随着市场经济的发展、社会化大生产的突飞猛进，人力资源的战略地位日益重要。人力资源管理的作用表现在以下几个方面：

---

① 姜真等：《现代企业管理》，清华大学出版社2007年版，第126页。
② 姜真等：《现代企业管理》，清华大学出版社2007年版，第128页。

1. 人力资源管理正成为管理的核心。在生产力诸要素中，人是最重要的要素。作为人类社会的第一资源，人力资源管理在整个组织管理中居于非常重要的地位，是整个管理环节中非常重要的一环，它正在成为组织管理的核心内容。

2. 人力资源管理是提高职工工作绩效最重要的手段。员工的工作绩效取决于组织的生产条件、员工的技能和工作积极性，其中员工的工作积极性是最重要的因素。改善员工的工作积极性和工作行为，可以大幅度提高工作的绩效。因此，人力资源管理已成为提高劳动生产率和组织工作绩效的主要途径。

3. 人力资源管理是组织保持持久竞争力的重要途径。人是组织最宝贵的物质和精神财富，不同的人才结构和组合，决定了组织在一个时期内的人才质量和管理经营水平；对人才进行合理培训、开发，满足组织发展需要，使人才始终保持与组织发展相匹配，则是组织上保持长盛不衰的重要手段。

4. 人力资源管理是组织所有主管人员的职责。人力资源管理部门介入战略层次制定政策的活动，为部门主管提供了支持和服务，帮助他们完成人力资源管理活动。因此，组织的人力资源管理是组织所有管理人员的共同职责。

第二节　人力资源管理的内容

一、人力资源规划

"凡事预则立，不预则废"，意思是说在做任何事情的时候，如果想要取得成功就必须提前做好计划，否则往往会失败。人力资源管理同样如此，为了保证整个系统正常地运转，发挥其应有的作用，必须认真做好计划。人力资源管理的计划就是通过人力资源规划这一职能实现的。

（一）人力资源规划的含义

人力资源规划又称人力资源计划，是指根据组织的发展战略、组织目标及组织内外环境的变化，科学地预测组织未来的人力资源需求和供给，并通过制订和实施相应的计划使供求关系协调平衡的过程。

人力资源规划包含以下几层意思：

1. 一个组织之所以要编制人力资源规划，主要是因为环境是变化的。

2. 要在组织发展战略的基础上进行人力资源规划。人力资源管理只是组织管理系统的一个子系统，是为组织发展提供资源支持的。因此，人力资源规划必须以组织的最高战略为目标，否则人力资源规划无从谈起。

3. 人力资源规划应当包括两个部分的活动。一是对人员的供给和需求进行预测，二是根据预测的结果采取相应的措施寻求供需平衡。人力资源的供需会随环境变化而变化，因而，人力资源的预测也就成为人力资源规划的基础工作，离开预测，将无法进行人力资源的平衡；反过来，如果不采取措施平衡供需，进行预测就失去了意义。

4. 应制定相应的措施和政策，以保证人力资源需求的满足，否则，人力资源规划就无法实现。因此，人力资源规划的主要工作之一就是制定必要的人力资源政策和措施。

通过人力资源规划，应能够回答或者说要能解决以下几个问题：

1. 组织在某一特定时期内对人力资源的需求是什么？即需要多少人员，这些人员的构成和要求是什么？

2. 组织在相应的时间能得到多少人力资源的供给？这些供给必须与需求的层次和类别相对应。

3. 这期间组织的人力资源供给与需求比较的结果是什么？应当通过什么方式达到人力资源的供需平衡？

（二）人力资源规划的作用

1. 人力资源规划能加强组织对环境变化的适应能力，为组织的发展提供人力保证。

2. 人力资源规划有助于实现组织内部人力资源的合理分配，优化组织内部人员结构，从而最大限度地实现人尽其才。

3. 人力资源规划对满足组织成员的需求和调动职工的积极性与创造性有巨大的作用。

（三）人力资源规划的基本程序

1. 评价现有的人力资源状况。这一步是通过工作分析法检查现有人力资源状况，并制定工作说明书和工作规范。前者说明了员工应做哪些工作，如何做，为什么这样做，反映出工作的内容、工作环境以及工作条件等；后者说明了某种特定工作至少需要具备哪些知识和技能。

2. 评估未来人力资源状况。组织的目标与战略决定了对人力资源的未来需求。要使战略规划转化成具体的、操作性较强的人力资源计划，组织就必须根据组织内外环境资源的情况对未来人力资源状况进行预测，找出各时期各类人员的余缺分布。

3. 制定一套相适应的人力资源计划。对现有和未来人力资源需求做出评估之后，管理者就可以制定出一套与组织战略目标及其环境相适应的人力资源计划。当然，组织还必须对此计划进行跟踪、监督和调整，正确引导当前和未来的人才需求。另外，这一计划还需要与组织中的其他计划相互衔接。

二、员工招聘

组织战略发展的各个阶段必须要有合格的人才作为支撑，市场的竞争归根到底是人才的竞争，而员工流动的问题是当代组织面临的共性问题。因此，员工招聘工作是组织人力资源管理经常性的工作。西蒙曾指出，大量统计资料表明员工离职率最准确的预测指标是国家经济状况。工作充裕时员工流动比例就高，工作稀缺时员工流动率就低。一个组织要想永远留住自己所需要的人才是不现实的，也不是人力资源管理手段所能控制的，再加上组织内部正常的人员退休、人员辞退及人员调动，使得人员招聘工作成为组织人力资源管理经常性的工作。

（一）员工招聘的含义

员工招聘是指在组织总体发展战略规划的指导下，制定相应的职位空缺计划，并决定如何寻找合适的人员来填补职位空缺的过程。其实质就在于让潜在的合格人员对本组织的相关职位产生兴趣并且前来应聘这些职位。

要准确地理解员工招聘的含义，必须把握以下几个要点：

1. 招聘活动的目的，是为了吸引人员，也就是说，要把相关人员吸引到本组织来参加应聘，至于如何从这些应聘者挑选合适的人员并不是招聘工作的内容。

2. 招聘活动所要吸引的人员就是组织需要的人员，也就是说，要把那些能够从事空缺职位的人员吸引过来，这可以看作是对招聘工作质量方面的要求。

（二）员工招聘的原则

1. 因事择人。组织应根据人力资源计划进行招聘。多招或招错人，都会给组织带来负面影响，除了人力成本高、低效率、犯错误等看得见的损失，由此导致的人浮于事还会在不知不觉中对组织文化造成不良影响，并降低组织的整体效率。

2. 平等竞争。组织应采用平等竞争的方法，创造一个公平竞争的环境。对所有应聘者应一视同仁，不得人为地制造各种不平等的限制，公平才能获得真正优秀的人才。

3. 公开。招聘信息、招聘方法应公之于众，并且公开进行。这样做一方面可将录用工作置于公开监督之下，以防止不正之风；另一方面，可吸引大批的应聘者，从而有利于招到一流人才。

4. 能岗匹配。每个人的才能和专长都各不相同，所以在招聘中，应尽可能使人的能力与岗位要求的能力达成匹配，做到"人得其职"、"职得其人"。

（三）员工招聘来源和渠道

员工招聘的来源主要有内部招聘和外部招聘两种，使用哪种招聘渠道取决于组织所处地域的劳动力市场、拟招聘职位的性质、层次和类型以及组织规模等因素。

内部招聘最常用的方法主要有公开招聘、内部提拔、横向调动、岗位轮换、重新雇用或召回以前的雇员等。外部招聘常用的方法有发布广告、借助中介机构、实地招聘、各类学校及熟人推荐等。此外，近年来，随着信息技术的发展和计算机的不断普及，网上招聘在招聘员工中的作用正日益受到青睐。

（四）员工招聘的程序

为了保证员工选聘工作的有效性和可行性，就应当按照一定的程序并通过竞争来组织选聘工作。具体的步骤如下：

1. 确定人员的净需求量和人员选拔办法。根据组织人力资源规划，开展人员的需求预测和供给预测，确定人员的净需求量。并依据职务说明书，确认职位的任职资格及人员选拔、录用政策、办法。

2. 拟定招聘计划。包括确定招聘时间表、岗位、人数、任职资格等，上报领导批准。

3. 招聘准备。人力资源部开展招聘的宣传广告及其他准备工作。

4. 选拔。首先审查求职申请表，进行初次筛选。然后，进行面试、笔试或其他测试，最后，对录用人员进行体检、背景调查和试用。

5. 录用。作出录用决定，发出录用通知，签订劳动合同。

6. 评价。对录用人员和招聘过程进行检查和评价，为以后招聘工作提供参考和借鉴。

以上程序详见图 8-2。

（五）员工甄选

员工甄选是指用人单位在招募工作完成后，根据用人条件和用人标准，运用适当的方法和手段，对应征者进行审查和选择的过程。员工甄选可以使事得其人，人适其事，从而实现人与事的科学结合；可以形成人员队伍的合理结构，从而实现共事人的密切配合；可以保证人员个体素质优化，从而使此后的一系列人力资源管理活动顺利进行。

甄选过程就是根据既定的标准对申请人进行评价和选择，它是招聘过程中最重要阶段。组织能否最终选择到合适的人选，很大程度上取决于这一步的工作。

1. 员工甄选的内容。候选者的任职资格和对工作的胜任程度主要取决于他所掌握与工作相关的知识、技能、个人的个性特点、行为特征和个人价值取向等因素。因此，员工甄选是对候选者的这几个方面因素的测量和评价。

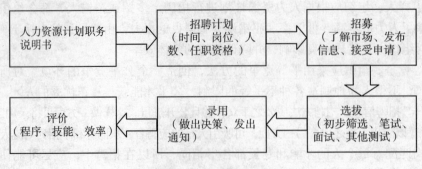

图 8-2　招聘的程序

2. 员工甄选的步骤

（1）初步筛选——剔除求职材料不实者和明显不合格者。

（2）初步面试——根据经验和岗位要求剔除不合格者。

（3）心理和能力测试——根据测试结果剔除心理健康程度和能力明显不合格者，或确定一定比例淘汰低分值者，或按一定比例淘汰。

（4）诊断性面试——诊断性是整个甄选的关键，经过之前三个环节的甄选后，诊断性面试为最后决策提出决定性的参考意见。

（5）背景材料的收集和核对——根据核对结果剔除资料不实或品德不良者。

（6）能岗匹配分析——根据具体岗位需要剔除明显不匹配者。

（7）体检——剔除身体状态不符合岗位要求者。

（8）决策和录用——决策时根据招聘职位的高低而在不同层次的决策中进行，决策之后交给相关部门录用处理。

甄选过程与步骤如图 8-3。

3. 甄选方法

组织在招聘员工时所采用的甄选方法主要有两大类，即面试法和测评法。

（1）面试法：面试法是通过供需双方正式交谈，以使组织能够客观了解应聘者的业务知识水平、外貌风度、工作经验、求职动机等信息，应聘者能够了解到组织的更全面信息。与传统人事管理只注重知识掌握不同的是，现代人力资源管理更注重员工的实际能力与工作潜力。进一步的面试还可帮助组织了解应聘者的语言表达能力、反应能力、个人修养、逻辑思维能力等；而应聘者可了解到自己在组织的发展前途，将个人期望与现实情况进行比较，以及组织提供的职位是否与个人兴趣相符等。

面试从达到的效果来划分：可分为初步面试和诊断面试；从参与面试的人员划分：可分为个别面试、小组面试、集体面试；从组织形式划分：可分为压力面试（一般用于招聘销售人员、公关人员、高级管理人员）、BD 面试（行为描述面试）和能力面试。

（2）测评法：也叫测试法。通过测评可以消除面试过程中主考官的主观因素对面试的干扰，增加招聘者的公平竞争，验证应聘者的能力与潜力，剔除应聘者资料和面试中的一些"虚假信息"，提高录用决策的正确性。现代测评方法源于美国的人才测评中心，主要分为心理测评与能力测评两类。如职业倾向测评、价值与需要测评、工作态度测评、自信度测评。

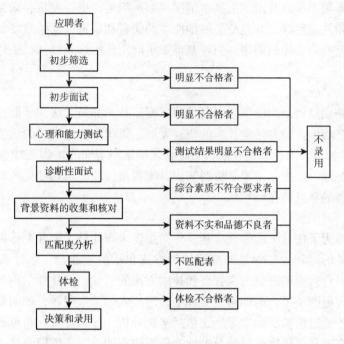

图 8 - 3　甄选过程与步骤

资料来源：葛玉辉等：《人力资源管理》，清华大学出版社 2006 年版，第 187 页。

三、员工培训

员工的素质是组织的基础，招聘到了合格的员工并不等于拥有了优秀的人才。为了使企业在竞争中始终立于不败之地，组织就必须进行员工培训与开发，挖掘员工的潜力，培养员工的能力，将员工造就成对组织有用的人才。

（一）员工培训的含义

员工培训是指向新员工或现有员工传授其完成本职工作所必需的相关知识、技能、价值观念、行为规范的过程。培训更多的是一种具有短期目标的行为，目的是使员工掌握目前所需要的知识和技能。

员工培训与其他常规教育特别是学校教育是有区别的：从性质上讲，员工培训是一种继续教育，是常规学校教育的延伸和发展；从内容上讲，是对受训人员的专门知识和特殊技能进行有针对性的培训；从形式上讲，表现为灵活多样，不像学校教育那样整齐划一。

（二）员工培训的模式

一个组织的培训对象主要有新来员工、基层员工、一般技术员或管理人员、高级技术或管理人员。员工培训的方法有多种，依所在职位的不同，可以分为新来员工培训、在职培训和离职培训等。

1. 新员工的培训

应聘者一旦决定被录用之后，组织中的人事部门就应该对他们将要从事的工作和组织的情况给予必要的介绍和引导，西方国家称之为职前引导。

职前培训的目的在于减少新来人员在新的工作开始之前的担忧和焦虑，使他们能够尽快地熟悉所从事的本职工作以及组织的基本情况，如组织的历史、现状、未来目标、使命、理念、工作程序及相关规定等，并充分了解他应尽的义务和职责以及绩效评估制度和奖惩制度等，以消除新员工不切实际的期望，引导新员工了解工作的远景目标、工作中的同事以及如何进行合作等。

2. 在职培训

对员工进行在职培训是为使员工不断学习掌握新技术和新方法，从而达到新工作目标要求所进行的不脱产培训。随着科学技术的快速发展，组织中各个岗位的员工需要不断更新知识、提高技能（能力），因此，对在职员工进行定期或不定期的培训是非常有必要的。在内容上比岗前培训更深一层次，主要是更新知识、掌握新技能的培训和提高绩效的培训。工作轮换和实习是两种最常见的在职培训。

3. 离职培训

离职培训是指为了使员工能够适应新工作岗位要求而让员工离开工作岗位一段时间，专心致志于一些职外的培训。最常见的离职培训方式包括教室教学、影片教学以及模拟演练等。教室教学可以有效地增进员工在管理和技术方面的认知。影片教学则可以弥补其他教学方式在示范效果方面的不足。而如何在实践中处理好人际关系问题，如何提高解决具体问题的技能，则最适于通过模拟演练学习。这包括案例分析、经验交流、角色模拟以及如开小群体行动会议等。有效利用现代高科技及电脑的模拟演练的也属于模拟演练的一种，如航空公司用此方法来培训驾驶员等。

4. 专业知识与技能培训

专业知识与技能培训有助于员工深入了解相关专业的基本知识及其发展动态，有助于提高人员的实际操作技能。专业知识与技能培训可以采取脱产、半脱产或业余等形式，如各种短期培训、专题讨论、函授、业余学校等。

5. 职务轮换培训

职务轮换培训是指人员在不同部门的各种职位上轮流工作。职务轮换有助于受训人员全面了解整个组织的不同工作情况，积累和掌握各种不同的工作经验，从而提高他们的组织和管理协调能力，为其今后的发展和升迁打好基础。

6. 提升培训

提升是指将人员从较低的管理层次暂时提拔到较高的管理层级上，并给予一定的试用期。这种方法可以使有潜力的管理人员获得宝贵的锻炼机会，既有助于管理人员扩大工作范围，把握机会展示其能力和才干，又使组织能全面考察其是否适应和具备领导岗位上的能力，并为今后的发展奠定良好的基础。

7. 设置助理职务培训

在一些较高管理层级上设立助理职务，不仅可以减轻主要负责人的负担，而且有助于培训一些后备管理人员。这种方式可以使助理接触到较高层次上的管理实务，使他们不断吸收其直接主管处理问题的方法和经验，在特殊环境中积累特殊经验，从而促进助理的成长。

8. 设置临时职务培训

设置临时性职务可以使受训者体验和锻炼在空缺职位上的工作情景，充分展示其个人能力，避免"彼得现象"的发生。劳伦斯·彼得曾经发现，"在实行等级制度的组织里，每个人都崇尚爬到能力所不逮的层次"。他把这种由于组织中有些管理人员被提升之后不能保持原来的成绩，反而可能给组织效率带来大滑坡的现象归结为"彼得原理"①。

（三）员工培训的程序

员工培训是人力资源部的重要职能，培训做得好，无论对员工自我增值，还是对企业绩效的提高，都起着十分重要的作用。对此组织上应精心设计与组织，把员工培训视为一项系统工程，即采用一种系统的方法，使培训活动能符合企业的目标，让每一环节都能实现职工个人及其工作和组织本身三方面的优化。具体见图 8-4 的人力资源培训系统（简称 HRT）模型②。

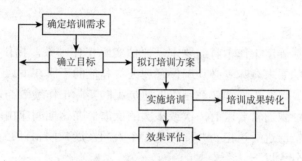

图 8-4　人力资源培训系统模型

四、绩效评估

（一）绩效评估的含义与作用

所谓绩效评估是组织定期对个人或群体小组的工作行为及业绩进行考核、评估和测度的一种正式制度。用过去制定的标准与员工的工作绩效记录进行比较并及时将绩效评估结果反馈给员工，可以起到有效的检测及控制作用。

在人力资源管理中，绩效评估的作用具体体现在以下几方面：

1. 绩效评估为最佳决策提供了重要的参考依据。绩效评估的首要目标是为组织目标的实施提供支持，特别是在制定重要的决策时，绩效评估可以使管理者及其下属在制定初始计划过程中及时纠偏，减少工作失误，为最佳决策提供重要的行动支持。

2. 绩效评估为组织发展提供了重要的支持。绩效评估的另一个重要目标是提高员工业绩，引导员工努力的方向，使其能够跟上组织的变化和发展。绩效评估可以提供相关的信息资料作为激励或处分员工、提升或降级、职务调动以及进一步培训的依据，这是绩效评估最主要的作用。

3. 绩效评估为员工提供了一面有益的"镜子"。绩效评估使员工有机会了解自己的优点和缺点以及其他人对自己工作情况的评价，起到了有益的"镜子"作用。特别是当这种评价比较客观时，员工可以在上级的帮助下有效发挥自己的潜能，顺利执行自己的职业生涯计划。

---

① 朱礼龙等：《管理学》，合肥工业大学出版社 2009 年版，第 278 页。
② 葛玉辉等：《人力资源管理》，清华大学出版社 2006 年版，第 214 页。

4. 绩效评估为确定员工的工作报酬提供依据。绩效评估的结果为确定员工的实际工作报酬提供了决策依据。实际工作报酬必须与员工实际能力和贡献相结合，这是组织分配制度的一条基本原则。为了鼓励员工出成绩，组织必须设计和执行一个公正合理的绩效评估系统，对那些最富有成效的员工和小组给予明确的加薪奖励。

5. 绩效评估为员工潜能的评价以及相关人事调整提供了依据。绩效评估中对能力的考评是指通过考察员工在一定时间内的工作业绩，评估他们的现实能力和发展潜力，看其是否符合现任职务所具备的素质和能力要求，是否具有担负更重要工作的潜能。组织必须根据企业员工在工作中的实际表现，对组织的人事安排进行必要的调整。为此，组织需要创设更为科学的绩效评估体系，为组织制定包括降职、提升或维持现状等内容的人事调整计划提供科学的依据。

（二）绩效评估流程

绩效评估主要包括界定工作本身的要求、评估实际工作绩效、提供反馈三个主要步骤。首先，界定工作本身的要求意味着必须确保管理人员和他的下属在下属工作职责和工作标准方面达成共识；其次，评估工作绩效就是将下属员工的实际工作绩效与所确定的工作标准进行比较；最后，工作绩效通常要求有一次或多次的反馈，在这期间应由管理人员同下属人员就他们的绩效和进步情况进行讨论，并促进他们个人的发展共同制订必要的人力开发计划。

绩效评估具体可分为以下几个步骤：

1. 确定特定的绩效评估目标。在不同的管理层级和工作岗位上，每一个员工所具备的能力和提供的贡献是不同的，而一种绩效评价制度不可能适用于所有评估目标。在考评员工时，首先要有针对性地选择并确定特定的绩效评价目标，然后根据不同岗位的工作性质，设计和选择合理的考评制度。

2. 确定考评者。考评工作往往被视为人力资源管理部门的任务。实际上，人力资源管理部门的主要职责之一是组织、协调和执行考评方案，要使考评方案取得成效，还必须使那些受过专门评估培训的直线管理人员参与到方案实施中来，因为直线领导可以更为直观地识别员工的能力和业绩，并负有直接的领导责任。当然，下属和同事的评价也可以列为一种参考。

3. 绩效评价。在确定了特定的绩效评价和考评者之后，就应当通过绩效评价系统对员工特定的目标评估内容进行正确的考评。考评应当客观、公正、杜绝平均主义和个人偏见。在综合各考评表得分的基础上，得出考评结论，并对考评结论的主要内容进行分析，检验考评结论的有效程度。

4. 反馈考评结果。考评人应及时将考评结果通知本人。及时反馈考评结果，可以使员工知道组织对自己能力的评价以及对所做贡献的承认程度，认识到组织的期望目标和自己的不足之处，从而确定今后需要改进的方向。如果认为考评有不公正或不全面之处，也可以认真反思和考虑之后进行申辩或补充，这有利于员工的事业发展，也有利于组织对员工工作要求的重新建立。

5. 备案绩效评价结果。根据最终的考评结论，可以使组织识别那些具有较高发展潜力的员工，并根据员工成长的特点，确定其发展方向。同时还需要将绩效评价的结果进行备案，为员工今后的培训和人事调整提供充分的依据。

（三）绩效考评的方法

1. 分级法。分级法又可称为排序法，即按被考核职工每人绩效相对的优劣程度，通过比较，确定每人的相对等级或名次。按照分级程序的不同，分级法又可分：

（1）简单分级法。是将被考核员工按照工作业绩的好坏进行一定次序的排列，以区别员工的业绩水平。这种方法一般操作简单，适合于员工数量比较少的考核情况。

（2）交替分级法。是以最优和最劣两级作为标准等次，采用比较选优和淘劣的方法，交替对人员某一绩效特征进行选择性排序。

（3）范例对比法。通常从五个维度进行考核，即品德、智力、领导能力、对职务的贡献和体格。每一维度又分为优、良、中、次、劣五个等级。然后就每一维度的每一等级，先选出一名适当的员工作为范例。实施考核时，将每位被考核的员工与这些范例逐一对照，按近似程度评出等级分。最后各维度分数的总和，便作为被考核员工的绩效考核结果。

（4）对偶比较法。要将全体职工逐一配对比较，按照逐对比较中被评为较优的总次数来确定等级名次。如表8-1所示。

表8-1　　　　　　　　　　某企业班组员工绩效评估比较表

姓名	张红	李凡	陈峰	赵军	苏南	得分总数
张红	—	1	1	0	1	3
李凡	0	—	1	0	1	2
陈峰	0	0	—	0	1	1
赵军	1	1	1	—	1	4
苏南	0	0	0	0	—	0

注：数字表示员工两两对比，绩效优者记为"1"，绩效少者记为"0"

（5）强制分配法。是按事物"两头小，中间大"的正态分布规律，先确定好各等级在总数中所占的比例。然后按照每人绩效的相对优劣程度，强制列入其中的一定等级。

2. 量表考核法。这种方法广泛应用于机关、企事业单位等人事考核管理。根据设计的指标形式不同，人事考核量表一般有三种：（1）综合性指标量表；（2）综合性指标与目标任务结合量表；（3）综合性指标与部门评价指标相结合量表。在实际运用时这三种量表可以互作参考，适当加以变动。

3. 关键事件法。此法需给每一待考核员工设立一本"考核日记"或"绩效记录"，由作考察并知情的人随时记载。事件的记录本身不是评语，只是素材的积累，但有了这些具体事实作根据，便可得出可信的考评结论。

4. 行为锚定评分方法（BARS）。此法就是把量表评测法与关键事件法结合起来，使之兼具两者之长。它为每一职务的各考核维度都设计出一个评分量表，并有一些典型的行为描述性说明词与量表上的一定刻度（评分标准）相对应和联系（即所谓锚定），供操作者为被考核者实际表现评分时作参考依据。

5. 领导行为效能测定法。这是在组织行为科学研究基础上发展起来的一种测量与评价领导者行为与工作绩效的新方法。它采用问卷调查的方式，从领导者、领导情景、被领导者等多方面对领导行为与领导者所处工作情景状况进行评价。

6. 因素评定法。就是通过调查分析与实测数据统计分析，提出人员绩效考核的有关因素，形成评价标准量表体系，然后把被测者纳入该体系中进行评价的方法。因素评定法的评定角度主要有：

（1）自我评定。即由评定者依据参照式标准量表，自己对自己的工作绩效进行评价。其特点是：参与性，自我发展性，督促性。

（2）同级评定。即由同一职务层次的人员依据参照标准量表互相进行评价。它必须满足三个条件：一是同事之间必须是相互高度信任的，彼此之间能够互通信息；二是报酬制度不是彼此竞争的；三是被评价人的绩效应该是评定人能够了解和掌握的。

（3）下级评定。即由管理者的直接下级依照参照标准量表对其上级领导的绩效进行评价。它有利于表达民意，但往往受人际关系影响大。

（4）直接领导评定。即由管理者依据参照标准量表对其直接下属的工作绩效进行评价。

五、薪酬管理

组织要想在市场竞争中获得竞争优势，就必须要为员工提供合理的薪酬。科学合理设计薪酬制度，不断完善薪酬管理方式，这是人本管理理念的重要体现。

（一）薪酬与薪酬管理

1. 薪酬。薪酬的本意是补偿、平衡的意思。组织管理借"薪酬"一词反映了组织对员工所付出的知识、技能、经验、创新、努力和时间的补偿。也就是组织对自己的员工为组织所做贡献的一种回报。薪酬实质上是组织与员工之间的一种交易。员工为组织付出了自己的劳动，组织为员工提供货币的或者非货币的报酬。

薪酬可以分为直接薪酬和间接薪酬，直接薪酬包括基本工资、奖金、津贴、补贴和股权，间接薪酬主要是指福利。

（1）基本工资。根据劳动者所提供的劳动数量和质量，按照事先规定的标准付给劳动者的劳动报酬，也就是劳动的价格。员工只要仍在组织中就业，就能定期拿到一个固定数额的基本工资。基本工资又分为基础工资、工龄工资和职位工资等。

（2）奖金。奖金指员工超额劳动的报酬。组织中常见的有全勤奖金、年终奖金、效益奖金等。

（3）津贴与补贴。津贴与补贴对员工在特殊劳动条件、工作环境中的劳动消耗和生活费用的额外支出的补偿。常见的有岗位津贴、加班津贴等。

（4）股权。以企业的股权作为对员工的薪酬。作为一种长期激励手段，能够让员工为企业长期利润最大化而努力。

（5）福利。按照《现代汉语词典》的解释，福利的意思是"对员工生活的照顾"，是劳动的间接回报，包括带薪的节假日、医疗、安全保护、保险、各种文化娱乐设施等。

2. 薪酬管理。薪酬管理是组织在国家宏观控制分配政策允许范围内，根据其内部管理制度和相关规定，按照一定的分配原则和制定的各种激励措施对员工进行分配的过程。通常，薪酬管理包括薪酬策略与制度的制定与执行，即确定薪酬的额度、建立薪酬体系与结构、薪酬的支付工作及福利的管理等。

薪酬分配的目的绝不是简单地"分蛋糕"，而是通过分蛋糕使得组织今后的蛋糕做得更大。为此，组织在进行薪酬管理时，必须遵循以下原则：

（1）补偿性原则。补偿人力资源再生产费用，是薪酬的基本原则。

（2）公平性原则。薪酬分配一定要全面考虑员工的绩效、能力及劳动强度、责任等因素，考虑外部竞争性、内部一致性要求，达到薪酬的内部公平、外部公平和个人公平。

（3）透明性原则。薪酬方案应公开，让员工了解自己从中得到全部利益，了解其薪酬收入与其贡献、能力、表现的联系，以充分发挥物质利益的激励作用。

（4）激励性原则。有效的薪酬管理应能够刺激员工努力工作、多作贡献，从而有助于实现吸引、留住和激励员工。

（5）竞争性原则。薪酬水平高的组织，在吸引人才方面比其他组织更具有竞争性。

（6）经济性原则。设计薪酬方案时，应进行薪酬成本核算，尽可能用一定的薪酬资金投入带来更大的产出增加。

（7）合法性原则。组织的薪酬制度与管理方法，必须符合有关政策、法律、法规。

（8）方便性原则。在薪酬管理中，应注意做到内容结构简明、计算方法简单和管理手续简便。

目前，常见的薪酬制度有绩效工资制、技能工资制、职务等级薪酬制、结构工资制、年薪制等。

（二）薪酬管理的流程

薪酬管理设计要体现对内具有公平性和对外具有竞争力的两大原则，以绩效等激励性要素为基础，建立工资总额随组织效益上下浮动的运行机制，同时改进福利理念，将人事成本做最有价的应用，以充分发挥薪酬的作用。

要设计出合理科学的薪酬体系和薪酬制度，一般要经过以下几个步骤：

1. 岗位评估。岗位评估重在解决薪酬的对内公平性问题。它有两个目的：一是比较组织内部各个职位的相对重要性，得出职位等级序列；二是为进行薪酬调查，建立统一的职位评估标准，消除不同组织间由于职位名称不同，或即使职位相同但实际工作要求和工作内容不同所导致的职位难度差异，使不同职位之间具有可比性，为确保工资的公平性奠定基础。

2. 薪酬调查。薪酬调查重在解决薪酬的对外竞争力问题。

3. 薪酬定位。在分析同行业的薪酬数据后，需要做的是根据本组织状况选用不同的薪酬水平。

4. 薪酬结构设计。薪酬观反映了一个组织的分配哲学，即依据什么原则确定员工的薪酬。

5. 薪酬体系的实施和修正。在确定薪酬调整比例时，要对总体薪酬做出准确的预算。

六、职业发展

人力资源管理的一个基本假设就是，组织有义务最大限度地利用员工的能力，并且为每一名员工提供一个不断发展以及挖掘个人潜力和建立成功职业的机会。许多组织越来越重视职业生涯发展与规划。

（一）职业生涯发展的含义和阶段

1. 职业生涯发展。职业生涯发展是指组织发展过程中要根据内外环境变化的要求对员工进行动态调整，以使每个员工的能力和志趣都能与组织的需求相吻合。职业生涯发展体现了一个人在机遇面前所选择的不同发展路径。这些路径类型包括：

（1）传统路径。是指员工在一个层级组织中经过不断努力，从下向上发展的一条路径。必须看到，由于兼并、重组、收缩、组织再造等行为的日趋增多，管理层的数目正在大量地减少，这使纵向发展的机会大大减少。

（2）网络路径。是指员工在纵向和横向岗位上都具有发展机会。在这条路径上发展的人或组织认为，一个人如果在纵向晋升的过程中能够多一些横向上的工作经历，将有助于员工的成长。网络路径由于比传统路径有更多的发展机会，可以减少路径堵塞的可能性和由此带来的失落感。

（3）横向技术路径。是指员工通过努力不断拓宽专业技术知识。组织开辟这样的路径可以促使员工在不同的工作领域经受锻炼，可以调动员工不断创新的积极性，最终提升自己在组织中的价值。

（4）双重职业路径。是指组织通过技术发展路径让那些有一技之长的技术专家能够专心于技术贡献，而让那些有管理能力的人沿传统的升迁和发展路径。双重职业路径的优点在于避免了从合格的技术专家中选拔出不合格的管理者，使那些具有高技能的技术人员和管理者都能沿着各自不同的路径发展。

2. 职业发展阶段。每一位员工在其职业生涯中，可以选择不同的职业发展路径，但无论选择哪一种路径，每个人的职业都要经历一定职业阶段，而所处的职业阶段将会影响一个人的各种选择。以美国心理学家萨帕为代表，提出了职业生涯发展的阶段性理论。他将职业生涯分成五个主要阶段，每个阶段有其独特的发展任务。

（1）成长阶段。成长阶段，属认知阶段，从出生到 14 岁左右。在这一阶段，一个人通过对家庭成员、朋友、老师的认同以及他们之间的相互作用，逐渐建立起自我的概念。在这一阶段结束的时候，进入青春期的青少年就开始对各种可以选择的职业进行带有某种现实性的思考。

（2）试探阶段。试探阶段包括青少年时期和成年期，年龄范围约在 15 岁至 23 岁。在这一阶段，每一个人将认真探索各种可能的职业选择。个人通过学校教育、休闲娱乐活动和业余工作等途径获得对职业的了解，经过自我认识、反省，检验所形成的自我观念、职业角色的合理性，将个人的兴趣和能力匹配起来，并在此基础上对选定的职业进行修正。

（3）确立阶段。确立阶段属于选择、安置、立志阶段，年龄大约在 24 岁至 44 岁之间，是大多数人工作生命周期中的核心部分。个人在此期间（通常是希望在这一阶段的早期）能够找到合适的职业并全力以赴地投入到各种活动中，希望有助于自己在这一职业中得到长久发展。

（4）维持阶段。维持阶段属于专、精、升迁阶段。在这一阶段，人们一般都已经在自己的工作领域中为自己创立了一席之地，因而他们的大多数精力主要放在保有这一位置上。

（5）衰退阶段。衰退阶段属于退休阶段。这一阶段，许多人都不得不面临这样一种前景：接受权力和责任减少的现实。再接下来，就是几乎每个人都不可避地要面对的退休。这时，人们所面临的选择就是如何安排原来用在工作上的时间。

（二）职业发展的影响因素

一般来说，影响职业生涯的因素可以分为内在因素和外在因素。

1. 内在因素。（1）职业性向。按霍兰德的划分，一共有六种基本的职业性向，不同的人可能有着不同的职业性向，吸引着他们从事不同的工作。而且大多数人都拥有多种职业性向。
（2）个性特征。不同气质、性格、能力的人适合不同类型的工作。个性特征最好能与工作的性质和要求相匹配，比如外向的人可以做营销方面的工作，内向的人适合做文秘等方面的工作。
（3）职业锚。职业锚与职业性向有相似之处，但又不等于职业性向，它是人们选择和发展自己的职业时所围绕的中心。但是要想对职业锚提前进行预测是很困难的，因为一个人的职业锚是在不断变化的，它实际上是一个不断探索过程所产生的动态结果。有些人也许一直都不知道自己的职业锚是什么，直到他（她）不得不做出某种重大选择的时候才知道。（4）能力。对组织的员工而言，其能力是指劳动能力，也就是运用各种资源从事生产、研究、经营活动的能力，包括体能、心理素质、智能三个方面，而这三个方面构成了一个人的全面综合能力，它是员工职业发展的基础，与员工个体发展水平成正比。所以，能力既对员工个体发展提出了强烈需求，又为个体发展的实现提供了可能条件，它是员工职业发展的重要基础和影响因素。（5）人生阶段。在不同的人生阶段，人们的年龄、生理特征、心理素质、智能水平、社会负担、责任、主要任务等都不同，这就决定了在不同的阶段，其职业发展的重点和内容也是不同的。

2. 外在因素。

（1）社会环境因素。① 经济发展水平。在经济发展水平高的地区，组织相对集中，优秀组织也比较多，个人职业选择的机会就比较多，因而就有利于个人职业发展；反之，在经济落后地区，个人职业发展也会受到限制。②社会文化环境。包括教育条件和水平、社会文化设施等。在良好的社会文化环境中，个人能受良好的教育和熏陶，从而为职业发展打下更好的基础。③政治制度和氛围。政治和经济是相互影响的，它不仅影响到一国的经济体制，而且影响着一个组织的组织体制，从而直接影响到个人的职业发展；政治制度和氛围还会潜移默化地影响个人的追求，从而对职业生涯产生影响。④价值观念。一个人生活在社会环境中，必然会受到社会价值观念的影响。大多数人的价值取向，甚至都是为社会主体价值取向所左右的。一个人的思想发展、成熟的过程，其实就是认可、接受社会主体价值观念的过程。社会价值观念正是通过影响个人价值观而影响了个人的职业选择。

（2）生活圈因素。①家庭的影响。家庭对人的职业选择和职业发展都有较大的影响。首先，家庭的教育方式影响个人认识世界的方法；其次，家人是孩子最早观察模仿的对象，比如他们会受到家人职业技能的熏陶；再次，家人的价值观、态度、行为、人际关系等对个人的职业选择有着较大的直接和间接影响。②朋友、同龄群体的影响。朋友、同龄群体的工作价值观、工作态度、行为特点等不可避免地会影响到个人对职业的偏好和选择，以及职业选择和职业变换的机会。

（3）组织环境因素。①组织文化。组织文化决定了一个组织如何看待自己的员工，所以，员工的职业生涯，是受组织文化所左右的。一个主张员工参与的组织显然比一个独裁的组织能为员工提供更多的发展机会；渴望发展、追求挑战的员工也很难在论资排辈的组织中受到重用。②管理制度。员工的职业发展，归根到底要靠管理制度来保障，包括合理的培训制度、晋升制度、考核制度、奖惩制度等等。组织价值观、组织经营哲学也只有渗透到制度中，才能得到切实的贯彻执行。没有制度或者制度定得不合理、不到位，员工的职业发展就难以实现，甚至可能流于空谈。③领导者素质和价值观。一个组织的文化和管理风格与其领导者的素质和价值观有直接的关系，如果组织的领导者不重视员工的职业发展，这个组织的员工也就没有希望了。

（三）职业生涯规划

1. 职业生涯规划。职业生涯规划是指组织或个人把个人发展与组织发展相结合，对决定个人职业生涯的个人因素、组织因素和社会因素等进行分析，制定个人一生中事业发展上的战略设想与计划安排。

职业生涯规划对于员工的个人发展与组织的发展都具有重要的意义。职业的动力是员工之间的相互作用的最佳融洽点，制定员工个人职业发展计划，不仅有利于员工的成长和发展，增强员工对工作的满意感，培养员工工作的兴趣性和挑战性、工作的独立性和自我决策性，更有利于组织挖掘人才、培养人才、重用人才，使员工在组织中获得工作上最大的满足，组织获取最大的利益。

2. 组织的职业生涯管理。（1）协调组织目标与员工个人目标。组织不仅要牢固树立人力资源开发的思想，真正把员工职业生涯规划看成培养人的重要途径。也要准确把握员工的主导需求，使组织与员工结为利益共同体。（2）帮助员工制定职业计划。根据员工个人的能力、兴趣爱好和职业发展目标的要求进行分析和评估，或从员工的招聘过程中收集相关信息，采用心理测试和评价中心等方法来测评员工的能力和潜力。同时为员工提供职业指导，帮助员工设计职业计划表，使员工在有经验人士、主管经理的指导下正确选择自己的职业道路。（3）帮助员工实现职业计划。组织在招聘时要重视应聘者的职业兴趣并提供较为现实的发展机会，提供阶段性的工作轮换，以及多样化、多层次的培训，为员工提供职业发展咨询，开展以职业发展为导向的考核、晋升与调动管理等方式帮助员工实现职业计划。

3. 个人的职业生涯规划。员工个人的职业规划就是个人根据自身情况、机遇和条件，为自己确立目标，选择职业道路，确定发展和教育计划等，并为自己实现职业生涯目标而确定行动方向、行动时间和行动方案。这是一个周而复始的连续过程，包括了自我剖析、职业生涯机会评估、职业生涯目标设定、目标实现策略、反馈与修正五个方面。如图8-5①。

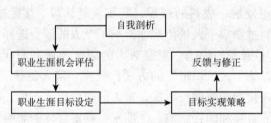

图8-5　个人职业生涯规划流程图

第三节　组织的团队建设

一、团队的含义

团队是指两个或者两个以上成员组成的互相影响、互相协调以完成特定目标的单位。

① 张佩云等：《人力资源管理》，清华大学出版社2009年版，第170页。

团队包含以下含义：

1. 团队要求有两个或者两个以上的成员。

2. 团队中的成员经常相互作用。没有相互作用的人，是不能构成团队的。如排队购物的人群或电梯传送带上的人员等。

3. 团队成员必须有一个共同目标。如共同设计一种新式的手持计算机，制造一辆汽车等。尽管团队和群体都是由人群组成的，但团队与群体是不同的，只有正式的群体才能成为团队。群体的绩效常常是每个群体成员个人贡献的总和，而团队则不同，它是通过来自不同职能部门的团队成员的共同努力才能够产生的协同效应，使团队的绩效水平远远大于群体成员绩效水平的总和。

二、团队的作用

（一）创造集体精神

团队成员希望也要求相互之间的帮助和支持，以团队方式开展工作，促进了成员之间的合作并提高了员工的士气。我们可以看到，团队规范在鼓励其成员工作卓越的同时，还创造了一种增进工作满意度的氛围。

（二）使管理层有时间进行战略性的思考

采用团队形式，尤其是自我管理工作团队形式，可以使管理者得以脱身去作更多的战略规划，以减少管理者花大量时间监督和解决下属出现的问题。

（三）提高决策速度

团队成员对工作相关的情况常常要比管理者知道得更清楚，把一些决策权下放给团队，能够使组织在做出决策方面具有更大的灵活性。因此，相比以个体为基础的工作设计来说，采用团队形式，决策常常迅速得多。

（四）促进员工队伍多元化

由不同背景不同经历的个人组成的群体，看问题的角度要比单一性质的群体更多样化。同样，由风格各异的个体组成的团队所作出的决策，要比单个个体的决策更有创意。

（五）提高绩效

将各因素组合起来能使团队的工作绩效明显高于单个个体的工作绩效。许多公司经过实践都已发现，相比传统的个体为中心的工作设计，团队方式可以减少资源浪费，减轻官僚主义作风，鼓励创新并提高工作质量。

三、团队类型

组织中团队的类型是多种多样的，但最简单的划分有两种：一种是作为组织的正式结构的一部分的团队，另一种是用来提高员工参与度的团队。

（一）正式团队

正式团队是正式的组织结构的一部分。常见的有以下三种：

1. 纵向团队。也称为"功能型团队"或者"指挥型团队"，它是由管理者及其下属组成的，他们有着正式的指挥链。最典型的纵向团队包括组织内的一个部门。如公司的销售小组、会计部、人力资源部等都属于指挥型团队。

2. 横向团队。它是由来自同一层级但具有不同专业特长的人员所组成的团队。常见的横向团队有任务小组和委员会两种。

（1）任务小组。它是不同部门人员临时建立起来处理特定问题或事情的正式团队。如某公司为处理因产品质量问题所引发的公关危机而成立的应急小组。

（2）委员会。它是为了履行不间断的特定的组织任务而建立的长期或永久性的团队。委员会一般是为了解决经常出现的问题而存在。例如，学院学术委员会主要是负责学院有关学术研究、职称评审工作的；学生申诉委员会主要是负责学生的申诉工作的。

（二）非正式团队

非正式团队是在正式的组织结构中自发形成的一种临时性社团。它包括各种各样的形式，如下课后一起打球的一群学生或者是每天中午一起用餐的一群员工。他们是自发组成的、无特定任务或目标的群体，但是对于组织来说也是非常重要的。

（三）自我管理式团队

自我管理式团队也称为跨职能团队，兼有正式团队和非正式团队的性质，一般由管理当局批准组建而成。自我管理式团队一般由 5 人至 12 人组成，他们的工作是聚集在一起解决一般性的工作问题。

此外，按照团队的模型来划分，还可以把团队分为：执行团队、跨职能团队、业务团队、后勤团队、专责团队、应变团队、头脑团队、临时工作组等。

四、高效团队的特征

团队形式并不能自动地提高生产力，它也可能让管理者失望，只有高效运作的团队才可以真正带来组织目标的实现。无论组织采取何种形式的团队运作方式，高效团队具有以下的主要特征，如图 8 - 6 所示①。

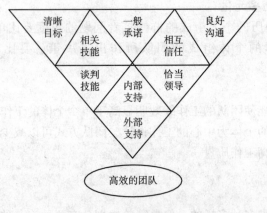

图 8 - 6　高效的团队

（一）清晰的目标

高效的团队对要达到的目标有清楚的理解，并坚信这一目标包含重大的意义和价值。而且，这种目标的重要性还激励着团队成员把个人目标升华到群体目标。在有效的团队中，成

---

① 斯蒂芬·P·罗宾斯等：《管理学》，中国人民大学出版社 2001 年版，第 278 页。

员愿意为团队目标做出承诺，清楚地知道希望他们做什么工作，以及他们怎样共同工作并实现目标。

（二）相关的技能

高效的团队是由一群有能力的成员组成的。他们具备实现理想目标所必需的知识、技术和能力，而且相互之间有能够良好合作的个性品质，从而能出色完成任务。后者尤其重要，但却常常被人们所忽视。有精湛技术和较强能力的人并不一定就有处理群体内部关系的高超技巧，高效团队的成员则往往兼而有之。

（三）相互的信任

成员间相互信任是有效团队的显著特征，也就是说，每个成员对其他人的品行和能力都确信不疑。我们在日常的人际关系中都能够体会到，信任这种东西是相当脆弱的。它需要花大量的时间去培养而又很容易被破坏。而且，只有信任他人才能换来被他人的信任，不信任只能导致不信任。所以，维持群体内的相互信任，还需要引起管理层足够的重视。

（四）一致的承诺

高效的团队成员对团队表现出高度的忠诚和承诺，为了能使群体获得成功，他们愿意去做任何事情，我们把这种忠诚和奉献称为一致承诺。对成功团队的研究发现，团队成员对他们的群体具有认同感，他们把自己属于该群体的身份看作是自我的一个重要方面。因此，承诺一致的特征表现为对群体目标的奉献精神，愿意为实现这一目标而调动和发挥自己的最大潜能。

（五）良好的沟通

群体成员具有畅通的渠道交流信息，包括各种言语和非言语交流，此外，管理层与团队成员之间健康的信息反馈也是良好沟通的重要特征，它有助于管理者指导团队成员的行动，消除误解。就像一对已经共同生活多年、感情深厚的夫妇那样，高效团队中的成员能迅速而准确地了解彼此的想法和情感。

（六）谈判技能

以个体为基础进行工作设计时，员工的角色有工作说明、工作纪律、工作程序及其他一些正式或非正式文件明确规定。但对高效的团队来说，其成员角色具有灵活多变性，总在不断进行调整。这就需要成员具备充分的谈判技能。由于团队中的问题和关系时常变换，成员必须能面对和应付这种情况。

（七）适当的领导

有效的领导者能够让团队跟随自己共同度过最艰难的时期，因为他能为团队指明前途所在，他们向成员阐明变革的可能性，鼓舞团队成员的自信心，帮助他们更充分地了解自己的潜力。优秀的领导者不一定非得指示或控制，高效团队的领导者往往担任的是教练和后盾的角色，他们对团队提供指导和支持，但并不试图去控制它。这不仅适用于自我管理团队，当授权给小组成员时，也适用于任务小组、交叉职能型的团队。对于那些习惯于传统方式的管理者来说，这种从上司到后盾的角色变换，即从发号施令到为团队服务实在是一种困难的转变。当前很多管理者已开始发现这种新型的权力共享方式的好处，或通过领导培训逐渐意识到它的益处。

（八）内部和外部支持

要成为高效团队的最后一个必需条件就是它的支持环境。从内部条件来看，团队应拥有一个合理的基础结构。这包括适当的培训、一套易于理解的并用以评估员工总体绩效的测量系统、一个起支持作用的人力资源系统。恰当的基础结构应能够支持并强化成员行为以取得高绩效水平。从外部条件来看，管理层应给团队提供完成工作所必需的各种资源。

五、团队的建设阶段

（一）组建阶段

在组建阶段，团队成员从原来不同的组织调集在一起，大家开始互相认识，这一时期的特征是队员们既兴奋又忧虑，而且还有一种主人翁感，他们必须在承担风险前相互熟悉。一方面，团队成员收集有关项目的信息，试图弄清该团队是干什么的和自己应该做些什么。另一方面，团队成员谨慎地研究和学习适宜的举止行为。他们从团队领导处寻找或相互了解，以期找到属于自己的角色。

当成员了解并认识到所在团队的基本情况后，也就明确了自己的角色。当解决了定位问题后，团队成员就不会感到茫然而不知所措，从而有助于其他各种关系的建立。所以，团队领导要进行团队建设工作，向团队成员说明团队的目标，并且公布每个团队成员在团队中的职位。

（二）磨合阶段

团队发展的第二阶段是磨合阶段。团队形成之后，队员们已经明确了团队的工作以及各自的职责，于是开始执行分配到的任务。在实际工作中，各方面的问题逐渐显露出来，这预示着磨合阶段的来临。现实可能与当初的期望可能发生偏离，于是，成员们可能会消极地对待团队工作和团队领导。在此阶段，工作气氛趋于紧张，问题逐渐暴露，团队士气较组建阶段明显下沉。

团队的冲突和不和谐是这阶段的一个显著特点。成员之间由于立场、观念、方法、行为等方面的差异而产生各种冲突，人际关系陷入紧张局面，甚至出现敌视、强烈情绪以及向领导者挑战的情形。在这一时期，团队队员与周围的环境之间也会产生不和谐，如队员与工作技术系统之间的不协调，团队队员可能对团队采用的信息技术系统不熟悉，经常出错。另外，团队在运行过程中，与团队外其他部门要发生各种各样的关系，也会产生各种各样的矛盾冲突，这需要进行很好的协调。

因此，团队领导要对他们进行适当的指导，但是这种指导比形成阶段要小得多，并且要引导每个团队成员对自己的角色及责任进行调整。另外，团队领导还要明确团队成员相互之间的关系和行为规范，使每个成员都清楚地了解自己的责任以及和别人的关系。

（三）正规阶段

经受了磨合期的考验，团队成员之间、团队与团队领导之间的关系已确立好了。绝大部分个人矛盾已得到解决。成员的不满情绪也就减少了。团队成员接受了这个工作环境，团队的规程得以改进和规范化。团队的部分决策权从团队领导移交给了团队成员，凝聚力开始形成。

这一阶段，团队成员之间开始建立相互信任、相互帮助的关系，开始互相交流信息、观点和感情，合作意识增强。团队经过这个社会化的过程后，建立了忠诚和友谊，也有可能建立超出工作范围的友谊。所以，团队领导要逐步减少指导性工作，对团队成员的工作要给予支持，并且对团队成员所取得的成果进行表扬。

（四）成效阶段

这一阶段的工作绩效很高，团队有集体感和荣誉感，信心十足。团队成员之间能开放、坦诚、及时地进行沟通。在这一阶段，团队根据实际需要，以团队、个人或临时小组的方式进行工作，团队成员之间相互依赖度高。团队精神和集体的合力在这一阶段得到了充分的体现，每位成员在这一阶段的工作和学习中都取得了长足的进步和巨大的发展，这是一个 1 + 1 > 2 的阶段。在这一阶段，团队领导的工作就是协助团队制定、修正并执行工作计划。

（五）提高阶段

团队及其成员应该及时地评价他们实际的功能状态，评估所取得的成绩和存在的不足，从而认识到团队的动力来源的制约条件。进而，扬长避短，发扬优点，弥补不足，使团队获得不断的提高。

思 考 题

1. 什么是人力资源？人力资源管理有何作用？
2. 人力资源规划包括哪些流程？
3. 员工招聘的原则有哪些？甄选的方法有哪几类？
4. 员工培训主要包括哪几种模式？
5. 什么是绩效评估？简述绩效评估的主要方法？
6. 思考如何确定你自己的职业发展？

能 力 训 练

超市员工培训

超市是人民生活中不可缺少的一部分，但是超市服务人员的素质却参差不齐，提高超市服务人员的素质非常重要。请仔细调查周边某个超市的情况，分析其服务人员存在的问题，拟订一个员工培训方案。

1. 深入到周边的超市进行调查，了解超市员工的素质状况，并找出其存在的问题；
2. 运用所学的员工培训知识，提出进行员工培训的建议和方法。

案 例 分 析

小邹毕业于机电工程专业，今年24岁，虽然学的是机电工程专业，但他对技术工作一点兴趣都没有，当初报考该专业只是家人的安排；就业时，选择做工程师等技术型工作，也是因为不得不选择与专业相关的职业，希望能"骑牛找马"。但是几年下来，"马"没找到，自己还是骑着一头不喜欢的"牛"。

小邹在三年的职业生涯中换了五份工作。并且每份工作的时间都呈递减趋势。第一份工作做得最长，在一家日资企业做技术员，干了一年两个月；第二份工作是一家民营企业的工程师，做了十个月；而今后一年内，他走马观花似的换了三份工作，做过市场销售、计算机程序员、电工。最后一份工作仅一个星期就辞掉了。现在小邹又回到他已非常熟悉的人才市场，重复习以为常的动作：投简历、面试、再投简历、再面试……他感到非常的苦恼和迷茫：不知道自己究竟适合什么职业？他感到自己迫切需要做一个全面的职业规划，不然的话，只是虚度青春。

在对小邹进行了全面的职业测评后，结果显示小邹的确不喜欢从事具体的、重复的、习惯性的、程序要求很强的技术型技能工作，他兴趣表现在于乐于助人、喜欢从事与人交往的工作，而他的职业能力、个性、兴趣三者也较为匹配，适合选择人力资源、客户服务等与人沟通较多的工作。

问题：

小邹为何频频跳槽？你认为一名大学生应如何对自己进行职业规划？

提示：

运用所学的影响职业发展规划的因素思考此案例。

第 九 章

领 导

知识目标

通过本章的学习，把握领导理论、激励理论和协调相关理论的基本内容。了解领导、激励、协调等基本概念，能够解释领导与管理者之间的差异。掌握领导影响力的来源及构成和发挥领导影响力的基本方法、协调应遵循的主要原则。熟悉领导、激励的主要理论和沟通的内容与主要方法，以及冲突的类型与解决冲突的各种方法。明确领导者的基本类型、协调的功能、作用和实现有效沟通的对策。

能力目标

通过本章学习，应能够利用本章的知识判断领导的类型，掌握影响他人，指挥他人的技巧，具备协调、合作、沟通能力，懂得采取合适的激励方法使你的合作者听从你的指挥，按你的意图完成工作任务。

管理定律之十三

吉尔伯特定律

美国管理学家瑟夫·吉尔伯特指出：人们喜欢为他们喜欢的人做事。

启　示

真心才能换来真拥护。

管理定律之十四

詹姆斯定律

美国哲学家威廉·詹姆斯指出：渴望得到别人的认可和赞赏，是人类埋藏最深的本性。

启　示

没有不喜欢被赏识的人，更没有被赏识后而不竭心尽力的人。

管理定律之十五

马歇尔定律

英国航空公司总裁科林·马歇尔指出：如果雇员认为你很关心他和理解他，他就会尽心竭力甚至不顾一切地干好本职工作。

启　示

你愈以下属为中心，下属就愈会以工作为中心。

第一节　领导概述

领导职能作为管理职能之一，就是通过领导者的领导行为和领导方式，引导和激励组织成员发挥其才能和潜力去实现组织目标。主要涉及领导行为、激励、协调沟通等内容，是联结计划、组织及控制等各项职能的纽带。

一、领导的含义及作用

（一）领导的含义

通常认为"领导"具有两种词性含义。一种是名词属性的"领导者"，另外一种是动词属性的"领导行为"，即"领导者"所从事的活动。综合两种词性特征，所谓领导，就是那些能够影响他人并拥有管理权力的人影响群体成功地实现目标的过程[1]，该定义包括三个要素[2]：

1. 追随者。任何领导都有一定的追随者。

2. 影响追随者的能力或力量。这些能力或力量可能是组织赋予的职务和权力，也可能是领导者个人具有的影响力。

---

[1]　罗宾斯等著，孙健敏等译：《管理学》（第七版），中国人民大学出版社 2004 年版，第 490 页。

[2]　周三多著：《管理学》（第三版），复旦大学出版社 1999 年版，第 378 页。

3. 通过影响部下实现组织目标。

（二）领导的作用

领导者在带领、引导和鼓舞部下为实现组织目标而努力的过程中，具体发挥了三种作用：

1. 指挥作用。即在组织活动中，领导者有责任指导组织各项活动的开展，帮助人们认清环境和形势，明确目标和实现目标的途径。

2. 协调作用。由于组织成员个性不同和外部环境因素的干扰，思想分歧和行动上的偏差不可避免，因此需要领导来协调组织成员的关系。

3. 激励作用。人们常常遇到挫折和限制，需要领导引导、鼓励、诱发下属的事业心、忠诚和献身精神，强化进取动力。

二、领导和管理的区别

领导与管理有着密切的关系，甚至经常被人们混为一谈。但是实际上，两者之间既有紧密联系，又存在着很大的差异。

领导与管理的共同之处在于：从行为方式看，两者都是一种在组织内部通过影响他人的协调活动，实现组织目标的过程。从权力的构成看，两者都与组织层级的岗位设置有关。

领导与管理的区别是：管理者是受到上级任命在岗位上从事工作的，其影响力来自这一职位所赋予的正式权力；领导者可以是上级任命的，也可以是从群体中自发产生出来的，领导者可以运用正式权力之外的活动，如个人魅力或专长来影响他人。

是否所有的管理者都应该是领导者？或者，是否所有的领导者都应该是管理者？从理论上说，或者说理想的情况下，所有的管理者都应该是领导者。而所有的领导者却未必都必须具备管理者应该具备的管理能力和技能。实际上，一个能够影响他人的领导者，并不意味着他同时也能够进行计划、组织和控制。

三、领导者和被领导者

领导是影响力运用的过程，在这个过程中有三个基本要素：领导者、被领导者和特定环境。当环境因素确定后，领导者和被领导者的特征决定着领导效果。

（一）领导者

1. 领导者的权力。领导权力通常就是指影响他人的能力，领导者影响力的来源分为5种：

（1）法定权力。即职权，由于领导者在组织中身处某一职位而获得的相应的法定权力和权威地位。在职位上，就可以使用奖赏权力和强制权力，但法定权力比奖赏权力、强制权力使用得更为广泛。

（2）奖赏权力。它是由法定权力派生的权力之一。是指个体控制着对方所重视的资源而对其施加影响的能力，这些奖赏可以是对方看重的任何东西，如金钱、晋升、有趣的工作和友好的同事等。奖赏权力是否有效，关键在于领导者要确切了解对方的真实需要。

（3）强制权力。又被称为惩罚权力，也是由法定权力派生的权力之一。是指通过强制性的处罚或剥夺而影响他人的能力，包括批评、罚款、降职、辞退和起诉等。对方出于对不利后果的惧怕而对强制权力做出反应。强制权力具有消极作用。

（4）专长/专家权力。是基于专业技术、特殊技能或知识的影响力。

（5）感召权力。是指领导者个人拥有的个性、品德、作风等吸引其他人追随，并服从其领导和指挥。

法定权力、奖惩权力和强制权力与正式组织有关，是组织赋予的职权；专长/专家权力和感召权力与领导者的个人条件和特质有关。领导是一个通过使用各类权力来影响下属的过程，绝大多数的有效领导者依赖一些不同的权力类型组合来影响下属的行为和工作绩效。

2. 领导者的责任[①]。领导者进行领导的过程就是运用权力实现领导责任的过程，所以，领导者在为了完成组织目标而影响他人行为的过程中必须承担下列责任：其一是政治责任，其二是经济责任，其三是法律责任，其四是社会责任，其五是工作责任，包括谋略责任、决策责任、用人责任、执行责任、管理责任和教育责任。

（二）被领导者

1. 被领导者的含义及特征。被领导者是指在领导活动中执行领导决策、完成领导任务、实现领导目标并在这个过程中使个人需要得到满足的个人或集团，他们是领导活动中领导者实施领导的主要对象，共同的利益是联系领导者与被领导者的纽带。被领导者的名称也有很多，如追随者、拥戴者、下属、支持者等[②]。

归纳被领导者在领导活动中表现出来的内在属性，被领导者具有如下特征：一是多数性与聚集性。被领导者一般人数众多，行为都带有群体性。二是服从性，即作为领导者的作用对象要执行领导者的命令。三是不担任职务或担任较低职务，但不可能具有对领导者行使权力的身份。

2. 被领导者的地位和作用。被领导者在领导活动中与领导者一样实质上处于主体地位，他们与领导者有共同的利益，是领导实践效果的实现者和分享者。组织中，被领导者的地位和作用在于：一是被领导者在领导活动中是与领导者相互依存、相互作用的重要角色。二是被领导者是领导活动的基础，即被领导者起着产生与选择领导者的根本作用。三是被领导者对领导效能起决定作用，即被领导者关系到领导活动的成败。

（三）领导者与被领导者的关系

领导主体是由领导者与被领导者共同构成的。领导者与被领导者的关系从本质上来说是一种追随关系甚至是伙伴关系，而不是等级关系。领导者通过领导过程来影响被领导者，被领导者也通过追随过程来影响领导者，它们相互依赖、相互推动。

1. 相互信任的关系。领导者制定的战略规划等得以顺利实施的关键就是取得被领导者的信任。而被领导者也从自身的利益和愿景出发，分析环境，选择战略、实施战略。并非只是领导者才具有战略制定的权力，被领导者也在提供和建议方案，这个制定战略过程也就是领导者与被领导者进一步建立信任的过程。

2. 相互支持的关系。领导者与被领导者在权力上是相互制约的。领导者的权力来自于

---

① 荣仕星著：《论领导者责任》，人民出版社 2004 年版。
② 张晓峰：《被领导者的角色行为及其价值探究》，载《哈尔滨市委党校学报》，2007 年第 3 期。

组织的法定权力，更来自于被领导者的认可，没有被领导者的承认，领导者将是有权无威，形同虚设。被领导者也要服从自己认可的领导权威的指挥，与领导者有默契的合作，否则，被领导者违反自己认可的领导权威的意志，也就是违背自己的意志。

3. 相互转化的关系。被领导者与领导者在身份上是相对的，其身份是处于不断变化中。在不同的时间、不同的场合、不同的组织中，领导者可以变成被领导者，被领导者也可能变成领导者。随着领导者对被领导者的培养，随着组织的发展，被领导者也可以成为新的领导者。而且，在不同的组织同盟之中，领导者与被领导者的地位也是不断变化的。

4. 相互监督的关系。在组织系统中，领导者和被领导者之间存在着平等的契约关系，甚至体现为一种互相追随互相领导的关系。职责要求领导者控制、督促被领导者完成任务，达到预定目标。同时，被领导者也有权利监督领导者的领导行为，对出现的失误提出建议，纠正失误。

（四）领导的一般原则

领导者在实施领导行为的过程中必须遵循的 4 个一般原则分别是：权威原则、统一原则、责任制原则和坚定果断原则。

1. 权威原则。是指在领导中必须使用领导者的权威让被领导者服从领导者的意志。通常组织赋予领导者的法定权力比个人品质因素能够产生更大的权威和强制性，但是也不能忽视个人品德对被领导者的影响力。

2. 统一原则。是指在领导过程中必须统一目标、统一思想、统一纪律、统一领导和统一行动。其中，统一行动是目的，统一目标是统一行动的方向，统一思想是统一行动的基础，统一纪律是统一行动的保证，统一领导是统一行动的关键。

3. 责任制原则。是指在领导活动中，组织内部的各个层次主要领导者对其职权管辖范围内的各项事务有最终决定权，并对其结果进行负责。

4. 坚定果断原则。是指在领导过程中，领导者对规定的目标或规划以及行动方案，要具备坚定的立场，对随机事件要坚决果断地进行处理。

第二节　领导理论的演变与发展

领导理论的发展与管理理论的发展密不可分，都经历了一个逐步发展演化的过程。伴随着管理理论从传统的、封闭的思想发展到权变的、开放系统思想，领导理论也从简单的性格研究发展到权变理论。根据研究历程与不同时期研究的侧重点，领导理论发展主要有三个阶段：领导性格理论阶段、领导行为理论阶段和领导权变理论阶段。

一、领导性格理论

领导性格理论也被称为领导特质理论，这是早期领导理论之一。该理论集中研究领导者的特质，即那些能够把领导者从非领导者中区分出来的个性特点。经过长期总结和分析成功的或失败的领导的品格特征、价值系统和生活方式甚至生理特征，结合逻辑推断，该理论认为，领导者确实具有某些共同的特性，但是这些特性并不完全是先天具有的，主要是后天形成的。

研究者发现存在六项特质与有效领导有关，分别是：

（一）内在驱动力

领导者非常努力，有着较高的成就愿望。他们进取心强、精力充沛、对自己所从事的活动坚持不懈、永不放弃，并有高度的主动性。

（二）领导愿望

领导者有着强烈的愿望去影响和统率他人，他们乐于承担责任。

（三）诚实与正直

领导者通过真诚无欺和言行一致在他们与下属之间建立相互信赖的关系。

（四）自信

下属觉得领导者从没有怀疑过自己。为了让下属相信自己的目标和决策的正确性，领导者必须表现出高度的自信。

（五）智慧

领导者需要具备足够的智慧来收集、整理和解释大量信息，并能够确立目标、解决问题和做出正确决策。

（六）工作相关知识

有效的领导者对有关企业、行业和技术的知识十分熟悉，广博的知识能够使他们做出睿智的决策，并能够认识到这些决策的意义。

每个领导在上述各个特性方面的发展都不可能完全均衡，因而形成了迥异的领导风格和领导结果。同时，大量的研究证实，仅仅依靠特质并不能充分解释有效的领导，完全基于性格的解释忽视了领导者与下属的相互关系以及情境因素。具备恰当的性格只能使个体更有成为有效领导者的可能。

二、领导方式理论

领导方式理论也被称为领导行为理论，主要是从研究领导者的行为特点与绩效的关系来确定最有效的领导风格。

（一）艾奥瓦大学研究

艾奥瓦大学的研究探索了三种领导风格：独裁型风格、民主型风格和放任型风格。

1. 独裁型风格。采用这种领导方式的领导者倾向于集权管理，用命令的方式告知下属如何工作，单边决策、限制下属参与，应用奖惩的方法进行领导。

2. 民主型风格。采用这种领导方式的领导者倾向于在决策时考虑下属的利益，实施授权管理，鼓励下属参与有关工作方法与工作目标的决策。

3. 放任型风格。采用这种领导方式的领导者倾向于给群体充分的自由，给予下属从事业务活动的高度独立性，让下属设置自己的目标和实现目标的方法。

（二）俄亥俄州立大学研究

俄亥俄州立大学的研究确定了领导者行为中两个重要维度：关怀维度和定规维度。

1. 关怀维度。领导者在工作中尊重下属的看法与情感，并与下属建立相互信任的程度。

2. 定规维度。为了实现目标，领导者界定和构造自己与下属角色的程度。包括试图规划工作、界定人物关系和明确目标的行为。

两个维度能够形成四种组合，即高关怀—高定规、高关怀—低定规、低关怀—高定规、低关怀—低定规。

如图 9-1 所示，高—高型的领导者一般更能使下属达到高绩效和高满意度，但高—高型风格并不总是产生积极效果。在生产部门内，工作绩效评定结果往往与定规程度呈正相关，与关怀程度呈负相关，而在非生产部门，则相反。其他三种类型的领导行为普遍与较多的缺勤、事故、抱怨及离职有关系。

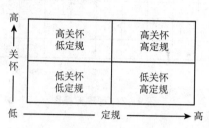

图 9-1　俄亥俄州立大学两维度组合

（三）密歇根大学研究

密歇根大学的研究与俄亥俄州立大学的研究性质相似，确定与高工作绩效相关的领导者行为特点。确定了领导者行为中两个重要维度：员工导向维度和生产导向维度。

1. 员工导向。领导者重视人际关系、关注下属需要、接纳群体成员的个人差异。

2. 生产导向。领导者强调工作岗位的技术或任务方面，主要关心群体工作任务的完成情况，并把群体成员视为达到目标的手段与工具。

（四）管理方格理论

布莱克和穆顿充分概括了俄亥俄州立大学和密歇根大学的研究成果，提出"关心人"和"关心生产"两个行为维度，并对领导者对这些行为的使用进行了评估，在坐标轴上从 1（低）到 9（高）进行标度，生成 81 种不同的领导类型，其中有五种典型类型，分别是：贫乏式管理（1，1）、乡村俱乐部式管理（1，9）、任务式管理（9，1）、团队式管理（9，9）、中庸之道式管理（5，5）。

如图 9-2 所示，（1，1）型领导方式是一种无为式或贫乏式的管理，对员工对工作都不关心，不努力，必然导致失败。（9，1）任务型领导方式，注重抓工作、注重效率，很少关心员工需求，人际关系紧张，员工怨气较大，影响积极性发挥。（1，9）俱乐部式的管理，注重员工需要的满足，为员工提供良好的人际关系环境，但规章制度不完善，缺乏有效监督，结果往往是效率低下。（5，5）中间型领导，安于现状，不愿冒险，对人与工作一视同仁，既重视效率的基本保证又能保持员工士气的满意水平，但遇到环境变化会导致落后。（9，9）团队式管理，又称为协调型或战斗集体型管理，既关心员工又关心生产，注重发挥群体优势，建立员工与组织的"命运共同体"，人际关系协调，士气旺盛，工作效率保持高水平。这种领导威望较高，是一种最好的领导类型。

在五种管理风格中，（9，9）团队式管理工作效果最佳。但是，在不同的社会、经济、文化和政治背景中，领导者的领导方式的优劣，不能简单地通过中性或平衡的（9，9）分布给予明确陈述。因此，领导方式的研究应该从多角度进行。

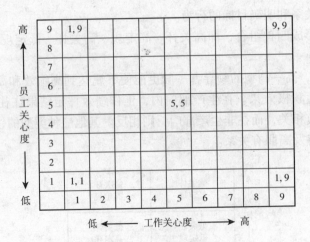

图 9 - 2　管理方格图

三、领导的权变理论

领导的权变理论认为，并不存在普遍适用的领导特性和领导行为，有效的领导者必须根据不同类型、不同环境下的组织确定不同的领导行为和领导方式。

（一）菲德勒权变模型（Fiedler Contingency Model）

菲德勒的权变模型由美国管理学家弗雷德·菲德勒（F. E. Fiedler）提出。该理论模型认为，有效的群体绩效取决于两个方面的恰当匹配，一是与下属发生相互作用的领导者风格，二是领导者能够控制和影响情境的程度。在不同类型的情境中，总有某种领导风格最为有效。该理论的关键在于首先界定领导风格以及不同的情境类型，然后建立领导风格与情境恰当的组合。

组成菲德勒权变模型的三个重要影响因素分别为：领导者—下属关系、任务结构和职位权力。

1. 领导者—下属关系。下属对领导者信任、信赖和尊重的程度，即下属乐于追随领导的程度。如果下级对上级越尊重，并且乐于追随，则领导者与下属的关系越好，领导环境越好；反之，则越差。

2. 任务结构。工作任务的规范化和程序化程度，即任务的明确程度和下属对任务的负责程度。如果任务越明确，而且下属责任心越强，则领导环境越好；反之，则越差。

3. 职位权力。领导者运用权力活动（如雇用、解雇、晋升和加薪等）施加影响的程度，即领导者所处职位具有的权威和权力的大小。如果权力越大，下属遵从指导的程度越高，领导的环境也就越好；反之，则越差。

菲德勒认为，个体基本风格是影响领导成功与否的关键因素之一，它主要有两类：任务取向和关系取向。LPC（Least-preferred Coworker Questionnaire），即最难共事者问卷可以用来测量领导者风格。如果领导者能以相对积极的词汇来描述最难共事者，表明该领导属于关系取向型（高 LPC）。如果领导者多数采用贬义的词汇来描述最难共事者，表明该领导属于任务取向型（低 LPC）。

菲德勒认为环境对领导目标的实现有重大影响。利用三维变量、LPC 标准和其他研究成果，菲德勒确定了适用于不同环境的领导风格类型。如图9-3所示。

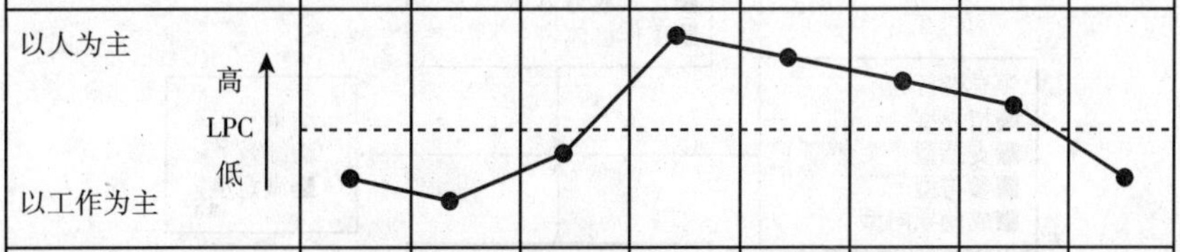

序号	I	II	III	IV	V	VI	VII	VIII
以人为主 高 LPC 低 以工作为主								
领导者—下属关系	好	好	好	好	差	差	差	差
任务结构	明确	明确	不明确	不明确	明确	明确	不明确	不明确
职位权力	强	弱	强	弱	强	弱	强	弱
环境是否有利	有利	有利	有利	适中	适中	适中	适中	不利

图9-3　菲德勒权变理论模型

图9-3中，在Ⅰ、Ⅱ、Ⅲ、Ⅶ、Ⅷ类型的环境条件下，任务型领导方式比关系型领导方式效果更好；而在Ⅳ、Ⅴ、Ⅵ环境条件下，关系型领导方式比任务型领导方式更适宜。

（二）路径—目标理论（Path-goal Theory）

路径—目标理论由罗伯特·豪斯开发。该理论认为有效的领导者的工作是帮助下属达到他们的目标，并为下属提供必要的指导和支持，以确保下属的目标与群体或组织的总目标一致。

根据路径—目标理论，领导者的行为被下属接受的程度取决于下属是将这种行为视为获得满足的即时源泉，还是作为未来获得满足的手段。领导者行为的激励作用在于：使下属的需要—满足取决于有效的工作绩效；以及提供有效绩效所必需的辅导、指导、支持和奖励。为了检验这些陈述，豪斯确定了四种领导行为：

1. 指导型领导行为。该类型的领导者让下属明确对他的期望是什么，以及完成工作的时间安排，并对如何完成任务给予具体指令。

2. 支持型领导行为。该类型的领导者十分友善，表现出对下属各种需要的关怀。

3. 参与型领导行为。该类型的领导者与下属共同磋商，并在决策之前充分考虑下属的建议。

4. 成就取向型领导行为。该类型的领导者设置富有挑战的任务目标，并期望下属表现出自己的最佳水平。

与菲德勒权变理论相比较，豪斯的路径—目标理论提出了两大类情景变量作为影响领导行为—结果之间关系的中间变量，其一是下属不可控的环境因素，包括任务结构、正式职权系统和工作群体等；其二是下属个人特点，包括控制点、经验和知觉能力等。当环境内容与领导者行为彼此重复，或者领导者行为与下属特点不一致时，效果欠佳。如图9-4所示。

如上所述，路径—目标理论认为领导者的领导方式十分灵活，需要根据不同的情境表现出不同的领导风格。在路径—目标理论基础上可以引申出一些范例：相比具有高度结构化的任务来说，当任务不明或压力过大时，指导型领导能导致更高的满意度；当下属执行结构化任务时，支持型领导能导致高绩效和高满意度；当下属知觉能力强或经验丰富时，指导型领导往往会被视为多余；组织中的正式权力关系越明确、越官僚化，领导者越应表现出支持型行为，降低指导型行为；当任务结构不清时，成就导向型领导能提高下属的努力水平，易实现高绩效的预期。

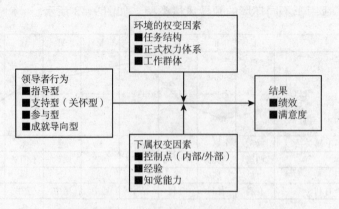

图9-4　路径—目标理论

(三) 情境领导理论 (Situational Leadership Theory)

美国管理学者保罗·赫塞和肯·布兰查德提出了情境领导理论，也称领导生命周期理论，这是一种关注下属成熟状态的权变理论。该理论认为成功的领导者根据下属的成熟程度水平选择恰当的领导方式。

赫塞和布兰查德定义的成熟度指个体能够并愿意完成某项具体任务的程度。它包括工作成熟度，即完成任务需要的个人知识与技能水平和心理成熟度，即完成任务需要的个人意愿和动机。

情境领导理论提出的两个维度与菲德勒权变理论的维度相同：任务行为和关系行为。但赫塞和布兰查德认为每一维度都有高和低两个水平，因此，可以组成四种领导风格：高任务—低关系（指示模式）、高任务—高关系（推销模式）、低任务—高关系（参与模式）、低任务—低关系（授权模式），如图9-5所示。

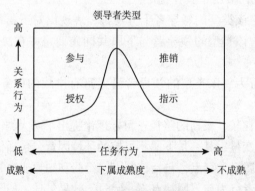

图9-5　情境领导模型

指示模式：领导者界定角色，明确告诉下属具体做什么、怎么做和何时何地去做。

推销模式：领导者同时提供指示性行为与支持性行为。

参与模式：领导者与下属共同决策，领导者的主要角色是提供便利条件与沟通渠道。

授权模式：领导者提供极少的指示性行为或支持性行为。

图9-5中的领导者风格依赖于下属的成熟度。下属的成熟度分为四个阶段，从不成熟到成熟依次为：

第一阶段，对执行某项任务既无能力又不情愿，既不胜任工作又不能被信任。

第二阶段，缺乏能力，但有愿意从事必要的工作任务；有积极性，但缺乏足够的技能。

第三阶段，有能力，但不愿意做领导希望其去完成的任务。

第四阶段，既有能力，又愿意做领导让其完成的任务。

比较于菲德勒的权变理论，情境领导理论更直观和容易理解，尤其是对于深化领导者和下属关系的研究，具有重要的基础作用。但是，该理论的缺欠在于它只是承认了下属的重要性，而没有关注领导行为的其他情境特征。

四、领导理论的新观点

随着对组织领导理论的深入研究，当代具有代表性的领导理论新观点主要有三种：事务型领导与变革型领导、领袖魅力的领导与愿景规划的领导、团队领导。

（一）事务型领导与变革型领导

以上介绍的多数领导理论都是针对于事务型领导者。事务型领导者主要是通过澄清工作角色与任务要求，指导并激励下属为了完成组织的既定目标而努力。还需要另外一种领导者，他们鼓励下属为了组织利益超越自身利益，并能对下属产生超乎寻常的深远影响，即变革型领导者。变革型领导者关注下属的兴趣与需要；帮助下属寻找看待老问题的新视角，从而使下属改变原有看法；激励、调动和鼓舞下属为实现群体目标付出最大的努力。

现实中，事务型领导与变革型领导不是截然对立的两种类型，变革型领导以事务型领导为基础，却优于事务型领导。相当多的证据表明，与事务型领导相比，变革型领导与低离职率、高生产率和高员工满意率的关系更强。

（二）领袖魅力的领导与愿景规划的领导

所谓领袖魅力的领导通常是一个热情而自信的领导者，其人格魅力和活动能力影响着人们以特定方式活动。研究表明，领袖魅力领导具有五种特质：拥有一个愿景目标、能够清晰描述愿景目标、勇于实现愿景目标、对环境限制和下属需要敏感和超常规行为。领袖魅力领导与下属的高绩效和高满意度之间具有显著关系。

多数学者和专家认为，可以通过培训使个体展现出领袖魅力行为。而领袖魅力领导方式对于员工的高绩效水平来说并不是总是必需的。如果下属的工作任务中包含意识形态方面的转化，或者下属处于高压与不确定环境中时，这种领导方式最有效。

愿景规划的领导能够设计一个现实的、可信的、诱人的前景目标，并向人们清晰而明确地指出，这个目标是建立在当前条件的基础上，通过努力是可以实现的。愿景规划领导提供新的做事途径，鼓舞激励下属、指引组织成就卓越的未来。理想的愿景要符合时机和环境，并反映组织的特点。既具有挑战性又可以达到。

愿景规划领导需要具备三种品质：解释愿景的沟通能力；表达愿景的行动能力；不同情境中的愿景运用能力。

（三）团队领导

随着越来越多的组织使用工作团队的工作方式，带领团队工作的领导者的作用越来越重要。团队领导角色与传统领导角色不同，相对于传统领导的监督作用，团队领导更多的是起到助推作用。团队领导需要承担的责任主要包括：辅导、推动、处理处分问题、评估团队和个体绩效、培训和沟通。把这些具体责任可以归纳为两个方面：一是对团队外部事务的管理；二是对团队进程的推动。由此，可以把团队领导分解为四种具体角色，如图9-6所示。

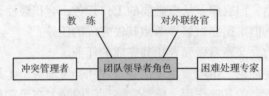

图9-6   团队领导的具体角色

1. 对外联络官。团队外部机构包括上级管理层、组织内其他工作团队、客户和供应商等。团队领导者的职责是保护资源、明确他人对团队的期望、收集外界信息并与团队成员分享信息等。

2. 教练。团队领导者明确期望和角色，提供教育与支持，尽一切努力帮助团队成员保持高水平的工作业绩。

3. 冲突管理者。团队领导者协调不一致的意见，帮助解决冲突。使成员明确问题所在，把团队内部冲突的危害降到最低程度。

4. 困难处理专家。团队领导者必须在团队遇到困难时协助成员解决问题。问题越尖锐，领导帮助成员针对困难进行交流，获得解决困难必需的资源的作用就可能越明显。

第三节   激   励

管理的本质就是通过影响他人的能力，使之在组织的各项活动中发挥最大的潜能，为实现组织的目标做出贡献。个人是否做某种行为在于其参与这种行为的意愿。意愿决定行为是否会发生，它是一种行为的动机因素，表明行为人做出某种行为的企图的强烈程度和希望付出的努力程度。通常，行为的意愿越强行为就越有可能发生。因此，领导者的重要职责之一就是应用各种激励方式有效引导下属形成实现组织目标的意愿，且最终付诸行动。

一、激励含义

（一）激励的含义

激励（Motivate），主要是指激发人的动机，使人有一股内在的动力，朝着所期望的目标前进的心理活动过程。简而言之，激励是调动人的积极性的过程，它对人的行为起到激发、推动和加强的作用。

激励的实质是根据需要设置目标，通过目标导向，使人出现有利于组织目标的优势动机，按组织需要的方式行动。即激励是通过使被激励对象满意而发挥作用。满意是指一种欲望得到满足时所体验到的感觉，激励就是为满足这种欲望或目标的动力和努力。人们可以在某种事物上具有较高的满意程度，但该事物对人的激励水平却可以是很低的；反之亦然。

（二）激励的作用

激励的主要功能在于激发、推动和加强组织成员的积极性，使之能够富有成效地为实现组织的目标而努力工作。管理学的研究结果显示，个体的工作成效取决于个体的能力和工作积极性，其关系可以用如下公式表述：

$$工作成效 = 工作能力 \times 工作积极性$$

其中，工作能力是决定工作成效的基本因素，该因素确定后变化相对缓慢。决定工作能力发挥的重要因素之一就是工作积极性，个体的工作积极性通常可以在较短的时期内发生较大的变化，从而影响工作能力，进而对工作成效产生重大影响。因此，必须进行合理的激励，使组织成员保持较高的工作积极性。激励的具体作用如下：

1. 挖掘个体潜力。通常，个体表现出来的能力与潜在能力存在一定的差别，而且潜在能力大于表现能力。个体工作积极性越高，潜在能力的发挥越充分。因此，就必须应用有效的激励制度和激励方式进行个体潜在能力的挖掘。

2. 吸引优秀人才。有效的激励制度和激励方式不仅可以充分调动组织内现有成员的积极性，还有助于吸引组织外部的那些愿意让自己潜能得到充分发挥的优秀人才进入组织。

3. 激发组织成员的创造性。有效的激励制度和激励方式不仅能够调动成员的积极性，还有利于促进成员提高创造能力，解决工作中的困难和问题，进而更高效地实现组织目标。

二、激励理论

有效的领导者必须了解员工如何受到激励以及为什么被激励，并调整激励活动以满足员工的需要和欲求，才能实现所有员工为企业目标付出最大努力的愿望。由此，形成了以需要层次理论、期望理论、双因素理论、公平理论、强化理论和挫折理论为主的激励理论。

（一）需要层次理论（Hierarchy of Needs Theory）

需要层次理论由美国社会心理学家亚伯拉罕·马斯洛（Abraham Maslow）提出，也被称为马斯洛需要层次理论。

马斯洛认为每个人都有五个层次的需要，如图 9-7 所示：

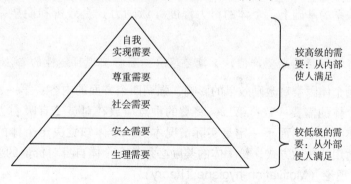

图 9-7　马斯洛的需要层次

1. 生理需要：是人类最基本的需要，包括衣、食、住、行等基础的身体需要。是领导者必须首先研究和满足的需要。

2. 安全需要：免受身体和情感伤害的需要，同时能保证生理需要得到持续满足的需要。

3. 社交需要：归属或取得他人认可等需要，包括爱情、归属、接纳和友谊等的需要。

4. 尊重需要：分为内部尊重和外部尊重。内部尊重因素包括自尊、自主、成就感等；外部尊重因素包括地位、认可、关注等。

5. 自我实现需要：成长与发展、发挥自身潜能、实现自我理想的需要。这是一种追求个人能力极限的内驱动力。

马斯洛需要层次理论基于这样的人性假设：人的不满足的状态或者说未被满足的需要在激发人的行为。该理论有两个基本论点：一是人是有需要的动物，已经得到满足的需要不能再起激励的作用；二是人的需要具有层次性，只有一层次需要得到满足后，更高一级层次的需要才显出其激励作用。如图9-7所示。

（二）期望理论（Expectancy Theory）

期望理论是由美国心理学家维克多·弗鲁姆（Victor H. Vroom）提出，是迄今为止，被认为在员工激励方面最全面、最广为接受的解释。

期望理论认为个体只有在相信目标的价值并且可以看到如何才能有助于实现这样的目标时，他们才会受到激励去采取行动达成这些目标。换言之，只有当个体预期到某一行为能给自己带来既定结果，并且这一结果对自己有吸引力时，才会采取该行为。它包括以下三项变量或三种联系，如图9-8所示。

图9-8　简化的期望模式

弗鲁姆认为个体对待工作的态度依赖于对如下三种联系的判断：

1. 努力—绩效的联系：个体感到通过一定程度的努力可以达到某种工作绩效的可能性。

2. 绩效—奖赏的联系：个体相信达到一定绩效水平后即可获得理想结果的程度。

3. 奖赏—个人目标的联系：从工作中可以获得的结果或奖赏对个体的重要性程度，即效价。效价主要关心的是个体的目标和需要。

在以上三种联系的基础上，个体的努力程度（激励力）是效价和期望率的乘积，用公式表达为：

激励力 = 效价（目标的期望价值）× 期望率（对目标实现可能性的看法）

期望理论强调个体因素对激励效果的影响，强调四个方面的内容：第一，组织所提供的奖赏应该能够与个体的需要一致；第二，奖赏的重点应放在对员工有吸引力的行为上；第三，期望来自个体的知觉，而不一定是实际情况本身，个体知觉决定个体的动机水平；第四，不存在普遍适用的激励方式，给个体的奖励必须符合个体自身对价值的要求。

（三）双因素理论（Motivation-hygiene Theory）

双因素理论又被称为激励—保健理论，是由美国心理学家弗雷德里克·赫茨伯格（Frederick Herberg）提出。该理论认为内部因素与工作满意和动机有关，外部因素与工作不满意有关。个人对工作的态度在很大程度上决定了任务的成败。

与工作满意感有关的因素是内部因素，如成就、认可、责任等，这些因素与工作本身和工作内容相关，被称为激励因素。而与不满意有关的因素是外部因素，如公司政策与管理方式、上级监督、工资、人际关系和工作条件等，这些因素与工作环境和工作条件相关，被称为"保健因素"，又称"维持因素"。如图9-9所示。

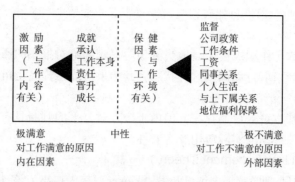

图9-9　赫茨伯格的激励—保健理论

激励因素能激发起人们在工作中的积极性、创造性，产生使员工满意的积极作用。保健因素不能直接起激励员工的作用，但却必不可缺，否则会引发不满。而且，如果缺乏保健因素，激励因素难以发挥作用。

双因素理论弥补了传统的"非满意即不满意"的绝对观点，提出二维连续体的存在，即"满意"的对立面是"没有满意"，"不满意"的对立面是"没有不满意"。导致工作满意的因素与导致工作不满意的因素是相互独立的，因此在工作中试图消除不满意的因素只能起到安抚作用，而不能起到激励作用。要想真正激励人们能力工作，必须在满足保健因素的基础上，注重激励因素，只有激励因素才会增加人们的工作满意感。

（四）公平理论（Equity Theory）

公平理论是由美国心理学家斯达西·亚当斯（J. Stacey Adams）发展起来的，也被称为社会比较理论。该理论主要讨论报酬的公平性对人们工作积极性的影响，它认为人们首先把自己获得的报酬与自己的付出进行比较，然后再把自己的报酬—付出比与他人的报酬—付出比进行比较。即将报酬与贡献进行纵向比较和横向比较。如表9-1所示。

表9-1　　　　　　　　　　　　个人对公平评价的三种情况

比较公式	评价
$\dfrac{\text{个人所得报酬}}{\text{个人付出}} < \dfrac{\text{他人报酬}}{\text{他人付出}}$	不公平（报酬过低）
$\dfrac{\text{个人所得报酬}}{\text{个人付出}} = \dfrac{\text{他人报酬}}{\text{他人付出}}$	公　平
$\dfrac{\text{个人所得报酬}}{\text{个人付出}} > \dfrac{\text{他人报酬}}{\text{他人付出}}$	不公平（报酬过高）

亚当斯认为，如果人们觉得他们所获得的报酬过低而感到不公平，他们就会不满，工作积极性会下降；如果人们觉得报酬公平，就可能提供与以往相同的产出水平；如果人们认为他们所获得的报酬较高，就可能更积极地工作。

总之，基于公平理论，当人们感到不公平时，可能会采取如下做法：

1. 曲解自己或他人的付出或所得；
2. 采取某种行为使他人的付出或所得发生改变；
3. 采取某种行为改变自己的付出或所得；

4. 选择其他的参照对象进行比较；

5. 离职。

研究证明，人们的工作积极性明显地受到相对报酬和绝对报酬的影响。无论何时，只要他们感到不公平，就会采取行动调整这种状态，其结果可能会提高也可能会降低生产率、产品质量等。

尽管公平理论的基本观点普遍存在，但由于个人对公平的判断具有个人主观性，缺乏统一的标准。这影响了该理论的实际应用及有效性。

（五）强化理论（Reinforcement Theory）

强化理论是由美国心理学家斯金纳（B. F. Skinner）首先提出。该理论认为行为的原因来自于外部，控制行为的因素是强化物。如果行为之后紧接着给予一个积极的强化物，则会提高该行为的重复比率；如果给予一个消极的强化物，就会降低甚至消除该行为的重复比率。

斯金纳通过试验，认为人的行为可分为三类：

1. 本能行为：人生来就有的行为；

2. 反应性行为：环境作用于人而引起的反应；

3. 操作性行为：人为了达到一定目的而作用于环境的行为。

针对上述三类行为，斯金纳提出四种塑造行为的方法：积极强化、消极强化、惩罚和忽视。积极强化是指在符合组织目标的行为出现后给予赞扬和奖励。积极强化将会增加理想行为重复出现可能性。消极强化是指在终止或逃离不符合组织目标的行为出现后给予肯定。消极强化使人们因希望回避不当行为的后果而采取理想行为。惩罚是指对不符合组织目标的行为给予处罚以使其消亡。忽视也称为自然消退，是一种取消维持某种行为的所有强化物的"冷处理"方法。当行为不被强化时，就会逐渐消失。

强化理论强调行为是结果的函数，可以通过强化符合组织目标的行为来影响人们，但是，强化并不是人们工作差异的唯一解释，工作目标、对成就的需要水平和对奖励是否公平的感知，以及期望等因素都会影响人们的工作水平。

（六）挫折理论

心理学认为挫折感是当个人从事有确定目标的行为活动时，由于主客观等方面的阻碍，导致目标无法实现，动机无法满足时个人的心境状态。人们在遭受挫折时，由挫折感所导致的心理焦虑、痛苦、沮丧和失望等会形成种种挫折性行为。

通常，挫折都是不利的，不但影响人们的工作积极性，而且常常会给人们带来心理损害，甚至心理疾病。因此，必须尽可能减少人们受挫折的机会或者降低人们的挫折感。

如果要减少或降低人们挫折感，首先要及时了解、分析具体的现实挫折，然后通过关心，从提高人们的挫折承受力和有效地帮助人们达到实现目标两个方面弱化挫折感，引导人们在受到挫折后不懈的积极进取。

第四节　协调与沟通

任何组织都处于复杂多变的内外矛盾关系网络中，如果不能够进行及时、有效的协调，就会影响组织绩效，严重的可能危及到组织的延续发展。因此，管理的一项重要工作就是协调。协调包括内部协调和外部协调，对内协调的核心是沟通，处理对待非正式组织的问题和解决冲突，从而形成和谐的内部人际关系；对外协调的核心是公关，处理与政府、媒体、客户及社会公众的各种关系，从而树立良好的组织形象。

一、协调概述

协调是一种"软"科学，领导者通过协调能够理顺组织内外关系，为组织谋求有利的发展环境，使组织各项工作有序、员工心情舒畅，增强组织的凝聚力。

（一）协调的含义

所谓协调，就是协商问题、调节关系。在管理活动中，协调是通过一系列的管理手段和方法，对各个管理要素之间的问题和关系进行协商和调解，使之相互配合，从而实现组织的管理目标。既包含对人与人的协调、对物与物的协调，也包含对人与物的协调，其中最为重要和基础的就是对人与人之间关系问题的协调。

协调和指挥都是领导的重要职能，指挥是领导者为实现目标而采取的各种命令性措施行为，协调是领导者为实现管理系统各种要素间良好的配合而采取的协商、调节性行为。协调和指挥间存在着对立统一关系：

1. 指挥的直接作用对象是人，即被领导者；协调的对象不仅是人，还包括财物，主要是对人。

2. 指挥的职能更着重于力量部署、确定方向和选择方法等；协调的职能主要在于对不统一、不和谐进行处理，主要目的是改善要素间的配合。

3. 指挥可以用于协调，从而具有协调的意义；协调可以通过指挥实现，提高指挥的有效性。

（二）协调的类型

从不同的角度分析协调功能，可以对协调进行如下分类：

1. 根据协调对象不同：纵向协调和横向协调。纵向协调主要是协调上下级关系，一是协调同上级部门和单位的关系；二是协调同下级部门和单位的关系。横向协调是协调同级关系，一是协调同级管理部门和单位的关系；二是协调同级管理人员之间的关系。

2. 根据组织关系不同：内部协调和外部协调。内部协调就是对组织内部各部门、单位和人员之间的协调；对外协调就是对组织与外部环境的协调。

3. 根据协调内容不同：政策协调、事务协调、人事协调和社会协调。政策协调是指对政策涉及的组织关系、矛盾的协调；事务协调是指对组织内各种日常事务关系、矛盾的协调；人事协调是指对组织管理中各种人事关系、矛盾的协调；社会协调是指对组织的各种社会关系、矛盾进行的协调。

（三）协调的原则

组织关系的多样性决定了协调工作错综复杂，因此必须确定科学的协调原则，才能保证协调工作的有效性。具体的组织协调原则主要包括：

1. 统筹全局原则。组织协调的主要目的是实现组织的最终总体目标，因此，就要求首先必须形成全局的、系统的观念，即遵循统筹全局原则。以全局利益为基础前提，兼顾局部利益。

2. 综合平衡原则。各种组织要素的配比要合理，任何要素结构、功能的残缺都将导致整个组织的残缺。因此，对组织的协调活动必须以综合平衡为原则，不仅使组织内的各部门、单位和人员的责、权、利对应，而且必须使组织各部门、单位和人员相互配合协作。

3. 主次有序原则。任何组织内都存在主次关系，不可能在任何时候、任何情况下都能够进行均衡发展，只有在全局平衡的基础上有主有次、重点突出地进行协调才会真正实现整体利益。所以，进行组织协调时还必须遵从主次有序的原则。

4. 互相尊重原则。组织内需要协调的问题，一般都是在利益不一致的对象中产生，因此，进行协调处理问题时，相互尊重、互相理解就成为解决问题的前提和基础。

5. 民主协商原则。协调工作与指挥不同，不能通过指令性手段解决问题，如果当事者不能完全信服，问题就得不到有效解决，甚至会留下产生新问题的隐患。因此，协调倡导民主协商原则，营造和谐的氛围，多方参与意见，才可能获得正确的解决措施，协调工作真正见效。

6. 求大同存小异原则。在组织系统中，各部门、单位和个体因所处地位、所负权责不同，以及个体需要不同，利益差异必然存在，不可能整齐划一。因此，协调工作允许以不损伤全局利益为基础坚持求大同存小异的原则。

（四）协调的内容

协调对象、协调范围和协调方向的多元性就决定了协调内容的广泛性。从协调对象分析，协调内容包括组织协调、工作协调和人际关系协调；从协调范围分析，协调内容包括系统内部协调和系统外部协调；从协调方向分析，协调内容包括水平方向协调和垂直方向协调。本书主要从协调范围和方向综合的角度分析协调内容。

1. 管理系统外部关系协调。管理系统外部关系协调可以从垂直方向和水平方向具体分析。

（1）垂直方向的协调。外部垂直方向的协调，主要是与上级主管部门之间的关系协调。包括相关政策、方针、规定和计划等方面的协调，涉及人员、资金和物资等很多方面。

（2）水平方向的协调。外部水平方向的协调，主要是与外部环境的关系协调。包括客户、其他单位、合作伙伴、政府机关、金融体系和其他社会团体等。任何组织都是介于从外部输入和向外部输出的中间环节，因此，与外部环境中任意对象的关系没有协调好，都会直接关系到组织目标的实现。

2. 管理系统内部关系的协调。管理系统内部关系协调也可以从垂直方向和水平方向具体分析。

（1）垂直方向的协调。内部垂直方向的协调，主要是领导和群众、上级和下级的关系协调。协调的重点在领导和上级。

（2）水平方向的协调。内部水平方向的协调，主要是同一层次的不同单位、部门和人员之间的关系协调。主要包括：分工协调、目标协调和利益协调。

（五）协调的方法

协调功能能够发挥有效作用，除了依靠科学的协调原则、明确协调内容，还必须应用灵活的协调方法。

1. 会议协调法。会议协调法是最为普遍和经常使用的协调方法。会议形式主要有以下3种：

（1）例会。例会是由单位主管领导牵头组织有关部门在固定时间内召开的会议（如每月某日或每周某日等）。例会是解决横向管理中"例外事件"的专门会议。

（2）合署办公会。合署办公会是将与出现的问题相关的几个职能部门联合办公，集中讨论，获得解决问题的统一办法的会议。这种方法有利于提高协调效果和协调的自觉性。相对于例会的固定日期召开，合署办公会是针对某一特殊问题临时召开的专门会议。

（3）现场会。现场会是针对出现的问题，把相关人员集中到问题现场，听取现场人员对问题的分析和设想的解决办法，当场确定解决问题措施的会议形式。其优势在于能够较快地、有针对性地解决问题。

各种会议协调方法必须根据特定的协调问题而定，最终要形成明确而具体的决定。

2. 谈话协调法。谈话协调法主要有以下2种：

（1）个别谈心。选择恰当的谈话主题、时机、方法和语言等。

（2）协商对话。适合应用于领导者和被领导者、管理者和被管理者之间的协调。

3. 调整协调法。调整协调法主要有以下2种：

（1）调整组织结构。通过增设、合并等方式调整设置不合理的组织结构，理顺相互之间的职责。

（2）调整人员。通过调岗、调入或调出等方式合理分配人员，保证整个管理系统的正常、高效运行。

4. 心理协调法。心理协调法就是把心理学的知识引入协调工作中，注重从心理学的角度进行调试。

协调方法除了以上介绍的几种，现实中经常应用的协调方法还有目标协调、制度协调和物资协调等多种行之有效的方法。

二、沟通

沟通即信息交流，是指信息与思想在两个和两个以上主体与客体之间传递和交换的过程，目的是激励或影响人的行为。

（一）沟通的作用

物质流和信息流构成组织活动。信息传递是组织中必不可缺的管理行为，因此，沟通在管理中具有重要的作用：

1. 通过沟通，协调各部门、各成员和各要素，使组织增强整体凝聚力。组织的构成纷繁复杂，交织着各种利益要求，也存在着能力差别、对组织目标理解的差别和拥有信息量的差别。只有通过沟通，进行足够的信息交流和传递，才能统一认识，相互协调工作，增强组织凝聚力，最终实现组织目标。

2. 通过沟通，了解、激励下属。任何领导意图都必须通过下属的有效执行而实现。因此，了解下属、激励下属就成为领导的重要工作内容，沟通是完成这些任务的基本工具与途径。

3. 沟通是企业与外部建立联系的桥梁。组织必然与外界存在着多种关系，而外界总是处于不断地变化中，这就要求组织与外界保持持久的沟通，才能把握机会，长久生存。

（二）沟通的类型

根据各种标准，沟通的类型主要有：

1. 按照功能划分：工具式沟通和感情式沟通。工具式沟通是指发送者为了影响和改变接受者的行为而传递信息；感情式沟通是指发送者为了改善关系、表达感情而向接受者传递信息。

2. 按照方法划分：口头沟通、书面沟通和非言语沟通等。口头沟通被认为是较为节约时间且有效的沟通方式，其中收效显著的就是面对面沟通；书面沟通包括报告书、公司手册等多种形式，其优点在于可以将沟通事项保存，劣势在于相对正式不易调整；非言语沟通就是不经语言表达的沟通，如信号和标志等。其中最典型的就是体态语言和语调。

3. 按照组织系统划分：正式沟通和非正式沟通。正式沟通是指在组织系统内，依据组织明文规定的原则进行的信息传递与交流。其优点在于严肃、具有权威性；非正式沟通是指在组织系统不是以组织系统，而是以私人的接触来进行沟通。其优点在于直接明了、速度很快。

沟通类型有很多，除了上述主要种类外，还要按照方向划分的上行沟通和下行沟通、按照是否反馈划分的单向沟通和双向沟通等。

（三）有效沟通的原则

沟通过程中会存在诸多的障碍，必须确定一些有效沟通的原则，才能更好地提高沟通效率。

1. 确立问题原则。明确问题就是对问题解决了一半。如果领导者没有认清问题的本质，就难以清晰地界定问题，更不能正确地收集关于解决问题的资料，也难以尽快寻求到最佳的沟通方式。

2. 征求意见原则。任何组织面临的问题都是复杂的。所以，要广泛与相关人员协商，征求大家的意见。

3. 双线沟通原则。领导者在传递意见时，不仅要考虑传递的内容、对象、方法等，还要根据组织层次、行为人的心理特点顾及到一些组织上和心理上的问题。

4. 强调激励原则。组织内部意见下达着重于激励。只有让下属了解了指令的真正内涵和意义，并提示了工作意愿，才能体现沟通效果。

三、冲突管理

沟通的目的之一就是降低组织间的交易成本。但是由于组织间、组织内部的本质差别是不可能完全避免的，因而，组织间摩擦和人员间摩擦就不可避免，即产生冲突。所以，了解冲突的产生、类别及如何进行冲突管理就成为领导的研究内容之一。

（一）冲突的原因

产生冲突的原因是多种多样的，综合分析，主要有以下 3 类：

1. 沟通差异。由于存在文化和历史环境的不同、语义困难、误解和沟通过程中噪声的干扰，都可能导致沟通者之间意见不一致。沟通不良是产生冲突的重要原因，但不是主要的。

2. 结构差异。现实的管理过程中经常发生的冲突绝大多数是由组织结构的差异引起的。分工导致组织结构中形成垂直方向和水平方向的各种系统、各种层次和多种部门、单位及岗位，也就形成多种信息共同体、利益共同体。而且，组织愈庞大、复杂，分工愈细，各种共同体整合愈困难。信息不对称和利益不一致，就会在计划目标、实施方法、绩效评价、资源分配、劳动报酬及奖惩等问题上产生意见分歧，甚至冲突，这是由组织结构差异导致的。

3. 个体差异。每个个体的社会背景、教育程度、阅历、修养等塑造了不同的性格、价值观和作风。个体间差异造成的合作和沟通困难很容易成为导致冲突的根源。

（二）组织冲突的类型

对组织冲突可以按照不同的标准进行分类，最常用的是按照冲突发生的层次分类，具体包括：个人层次的冲突、团体层次的冲突和组织层次的冲突。

1. 个人层次的冲突。个人层次冲突可以细分为个人内心冲突和人际关系冲突。

（1）个人内心冲突。个人内心冲突是指当个人面临着相互矛盾的目标、认识、相互矛盾的行动趋势或一个同时具有肯定和否定特征的目标时，内心发生的冲突。个人内心冲突的影响可能是肯定的，也可能是否定的，甚至两种可能都存在。个人内心冲突可以分为三种形式：其一双趋冲突，即在两个或两个以上具有肯定特征的目标中做出选择的冲突；其二趋避冲突，即对那些既有肯定特征又有否定特征的目标进行决策时的冲突；其三双避冲突，即在两个或两个以上具有否定特征的目标中做出选择的冲突。

（2）人际关系冲突。人际关系冲突是指两个或两个以上的个人在其目标实现的过程中发生的对抗。组织中人际关系冲突具有如下特征：其一是一方的结果依赖于另外一方的决定；其二是强调个人行动结果和合作行动结果的差别；其三是冲突的解决需要双方相互信任，但往往事与愿违。

2. 团体层次的冲突。团体层次的冲突包括团体内的冲突和团体间的冲突。

（1）团体内冲突。组织内的团体是由许多个体组成，却不是个体的简单加总。因此，团体内的冲突不仅包括个人层次的全部冲突，还包括个人与团体间的冲突。个人与团体间的冲突主要来源于团体目标对个人行为"非人格化"的要求与个人利益意愿现实存在的矛盾。

（2）团体间冲突。团体间冲突是组织内的团体间由于各种原因发生的对立情形。其根源在于各个团体片面强调自己利益而忽视对方的和共同的利益。组织内的团体间的冲突主要有以下表现形式：其一是垂直冲突，即组织纵向分工形成的不同层次间的冲突。其二是水平冲突，也称为功能冲突，即组织横向分工形成的不同职能部门间的冲突。其三是指挥系统与参谋系统冲突，即组织中直线指挥人员和参谋人员的冲突。其四是正式系统与非正式系统间的冲突。

3. 组织层次的冲突。组织层次的冲突不仅包括上述两个层次的冲突组成的组织内的冲突，还包括组织间的冲突。组织内的冲突主要是由组织内的工作设计、组织结构和内部权力的分配造成的，组织间的冲突主要是与其生存环境有关。

（三）冲突管理

组织冲突产生的原因各不相同，对组织发展既有积极作用又有消极作用，因此需要让组织冲突保持在一个合理水平，使其既不能过低，阻碍对组织成员的创造力和创造精神的激励，也不能过高，妨碍组织目标的实现。因此，必须对组织冲突进行有效管理。

1. 托马斯的人际冲突处理模式。这是美国行为科学家托马斯提出的两维模式，如图9-10所示。

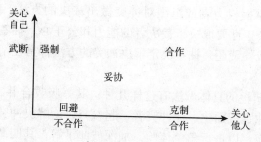

图9-10 人际关系冲突处理的两维模式

托马斯的研究确定了人际关系冲突处理中两个重要维度：关心自己和关心他人，关心自己用武断程度表示，关心他人用与他人的合作程度表示，两种程度的组合能够形成五种处理人际关系冲突的策略。

（1）回避策略。即采取既不合作也不武断的策略。完全把自己置身于冲突之外，忽视双方的差异，或者保持中立态度。该方法虽然可以避免问题扩大化，但因为忽略了一些重要的意见、看法，易遭对手非议，长期使用效果不佳。

（2）强制策略。即高度武断而不合作的策略。通常是一方在冲突中具有占绝对优势的权力和地位，为了自己的利益牺牲他人的利益。该策略可以达到自己的目的，但不受对手的欢迎。

（3）克制策略。即具有高度合作精神而相对武断程度较低的策略，也就是为了从长远利益出发，暂时牺牲自己的利益而换取对方的合作。该策略最受对手欢迎，但容易被对手认为过于软弱或是屈服的表现。

（4）合作策略。即高度的合作精神和高度武断的策略，代表了冲突解决的"双赢"局面，既考虑了自己的利益，又考虑了他人的利益。

（5）妥协策略。即合作性和武断程度都处于中间状态的策略。它以"有予必有取"为基础，通过一系列的谈判和让步获得。该策略是最为常用、被广泛接受的解决冲突的策略。

2．解决冲突的方法。根据冲突产生的原因、冲突双方的态度，存在下列解决冲突的方法：

（1）调解法。是指冲突双方通过协商或谈判，订立一个协议或公约来解决冲突的方法。通常领导者充当调节者，全面了解冲突双方的分歧，并进行客观分析，再提出合理建议，促使双方拟定和执行协议或者公约。其过程如图9－11所示。

了解情况 → 分析权衡 → 提出建议 → 双方协商 → 拟定协议 → 监督执行

图9－11　协商解决冲突的程序

调解法解决冲突的前提是存在需要解决的客观问题，而不是冲突双方的不合理要求。这是解决冲突比较好的方法，其消极因素小，但较为费时。

（2）互助法。是指冲突双方在第三方（专家或领导）的协助指导下，通过充分讨论来解决冲突的方法。这也是较好的解决冲突的方法之一，它通过在专家协助下双方形成共识基础，再确认解决方案。这样能够使分歧得到较为彻底的消除，也可以较快地调动积极性，生成的解决冲突的方案比较合理，但是过程长，耗费时间和精力。

（3）裁决法。是指掌握权力者或组织对冲突做出裁决的方法。该方法简单、省力。但其最终结果的正确性和公正性要取决于裁决者的能力和公正心。抽签方法也被认为是裁决法的一种形式。无论是权威仲裁还是抽签决定解决冲突的方法都是在情况紧迫时才能发挥其特殊作用。

（4）改组法。组织调整的具体做法有这样几种：其一吸收合并，以复制方式加以分离；其二采用矩阵式组织将冲突表面化，让冲突者一起参与讨论解决冲突的过程；其三使互相冲突的岗位、人员相互轮换，以进行角色体验，加深彼此了解；其四调整个人职责，使分工单一，简化角色要求和角色冲突；其五利用缓冲物加以分离或利用连缀角色加以缓冲。如A

与 C 难以达成共识，第三方 B 介入分别与双方对话。

（5）支配法。是指冲突的一方利用手中的权力、权威与实力迫使冲突的对方退却、放弃的方法。这种方法过于简单，效果欠佳。

（6）拖延法。是指拖延一些时间，等待矛盾双方冷静下来，使问题的实质充分显示清楚后再加以处理的方法，又被称为"冷却法"。该方法比较谨慎，更稳妥，消极作用小，适用于对人的处理。

思 考 题

1. 什么是领导？领导的实质和作用是什么？如何实现领导的作用？
2. 领导者的权力来源是什么？如何正确使用这些权力？
3. 有哪些主要的领导理论？它们之间有什么区别？
4. 怎样理解"管理就是协调"？
5. 协调应该遵循哪些基本原则？
6. 什么是沟通？沟通的功能是什么？
7. 比较不同的沟通方式的优点和局限性。
8. 产生冲突的主要原因有哪些？
9. 解决冲突的方法有哪些？这些方法分别有哪些优势及局限性？

能力训练

你会怎么做？（一）

亚历山大是某便利连锁公司的一位片区经理。他管辖的片区有 7 家分店。由他全面负责它们的经营管理。这些连锁店在每个轮班时间内只有 1 个人当班。有些商店全天 24 小时营业，但市中心的那家商店只是周一至周四全天营业，周五至周末的营业时间为早上 6 点到晚上 10 点。由于该店每周三天的营业时间短，销售得来的现金就放在店保险柜里，到下周一早上再统一清点。这样，周一早上当班的店员就要比平常花更多的时间，来点这些钱。

公司的一项政策规定，当腾空店里的保险柜时，片区经理必须同当班的店员一起点钱，而且店员必须将钱分成每 1 000 美元一叠置于一棕色袋内，做过标记后搁在保险柜旁的地上让片区经理核实各袋中的钱额。

比尔就在这公司的那家市中心商店当店员。他想在片区经理到来之前预先将保险柜里的钱点好，以便使经理节省些时间。店里的生意很忙。比尔在打包一位顾客购买的商品时，不注意将一钱袋误当做一个包了 3 块三明治的食品袋，放进了顾客的购物袋中。20 分钟以后，片区经理亚历山大来了。在发现差错后，两人开始寻找这一钱袋。过了些时间，那位顾客送回了这袋误搁的钱。可是，公司有政策规定，任何人违背了点钱的程序，都必须立即解雇。比尔非常的伤心。"我真的需要这份工作"，比尔申辩说，"我的妻子刚生了个婴儿，花了一大笔医疗费。我一定不能够没有工作！"

"你是知道公司的政策的。"亚历山大这样提醒道。

"是的，我知道，"比尔回答，"我确实无可争辩。尽管如此，但要是你不解雇我，我保证我会成为你所有的店员中最好的一个。"

在比尔招呼一位顾客的时候，亚历山大给休斯敦总部的上司打了电话。征得上司批准后，亚历山大决定不解雇比尔。

请试回答下面的问题：

1. 假如这个片区的经理是你，你会解雇比尔还是和亚历山大采取一样的处理方式？为什么？
2. 请运用管理方格理论说明亚历山大经理的领导方式。

你会怎么做？（二）

假定你是一家集团公司的一个分支机构经理，你对地区事业部经理负责。你的分支机构有 120 名员工，在他们与你之间有两个层次的管理人员——作业监督人员和部门负责人。你所有下属人员都在本分支机构的所在地工作。两个月前，你任命了一个新的部门经理，这名新任命的部门经理明显地没有达到该部门预算的目标。销售监督人员的分析报告表明，该部门在新部门经理到任的当月，只完成销售任务的 70%，第二个月只完成销售任务的 65%，而这两个月其他的部门都完成或超额完成了销售任务。

请你思考以下问题：

1. 遇到这种情况你会怎么做？
2. 你是否想把这个新经理换掉？你会采取怎样的方式与新经理沟通？

案例分析

案例一：诺玛的管理困境①

资料：

鲍勃·罗斯别克公司（Bob Ross Buick，www. bobrossauto. com）不折不扣垄断着俄亥俄州代顿市的汽车市场。这家公司坐落于代顿市几条主要高速公路的交叉口上，连续五年来一直是俄亥俄州最大的一家别克汽车经销商。由于公司创建人老鲍勃·罗斯的意外早逝，他的太太诺玛·罗斯继任公司总裁兼首席执行官，儿子鲍勃·罗斯与女儿吉奈尔担任副总裁职务。诺玛说："我们从来就没有想过要把公司卖掉，或与其他公司重组，或脱离这个行当。"实际上，鲍勃去世仅一天后，诺玛就和孩子们建立起一道联合战线，他们要向员工、客户以及汽车代表证明他们有能力接手老鲍勃创建的产业。

老鲍勃创造了一个代表着卓越和繁荣的商业神话。他 1962 年做汽车推销员起家，由于 10 年间的杰出业绩而进入别克销售精英俱乐部（Buick Sales Master Club）。他的成就使他被选定进入十分知名的"通用汽车少数民族经销商学院"（General Motors Minority Dealer Academy）学习，而且鲍勃成为第一个得到通用汽车特许经销权的毕业生。而后近 20 年里，他在代顿地盘上建立了一个十分知名的汽车行。

这家公司所取得的卓越业绩不仅仅因为鲍勃敏锐的商业头脑。女儿吉奈尔说："父亲总是给我们灌输这样的思想，我们和员工都处于同样的地位"。他对员工的满意感很高，不少员工一直在公司里干了很多年。

现在诺玛不得不取而代之了。她面对的领导挑战是，自己的前任如此受到员工的爱戴和尊重！吉奈尔解释道："任何领导人去世时，都是一个人们可能会弃船而去的重大关头。"

现在假设你处于诺玛·罗斯的位置，你如何解决下列问题：

1. 领导者与被领导者有哪些区别？
2. 老鲍勃·罗斯的领导风格是什么？
3. 该建立怎样的新领导风格，使员工依然对组织具有忠诚感和奉献精神？

---

① ［美］斯蒂芬·P·罗宾斯著，黄卫伟等译：《管理学》（第四版），中国人民大学出版社 1997 年版，第 489 页。

案例二：员工的喜悦与骄傲①

资料：

1953 年 11 月 14 日的美国《商业周刊》上刊登了如下的报道：

本周一批切萨皮克俄亥俄铁路公司员工走进董事会的豪华办公室中，展示他们的骄傲与喜悦：他们为重建亨廷顿工厂所构思的模型。

这个模型是由 60 位铁匠、电工、木匠、引擎技工和学徒出于对工作的热爱，经过六个星期马不停蹄的努力（而且大半利用工余时间）完成的。切萨皮克阿赫铁路公司高层估计，类似的规划可能要花 30 个月到 3 年的时间才能完成，由此可见这次集体努力的规模是多么庞大。

最初之所以会引发这个想法，是因为切萨皮克俄亥俄铁路公司领悟到亨廷顿工厂必须重建，才有办法维修柴油机引擎火车头。于是，在厂房中上班的员工开始在午餐时间讨论重建计划。

那天中午，谈话内容很快就落实为具体方案，每个人都提议如何解决自己厂房现有设计上的问题。他们的上司斯莱克仔细聆听各种建议，并且详做笔记。他找了绘图员把构思画成蓝图，然后邀请所有人参与整个规划工作。最后的成品就是本周在董事会中展示的模型。

整个计划除了让员工很开心外，还有个极具说服力的要点：整个重建工程的预估成本大约在 250 万美元，远低于管理层原本预期的 1 000 万～1 500 万美元，真是大快人心。

根据这篇报道，思考下列问题：

1. 切萨皮克俄亥俄铁路公司的领导者对自己的员工基于怎样的人性假设？根据路径—目标领导理论和相关激励理论分析该公司重建厂房规划成功的原因。

2. 该案例对我们提高我国企业管理效率和领导者的管理技能有何启发？

---

① ［美］彼得·F·德鲁克著，齐若兰译：《管理的实践》，机械工业出版社 2006 年版，第 229～230 页。

第 十 章

控　制

知识目标

通过本章学习，能够了解控制在管理活动中的重要性，控制的各种方法及其在实践中的运用；理解控制的含义，掌握控制的类型、控制的过程和控制的原则。

能力目标

通过对控制的类型、内容、基本过程等相关知识的学习和理解，认识管理的四大职能之间的关系、控制的重要性以及如何设计控制系统。通过对预算控制、财务控制、人员控制、生产控制等相关知识的学习和理解，学会运用和设计控制方法。

管理定律之十六

狄伦多定律

英国伦敦经济政治学院前董事 L.狄伦多指出：解决任何问题的办法在于把握问题未发生前的契机，并将它消解于无形。

启　示

善正者正于始，能禁者禁于微。

管理定律之十七

横山法则

日本社会学家横山宁夫指出：最有效并持续不断的控制不是强制，而是触发个人内在的自发控制。

启　示

有自觉性才有积极性，无自决权便无主动权。

第一节　控制概述

控制是管理过程不可分割的一部分，是组织各级管理人员的一项重要工作内容。

一、控制的含义与重要性

（一）控制的含义与特点

1. 控制。控制是指在对各项活动进行科学监测的基础上，保证各项行动按计划进行并纠正各种显著偏差的过程。

控制的含义包含以下内容：

（1）控制是一个发现问题、分析问题和解决问题的全过程。组织开展业务活动，由于受外部环境、内部条件变化和人认识问题、解决问题能力的限制，实际执行结果与预定目标完全一致的情况是不多的。因此，对管理者来讲，重要的问题不是工作有无偏差，或是否可能出现偏差，而是能否及时发现偏差，或通过对进行中的工作深入了解，预测到潜在的偏差。发现偏差，才能进而找出造成偏差的原因、环节和责任者，采取针对性的措施，纠正偏差。

（2）控制必须建立在对各项活动进行科学监测的基础上。活动是否按照计划来执行？执行的过程中是否有偏差？偏差程度是否显著？这些问题都是依靠科学监测来获知的。只有进行科学监测，才能发现计划执行过程中出现的各种问题和偏差。

（3）控制只是对异常的偏差进行纠正，而不是对所有的偏差进行纠正。由于环境的不确定性，计划的执行与计划之间不可避免地要出现偏差。有些偏差不会影响计划目标的实现，这就是正常偏差。但有些偏差会使计划执行结果偏离计划目标，影响计划目标的实现，这些偏差就是异常偏差。控制不是对所有的偏差进行纠正，而只是对那些导致执行结果偏离计划目标的异常偏差进行纠正。

（4）控制必须有控制标准。如何衡量这些偏差是正常偏差还是异常偏差？这需要有控制标准。控制标准是指反映或衡量系统预期稳定状态的水平或尺度。这些标准实际上是一些特定目标，是在计划的过程中产生的，依据这些目标可以对实际行动进行衡量。

如图 10-1 所示，异常偏差是指超出控制标准上下限的区域。这里所讲的控制，即只需对异常偏差区域进行调整和纠正即可。

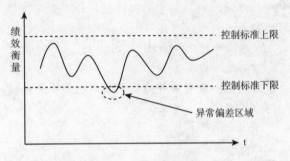

图 10-1　控制示意图

2. 控制的特点。控制作为管理工作最重要的职能之一，是管理过程不可分割的一部分。管理中的计划、组织和领导等其他职能，必须伴随有效的控制职能，才能真正发挥作用。组织的整个管理过程只有依靠控制职能才能得以有效运转，循环往复。同其他管理职能一样，控制职能是组织中各个层次的管理者必须承担的主要职责。

由此可见，管理控制不同与物理、生物、经济及其他方面的控制，管理控制有其自身的特点。具体表现在如下几个方面：

（1）管理控制具有整体性。这包括两层意思：从控制的主体来看。完成计划和实现目标是组织全体成员共同的责任，管理控制应该成为全体成员的职责，而不单单是管理人员的职责。让全体成员参与到管理控制中来，这是现代组织推行民主化管理思想的重要方面。再从控制的对象来看，管理控制覆盖组织活动的各个方面，人、财、物、时间、信息等资源，各层次、各部门、各单位的工作，以及企业生产经营的各个不同阶段等，都是管理控制的对象。不仅如此，管理控制中需要把整个组织的活动作为一个整体来看待，使各方面的控制能协调一致，达到整体的优化。

（2）管理控制具有动态性。管理控制中的控制不同于电冰箱的温度控制，后者是一种高度程序化的控制，具有稳定性的特征；组织则不是静态的，其外部环境和内部条件随时都在发生着变化，从而决定了控制标准和方法不可能固定不变。管理控制应具有动态的特征，这样可以保证和提高控制工作的有效性和灵活性。

（3）管理控制是对人的控制并由人执行的控制。管理控制本质上是由人来执行的，而且主要是对人的行为的控制。与物理、机械、生物及其他方面的控制不同，管理控制不可忽视其中的人性面因素。管理控制应该成为提高员工工作能力的工具。控制不仅仅是监督，更重要的是指导和帮助。管理者可以制定偏差纠正计划，但这种计划要靠员工去实施，只有当员工认识到纠正偏差的必要性并具备纠正能力时偏差才会真正被纠正。

（4）管理控制是提高职工工作能力的重要手段。通过控制工作，管理者可以帮助员工分析偏差产生的原因，端正员工的工作态度，指导他们采取纠正的措施。这样既能达到控制的目的，又能提高员工的工作和自我控制能力。

（二）控制的作用与重要性

1. 控制的作用。控制在管理中的作用有两方面：一方面起检验作用，它检验各项工作是否按预定计划进行，同时也检验计划的正确性与合理性；另一方面起调整作用，它调整行动或计划，使二者相吻合。

2. 控制的重要性。控制是管理的四大职能之一，在管理活动中占有重要地位。控制的重要性主要体现在以下两个方面：一方面，控制活动提供了组织活动回到计划的关键联系。计划、组织、领导和控制四大职能顺次形成一个计划—控制链，如图 10-2 所示。控制环节既能保证前三个环节中，行动的结果同计划目标相一致，不出现明显的偏差；又能在下一个循环中，保证计划制订得更加科学合理。另一方面，控制能监督目标是否按计划实现和上级的权力是否被滥用。在现代管理活动中，授权日益普遍。为保证授权者能够及时获悉被授权者对权力的运用情况，防止出现滥用权力等现象，控制就成为必然活动。

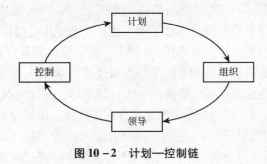

图 10-2 计划—控制链

二、控制的类型

（一）事前控制、事中控制、事后控制

按控制的时点不同，控制可分为事前控制、事中控制和事后控制。如图 10-3 所示。

图 10-3 三种控制类型

1. 事前控制。又称为前馈控制或预先控制，是指为避免预期出现的问题与偏差，而在计划实施之前所采取的管理行动。事前控制主要是通过搞好资源配置，包括人员挑选与配置、物质技术设备、商品、材料等保证业务需要及资金的控制等。比如，航空公司进行的预防性飞机维护，就是用来发现和阻止可能导致发生意外的结构性损伤。再如，公司为了防止员工公差期间利用公款奢侈消费，制订的公差报销标准等都是事前控制的例子。

事前控制是未来导向的，它以预期为基础，它是管理者最渴望采取的控制类型。其优点是：能避免出现预期的偏差，减少损失和资源浪费；它是在工作开始之前针对某项行动计划所依赖的条件进行控制，不是针对个体人员，因而不易造成对立面的冲突，易于被员工接受并付诸实施。

事前控制的主要困难是：需要及时和准确的信息，以保证对未来的预测正确，从而防范问题的发生；需要管理人员充分了解事前控制因素与计划工作的关系。

2. 事中控制。又称为同步控制或同期控制，是指在计划执行过程中，对所出现的问题与偏差进行及时调整和纠正的管理行动。事中控制不是指偏差的发生和纠正同时进行，而是指偏差发生后的短时间内，即可实施纠正行动，防止偏差导致大量资源浪费或重大损失。最常见的事中控制方式是直接视察。比如，管理人员巡视生产车间，发现有员工违规操作时，即刻纠正员工的错误行为；再如，生产车间的员工巡视生产线时，对小故障进行的及时修理和排除等都是事中控制的例子。

事中控制的优点是：在工作过程中，一旦发生偏差，就马上予以纠正，保证本次活动尽可能地少发生偏差，改进本次而非下一次活动的质量。

事中控制的缺点有：（1）事中控制的效率受管理者的时间、精力、业务水平等的制约，不可能都采取事中控制。（2）事中控制的应用范围较窄。一般来说，对于那些容易辨认、容易衡量的偏差可以采取事中控制，比如生产工作；而对于那些难以辨认或者难以衡量的偏差，几乎无法采用事中控制，比如科学研究。（3）事中控制容易在控制者与被控制者之间形成心理上的对立，容易损害被控制者的工作积极性和主动性。

3. 事后控制。又称为反馈控制，是指计划执行完毕后，对计划执行结果与计划目标之间的偏差进行调整的管理行动。事后控制主要是通过财务分析、质量分析、绩效考核等手段，测定与分析产生的偏差，以改进下一个过程中的资源配置及运作过程。比如，管理者对比年终销售额与年初销售目标，寻找并分析差距，以希望下年度能有所改进就是事后控制的例子。

管理者最常用的控制类型是事后控制。与事前控制和事中控制相比较，往往在两个方面占有优势。（1）事后控制为管理者提供了"关于计划的效果究竟如何"的真实信息。如果反馈显示控制标准与现实之间只有很小的偏差，说明计划的目标达到了；如果偏差很大，管理者就应该利用更多信息使新计划制定得更有效。（2）事后控制可以增强员工的工作积极性。因为人们希望获得评价他们表现的信息，而反馈正好提供了这样的信息。

事后控制的主要缺点在于：只能事后发挥作用。偏差发生与被发现并得到纠正之间有较长一段时滞，管理者获取信息时浪费或损失已经造成了。但在许多情况下，事后控制是唯一可用的控制手段。

控制的三种方式，不是决然分开的。事后控制得出的一些经验与结论可以用于下个周期的事前控制；事中控制发现的各种问题，也可以给事后控制和下个周期的事前控制提供相关的信息和依据。管理者应该综合运用这几种控制方式，充分发挥其积极作用。

（二）间接控制与直接控制

按控制手段的不同可以将控制分为间接控制和直接控制。

1. 间接控制。是指根据计划和标准考核工作的实际结果，分析出现偏差的原因，并追究责任者的个人责任以使其改进未来工作的一种控制方法，多见于上级管理者对下级人员工作过程的控制。

这种控制方式是建立在如下假设基础上的：（1）工作成效是可以计量的，而且是可以相互比较的（事实上，很多管理部门或职位的绩效是很难计量和相互比较的。即使确定了定量评价的标准，这些定量标准也可能对其绩效起误导作用）。（2）人们对工作任务负有个人责任，个人责任是清晰的、可以分割的和相互比较的，而且个人的尽责程度也是可以比较的（实际上，很多活动的责任是多个部门共同承担的，而且工作绩效也可能与个人责任感无关）。（3）分析偏差和追究责任所需的时间、费用等是有充分保证的（事实上，有时上级主管人员可能不愿意花时间和费用去分析引起偏差的事实真相）。（4）出现的偏差可以预料并能及时发现。(5) 有关责任单位和责任人将会采取纠正措施（事实上，推卸责任是很普遍的现象）。

间接控制并非普遍有效的控制方法，它尚存在着许多不完善的地方。

2. 直接控制。是指通过提高主管人员素质，使他们改善管理工作，从而防止出现因管理不善而造成的不良后果的一种控制方式。

这种控制模式的特点是通过培训等形式，着力提高主管人员的素质和责任感，并在控制过程中实施自我控制。

（三）程序控制与跟踪控制

根据确定控制标准 Z 值的方法，可以将控制过程分为程序控制与跟踪控制。

1. 程序控制。程序控制是指在已知系统的状态变量和控制变量的前提下，预先确定出控制变量的时间序列，保证系统状态的时间序列沿着既定的步骤运行的一种控制方式。

程序控制的特点是，控制标准 Z 值是时间 T 函数，即 $Z = f (T)$。

在工程技术中，如程序控制的机器人或程序控制的机床，都严格按照预先规定的程序进行动作。某种动作什么时间开始，什么时间结束，都根据计数器给出的时间数值加以控制，到时间就进行规定的动作，而不管实际的具体情况如何。

在企业生产经营活动中，大量的管理工作都属于程序控制性质。例如计划编制程序、统计报告程序、信息传递程序等都必须严格按事前规定的时间进行活动，以保证整个系统行动的统一。

2. 跟踪控制。跟踪控制是在某些情况下，系统的预定状态随时间变化的规律预先并不知道，而应在实际控制过程中按某些外部信息来确定。

跟踪控制的特点是，控制标准 Z 值是控制对象所跟踪的先行量的函数。若先行量为 W，则 $Z = f (W)$。

例如，要求军舰的航线必须与海岸线保持 12 海里的距离，那么，海岸就是先行量 W，航线就是跟踪量，控制标准 Z 就是 12 海里。军舰要不断地测量自己与海岸的距离来控制自己的航线。

在企业生产经营活动中，税金的交纳，利润、工资、奖金的分配，资金、材料的供应等都属于跟踪控制性质。例如，企业产品的销售额是先行量，税金是跟随量，控制标准就是各税种的税率，这是一种动态的跟踪控制。国家通过制定各种税种和税率，就可有效地控制国家与企业在经济利益上的分配关系。随着企业生产的情况，销售额增减，国家的税金收入也水涨船高，水降船落。

第二节　控制的程序

一、控制的基本前提

组织中的控制活动是通过组织的控制系统来完成的，控制系统主要包括：控制的目标、控制的主体、控制的对象、控制的方法和手段。在这里，需要指出的是，许多主管人员在实施控制活动的过程中，通常总是把注意力过分集中在控制的方法和手段上，而忽视控制系统应具备的十分重要的前提条件，结果是可想而知的。事实上，主管人员建立和维持一个控制系统，必须先具备一系列的前提条件，这是由控制活动本身的特点所决定的。

（一）控制要围绕组织目标进行

组织管理的整体目标，规定了控制活动的内容和方向，控制要为实现目标服务。所以，控制要以目标为中心，紧紧围绕目标进行，当环境变化必须改变决策目标时，控制工作也要跟随目标做相应的改变。如果一个组织没有明确的目标，管理者就无法进行有效控制，即使组织有明确目标，却未被正确理解，也会同样导致错误的控制。

（二）控制的核心是反馈

反馈是指系统的输出信息返送到输入端，与输入信息进行比较，并根据二者的偏差进行控制的过程。如果反馈使得受控系统的输入对输出的影响增大，导致系统更大的偏差，这种反馈称正反馈；如果反馈使得受控系统的输入对输出的影响减少，使系统偏离目标的现象收敛，这种反馈称为负反馈。一般利用负反馈使系统保持稳定性，以合乎给定的目标。管理系统的反馈如图10－4所示。

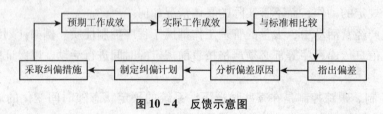

图10－4　反馈示意图

（三）控制要有计划

在运用控制方法或建立控制系统之前就必须先有计划，控制是建立在计划基础之上的。计划拟订得越明确、越全面、越完整，控制工作就会越有效。因为，如果主管人员事先不知道他们期望的目标是什么，他们就无法判断下属单位是否正在完成所期望的目标。

由此可见，控制和计划是一对"孪生兄弟"，是互相依存的。没有计划，控制就没有目标；没有控制，计划也得不到保障。

（四）组织要有明确的组织结构

控制工作的目的就是发现偏差、纠正偏差，进而保证组织目标的实现，所以我们必须知道一个组织中应由谁来对计划执行中的偏差负责，应由谁来采取措施纠正这一偏差。通过建立专职控制职能的组织机构，配备专门的人员并规定其权力和责任，可解决由谁来控制的问题。如制定标准的工作可以由计划人员来做；收集信息、分析偏差和造成偏差的原因工作可以由财务人员、统计人员、销售人员来完成。但是，采取纠偏措施的职责，必须由直线主管人员来履行，因为他们掌握着直线职权，承担着实现组织目标和计划的主要责任。组织结构越明确、越完整，控制工作就越有效。

（五）控制的基础是信息

一切信息的传递是为了控制，而一切控制又都有赖于信息的传递，信息是经过加工处理后对组织目标实现有参考价值的数据。在当今"信息爆炸"的时代，管理者要提高控制工作的效率和效果，必须能够对信息进行有效管理，使信息能够及时、准确、适用、经济地提供给组织的各级管理人员及其他相关人员。这是一项很艰巨的工作，通常借助管理信息系统（MIS）、决策支持系统（DDS）等计算机化的强有力手段。

（六）科学的控制方法和手段

控制的目标是使实际运行情况和计划方案相一致。而实际运行情况却需要通过一定的控制方法才能得到，如果发现偏差，纠偏措施也要通过一定的控制方法和手段来实现。在实际控制过程中，应根据具体的控制目标，采取相应的控制方法，才能取得较好的控制效果，否则就会事倍功半。

二、控制的基本过程

控制是根据计划的要求，设立衡量绩效的标准，再把实际工作结果与预定的标准相比较，以确定组织活动中出现的偏差及其严重程度，在此基础上，有针对性地采取必要的纠正措施，以确保组织资源的有效利用和组织目标的圆满实现。不论控制的对象是新技术的研究开发，还是新产品的加工制造、市场营销宣传、企业的人力条件、物质要素、财务资源等，控制的过程基本上都是相同的，都包括确立标准、衡量绩效和纠正偏差三个基本环节的工作。控制的基本过程如图 10-5 所示。

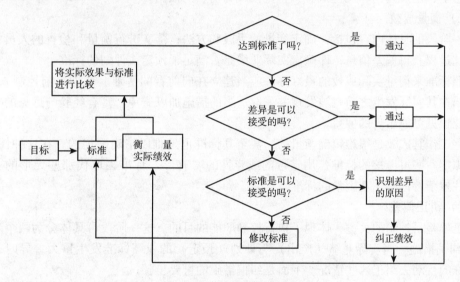

图 10-5 控制的基本过程

（一）拟订标准

标准是衡量实际或预期工作成果的尺度。由于计划工作是进行控制的依据，因此从逻辑上讲，控制过程的第一步是制订计划。

控制标准是从一个完整的计划中遴选出来的，对工作成果的衡量具有重要意义的关键点。从计划中选择关键控制点的能力是一种艺术，有效的控制取决于这种能力。

最理想的控制标准是可考核的标准。控制标准的类型包括：

1. 实物标准，或物理标准。实物标准是非货币形式的衡量标准，普遍适用于基层单位，如使用原材料、雇用劳动力、提供产品或服务等的标准。这些标准可以反映任务或工作的数量方面，也可以反映任务或工作的质量方面。从某种意义上讲，实物标准是计划工作的基石，也是控制的基本标准。

2. 费用标准，或成本标准。费用标准是货币形式的衡量标准。费用标准是以货币价值来衡量因作业造成的消耗，即作业消耗的货币价值形式。同实物标准一样，费用标准也适用于基层单位。

3. 资金标准，或资本标准。这是费用标准的变种，是用货币来计量实物项目而引起的。资金标准与投入一个组织的资金有关，而与经营费用无关。对于新的投资和综合控制而言，最广泛运用的标准是投资回收率。资产负债表通常还披露其他资本标准，如流动比率，资产负债率，固定投资与总投资的比率，速动比率，短期负债或债券与股票的比率，以及存货周转率和存货规模的大小等。资金标准与损益表无关。

4. 收入标准，或收益标准。收入标准是销售额的货币价值形式。

5. 计划标准，或程序标准。在一些工作或任务的评价中需要运用主观判断，时间或其他因素通常被作为客观的判断标准。

6. 无形标准。一些问题要建立清晰的定量和定性标准是极其困难的。如，主管人员对下属的人事科长或医务主任的能力的评价。在任何一个组织中，都存在着许多无形标准。在这些情形下，主观判断、反复试验、直觉便成为衡量的依据。

（二）衡量成效

这一阶段的具体内容包括：确定衡量的手段和方法；落实进行衡量和检查的人员；通过衡量对比过程获得偏差信息，即确定实际业绩是否满足了预定或计划的标准。

按照标准来衡量实际成效的最好办法应当建立在向前看的基础上（即事前控制），这样可使差错在其实际发生之前就被发现并采取适当的措施加以避免。富有经验与远见的主管人员常常能预见可能出现的偏差。

有些工作其成效是很难精确衡量的，甚至其标准也是难以精确确定的。在这种情况下，尽量要拟定一些可考核的标准，用定量的或定性的"有形"标准去取代那些无形的、笼统的、往往掺杂着许多主观因素的标准。

（三）纠正偏差

纠正偏差是控制的关键，体现了执行控制职能的目的。这一阶段可具体分为两个环节：

1. 纠偏措施。当实际业绩（产出）与计划（预定）的业绩标准发生重大差异时，必须采取特殊的行动去纠正这些情况。下面是纠偏措施的重要步骤：

（1）经营阶段。及时调查偏差原因；决定所需纠偏措施；根据决策，对纠正情况及时予以指导；紧密监督纠偏措施，从而确保它是根据指导的要求得以实行的，并确保其有效性。

（2）行政管理阶段。调查重复出现的问题，确定对此负有责任的人为或物质的基本因素；根据情况的要求，采取积极的或消极的惩罚措施；制定创造性计划防止偏差情况的重复出现；认清所处的环境状况，并引入已计划好的措施。

2. 贯彻阶段。仅仅建议纠偏措施是不够的，我们必须建立具体的程序，并清晰地分配责任以确保纠偏措施得以贯彻执行。

在现代管理活动中，无论采取哪种方法来进行控制工作，其基本目的是要"维持现状"，即通过有效控制，实现既定目标。

控制工作要达到的第二个目的，是要"打破现状"，即通过有效的控制，使组织适应环境的新变化、新趋势，开创组织发展的新局面。为此，就需要打破现状，修订既定的计划，确定新的发展目标和管理控制标准，使之更先进、更合理。

在一个组织中，往往存在两类问题，一类是经常产生的、可迅速而直接影响组织发展的

"急性问题"，另一类是长期存在于组织中、影响组织发展潜力的"慢性问题"。解决急性问题多是为了维持现状，而打破现状，主要是为了解决慢性问题。要打破现状，解决慢性问题，是需要一定时间的。这段活动时间就叫"管理过程突破"。

此外，在管理过程突破中，还必须注意"问题的诊断"和变革过程中的"克服阻力"。

第三节　控制的原则和要求

一、控制的原则

为了使控制工作能真正发挥作用，在建立控制系统和实施控制行为的过程中，应该遵循以下控制原则：

（一）有计划地进行控制的原则

控制不是随意和随机的。由于每项计划都有各自的特点和产生背景，与此对应的控制系统及控制工作，在控制标准、关键点、绩效衡量方法、矫正措施等方面，都必须依据不同计划的具体情况与特殊要求来设计和操作。

（二）在战略要点上控制的原则

战略要点是指与诸工作要素相互联系，并能综合、集中反映与统领制约这些工作因素的关键性环节。把控制放在合适的战略要点上，就能透过这些战略要点，准确识别受控对象的实际状态，从而通过控制战略要点以实现控制全局，收到事半功倍的效果。

（三）实行例外控制的原则

例外原则是指管理者要特别注意例外偏差，即那些超出一般情况的特别好或特别差的情况。强调例外，就是要把控制工作着重于计划实施中的异常情况，针对异常偏差采取调整和纠正行动，而不是对所有的偏差进行调整和纠正。但是，对例外的关注，不应仅仅依据偏差的大小而定，还必须考虑相应的工作或标准的重要性，即强调例外和关键点相结合，关键点上的例外偏差是最应予以重视的。例如，管理费用高出预算5%可能对企业影响不大，而产品不合格率上升1%却可能造成产品滞销。

（四）实施灵活性控制的原则

在实施控制的过程中，控制的措施与方法应能根据实际的偏差情况及原因进行灵活调整。只有在控制设计中保持灵活性，才能保持控制的有效性。

（五）有效率地进行控制的原则

如果控制技术和方法能以最少费用，发觉和找出脱离计划的偏差的性质及原因，则控制会更有效。

二、有效控制的要求

（一）适时控制

组织活动中产生的偏差只有及时采取措施加以纠正，才能避免偏差的扩大，或防止偏差对组织不利影响的扩散。及时纠偏，要求管理人员及时掌握能够反映偏差产生及其严重程度的信息。如果等到偏差已经非常明显，且对组织造成了不可挽回的影响后，反映偏差的信息才姗姗来迟，那么，即使这种信息是非常系统、绝对客观、完全正确的，也不可能对纠正偏差带来任何指导作用。

纠正偏差的最理想方法应该是在偏差未产生以前，就注意到偏差产生的可能性，从而预先采取必要的防范措施，防止偏差的产生。

预测偏差的产生，虽然在实践中有许多困难，但在理论上是可行的，即可以通过建立组织的预警系统来实现。我们可以为需要控制的对象建立一条警报线，反映组织活动的数据一旦超过这个警戒线，预警系统就会发出警报，提醒人们采取必要的措施防止偏差的产生和扩大。

（二）适度控制

适度控制是指控制的范围、程度和频度要恰到好处。这种恰到好处的控制要注意以下几个方面的问题：

1. 防止控制过多或控制不足。控制常给被控制者带来某种不愉快。但是如果缺乏控制则可能导致组织活动的混乱。有效的控制应该既能满足对组织活动监督和检查的需要，又要防止与组织成员发生强烈的冲突，适度的控制应能同时体现两个方面的要求。一方面，要认识到过多的控制会对组织中的人造成伤害，对组织成员行为的过多限制，会扼杀他们的积极性、主动性和创造性，会抑制他们的创新精神，从而影响个人能力的发展和工作热情的提高，最终会影响企业的效率。另一方面，也要认识到，过少的控制将不能使组织活动有序地进行，不能保证各部门活动进度和比例的协调，将会造成资源的浪费。此外，过少的控制还可能使组织中的个人无视组织的要求，我行我素，不提供组织所需的贡献，甚至利用在组织中的便利地位谋求个人利益，最终导致组织的涣散和崩溃。

控制程度适当与否，要受到许多因素的影响，判断控制程度或频度是否适当的标准，通常要随活动性质、管理层次以及下属受培训程度等因素而变化。此外，组织环境的特点也会影响人们对控制严厉程度的判断：在市场疲软时期，为了共渡难关，部分职工会同意接受比较严格的行为限制，而在经济繁荣时期则希望工作中有较大的自由度。

2. 处理好全面控制与重点控制的关系。任何组织都不可能对每一个部门、每一个环节的每一个人在每一时刻的工作情况进行全面的控制。由于存在对控制者再控制的问题，这种全面控制甚至会造成组织中控制人员远远多于现场作业者的现象。

适度控制要求组织在建立控制系统时，利用 ABC 分析法和例外原则等工具找出影响组织活动成果的关键环节和关键因素，并据此在相关环节上设立预警系统或控制点，进行重点控制。选择关键控制点是一条比较重要的控制原则，有了这类标准，主管人员便可以管理一大批下属，从而扩大管理幅度，达到节约成本和改善信息沟通的效果，同时，也使主管人员以有限的时间和精力做出更加有成效的业绩。使花费一定费用的控制得到足够的控制收益。任何控制都需要一定费用，衡量工作成绩，分析偏差产生的原因，以及为了纠正偏差而采取的措施，都需支付一定的费用；同时，任何控制，由于纠正了组织活动中存在的偏差，都会带来一定的收益。但过多的控制并不总能带来较高的收益，企业应根据活动的规模特点和复杂程度来确定控制的范围和频度，建立有效的控制系统。

3. 客观控制。控制工作应该针对组织的实际状况，采取必要的纠偏措施，或促进组织活动沿着原先的轨道继续前进。因此，有效的控制必须是客观的、符合组织实际的。客观的控制源于对组织活动状况及其变化的客观了解和评价。为此,控制过程中采用的检查、测量的技术和手段必须能正确地反映组织经营时空上的变化程度和分布状况,准确地判断和评价组织各部门、各环节的工作与计划要求的相符或相背离程度,这种判断和评价的正确程度还取决于衡量工作成效的标准是否客观和恰当。为此,组织还必须定期检查过去规定的标准和计算规范,使之符合现时的要求。另外,由于管理工作带有许多主观成分,因此,对一名下属人员的工作是否符合计划要求,不应不切实际地加以主观评定,只要是凭主观来控制的地方,都会影响对成果的判断。没有客观的标准、态度和准确的检测手段,人们对组织实际工作就不易有一个正确的认识,从而难以制定出正确的措施,进行客观的控制。

4. 弹性控制。组织在其活动过程中经常可能遇到某种突发的、无力抗拒的变化,这些变化使组织计划与现实条件严重背离。有效的控制系统应在这样的情况下仍能发挥作用,维持组织的运营,也就是说,应该具有灵活性或弹性。

弹性控制通常与控制的标准有关。比如说,预算控制通常规定了组织各经营单位的主管人员在既定规模下能够用来购买原材料或生产设备的经营额度。这个额度如果规定得绝对化,那么一旦实际产量或销售量与预测数发生差异,预算控制就可能失去意义。经营规模扩大,会使经营单位感到经费不足;而销售量低于预测水平,则可能使经费过于宽绰,甚至造成浪费。有效的预算控制应能反映经营规模的变化,应该考虑到未来的组织活动可能呈现出不同的水平,从而为标志经营规模的不同参数值规定不同的经营额度,使预算在一定范围内是可以变化的。

弹性控制有时也与控制系统的设计有关。通常组织的目标并不是单一的,而是多重目标的组合。由于控制系统的存在,人们为了避免受到指责或是为了使业绩看起来不错,会故意采取一些行动,从而直接影响一个特定控制阶段内信息系统所产生的数据。例如,如果控制系统仅仅以产量作为衡量依据,则员工就会忽略质量,如果衡量的是财务指标,那么员工就不会在生产指标上花费更多时间。因此采取多重标准可以防止工作中出现做表面文章的现象,同时也能够更加准确地衡量实际工作和反映组织目标。

一般地说,弹性控制要求组织制定弹性的计划和弹性的衡量标准。

除此之外,一个有效的控制系统还应该站在战略的高度,抓住影响整个组织行为或绩效的关键因素。有效的控制系统往往集中精力于例外发生的事情,即例外管理原则,凡已出现过的事情,皆可按规定的控制程序处理,第一次发生的事例,需投入较大的精力。

第四节 控制方法

一、财务控制

资金是组织的血液,组织的运行离不开资金的运动。任何一个组织都必须有一定数量的资金,没有一定数量的资金保证,组织资产无法形成,组织的正常生产经营活动和发展也就难以进行。所谓财务控制,是指组织对组织财务活动的控制,也就是对资金的取得、投放、使用和分配的控制。常见的财务控制方法有:预算控制、财务分析和财务审计。

（一）预算控制

1. 预算的内容。预算是一种计划，是用数字编制的反映组织在未来某一时期的工作计划，预算通过财务形式把计划数字化，并把这些计划分别落实到组织的各层次和各部门中去，这样预算和计划相联系，且与组织系统相适应，能达到实施管理控制的目的。

预算控制就是根据预算规定的收入与支出标准来检查和监督各个部门的生产经营活动，以保证各种活动或各个部门在完成既定目标、实现利润的过程中对经营资源的利用，从而使费用之初受到严格有效的约束。

预算控制的内容一般包括：

（1）深入了解组织在过去财政年度的预算执行情况和组织在未来年度的发展战略规划，以此作为组织制定预算的重要依据。

（2）围绕组织的发展战略规划和组织内外环境条件，制定组织的总预算，主要包括收入总预算、支出总预算、现金流量总预算、资金总预算等，并编制组织的预算资产负债表。

（3）将组织总预算中确定的任务层层分解，由各个部门、基层单位以及个人参照制定本部门、本岗位的预算，上报组织高层管理部门。

（4）组织高层决策者在综合组织各个部门的上报预算之后，调整部门预算，甚至调整总预算，最终确定预算方案，并下发各部门。

（5）组织贯彻落实预算确定的各项目标，在实施过程中予以监控，及时发现问题并采取相应的措施。

2. 预算控制的优缺点。预算的实质是用统一的货币单位为组织各部门的各项活动编制计划。因此，预算的优点主要体现在：

（1）明确工作目标。预算作为一种计划，规定了组织一定时期的总目标以及各部门的具体目标。这样就使各个部门明确了各自的职责及其努力方向，从各自角度去完成组织的战略目标。

（2）协调部门关系。预算把组织各方面工作纳入到统一计划之中，促使组织各部门相互协调，紧密合作。

（3）控制日常活动。编制预算是组织管理起点，也是控制日常经济活动的依据。在预算执行过程中，各部门应通过计量、对比，及时发现实际脱离预算的差异并分析其原因，以便采取必要措施，保证预算目标的顺利完成。

（4）考核业绩标准。预算确定的各项指标，也是考核各部门工作成绩的基本尺度，促使各部门为完成预算规定的目标努力工作。

但预算也有缺点：

（1）它无法用货币计量组织文化、组织形象等重要组织活动。

（2）预算通常是参照上期的预算项目和标准制定的，从而忽视本期活动的实际需要。

（3）预算不能适应变化了的外部环境，进而可能会束缚管理者的行动。

3. 现代预算方法。现代预算方法主要包括弹性预算、程序性预算以及零基预算。

（1）弹性预算。预算是针对未来计划活动所实施的资源分配，而未来的环境是不断变化的。为使预算适应将来可能出现变化的环境，在编制预算中必须注意预算的弹性问题。实行弹性预算的方法主要包括变动预算和滚动预算。

变动预算是指根据不同的预期产量，编制变动成本不同的预算方法。我们知道，成本一般分为固定成本和变动成本。固定成本在一定时期内是不变的，不随产量的变化而变化；变动成本则随着产量不同而变化。变动预算就是根据产品成本的这个特征，根据预期产量，只调整相应的变动成本的预算。

滚动预算是指先确定一定时期的预算，然后每隔一定时间，就要定期修改以使其符合新的情况，从而形成时间向后推移一段的新预算。

（2）程序性预算。程序性预算是按照制订计划—编制程序—制定预算这个步骤进行预算的方法。程序性预算完全是以计划为基础的，按照计划目标的实际需要来分配资源，使资源最有效地保证目标的实现。

（3）零基预算。一般预算即指传统的预算方法，是指人们确定某项职能成本费用时，往往是以过去的实际支出为基础，然后再根据新情况的变化，作适当增加、减少或维持不变。一般预算的弊端主要体现在两个方面：一是作为预算基础的过去实际支出本身未必合理，这就会导致新的预算不科学；二是在过去实际支出基础上的新预算未必适应新情况的变化。尤其是在公共行政部门，传统的预算方法导致预算规模越来越大，成为政府财政的巨大负担。

为了克服一般预算的弊端，人们开始采用零基预算。零基预算是指在制定某项职能预算时从零起点开始其预算过程，即每次的预算都是重新由零开始编制预算。预算人员采用零基预算，可以根据各项活动的实际需要安排各项活动以及各个部门的资源分配和收支。零基预算的缺点是预算编制的工作量大，费用高。

（二）财务分析

财务分析是运用财务报表数据对组织过去的财务状况和经营成果及未来前景的一种评价，它包括财务比率分析和经营比率分析。

1. 财务比率分析。财务比率分析可以帮助我们了解组织的偿债能力和盈利能力等财务状况。

（1）流动比率。流动比率是组织的流动资产与流动负债之比。它反映了组织偿还需要付现的流动债务的能力。一般来说，组织资产的流动性越大，偿债能力就越强；反之，偿债能力则弱，这样会影响组织的信誉和短期偿债能力。因此，组织资产应具有足够的流动性。资产若以现金形式表现，其流动性最强。但要防止为追求过高的流动性而导致财务资源的闲置，以避免使组织失去本应得到的收益。

（2）速动比率。速动比率是速动资产（流动资产和存货之差）与流动负债之比。该比率和流动比率一样是衡量组织资产流动性的一个指标。当组织有大量存货且这些存货周转率低时，速动比率比流动比率更能精确地反映客观情况。

（3）负债比率。负债比率是组织总负债与总资产之比。它反映了组织所有者提供的资金与外部债权人提供的资金的比率关系。只要组织全部资金的利润率高于借入资金的利息，且外部资金不在根本上威胁组织所有权的行使，组织就可以充分地向债权人借入资金以获取额外利润。一般来说，在经济迅速发展时期，债务比率可以很高。

（4）盈利比率。盈利比率是组织利润与销售额或全部资金等相关因素的比例关系。它反映了组织在一定时期从事某种经营活动的盈利程度及其变化情况。常用的比率有销售利润率和资金利润率。

销售利润率是销售净利润与销售总额之间的比例关系，它反映组织从一定时期的产品销售中是否获得了足够的利润。将组织不同产品、不同经营单位在不同时期的销售利润率进行比较分析，能为经营控制提供更多的信息。

资金利润率是指组织在某个经营时期的净利润与该期占用的全部资金之比，它是衡量组织资金利用效果的一个重要指标，反映了组织是否从全部投入资金的利用中实现了足够的净利润。同销售利润率一样，资金利润率也要同其他经营单位和其他年度的情况进行比较。一般来说，要为组织的资金利润率规定一个最低的标准。同样一笔资金，投入到组织活动后的净利润收入，至少不应低于其他投资形式（比如购买短期或长期债券）的收入。

2. 经营比率分析。经营比率，也称活力比率，是与资源利用有关的几种比例关系。它们反映了组织经营效率的高低和各种资源是否得到了充分利用。常用的经营比率有三种：

（1）存货周转率。存货周转率是销售总额与存货平均价值的比例关系，它反映了与销售收入相比存货数量是否合理，表明了投入存货的流动资金的使用情况。

（2）固定资产周转率。固定资产周转率是销售总额与固定资产之比，它反映了单位固定资产能够提供的销售收入，表明了组织资产的利用程度。

（3）销售收入与销售费用的比率。这个比率表明单位销售费用能够实现的销售收入，在一定程度上反映了组织营销活动的效率。由于销售费用包括了人员推销、广告宣传、销售管理费用等组成部分，因此还可进行更加具体的分析。比如，测度单位广告费用能够实现的销售收入，或单位推销费用能增加的销售收入，等等。

反映经营状况的这些比率也通常需要进行横向的（不同组织之间）或纵向的（不同时期之间）比较，才更有意义。

（三）财务审计

审计是对反映组织资金运动过程及其结果的会计记录及财务报表进行审核、鉴定，以判断其真实性和可靠性，从而为控制和决策提供依据。根据审查主体和内容的不同，可将审计划分为三种主要类型：

1. 外部审计。外部审计是由外部机构（如会计师事务所）选派的审计人员对组织财务报表及其反映的财务状况进行独立的评估。为了检查财务报表及其反映的资产与负债的账面情况与组织真实情况是否相符，外部审计人员需要抽查组织的基本财务记录，以验证其真实性和准确性，并分析这些记录是否符合公认的会计准则和记账程序。

外部审计实际上是对组织内部虚假、欺骗行为的一个重要而系统的检查，因此起着鼓励诚实的作用。由于知道外部审计不可避免地要进行，组织就会努力避免做那些在审计时可能会被发现的不光彩的事。

外部审计的优点是审计人员与组织不存在行政上的依附关系，不需看组织经理的眼色行事，只需对国家、社会和法律负责，因而可以保证审计的独立性和公正性。但是，由于外来的审计人员不了解内部的组织结构、生产流程的经营特点，在对具体业务的审计过程中可能产生困难。此外，处于被审计地位的内部组织成员可能产生抵触情绪，不愿积极配合，这也可能增加审计工作的难度。

2. 内部审计。内部审计提供了检查现有控制程序和方法能否有效地保证达成既定目标和执行既定政策的手段。例如，制造质量完善、性能全面的产品是组织孜孜以求的目标，这不仅要求利用先进的生产工艺、工人提供高质量的工作，而且对构成产品的基础——原材料提出了相应的质量要求。这样，内部审计人员在检查物资采购时，就不仅限于分析采购部门的账目是否齐全、准确，而且试图测定材料质量是否达到要求。

根据对现有控制系统有效性的检查，内部审计人员可以提供有关改进公司政策、工作程序和方法的对策建议，以促使公司政策符合实际，工作程序更加合理，作业方法被正确掌握，从而更有效地实现组织目标。

内部审计有助于推行分权化管理。从表面上来看，内部审计作为一种从财务角度评价各部门工作是否符合既定规则和程序的方法，加强了对下属的控制，似乎更倾向于集权化管理。但实际上，组织的控制系统越完善，控制手段越合理，越有利于分权化管理。因为主管们知道，许多重要的权力授予下属后，自己可以很方便地利用有效的控制系统和手段来检查下属对权力的运用状况，从而可能及时发现下属工作中的问题，并采取相应措施。内部审计不仅评估了企业财务记录是否健全、正确，而且为检查和改进现有控制系统的效能提供了一种重要的手段，因此有利于促进分权化管理的发展。

虽然内部审计为经营控制提供了大量的有用信息，但在使用中也存在不少局限性，主要表现在：

（1）内部审计可能需要很多的费用，特别是如果进行深入、详细的审计的话。

（2）内部审计不仅要搜集事实，而且需要解释事实，并指出事实与计划的偏差所在。要很好地完成这些工作，又不引起被审计部门的不满，需要对审计人员进行充分的技能训练。

（3）即使审计人员具有必要的技能，仍然会有许多员工认为审计是一种"密探"或"检查"工作，从而在心理上产生抵触情绪。如果审计过程中不能进行有效的信息和思想沟通，那么可能会对组织活动带来负激励效应。

3. 管理审计。外部审计主要核对组织财务记录的可靠性和真实性，内部审计在此基础上对企业政策、工作程序与计划的遵循程度进行测定，并提出必要的改进组织控制系统的对策建议，管理审计的对象和范围则更广，它是一种对组织所有管理工作及其绩效进行全面系统的评价和鉴定的方法。管理审计虽然也可组织内部的有关部门进行，但为了保证某些敏感领域得到客观的评价，组织通常聘请外部的专家来进行。

管理审计的方法是利用公开记录的信息，从反映组织管理绩效及其影响因素的若干方面将企业与同行业其他组织或其他行业的著名组织进行比较，以判断组织经营与管理的健康程度。

反映组织管理绩效及其影响因素主要有：

（1）经济功能。检查组织产品或服务对公众的价值，分析组织对社会和国民经济的贡献。

（2）组织结构。分析组织结构是否能有效地达到组织经营目标。

（3）收入合理性。根据盈利的数量和质量（指盈利在一定时期内的持续性和稳定性）来判断组织盈利状况。

（4）研究与开发。评价组织研究与开发部门的工作是否为组织的未来发展进行了必要的新技术和新产品的准备，管理当局对这项工作的态度如何。

（5）财务政策。评价组织的财务结构是否健全合理，组织是否有效地运用财务政策和控制来达到短期和长期目标。

（6）生产效率。保证在适当的时候提供符合质量要求的必要数量的产品，这对于维持组织的竞争能力是相当重要的。因此，要对组织生产制造系统在数量和质量的保证程度以及资源利用的有效性等方面进行评估。

（7）销售能力。销售能力影响组织产品能否在市场上顺利实现，这方面的评估包括组织商业信誉、代销网点、服务系统以及销售人员的工作技能和工作态度。

（8）对管理当局的评估。即对组织的主要管理人员的知识、能力、勤奋、正直、诚实等素质进行分析和评价。

管理审计在实践中遭到许多批评，其中比较重要的意见认为，这种审计过多地评价组织过去的努力的结果，而不致力于预测和指导未来的工作，以至于有些组织在获得了极好的管理审计评价后不久就遇到了严重的财政困难。

二、人员控制

管理控制中最主要的方面就是对人员的行为进行控制，这是因为任何组织当中最关键的资源都是人，任何高效的组织都配备着有能力高效地完成指派任务的优秀人员，这可以从周围许多组织的情况得到证明。怎样选择人员，怎样使职工的行为更有效地趋向组织目标，这就涉及人力资源管理的控制问题。然而，由于人的行为是由人的思想、性格、经验、社会背景等多种因素综合作用的结果，而这些因素本身又很难用精确的方法加以描述，这就使对人员行为的控制成了管理控制中相当复杂和困难的一部分，而在这部分控制过程中，对人的行为和绩效进行评价又最为困难。

（一）人力资源管理控制

现代组织之间的竞争，归根结底，是组织人力资源优劣的竞争。随着生产力和科学技术的迅速发展，组织之间的竞争更加复杂、更加激烈。

人力资源是一个运动过程，它始于开发，经过配置而终于使用，而人力资源管理则贯穿整个运动过程，是人力资源充分开发、合理配置、有效使用的基本保障。从一个周期的运动过程来看，使用是开发和配置的目的，也是过程的终点。但从整个发展过程来看，人力资源运动的各个环节是终始相接、连绵不断、永无尽头的。

人力资源管理控制，具体是指对人力资源的获得、开发、保持和利用等方面所进行的计划和控制的活动。它是研究组织中人与人关系的调整，人与事的配合，以充分开发人力资源，挖掘人的潜力，调动人的积极性，提高工作效率。

人力资源管理控制的基本任务，就是根据企业发展战略的要求，通过有计划地对人力资源进行合理配置，搞好组织员工的培训和人力资源的开发，采取各种措施，激发企业员工的积极性，充分发挥他们的潜能，做到人尽其才，才尽其用，更好地促进生产效率、工作效率和社会经济效益的提高，进而推动整个组织各项工作的开展，以确保组织战略目标的实现。

具体地讲，它主要包括以下几个方面。

1. 通过规划、组织、调配、招聘等方式，保证一定数量和质量的劳动力和各种专业人才，满足企业发展的需要。

2. 通过各种方式和途径，有计划地加强对员工的培训，不断提高他们的文化知识和技术业务水平。

3. 结合每一个员工的具体职业生涯的发展目标，搞好对员工的选拔、使用、考核和奖惩工作。

4. 采取各种措施，包括思想教育、合理安排和关心员工的生活及物质利益等，激发员工的工作积极性。

5. 根据现代组织制度要求，考核员工工作绩效，根据员工的工作绩效的大小和优劣，做好工资、福利等工作，协调劳资关系。

（二）监督检查

监督检查是一种最古老、最常见和最直接的控制方法。它的具体形式是，各级管理人员对下级人员执行计划的过程进行实地检查和评价，发现问题立即采取措施予以纠正。这是管理控制中不可缺少的控制方式之一。

由于监督检查是一种直接的、面对面的控制，因此，上级管理人员获得的信息具有相当高的真实性和及时性，这能从根本上保证控制工作的有效性；另一方面，监督检查还有助于上级管理人员与下级人员之间的沟通与了解，有利于创造出一个良好的组织氛围。

当然，上级管理人员也必须注意监督检查可能引起的消极作用。如果未能被下级人员所理解，其自尊心会因此受到伤害而产生消极情绪。

（三）人员绩效评估

对人员的行为和绩效进行评价之所以如此困难，主要因为对许多人员来说很难既客观又简明地建立起绩效判断的标准。对绩效评定的另一个困难，是多数工作都需要有两个或两个以上的标准来衡量。

面对这些困难是否有良好的评价方法呢？人们在实践中不断探索，逐渐总结了一些可行的方法。尽管这些方法还存在一些缺陷，但是它们至少可以使管理工作者有了一些决策的依据。

三、质量控制

（一）质量与质量控制

所谓质量，有广义和狭义之分：狭义的质量仅指产品的质量；广义的质量除了产品质量，还包括工作质量。产品质量是指产品满足消费者需要的功能与性质。这些功能与性质具体体现在以下五个方面：性能、寿命、安全性、可靠性和经济性。工作质量是指组织为了保证和提高产品质量，在经营管理和生产技术工作方面所要达到的水平。工作质量是产品质量的保证，因此，在一定意义上讲，提高工作质量比提高产品质量更为重要。

质量控制是对达到质量要求所必需的全部职能活动的控制，包括质量标准和质量计划的制订以及对所有产品、过程和服务方面的质量形成过程的监督和控制，其中还包括为保证和控制质量而进行的组织设计。质量控制是组织活动过程控制的一个重要环节，其根本目的在于保证组织的产品或所提供的服务达到一定的质量水平，以满足顾客需要，维持或提高自己的市场占有率，从而保证企业的生存和发展。

（二）全面质量管理

在组织质量控制活动中，目前普遍采用的是全面质量管理。全面质量管理是把组织作为产品生产的一个完整的有机体，以提高和确保质量为核心，动员和组织组织各个部门及全体人员，建立一套科学、严密、高效的质量保证体系，运用各种专业技术、管理技术和行政管理等手段，分析并控制影响质量的因素，以优良的质量、经济的方法和最佳的服务向用户提供物美价廉的产品而进行的一系列管理活动。简单地说，全面质量管理是由组织全体人员参加，用全优的工作质量去保证生产全过程质量的管理控制活动。

全面质量管理具有如下特点：

1. 实行全过程管理。这种质量控制方法的基本思想是：优质产品是设计和制造出来的，而不是检验出来的；越是处于开始阶段的问题，对产品质量的影响就越大。基于这样的思想，全面质量管理强调将质量思想贯穿于从用户调查、产品开发直至生产、销售、售后服务的全过程中，实行全过程管理。

2. 全部工作保证。产品是经由一系列的工作形成的。对产品质量的控制不能只着眼于产品本身，而应着眼于产品赖以形成的全部工作，对工作的质量进行控制。这就是要建立一个包括全部相关的工作过程或阶段在内的质量保证体系。

3. 全员参加。即组织的全体员工都要参与质量管理。质量控制绝不仅仅是质量部门的事，它跟每一个人都有关系。只有每一个员工都树立了质量思想，积极参与了质量管理，全面质量管理才能真正收到效果。为此，组织应积极建设质量文化，通过建立质量管理小组来开展群众性的质量控制活动。

（三）全面质量管理的科学程序

全面质量管理活动最基本、最重要的工作程序是 PDCA 循环，它是提高产品质量和管理工作质量的有效手段。所谓 PDCA 循环，就是在质量控制和管理活动中，将其分为计划（Plan）、实施（Do）、检查（Check）、处理（Action）四个阶段。其主要内容包括四个阶段、八个具体工作步骤。

1. 计划阶段。计划阶段拟定质量标准和质量目标，制定活动计划、管理项目和措施方案。其中，又包括四个具体步骤：（1）分析现状，找出存在的质量问题。（2）分析产生问题的原因。（3）找出主要原因。（4）拟定措施，制订计划。

2. 实施阶段。将制定的计划和措施具体组织实施和执行。

3. 检查阶段。把实际执行的结果与预定的计划目标进行比较，找出偏差，分析成功的经验和失败的教训。

4. 处理阶段。将取得的成绩肯定下来，并制定成标准加以巩固。没有解决的遗留问题则转入下一个 PDCA 循环。

在进行质量控制时，可采用的工具和技术有很多，如统计分析表法、分层法、直方图法、排列图法、控制图法、因果分析图法、相关图法等。

四、其他控制

管理控制除上述几个应用较为广泛的领域外，还包括同样重要的成本控制、库存控制、进度控制、信息控制等领域。

（一）成本控制

1. 成本控制的意义。成本控制是组织在活动过程中，根据一定的控制标准，对产品成本形成的整个过程进行经常性监督和控制，从而使各种费用支出和劳动消耗限制在规定的标准范围内，以达到组织预期的目标。

成本控制对于组织具有重要意义：首先，成本控制是组织增加盈利的根本途径，直接服务于组织的目标；其次，成本控制是抵抗内外压力、求得生存的主要保障；再次，成本控制是组织发展的基础。

2. 成本控制的程序。成本控制包括事前控制、事中控制、反馈控制三个阶段。这三个阶段工作的内容如下：

（1）事前控制。事前控制就是在设计阶段的成本控制。产品设计阶段应配合组织的总目标和全盘计划，确定目标成本，建立标准成本和预算，并将指标层层分解到各责任单位。将成本控制的目标进行必要的宣传，提高广大职工成本控制的自觉性和积极性。

（2）事中控制。事中控制也就是执行过程中的成本控制。要有专人进行实地观察，根据分解的指标记录有关的差异，及时进行信息的反馈。由于成本支出遍及企业的各车间、各部门，必须由各车间、各部门从全局观念出发，努力做好成本控制工作。

（3）反馈控制。执行以后，就实际成本提出报告，将实际成本与目标成本之间的差异加以分析，查明原因和责任归属，决定下期工作的改进。有时随着情况的发展，还应修订原定的限额。

（二）库存控制

对库存的控制主要是为了减少库存，降低各种占用，提高经济效益。

库存是组织为了满足经营需要而保持的原材料、半成品和产成品。因此，库存代表了一项可观的投资，同时也是潜在浪费的根源，需要加以认真控制。如果管理者保有过多库存，那么，公司不仅要耗费资金来存储这些库存，而且还会因偷盗或损坏而蒙受损失。另一方面，如果管理者手头的库存用完了，就可能不得不停止生产直至原材料得到补充，从而浪费了时间和劳动。为了减少这些费用并使库存保持在最佳水平，人们已开发了许多以数学或计算机为基础的库存模型，来帮助作业管理者决定在什么时间订购多少库存。比较重要的几种方法有：原料需求计划（MRP）、原料来源计划（MRPⅡ）、准时制库存系统（JIT）和经济订购批量模型（EQQ）。

1. 原料需求计划（MRP）。原料需求计划是指首先尝试考察一种产品，然后，通过向后整合，确定生产这种产品所需的原材料、劳动力和其他资源。这种方法有助于管理者发现生产系统中诸如原料迟滞、原材料质量低下等问题。如果没有计算机系统的帮助来处理大量描述复杂产品和生产过程的信息，这种控制是不可能实现的。

2. 原料来源计划（MRPⅡ）。原料来源计划是一种作业计划系统，因其可以对已知的资源进行统筹规划，所以是对 MRP 的延伸。MRPⅡ比 MRP 范围更广，除了对生产这种产品所需的资源进行计划外，它还需要对财务和销售部门的投入进行规划。MRP 把关注的重点放在需求计划上，MRPⅡ则把重点放在可得到的资源上。劳动时间和其他成本可以在决策中被合并为单位产品的成本。MRPⅡ程序也能与计算机系统和其他程序如订货、出具发票、账单、采购、生产能力计划和库存管理等配合使用。因此，MRPⅡ比 MRP 对物料的控制更好、更全面。

3. 准时制库存系统（JIT）。传统上，作业管理人员通过使用平衡采购原材料的年平均固定成本与存储原材料的变动成本的公式来设置库存水平。可是，在 20 世纪 70 年代中期，全世界都注意到了日本的"看板系统"也就是准时制库存系统。准时制库存系统是指生产量与发货量很理想的相等，购买的原材料和发送的产成品刚好能及时使用，又称为看板系统。看板系统努力向着产量与配送数量一致的理想境界迈进。这可以减少运输成本、存贮和转移库存的费用。物料采购次数要增多，但每次购买数量减少，正好在使用的时候运到；而产成品恰好在需要销售的时候生产出来，运送出去。过去，一家汽车制造商可能会整卡车地订购火花塞，每次送货时间间隔为 2~3 天。而现在，同样的公司可能会每次仅订购 1/4 卡车火花塞，要求送货的时间间隔为 2~3 小时。公司不用仓库，而是在工厂对面的街边停放一些拖车作临时贮存的场所。起重机直接从生产线上取下零部件，按照需要的顺序装上卡车。

准时制库存系统带来的节约引人注目。但是这个系统需要周密的全天候时间安排以及作业系统内部的协调、组织之间的协调以及供应商的有效性。即便如此，JIT 也具有一定的优点，因为它能揭示作业系统设计中存在的问题，并让我们认识到，纠正这些问题对提高生产率和产品质量方面的巨大益处。

4. 经济订购批量模型（EQQ）。经济订购批量模型可以计算最优订购批量，使所有费用达到最小。在计算中，这个模型考虑三种成本：一是订购成本，即每次订货所需的费用（包括通讯、文件处理、差旅、行政管理费用等）；二是保管成本，即储存原材料或零部件所需的费用（包括库存、利息、保险、折旧等费用）；三是总成本，即订购成本和保管成本之和。

当组织在一定期间内总需求量或订购量为一定时，如果每次订购的量越大，则所需订购的次数越少；如果每次订购的量越小，则所需订购的次数越多。对第一种情况而言，订购成本较低，但保管成本较高；对第二种情况而言，订购成本较高，但保管成本较低。通过 EQQ，可以计算出订购量多大时，总成本（订购成本和保管成本之和）为最小。

（三）进度控制

任何组织的活动都是在一定的时间内进行的，对作业或工作进度实行控制的目的是为了使作业或工作正常运行，在时间上衔接，步调上协调，保证按期完成任务。进度控制的关键是确定各项活动的进行是否符合预定的时间安排。这种控制常运用甘特图和网络图等方法进行。

1. 甘特图。又称条线图或横道图。这种方式早在 20 世纪初就开始应用和流行，主要用于项目计划和项目进度的安排。甘特图可用于工作分解结构（WBS）的任何层次，除了用于进度计划的编制外，还可以用于进度控制。

甘特图是一个二维平面图，横维表示进度或活动时间，纵维表示工作内容，如图 10-6 所示。

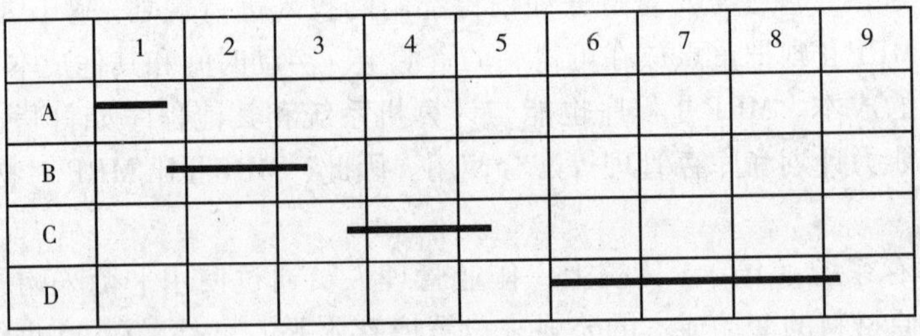

	1	2	3	4	5	6	7	8	9
A									
B									
C									
D									

图 10-6 甘特图

图 10-6 中的横道线显示了每项工作的开始时间和结束时间，横道线的长度表示了该项工作的持续时间。甘特图的时间维决定着项目计划粗略的程度，根据项目计划的需要可以以小时、天、周、月等作为度量项目进度的时间单位。如果一个项目需要一年以上的时间才能

完成，则可选择周甘特图或月甘特图；若一个项目需要一个月左右的时间就能完成，则选择日甘特图将更有助于实际的项目管理。

甘特图直观、简单，容易操作，便于理解。在资源优化过程中，一般都借助于甘特图。但是，甘特图也存在很多弱点。例如，甘特图不能系统地表达一个项目所包含的各项工作之间的复杂关系，难以进行定量的计算和分析，难以进行计划的优化等。这些弱点严重制约了甘特图的进一步应用。所以，传统的甘特图一般只适用于比较简单的小型项目。

2. 网络图。是以箭线和节点组成的网状结构图直观地表示各工作的开始和结束时间，并能充分反映项目各工作的逻辑关系及项目的关键工作。

甘特图简单明了，容易绘制，也容易理解，各工作起止日期、作业延续时间都一目了然。然而，它不能反映出各个工作中，哪些工作对总进度目标起关键作用，必须抓紧；哪些工作在时间安排上可以灵活变动，而对总进度目标没有影响；更不知这些工作可灵活变动的时间幅度范围。更重要的是，甘特图无法利用电脑来进行计算分析，从而使得计划实施过程中的调整变得较为困难。因此，世界发达国家已基本舍弃甘特图而改用网络图。我国有关部门也在大力提倡采用网络图来进行进度计划和控制。

网络图表示的进度计划能全面、准确地反映出各工作之间的相互制约关系。通过时间参数的计算，可掌握对进度计划总目标的实现起关键作用的关键工作，并了解允许非关键工作灵活变动的机动时间，它可利用电脑软件进行绘制和计算，以及进度计划的优化和调整。组织通过对其实现目标过程中的各项工作作出合理安排，以求按期实现组织目标。

（四）信息控制

现实的组织活动一般表现为物流、资金流和信息流三种运动方式。其中物流是指组织中物质形态的输入（资源）变成物质形态的输出（成品）的过程。物流反映组织活动的基本运动过程，由于物流运动纷繁复杂，通过直接控制物流的方式来加强管理，有可能使管理者陷入日常事务中而无法脱身。资金流是组织中物流的反映，通过资金流来控制物流，有助于摆脱物流中具体形态的纠葛，从而提高管理的效能。但资金流的控制并不能完全代替物流的控制，能够综合反映物流和资金流的是信息流。信息流可以表现为各种文件、指示、合同、制度、报告等。信息流一方面伴随着物流和资金流的运动而产生，另一方面又对物流和资金流的方向、速度、目标起着规划和调节的作用，使之按一定的目的和规则运动。通过掌握和控制信息，就可以掌握和控制物流和资金流的情况，分析物流和资金流的运动规律，从而实现对物流和资金流的控制。现代组织中常用建立相应的计算机管理信息系统来实现信息流的控制。

1. 管理信息系统。就是向组织内部各级主管部门（人员），以及其他相关部门（人员）提供信息的系统。具体而言，是指一个由人—机所组成的能进行管理信息的收集、传送、储存、加工、维护和使用的系统。它通过提供各类作为决策依据的统一的信息资料为组织的计划工作、组织工作、人员配备、指导和领导工作、控制工作以及日常作业提供服务。一个有效的管理信息系统能够监测组织的实际运行情况；能利用各类信息资料进行科学预测；能做出一些辅助决策；能利用信息控制组织的业务活动。一个管理信息系统应当能向各级主管部门提供确定信息需要、收集信息、处理信息和使用信息四种主要的信息服务。

管理信息系统最大的特点就是信息资料的统一。信息资料的集中统一使得信息真正成为一种资源，能够为组织内部各级主管部门和人员所共享，以充分利用其价值，保证组织内部有效的管理。通过数据库系统实现信息资源的共享，数据库系统是管理信息系统的核心，也是其最本质的特征。

管理信息系统的建立和发展，为解决各级主管人员的信息问题提供了强有力的帮助。管理信息系统的功能和作用具体表现在以下几个方面：

（1）获取信息的渠道方便直接，可以在信息系统上直接获得大量的第一手资料，进行统一加工、处理信息。这样，可以以标准化的方式做好信息处理工作，提供统一格式的各类信息，简化各种统计分析工作，有效地降低信息成本。

（2）将组织的信息资源统一管理起来，能很快地查询，节约各级主管人员的时间。根据这些信息能够快速做出决策或改变计划，使应变能力增强，加强了对企业生产经营活动的计划和控制工作，提高工作效率，改善主管人员的管理工作。

（3）利用数理统计和运筹学的方法来处理信息，预测未来，为主管人员的决策提供有力的支持。

（4）改善组织的经营，提高组织的适应能力和竞争能力。及时有效的信息，有利于主管人员随时根据组织内外环境的变化来调整生产经营活动，强化了组织计划和控制工作的灵活性。

2. 建立管理信息系统的步骤。（1）系统分析。工作应该从信息使用者的要求出发，首先调查使用者的信息要求，通过初步的调查研究，确定系统目标，对项目进行可行性分析，写出可行性报告，然后进行详细的调查。在详细的调查报告的研究过程中，需要对系统与外部环境之间的关系，系统各组成部分之间的关系，各项业务的处理原则和工作流程，各种业务的属性、数据的定性和定量分析等做详细的记录，并加以分析和整理。（2）系统的设计。设计具体的实现方式，根据上述可行性研究报告中确定的目标，权衡各种手段的利害关系，选择合适的方案，形成实施方案。（3）实现阶段。主要包括设备的购置与安装，计算机程序的编写，操作人员的培训，数据、信息资料的整理和录入。（4）验收、调试与评价。对管理信息系统的运行状况进行评价，若符合使用者的要求，达到设计阶段的预期目标，即可交付使用。（5）在管理信息系统的使用过程中，进行精心的维护，并根据组织内外环境的变化，不断予以改进，以适应管理和控制的要求。

需要指明的是，以上说明的是进行管理信息系统设计和创建的一般性的步骤和方法，至于针对某个具体组织而言，应结合自身的具体情况进行具体分析，切不可生搬硬套，因为不同的组织，对信息使用的要求各不相同。

思 考 题

1. 组织为什么需要控制？
2. 控制的两个基本前提是什么？
3. 举例说明什么是事后控制，什么是事前控制。
4. 控制过程包括哪三个基本过程？
5. 实施有效控制应注意哪些问题？
6. 控制工作要强调例外是什么意思？
7. 零基预算方法有哪些优点？采用零基预算方法进行预算控制，需要注意哪些问题？

能力训练

不值得定律

管理学中有个"不值得定律",不值得定律告诉我们:一流的人做一流的事情,不值得做的事情,坚决不做。这个定律似乎再简单不过了,但它的重要性却时常被人们疏忘。很多人的习惯就是觉得每一件事情都很重要,每一件事情都需要完成,有时为了一件很小的事情,在那儿找资料,打电话求证,反复研究对比,但实际上事后仔细一分析,这件事情对他今天的工作,是无关紧要的,根本不值得花很多时间去处理。因此,在日常生活中,我们不要眉毛胡子一把抓,这样会很累人的。

一个学期很快就要过去了,请总结你在这一学期所做的工作,检验自己是否违背了"不值得定律",并思考如何改进你的工作。

有计划无控制

进入大学时你就决定要参加英语等级考试,于是你为自己制定了一个学习计划,但总是完不成,你总觉得自己的时间不够用,这其实反映了你一个不好的习惯。用管理学术语来说就是:有计划无控制。

再过两个月就要参加英语等级考试了,请你重新为自己制定一个计划,并按海尔的"日事日毕,日清日高"原则,"每日三省我身",你将会发现自己的英语学习进步非常快。

案例分析

案例一: Sin-Tec 企业

资料:

Sin-Tec 企业的总经理乔治·谭就其产品印刷电路板的销路到欧洲同买主建立联系后返回了新加坡。同往常一样,他的邮件箱里堆满了信件。但是他却没有时间浏览这些信件并处理有关产品发送、抱怨和其他内部问题。

正当乔治埋头于这些信件时,工厂经理和财务经理来到了他的办公室。他们来这里是由于乔治的盛怒:

"为什么没有人告诉我,我们公司究竟发生了什么?为什么我未能知道周围发生了什么?为什么我始终一无所知?我没有时间去浏览所有这些文件并了解问题。没有一个人告诉我我们的企业是如何运作的,而且我似乎从没有听说过我们的问题,直到它们变得相当严重。我要求你们两位制定一个系统从而使我能持续及时得到信息。我对一无所知已经很厌倦了,特别是那些我必须知道的事情。"

当两位经理返回他们的部门时,工厂经理对财务经理说:"每一件乔治想知道的事都在他桌上的那堆报告之中。"

问题:

1. 乔治说"我一无所知"对吗?

2. 为了让乔治持续得到信息,需要哪种控制系统?

3. 对于乔治来说,设计一个控制系统应该有哪些方面的考虑?

提示:

用控制类型和控制过程的相关理论进行讨论。

案例二：源源不断的好咖啡上市了

资料：

在美国最大的咖啡集散码头新奥尔良市，有一家公司正以新的技术，新的管理方式使古老而又时尚的咖啡流向世界各地，这就是迭戈·帕克里尼的咖啡筒公司，一个全程都由计算机控制的咖啡存储公司，它集搬运、存储、加工于一体，真正体现了传统与现代技术的交融。

咖啡筒公司建于1933年，起初仅仅是一家中转各种各样货物的小公司，即把货物从各地搞来，再发往需要货物的地方。现在，该公司仍然专营物流业务，但以咖啡为主，它运送咖啡的方式完全是以高科技的方式完成。为什么咖啡筒公司愿意为一样看上去很简单的商品投巨资呢？主要的原因是消费者希望他们买的每一种每一罐咖啡都能保持相同的香味。然而，咖啡是一种自然生长的作物，含有杂质等缺陷，事实上每一茬咖啡豆都不相同，因此，要得到具有相同香味的咖啡豆就必须找到某种方式控制咖啡的混合。咖啡筒公司通过使用信息系统的技术和计算机控制技术从容应对了这一挑战。

摩西·特马是公司的信息和资源部经理，他负责控制咖啡混合的过程。咖啡豆从世界各地源源不断运来，先储入咖啡筒公司自己的仓库，平均每星期约有1 000万磅的咖啡要混合（约每年400万袋），咖啡从来没有在咖啡筒公司的工厂里待过一星期以上。一旦完成存储和混合阶段，咖啡就立即被打包成各种各样的规格，运送到咖啡烘焙公司。咖啡筒公司每一次在流水设备上的加工数目总在3 500万～4 000万磅。如果考虑到每一磅咖啡的价格，你可能会疑惑，该公司为存储这些咖啡得要花多少钱哪？其实，咖啡筒公司从来就不是这些咖啡的货主，这些咖啡属于不同的咖啡烘焙公司和咖啡经纪人所有，而经纪人最终也把咖啡送到烘焙公司。

置于新奥尔良的所有设备均从意大利进口，那儿也是公司一开始发展这类技术的地方。迭戈·帕克里尼，这位公司创始人的儿子，同时也是新奥尔良工厂的经理人说，技术对于像他们这样的行业来说至关重要，因为它确保公司能生产出客户（即咖啡烘焙公司）所需要的各种各样香型的咖啡，并且能最大化地如此组织生产，并能控制混合过程。对混合出来的每一种咖啡，公司员工收到连续的统计报告，报告使他们能检查出同一等级的品种是否具有相同的指标，正是这一点保证了产品最终到达消费者手中时，其香味没有变化。

你可能会认为，如此高科技控制，公司为此一定投资不小吧？并非如此。公司为应对咖啡混合过程中如何保持统一的纯度这一挑战而使用的技术相当简单，事实上，这些技术设备的投资额只占当初工厂总投资额的1％。

问题：

1. 请详细叙述你在本案例中看到了哪种类型的控制。
2. 你将如何使用此案例论证计划和控制之间的联系？
3. 咖啡筒公司自己并不拥有它混合的咖啡，为什么控制却很重要？
4. 请简述：有效控制一定投资很大吗。

参 考 文 献

1. 周三多主编:《管理学原理——原理与方法》,复旦大学出版社2008年12月第4版。
2. 杨洁、孙玉娟编著:《管理学》,经济管理出版社2004年5月版。
3. 乔忠主编:《管理学》(第二版),机械工业出版社2007年1月版。
4. 于干千、卢启程主编:《管理学基础》,北京大学出版社2007年8月版。
5. 王积瑾主编:《管理学》,浙江大学出版社2007年1月版。
6. 王毅捷主编:《管理学案例100》,上海交通大学出版社2003年6月版。
7. [美] 斯蒂芬·P·罗宾斯著,黄卫伟等译:《管理学》(第四版),中国人民大学出版社1997年版。
8. [美] 哈罗德·孔茨、海因茨·韦里克著:《管理学》(第十版),经济科学出版社1998年版。
9. [美] 彼得·F·德鲁克著,齐若兰译:《管理的实践》,机械工业出版社2006年版。
10. 张阿芬主编:《管理学》,厦门大学出版社2008年1月第1版。
11. [美] 杰伊. 巴尼、威廉. 赫斯特里、[中] 李新春、张书军编著:《战略管理》,机械工业出版社2008年6月第1版。
12. 杨玄烨主编:《管理学基础》,武汉理工大学出版社2009年7月第1版。
13. 孙永正主编:《管理学》,清华大学出版社2007年8月第2版。
14. 章月萍主编:《管理学基础》,北京理工大学出版社2008年8月第1版。
15. 王绪君主编:《管理学基础》,中央广播电视大学出版社2001年5月第1版。
16. 朱礼龙主编:《管理学》,合肥工业大学出版社2009年4月第1版。
17. 赵丽芬主编:《管理学》,立信会计出版社2006年5月第1版。
18. 单凤儒主编:《管理学基础》,高等教育出版社2001年8月第1版。
19. 邹非、王新萍主编:《管理学基础》,厦门大学出版社2008年12月第1版。
20. 张旭霞主编:《管理学》,对外经济贸易大学出版社2009年1月第1版。
21. 张文昌主编:《现代管理学(原理卷)》,山东人民出版社2004年1月版。
22. 冯贵宗主编:《管理学理论与方法》,中国农业出版社2008年1月版。
23. 温德臣、高建军主编:《管理基础》,中国传媒大学出版社2008年9月版。
24. 方振邦主编:《管理学基础》,中国人民大学出版社2008年4月版。

25. ［美］理查德·L·达夫特，多萝西·马西克主编：《管理学原理》，机械工业出版社 2005 年版。

26. 葛玉辉主编：《人力资源管理》，清华大学出版社 2006 年版。

27. 程华主编：《现代企业管理学》，高等教育出版社 2004 年版。

28. 张佩云主编：《人力资源管理》，清华大学出版社 2007 年版。

29. 陈海龙主编：《企业管理培训案例全书》，海天出版社 2005 年版。

30. 朱林主编：《管理原理与实训教程》，北京邮电大学出版社 2008 年版。

财政部规划教材
全国高职高专院校财经类教材

ISBN 978-7-5058-9451-8

ISBN 978-7-5058-9451-8
定 价：24.50元

封面设计＊陈 瑶